AF140156

Spinnenhochzeit

- Psychokrimi -

von

Frederik Altmann

Bibliografische Information der Deutschen Nationalbibliothek:
Die Deutsche Nationalbibliothek verzeichnet diese Publikation in
der Deutschen Nationalbibliografie; detaillierte bibliografische
Daten sind im Internet über dnb.d-nb.de abrufbar.

TWENTYSIX – Der Self-Publishing-Verlag
Eine Kooperation zwischen der Verlagsgruppe Random House
und BoD – Books on Demand

Herstellung und Verlag:
BoD – Books on Demand, Norderstedt

ISBN: 978-3-7407-2537-2

1. Kapitel

Margret kratzte sich am Kopf, schob sich die Sonnenbrille über die Haare und las mit kritisch gerunzelter Stirn den kurzen Text aufmerksam durch.

‚Sehr geehrte Frau Dr. Rosenfeld, ich brauche dringend Ihren Rat. Seit einigen Monaten wohnt mein jüngster Sohn wieder bei uns zu Hause. Er hatte nach dem Studium eine Stelle in der Marketingabteilung einer Firma angetreten. Zu unser aller Entsetzen wurde ihm bereits nach drei Monaten, also innerhalb der Probezeit, gekündigt. Ich bin mit den Nerven am Ende. Ihm wurde mitgeteilt, er sei für den Job nicht geeignet. Seither lebt er wieder mit mir und meinem Mann in unserer Drei-Zimmer-Wohnung, sitzt den ganzen Tag deprimiert im Wohnzimmer herum und ist wie gelähmt. Mein Mann droht ihm ständig, ihn hinauszuwerfen, aber ich kann diesen Gedanken nicht ertragen. Wir streiten den ganzen Tag und wissen nicht mehr weiter. Was sollen wir tun? Ich bitte Sie herzlich, sagen Sie mir, wie es weitergehen kann. Ihre Trude Mayer aus Niederhausen, Westfalen.'

Die Originalnachricht an die Redaktion war natürlich viel länger. Selbst die betagteren Leser schickten ihre Anfragen inzwischen per E-Mail an das Unterhaltungsblatt, das ein einschlägiger Verlag Woche für Woche mit vielen Kreuzworträtseln und neuerdings auch Sudokus auf den Markt warf, um mehr oder weniger fantasievoll ausgeschmückte, teils Herz zerreißenden, teils empörende Geschichten über den europäische Hochadel zu verbreiten, garniert mit der Beute ungenierter Paparazzis. Daneben enthielt es eben die Rubrik, die Margret mit Beiträgen belieferte. Ihr Job war die Beantwortung der druckreifen Zusammenfassungen von Leserfragen, die sie von der Redaktion erhielt. Wenn ihre Tipps nach eingehender Besprechung die Prüfung in einer weiteren Redaktionssitzung überlebt hatten, weil sie für die Zwecke der Zeitschrift als brauchbar erachtet wurden, landeten sie in der Endredaktion von „Frau Diplom-Psychologin Dr. Rosenfeld steht Ihnen vertrauensvoll zur Seite". Die lästigen

Vorarbeiten, das Umformulieren und Kürzen der geeigneten Anfragen, die nicht selten aus ewigen, sich wiederholenden Schilderungen von alltäglichen Problemen des landläufigen Durchschnittsmenschen bestanden, gehörte glücklicherweise nicht zu ihren Aufgaben. Die waren zwei Volontärinnen vorbehalten, die für durchschnittliche Leistungen von der Redaktionsleitung umgehend zusammengestaucht wurden, bis sie haarscharf den im Verlag kultivierten Stil reproduzierten. Margret war hauptsächlich für die inhaltliche Arbeit verantwortlich, die darin bestand, für die Redaktionssitzung eine aus psychologischer Sicht unverfängliche Vorlage für eine Antwort auf die vorgebrachten Notlagen zu formulieren, bei denen sich der Verlag die Finger nicht verbrannte, aber gleichzeitig das Lebensgefühl der Masse ansprach und nebenbei unterhaltsam wirkte, weil es dem voyeuristischen Bedürfnis der Leser entgegen kam. Insofern war Margret in gewisser Weise immun dagegen, in ähnlich missliche Situationen wie die armen Volontärinnen zu geraten. Sie verkörperte im Vergleich zu all den anderen gewissermaßen die wissenschaftliche Seite an dem Geschäft, mehr oder weniger. Zumindest spiegelte ihr Ansehen in der Redaktion dies wider, oder sagen wir lieber, die Rolle mit dem seriösen Part, die ihr zugefallen war.

Während sie unwillkürlich die Stirn kräuselte, blickte sie ihrem Laptop auf und sah sich um. Einige Meter abseits räkelte sich ihr Sohn Moritz in der Sonne. Er lag träge in einem Liegestuhl und faulenzte vor sich hin.

Gut, sollte er. Schließlich waren Ferien.

Ab dem nächsten Schuljahr hatte er das Abitur unmittelbar vor sich. Abschmieren kam nicht in Frage. Von daher war sie gnädig. Vielleicht war eine ‚kreative' Pause genau das, was er brauchte, um richtig in die Gänge zu kommen, denn sie hatte kein Verständnis für einen schlappen Versager. Direkten Druck vermied sie tunlichst, um keinen unnötigen Widerstand zu provozieren. War vermutlich auch nicht nötig, denn immerhin hatten sie und ihr Mann von Anfang an für die besten Bedingungen gesorgt, wie bei ihren beiden anderen Sprösslingen, bei denen früher oder später soweit auch alles gut gegangen war.

Die bemitleidenswerte Trude Mayer aus Westfalen. Selbstverständlich waren zum Schutz ihrer Persönlichkeit der wahre Name und Wohnort verfremdet. Trude Mayer hieß in Wirklichkeit ganz anders und wohnte auch nicht in Niederhausen. Die ‚echte' Frau Mayer erhielt von der Redaktion allerdings ein Schreiben, in dem sie über dieses Vorgehen der Verfremdung informiert wurde. Waschecht war jedenfalls die Zwangslage der guten Frau. Margret vermutete, dass es in vielen Familien so lief. Dass es in ihrer eigenen auf Dauer nicht so kam, darüber wachte sie mit Argusaugen.

Wie sie so zu ihrem hoffentlich wohlgeratenen Sohn hinüber spähte, war sie nicht unzufrieden. Im Grunde konnte sie sich nicht beklagen. Ihre Familie lebte einigermaßen harmonisch zusammen, abgesehen von den üblichen kleinen Reibereien und Schwierigkeiten, die normal waren. Sie besaßen ein schuldenfreies, großzügiges Einfamilienhaus in einer der besten Lagen Tübingens. Margret hatte sich heute Nachmittag ein schattiges Plätzchen in dem lauschigen Garten ausgesucht, um zu arbeiten. Der Terminkalender ihrer psychoanalytischen Praxis mit einer Adresse in der attraktiven Innenstadt war für das Pensum, das sie dort arbeiten wollte, brechend voll. Zu ihren weiteren Verdienstquellen zählte nicht nur die freiberufliche Arbeit als Frau Dr. Rosenfeld für die besagte Zeitschrift, sondern auch ihre Nebentätigkeit als kriminologische Gerichtsgutachterin. Ihre Betätigungsfelder waren abwechslungsreich und gut dotiert. Sie erwirtschaftete Geld, das sie eigentlich nicht brauchte, denn ihr Mann verdiente ebenfalls nicht gerade schlecht.

Nach einigen Minuten besann sie sich auf Trude Mayer. Ihr ging es wohl längst nicht so gut wie ihr. So ein blödes Problem mit dem Weichei-Söhnchen. Sollte Trude Mayer zu Hause doch mal ordentlich auf den Tisch hauen und dem

Schlawiner Beine machen. Aber das konnte sie ja schlecht als Antwort in die Redaktionssitzung einbringen. Da waren natürlich diplomatischere, nein, ‚psychologischere', sprich, verständnisvollere Ratschläge gefragt. Denn die Antwort richtete sich schließlich nicht nur an Trude Mayer, sondern an alle Leser der Rubrik, die vielleicht ähnliche Probleme hatten, und daraus ergab sich eine gewisse Verantwortung. Zu helfen war der armen Frau auf die Art so wie so nicht.

Ihren Job als Gerichtsgutachterin liebte sie besonders. Da mussten keine Probleme gelöst, sondern ‚nur' fachlich fundiert beschrieben werden. Und da konnte ihrem Geschmack nach auch mal ordentlich Tacheles geredet werden, wobei auch hier bestimmte akzeptierte Formen gewahrt zu bleiben hatten.

Aber das war im Moment bedeutungslos. Margret versuchte, die Antwort an Trude Mayer zu formulieren, blieb aber an etwas im Gespinst ihrer Gedanken hängen, was sie am Weiterarbeiten hinderte. Aus Versehen sah sie auf die Uhr. Schon wieder eine halbe Stunde vergangen, ohne dass sie einen verwertbaren Satz in das Laptop hinein getippt hatte. So schrumpfte ihr an und für sich üppiges Honorar, das sie für abgelieferte Antworten erhielt, im Vergleich mit der aufgewendeten Zeit langsam in der heißen Mittagshitze dahin. Zugegeben, auch bei Margret flutschte es nicht immer. Als jedoch gerade der erste zarte Hauch eines brauchbaren Ansatzes durch ihre Gehirnwindungen wehte, na, da kam tatsächlich, wer doch (?), nein, ihre Mutter um die Ecke. Und schon war die gute Idee entfleucht wie der Schatten eines scheuen Rehs vor dem Jägersmann. Margret war verärgert. Ihre Mutter kam durch die Gartentür direkt hinters Haus und winkte ihr und Moritz aufdringlich zu. „Entschuldigt, dass ich euch störe." Margrets Mund verformte sich zu einer angestrengten, schmalen Linie, die neutral aussehen sollte.

„Nein, Mama, du störst nicht; setz dich", gab sie gequält von sich, ohne dass der Vorwurf bei ihrer Mutter ankam. Die Überraschungsbesucherin holte sich einen Klappstuhl und setzte sich zu ihrer Tochter. „Habe ich dich bei der Arbeit unterbrochen, Margret? Ich sehe, ihr sitzt hier völlig auf dem Trockenen. Soll ich in die Küche gehen und uns eine Kanne Kaffee kochen?" Nebenbei winkte sie zu Moritz hinüber, der matt den Kopf hob und lässig zurück grüßte.

„Mama, du hast dich doch eben erst hingesetzt. Kannst du nicht ein wenig zur Ruhe kommen, du machst mich ganz nervös." Aber da hatte ihre Mutter bereits unbeeindruckt ihren Einkaufskorb geleert, den sie neben sich auf den Rasen gestellt hatte, und eine Papierverpackung herausgezerrt, die an einer Stelle triefte. „Ich habe uns Erdbeerkuchen gebacken; der muss sofort gegessen werden, sonst verdirbt er." Margret stöhnte unmerklich. „Na gut, geh' in die Küche und mach' Kaffee. Du brauchst aber nicht von mir zu erwarten, dass ich jetzt aufspringe und dir dabei helfe, das Geschirr heraus zu tragen."

„Moritz, willst du auch was?" rief Frau Burger zu ihrem Enkel hinüber. Ohne die Antwort ab zu warten, verschwand sie mit dem Kuchen im Haus.

Margret lehnte sich unwillig zurück. Arbeitstechnisch war der Nachmittag gelaufen. Sie überlegte kurz, ob sie behaupten solle, sie habe noch Patienten in der Stadt, um ihrer Mutter zu entkommen. Aber ein Rückzug war für Margret mit Aufwand und Unbequemlichkeiten verbunden, über die sie sich ärgerte. Also blieb ihr nichts anderes, als diesen unangekündigten Besuch auszuhalten, der eigentlich ein Überfall war, bei dem ihr ihre Mutter vor allem Zeit stahl. Seit einigen Wochen fanden solche Besuche immer häufiger statt. Margret seufzte, blickte auf das Laptop und fuhr das Programm herunter. Sie klappte es zu, unterließ es aber, es nach drinnen zu bringen, denn dann hätte sie ihrer Mutter ein kurzes Stück nachfolgen müssen, was diese als Bestätigung für ihren unverschämten Anschlag gewertet hätte.

Nach einigen Minuten war Frau Burger mit einem Tablett, Kaffeetassen, und allem zurück, was sonst für einen Nachmittagskaffee im Garten gebraucht wurde, bis auf das Getränk selber, das noch durch die Maschine lief. Sie fing an, Moritz zu bedienen, der sich nicht einmal von seinem

Liegestuhl zu erheben brauchte. Er ließ sich die Prozedur mit einer Seelenruhe gefallen, die Margret provozierte, und stellte die männlichste Souveränität zur Schau, zu der er in der Lage war.

In seinem Liegestuhl war er nicht gefährdet, Opfer zu werden. Seine Mutter hatte ihren Platz in ausreichender Distanz zu ihm aufgebaut, so dass sich Frau Burger hätte zweiteilen müssen, wenn sie vorgehabt hätte, beide in eine Plauderei zu verwickeln. Seine Oma entschied sich letztendlich für den Stuhl an der Seite ihrer Tochter. Für Kaffee war das Wetter im Grunde viel zu heiß, aber auch das störte Margrets Mutter wohl nicht. Eis oder ein kühles Getränk wären passender gewesen.

Nachdem der Kaffee endlich aufgebrüht war, saßen die beiden Frauen vor dampfenden Tassen und voll geschaufelten Tellern. Frau Burger wischte sich den Schweiß von der Stirn. „Ganz schön heiß heute", ächzte sie. „Hast du es auch schon gemerkt", gab Margret pampig zurück. Ihre Mutter fächelte sich mit einer Serviette Wind zu. Sie sah inzwischen richtig erschöpft aus und kämpfte mit den oberen Knöpfen ihrer Bluse, die sie zu öffnen versuchte. „Hilf mir doch bitte", quengelte sie. „Ich kriege es alleine nicht hin." Margret stand auf und beugte sich über sie. Mit wenig rücksichtsvollen Handgriffen zog und zerrte sie an den Knöpfen, rutschte ab und knuffte ihre Mutter mit einem lauten „Ich hab's" unsanft ins Kinn. „Autsch, kannst du nicht besser aufpassen?" beschwerte sich diese beleidigt und hielt sich übertrieben die Backe.

Margret grinste schadenfroh und entschuldigte sich wenig überzeugend. „Dein Kragen ist etwas eng. Ich hab' halt nicht viel Platz zum Hantieren gehabt. Kann doch mal passieren, oder?" Frau Burger schwieg einige Sekunden gekränkt, berappelte sich wieder und startete einen neuen Anlauf. „Der Papa ist am Vormittag auf die Modelleisenbahnmesse gefahren, er kommt erst heute Abend wieder, ziemlich spät. Da war es mir eben langweilig. Ich will nicht alleine zu Hause herum sitzen."

Frau Burger war in der letzten Zeit Margrets Einschätzung nach etwas depressiv geworden. Obwohl sie noch ganz rüstig daher kam, fing sie immer häufiger davon an, dass auch ihre Lebenszeit begrenzt sei, und dass sie gerne jede Minute mit ihren Lieben zubringen wolle. Damit meinte sie wohl besonders ihre Tochter und deren Familie. Margret konnte das zwar verstehen, rein theoretisch. Wer wusste es schon, vielleicht ging es ihr auch einmal so. Aber ihre Mutter klebte regelrecht an ihr. Sie merkte nicht die Bohne, dass sie ihrer Familie mit ihrem an und für sich verständlichen Anliegen in Wirklichkeit auf die Nerven ging. Dass sich ihr Vater auf die Modelleisenbahnmesse verdrückt hatte, war vordergründig betrachtet nichts Ungewöhnliches. Seit seinem vierzigsten Geburtstag war Modelleisenbahn sein Hobby. Das Problem war, dass Frau Burger keinerlei Gespür dafür hatte, ab wann andere anfingen, ‚gute Gründe' vorzuschieben, um ein wenig für sich zu sein, wie Margrets Vater. Er hatte es zwar noch nie direkt ausgesprochen, aber Margret unterstellte, dass sein Hobby zu einem guten Teil ein Vorwand war, um sich seiner Gattin zu entziehen. Margret konnte diesen Punkt sehr gut nachvollziehen, obwohl ihre Beziehung zu ihm überwiegend von chronischer Gleichgültigkeit geprägt war.

„Ist ja schon gut. Nun hast du mich doch erfolgreich vom Arbeiten abgehalten. Hör' jetzt bitte auf zu meckern und lass uns in Ruhe deinen Kuchen essen. Schmeckt im Übrigen nicht schlecht." Frau Burger zog verschämt die Schultern zusammen und versuchte ungeschickt, den Gesprächsfaden aufzunehmen. „Du arbeitest zuviel, Margret." „Hör auf damit, Mama", war die unwirsche Antwort, dekoriert mit einem strafenden Blick.

Frau Burgers Versuche, verständnisvoll zu sein, wurden von ihrer Tochter seit jeher zurückgewiesen; sie kannte es nicht anders, aber sie konnte und wollte sich, stur wie sie war, nicht daran gewöhnen. Schließlich war Margret ihr Kind, noch dazu ihr einziges. Konnte Margret nicht einmal ein bisschen zuvorkommender sein? Sie hätte es sich gewünscht, dass ihre Tochter einfach mal nur nett mit ihr umgegangen wäre; das hätte ihr ja gereicht und unendlich gut getan. Dabei hatte sie für sie immer nur das Beste gewollt, war für sie da gewesen, damit es ihr gut ging. Ihre Tochter dagegen quittierte ihre Bemühungen regelmäßig mit schlechter Laune und ablehnenden Bemerkungen. Es war zum Verzweifeln.

„Mama, ich finde, du solltest es endlich so machen wie Papa. Der hat sich ein Hobby zugelegt und kann etwas mit sich anfangen."

Da war er, der nächste Schlag ins Gesicht. Die absolut vernichtende Kritik daran, dass sie sich kümmerte, was doch eigentlich ganz normal war, oder nicht? Ihre Enkel brauchten sie zum großen Teil auch nicht mehr. So war ihr Gefühl.

Moritz lag immer noch in seinem Liegestuhl und spielte an seinem Handy herum. Hätte er sich nicht zu ihnen an den Tisch setzen können? Ansonsten tat er, als ginge ihn das alles hier überhaupt nichts an. Frau Burgers Miene verfinsterte sich zusehends, was Margret mit Genugtuung registrierte. Sie freute sich, dass ihre Mutter ihr Ziel nicht erreichte und sich nach wie vor schlecht fühlte. Außerdem war sie nicht dazu bereit, sich von ihr in ihren tiefen Depressions-Keller mit hinunter reißen zu lassen. „Ich will kein Hobby. Das ihr das nicht begreift", verkündete Frau Burger trotzig.

Margret hasste Grundsatzdiskussionen. Sie stand auf, ließ ihre Mutter sitzen, ging zu dem kleinen Schuppen neben dem Zaun, holte sich eine kleine Hacke und eine Schere und fing schweigend an, ein Blumenbeet zu bearbeiten. Wenn sie sie schon von der Arbeit abhielt, dann wenigstens nicht ganz. Etwas Nützliches musste heute noch getan werden. Sie hoffte, dass ihre Mutter nun für eine Weile den Mund hielt, ansonsten wusste sie nicht, was sie ihr heute noch an den Kopf knallen würde, um sie zum Verstummen zu bringen.

Das Beet, über das sie sich hermachte, war zum Teil mit Unkraut zugewachsen. Die Stauden, die sich dort durchkämpften, hatten sich mit anderen Pflanzen verschlungen, die nicht ins Beet gehörten. Eine Radikalverjüngung des Gesamtarrangements war notwendig, wenn aus den Pflanzen diesen Sommer noch etwas werden sollte. Margret fing an, mit Energie zu rupfen und zu kürzen. Mit der Schere schnitt sie kräftig in die Pflanzen, und schnell türmten sich neben ihr auf dem Rasen kleine Haufen Grünzeug auf, je weiter sie sich vorarbeitete.

Und je mehr sie schnitt, desto mehr fing die Sache an, Spaß zu machen. Es war soviel Umkraut da, dass sie nicht sehr aufzupassen brauchte, wenn sie keinen Schaden anrichten wollte mit der Art, wie sie über das Beet ging. Ihre ausladenden und kraftvollen Bewegungen führten dazu, dass die Personen um sie herum immer mehr in den Hintergrund traten. Ihre Mutter war beinahe nicht mehr anwesend. Hatte sie gerade eben etwas gesagt oder war ihr es nur so vorgekommen? Egal, sie hatte eine Aufgabe zu erledigen, und es war deshalb ganz normal, nicht ständig ansprechbar zu sein.

Sie kam schnell voran. Die Schere flog nur so über die Pflanzen und machten sie an manchen Stellen kurz, an machen Stellen vielleicht etwas zu kurz. Ganz schön destruktiv, dachte sie so bei sich, als sie einen Hortensienstrauch inspizierte, nachdem sie ihr Werkzeug etwas zu forsch angesetzt hatte. Das wird schon wieder nachwachsen, dachte sie lächelnd. Trotz des kleinen Missgeschicks machte es ihr Spaß. Sie überlegte, ob sie Gärtnern nicht doch verstärkt zu ihrem Hobby machen sollte. Dann würden ihr auch die Fehler von gerade eben nicht mehr passieren. Ein Garten war vorhanden, sie brauchte sich lediglich mehr Zeit dafür zu nehmen. Das Zurückschneiden hatte etwas Wohltuendes, Aggressives. Es hatte etwas, wobei man auf eine legale, ja gerade zu konstruktive Art gewalttätig sein konnte, und dazu noch Leben ermöglichte, wenn man es genau betrachtete. Die Pflanzen konnten sich in dem Dickicht ja letztendlich nicht entfalten.

Als die Berge von Ausgerupftem und Abgeschnittenem größer und größer wurden, wurde ihr richtig heiß. Sie richtete sich auf, und obwohl ihr Rücken von der ungewohnten, gebeugten Haltung schmerzte, betrachtete sie stolz ihr Werk, sowohl den Abfall wie auch das gejätete Beet. Vielleicht wäre es nicht schlecht, bei Gelegenheit in einen Baumarkt zu fahren und sich nach neuen Pflanzen umsehen. Nicht dass sie die alten gerade eben komplett ruiniert hätte, nein, sie bekam Gefallen daran, dem Ganzen einmal ein ganz neues Gesicht zu geben. Ähnlich wie bei einem Tapetenwechsel.

Auf einmal merkte sie, dass ihre Mutter neben ihr stand. „Siehst du", wandte sie sich an sie. „Man kann nicht immer herumsitzen, sich über sinnloses Zeug unterhalten und die Zeit totschlagen. Es gibt so viel zu tun. Und es füllt einen aus. Das solltest du endlich mal begreifen."

„Ihr wollt mich nicht, ich bin euch lästig, gebt es doch endlich zu", jammerte die alte Dame. „Nein, Mama, aber jeder braucht auch Zeit für sich. Deshalb ist Papa auch auf die Eisenbahnmesse gefahren. Warum hat er dich denn nicht mitgenommen?" Eine hintertriebene Falle, in die Frau Burger brav hinein tappte. „Er hat gar nicht gefragt, ob ich mitkommen will. Gemein, nicht?" krähte sie. „Nein, nicht gemein. Er wollte seine Ruhe haben, verstehst du?" Ein ‚vor dir' konnte sie sich gerade noch verkneifen. „Seit wann verteidigst du ihn? Das ist neu, das kenne ich gar nicht!" kam postwendend als Retourkutsche.

Margret war beim Gärtnern in Fahrt gekommen und hätte gute Lust gehabt, ihrer Mutter nun richtig eine rein zu würgen. Sie ließ es wohlweislich nicht so weit kommen und passte lieber auf, dass der Streit nicht zu sehr eskalierte, um die Aufräumarbeiten zu vermeiden. „Schon gut, schon gut. Du hast ja recht. Lassen wir das." Mit Genugtuung betrachtete sie das Unkraut und die anderen Pflanzenteile, die Opfer ihres Eifers geworden waren.

Der Nachmittag wollte und wollte nicht verstreichen. Seit ihre Mutter da war, kam es Margret so vor, als ob die Zeit stehen geblieben war. Was sollte sie als nächstes tun, um ihr aus dem Weg zu gehen? Mit übertriebener Gemächlichkeit holte sie einen Eimer und packte den Abfall hinein. Danach schleppte sie ihn zur Biomülltonne, die zum Glück in der Garage stand, so dass sie einige Meter zu gehen hatte. In der Garage sah sie sich langsam um, betrachtete das Gerümpel und die vielen alten Fahrräder, die sich im Laufe der Jahre angesammelt hatten und ihrem flotten Cabrio den Platz streitig machten. Die geräumige Garage wirkte dennoch nicht voll gestopft, aber nur deshalb, weil das Auto ihres Gatten fehlte. Martin Hamann fuhr damit jeden Tag nach Stuttgart ins Büro. Er arbeitete bei einer großen Versicherung und war dort in leitender Funktion angestellt. Erst gegen 19 Uhr würde er wieder zurück sein und seinen kurzen Feierabend genießen, so gut es eben ging, um sich am nächsten Morgen um 6.30 Uhr wie jeden Tag erneut auf den Weg ins Büro zu machen. Das Zusammenleben lief daher bei den Hamanns auf eine Wochenendehe hinaus. Sein ansehnliches Gehalt forderte eben diesen Preis.

Was mache ich nur? dachte Margret, der ihre Flucht in die Garage plötzlich kindisch vorkam, während sie ihren Blick über das ganze Zeug wandern ließ, das hier herumstand. Nach kurzem Innehalten fiel ihr wieder ein, dass sie den Gartenabfall entsorgen wollte, was sie nach einem weiteren Zögern erledigte. Was konnte sie als nächstes tun? Sich zum Aufräumen in die Garage zu verziehen, dazu war sie nicht bereit. Außerdem war das auch keine wirksame Maßnahme, ihre Mutter zu vertreiben. Erfahrungsgemäß würde sie letztendlich nur erreichen, dass sie länger blieb als normalerweise. Also beendete sie ihre Drückebergerei und zockelte brav zum Gartentisch zurück, an dem Frau Burger immer noch saß und mit vorwurfsvollem Blick auf die Tochter wartete.

„Du bist immer so abweisend, Margret", lamentierte sie. „Was willst du denn, Mama?" „Dass du dich ein wenig um mich kümmerst, wenn sich Papa schon aus dem Staub macht, das ist alles." Sie gab nicht auf. Immer die gleiche Leier. Gequält schenkte sich Margret eine Tasse Kaffee ein und schnaufte demonstrativ. „Du musst dich auch mal selbst beschäftigen. Du kannst dich nicht ständig um uns kümmern, wir brauchen das nicht, begreifst du das nicht?" versuchte Margret es ihr zu hunderttausendsten Mal zu erklären, was natürlich für die Katz' war. Vermutlich würde diese

Besonderheit ihres Verhaltens mit zunehmendem Alter eher schlimmer als besser. Margret graute es. „Du weißt genau, dass ich mich nicht so viel um dich kümmern kann. Sag' jetzt nicht wieder, dass ich zuviel arbeite. Ich will es so."

Um darauf nichts entgegnen zu müssen, nippte Frau Burger lieber an ihrer Kaffeetasse und schlug die Augen nieder. „Also gehe ich euch doch auf die Nerven", stieß sie beleidigt aus. „Mir reicht es jetzt, Mama", brauste Margret auf, warf ihre Tasse auf den Teller und verließ aufgebracht den Garten.

Verdammt, sie regte sich auf, dass es wehtat. Am liebsten hätte sie ihr den Kragen umgedreht.

Aber nicht doch, Margret, eine vors Schienbein treten ist vollauf ausreichend.

Der Tadel des wohlerzogenen Teils in ihr brachten sie ein wenig auf den Teppich zurück. Sie beruhigte sich und entschied sich fürs Arbeitszimmer. Die E-Mail mit der Anfrage von vorhin erschien auf dem Bildschirm. Ach ja, es ging noch um Trude Mayer und ihren arbeitslosen Sohn. Auf der Suche nach dem verschwundenen Reh klopfte sie alles, was ihr so spontan in den Kopf kam, in die Tastatur. Aussortieren konnte sie später noch, aber vielleicht war ja etwas Brauchbares dabei. Grundsätzlich war es angebracht, dass Trude Mayer ihren Sohn sanft, aber unmissverständlich auf die Strasse setzte. Nur nicht zu zimperlich mit ihm umspringen. Immerhin war er erwachsen und konnte selbst staatliche Unterstützung für sich beantragen. Oder war das nicht ein bisschen hart? ,Sorgen Sie dafür, dass Ihr Sohn aktiv bleibt, damit sich seine Passivität nicht verfestigt. Das ist das Schlimmste, was Ihnen (und selbstverständlich Ihrem Sohn) passieren kann, denn sonst wird es ihm immer schwerer fallen, Initiative zu ergreifen. Liebe Trude Mayer, denken Sie daran, dass es keine Zeit zu verlieren gibt. Ich wünsche Ihnen für Ihre Versuche alles Gute! Ihre Frau Dr. Rosenfeld.' Das war nun aber schnell gegangen, ein wahres Feuerwerk der Effektivität.

Margrets Mutter hatte ungeahnte Energien mobilisiert. Wenigstens dafür hätte Margret ihr einmal dankbar sein können. Was Eltern nicht alles für ihre Lieben taten? Selbst unter Inkaufnahme immenser eigener Opfer.

Margret speicherte ihre Ergüsse hastig ab und fuhr den Computer herunter. Eigentlich war die Antwort an die Redaktion auf dieses Problem kein Hexenwerk gewesen, wahrlich nicht. Aber sie bemerkte seit längerem an sich und an allem, was sie zu arbeiten hatte, egal, ob als Therapeutin, Gerichtsgutachterin oder Redaktionsmitglied, eine gewisse Trägheit, die sich eingeschlichen hatte, und einen Mangel an Kreativität, der ihr Sorgen zu machen begann. Selbst einfachste Schlussfolgerungen und Deutungen fielen ihr zunehmend schwer. Wenn sie ehrlich war, stellte sie Einbußen in der Genauigkeit ihres Urteilsvermögens fest.

Und sie hasste geschäftsschädigendes Verhalten.

Vielleicht war das ein Thema für ihre Supervision, der sie sich alle paar Wochen pflichtbewusst unterzog, weil es als ‚professionell' galt. In Wirklichkeit verabscheute sie die Supervision, in der sie Rechenschaft über ihre Arbeit ablegen musste. Das war wie sich nackt auszuziehen, was sie als Freiberuflerin als ungeheuerliche Zumutung empfand. Jahre zuvor war sie bereits während ihrer Lehranalyse permanent ohne Hosen herumgelaufen und fand diese nicht enden wollenden Demütigungen unerträglich.

Trotzdem, vielleicht hatte ihr geheimer Chef ein paar Tipps übrig. Eine gute Vorbereitung war alles. Sie würde das Thema so vorbringen, dass sie sich nicht blamierte und nicht wie eine Null dastand. Die beunruhigende Vorstellung, dass sie noch zwei Jahrzehnte in dieser Branche durchhalten und funktionieren musste, bis sie sich zur Ruhe setzen konnte, war Anlass genug für diese ihrer Meinung nach lästige, aber letztendlich reife Einsicht.

Na gut, sie würde sich Gedanken machen.

Frau Burger rang derweil mit einem dicken Kloß im Hals. Wie eine zu Unrecht gemaßregelte Schülerin harrte sie im Garten aus, als ob ihr jemand zur Strafe befohlen hatte, sitzen zu bleiben und sich ja nicht von der Stelle zu rührenden. Nein, sie lief Margret nicht hinter her. Das hatte so wie so keinen

Sinn, würde nichts bringen, sondern die Fronten nur noch mehr verhärten in dem Kampf mit den ungleichen Waffen. Zutiefst beschämt saß sie da, als sie Moritz zum zweiten Mal bewusst wahrnahm.

Im Gegensatz zu Margret war mit ihm ganz gut zu reden, von daher wagte sie sich zu ihm hinüber. Aufstehen und herkommen würde er eh nicht, der Art und Weise nach zu urteilen, wie er sich im Liegestuhl räkelte.

„Moritz, was ist eigentlich mit deiner Mutter los? Habe ich irgendetwas nicht richtig mitbekommen?" fragte sie übervorsichtig.

Moritz wandte ihr erst jetzt sein Gesicht zu und blinzelte durch die halbgeschlossenen Augenlider. „Hm?" Seine Oma sah ihn fragend an. „Ach Oma, ich weiß auch nicht", antwortete er lässig. „Reg' dich doch einfach nicht so auf. Sie wird sich schon wieder beruhigen."

Aber auch er unternahm keine weiter gehenden Bemühungen, den Seelenfrieden seiner Großmutter zu retten. Er hatte eigene Sorgen. In der Schule wurde es mit der nahenden Abiturprüfung immer härter für ihn. Er wollte sich daher aus allen möglichen Konflikten, die im Hause Hamann so herumschwirrten und Stress verursachten, heraus halten und auf keinen Fall in irgendeinem Zusammenhang zur Zielscheibe werden. Aber seine Mutter ging ihm auch sonst auf den Geist. Ihre völlig unentspannte, uncoole Art störte ihn enorm. Am liebsten wäre er ausgezogen, aber aus seinen Eltern das nötige Kleingeld dafür herauszuschinden, war ein Projekt, das von vornherein zum Scheitern verurteilt war. Es war hoffnungslos, obwohl er den Eindruck hatte, dass genügend Geld vorhanden gewesen wäre. Den genauen Einblick hatte er natürlich nicht. Wenn seine Oma heute Nachmittag nicht aufgekreuzt wäre und nicht wie ein Blitzableiter alle Spannungen auf sich gezogen hätte, hätte seine Mutter seinem ´Chill-out´ sicher ein baldiges Ende bereitet und ihn auf sein Zimmer genötigt, um irgendeinen Schwachsinn für die Schule zu pauken, den sowieso keiner wissen wollte.

Das war absehbar gewesen.

Dass er in seinem Zimmer natürlich nicht für die Schule, sondern fürs Leben lernte, indem er sich überlegte, wie er am Geschicktesten die neuesten Computerspiele illegal aus dem Internet herunterladen konnte, konnte sie eh nicht kontrollieren. Aber wenn sie unbedingt angelogen werden wollte? Bitte. Er ahnte insgeheim, dass er nicht der einzige war, der seine Mutter hinters Licht führte.

„Glaubst du wirklich?" wollte Frau Burger wissen, wie eine Ausgehungerte auf der Suche nach dem kleinsten Fitzelchen Trost. „Bestimmt", gab er zurück und winkte abwiegelnd mit dem Arm. Seine Oma tat ihm leid, weil sie sich immer so ungeschickt in den Mittelpunkt von Auseinandersetzungen manövrierte und die Prügel abbekam, die sie nicht verdient hatte. Ihre Tragik bestand darin, dass sie in dieser Hinsicht nicht im Geringsten lernfähig war.

Die Abgeklärtheit ihres Enkels entwaffnete Frau Burger vollends. Ihr fiel nichts Sinnvolles ein, womit sie ihn hätte in ein Gespräch verwickeln können. Dabei hätte sie sich so gerne mit ihm unterhalten. Aber alles, was ihr in den Sinn kam, erschien ihr als Aufhänger zu unbedeutend, zu läppisch, als das sie den Mut aufgebracht hätte, ihn damit zu ‚belästigen'. Bei den jungen Leuten heutzutage den richtigen Ton zu treffen, war unglaublich schwer, fand sie. Also knipste sie ihre Handtasche auf und blätterte in ihrem Geldbeutel. Dann steckte sie ihrem Enkel verstohlen einen 50 Euroschein zu und grinste verschmitzt, als ob ihr gerade ein hinterlistiger Streich eingefallen wäre.

„Danke, Oma", entgegnete Moritz relaxt und versenkte den Schein mit einer Verrenkung seines Armes dezent in seiner Hosentasche. Er war es gewohnt, von seinen Großeltern Geld zugesteckt zu bekommen. Es war immer nur eine Frage der Zeit, bis er Oma an den Punkt gebracht hatte. „Sag's aber nicht der Mama", kommentierte sie ihr Geschenk, das für sie wie ein subversiver Racheakt an ihrer Tochter war. Moritz zwinkerte konspirativ, griff neben sich und hob einen Comic vom Rasen auf, in den er sich sogleich vertiefte, als klares

Signal an Omi, dass auch er ein sehr beschäftigter Mann war, der nicht gestört werden wollte. Also gut, das Gespräch war beendet. Die Alte trollte sich in Richtung Terrassentür.

Das Geschirr ließ sie im Garten stehen. Sollte es Margret doch alleine aufräumen. Bestimmt saß sie in ihrem Arbeitszimmer. Frau Burger ging durch das Wohnzimmer und durch das Treppenhaus auf die Haustür zu, schielte nach oben und rief: „Ich geh' dann mal wieder, tschüüüß." Eine Antwort wartete sie nicht ab. Es kam auch keine. Von außen prüfte sie noch, ob das Schloss ganz eingerastet war, und stieg auf ihr Fahrrad, um nach Hause ans andere Ende der Stadt zu radeln.

An den Job als Lebensberaterin ‚under cover' war Margret durch Zufall geraten. Genauer gesagt, über Beziehungen. Er war ihr sozusagen zugeflogen. Mit ihrem zweiten Standbein war es ähnlich gelaufen. Für ihre Zulassung als Gerichtsgutachterin beim Landgericht Tübingen hatte sie nur wenige Hebel in Bewegung setzen müssen, um einen Richter dazu zu bringen, sie mit Aufträgen zu versorgen. Gleich nachdem sie ihre Praxis als Psychoanalytikerin eröffnet hatte, hielt sie nach den beiden Jobs Ausschau, denn es stand bald fest, dass sie unmöglich fünfmal pro Woche tagtäglich mehrere Patienten analysieren konnte. Da wäre sie ja selber schnell verrückt geworden. So waren ihr einstiges Praktikum in einer Justizvollzugsanstalt für Männer, das sie während des Studiums absolvierte, und ihre Fortbildungen in Kriminalpsychologie an einem einschlägigen Institut, die sie unmittelbar im Anschluss an ihre Lehranalyse durchlief, der Türöffner in dieses Metier. Mit dem Leiter des Instituts, der sie irgendwann mal bei einem lockeren Treffen im informellen Kreis mit dem Richter bekannt machte und an ihn weiter empfahl, verstand sie sich sehr gut und hielt auch nach dem Ende der Kurse lockeren Kontakt - wer wußte, für das noch alles gut sein konnte. Sie brauchte für den Vermittlungsdienst auch kein Verhältnis mit ihm anzufangen; von ihm gingen keinerlei Anzüglichkeiten aus. Alles ging ohne die übliche Gegenleistung über die

Bühne, zu der sie sich vielleicht sogar überwunden hätte, wenn es gar nicht anders gegangen wäre, weil es normalerweise den stillschweigenden Gepflogenheiten entsprach. Aber insgeheim war sie doch froh darüber gewesen, wie es bei ihr gelaufen war, denn vor älteren Männern mit Kinnbart und Halbglatze, wie er einer war, ekelte sie sich. Warum er sie wohl unterstützte? Vielleicht erinnerte sie ihn an seine Tochter? Dabei wusste sie gar nicht, ob er eine Tochter hatte. Sie unterstellte ihm kurzer Hand irgendeine Projektion, eine unbewusste Übertragung, wie sie sie in ihrer Ausbildung zur Psychoanalytikerin zur Genüge kennen gelernt hatte, einen blinden Fleck sozusagen, dem er hilflos ausgeliefert war und den sie geschickt für ihre Zwecke ausnutzte.

Nur die Ausbildung zur Psychoanalytikerin war ein richtig großer Brocken gewesen. Jahrelang war sie mehrmals die Woche zur Eigenanalyse angetreten und musste – wie sie fand – für sie erniedrigende und zum Teil auch unwahre Einsichten in ihre Persönlichkeitsentwicklung zugeben. Ihre Lehranalytikerin war da eine total arrogante Schnepfe. Nach drei Jahren intensivster, entehrender Nabelschau bekam sie, als es daran ging, den Verlauf der weiteren Ausbildung und deren Beendigung in den Blick zu nehmen, von ihr die Rückmeldung, sie sei noch nicht so weit. Sie habe noch nicht alle Komplexe aus ihrer frühen Kindheit ausreichend genug erkannt und durchgearbeitet. Von daher sei die Lehranalyse noch lange nicht abgeschlossen. Sie bräuchte noch mindestens ein Jahr weiterer intensiver Eigenanalyse. Die gute Frau konnte oder wollte partout nicht akzeptieren, dass es in Margrets Kindheit wenige Ereignisse oder Beziehungskonflikte gegeben hatte, die einen Minderwertigkeitskomplex oder einen sonst wie gearteten Persönlichkeitsschaden an ihr verursacht hatten. Nein, so die Ausbilderin, sie habe da noch ein paar Punkte, die sie bearbeiten müsse, wolle sie selber als Analytikerin an anderen Menschen heilend wirksam werden. Das hatte Margret während der Analyse zutiefst gekränkt. Ihre Wut bezog sich in den nicht enden wollenden Sitzungen (an denen nicht schlecht verdient wurde) weniger auf ihre Mutter oder ihren Vater als auf die Lehranalytikerin selbst, die nach dem Grundsatz verfuhr, dass jeder in der Analyse an (s)einen Abgrund kommen müsse, um die Ausbildung erfolgreich zu meistern. Auch Margret sollte davon nicht verschont bleiben, alle traditionellen analytischen Initiationsriten zu durchlaufen, je blutiger, desto besser. So kam sie nicht umhin, ihren lieben Eltern die bittersten Vorwürfe zu machen, um den Blutdurst ihrer so genannten Lehrmeisterin zu befriedigen. Dass die Schlussfolgerungen aus diesen Erfindungen, die sie in der Therapie unter Anleitung erarbeitete, nicht sonderlich stimmig waren, führte dummerweise dazu, dass die Lehranalyse so lange verlängert wurde, bis Margret Deutungen vorlegte, die auf dem Hintergrund der Weltanschauung ihres Ausbildungsinstituts stimmig klangen. Und das dauerte. Zwei ganze Jahre brauchte Margret letztendlich länger als alle anderen, die mit ihr die Ausbildung begonnen hatten, um endlich die Berechtigung zum Praktizieren in der Tasche zu haben.

Aber vielleicht war ja was dran an dem, was sie sich an Kritik an ihren Eltern aus den Fingern gesaugt hatte? Jahre später, vor allem, wenn ihre Mutter wie so oft eigenmächtig herein geschneit kam, fielen ihr die Lehrgespräche von damals wieder ein, und sie fand sie gar nicht mehr so daneben. Allerdings ging das diese blöde alte Kuh von Lehranalytikerin doch nichts an. Daran hielt Margret trotzig fest. Sie schaffte den Ausbildungsabschluss doch noch, war aber mit Psychoanalyse, wie es in ihrem Institut gelehrt wurde, erst mal fertig. Ihr gelang es sogar, entgegen aller Erwartungen, eine eigene Praxis ins Laufen zu bringen, und sie verdiente anständig Geld damit.

Die Praxis schlauchte Margret ungemein. Was sie sich da alles anhören musste. Manchmal war sie zu Hause noch so zornig und aufgewühlt, dass ihr Mann abends schon gar nicht mehr gerne vom Büro heimkam, um nicht Opfer oder Zeuge einer ihrer Anfälle zu werden. Es waren bereits Kleinigkeiten, die sie an die Decke gehen ließen. Es genügte, wenn eines der Kinder die Schuhe nicht ordentlich hingestellt hatte. Dann steigerte sie sich in eine miese Stimmung hinein, die sie unausstehlich werden ließ. Die Diskussionen, die es dann gab, liefen sehr leise ab. Nein, es wurde nicht geschrieen. Aber es wurde geredet, d.h. Margret knöpfte sich den Übeltäter vor und strafte ihn mit einer Gardinenpredigt, die derartig unter die Haut ging, dass er keinen Piep mehr hervorbrachte. Alle gingen ihr danach für einige Zeit aus dem Weg. Zum Glück hatte sie eben recht schnell die Sache mit den Gerichtsgutachten in Angriff genommen, eine Arbeit, die sich sehr positiv auf ihre Umgänglichkeit auswirkte, aber leider nur einen kleinen Teil ihrer beruflichen Betätigung ausmachte. Allein mit Gerichtsgutachten konnte sie ihre Zeit nicht zubringen, geschweige denn so viel Geld verdienen, wie sie es sich vorgenommen hatte. Dazu bekam sie zu wenige Aufträge.

Es waren etwa drei oder vier im Jahr, an die sie herankam. Aber die fesselten sie ungemein. Sie fand es unglaublich reizvoll, aus der Gutachterrolle heraus Menschen zu untersuchen, die die Grenzen des Legalen übertreten hatten. In der ‚normalen' Analyse in ihrer therapeutischen Praxis gaben die meisten Patienten die abscheulichsten Fantasien zu, in denen sie ihre liebsten Angehörigen aus irgendwelchen Rachegelüsten heraus vierteilten, abwürgten, ersäuften, erstachen und abhäuteten, und sich gebärdeten wie die schlimmsten Sadisten. Allerdings hatten sie alle nicht den Mumm, ihre wüsten Gelüste in die Tat umzusetzen. Wie beeindruckend war es da, Menschen, die sich über diese Grenze gewagt hatten, aus nächster Nähe zu begegnen und ihnen wie eine gefräßige Made in alle geistigen Ritzen zu kriechen und sich zu bedienen. Alle Gutachten, die sie seit Anbeginn ihres beruflichen Wirkens verfasst hatte, hatte sie in Papierform in einem Ordner abgeheftet, den sie in einem abschließbaren Schrank verwahrte. Sie besaß nur noch diese Exemplare. Alle anderen Informationsquellen zu ihren Fällen, Gesprächnotizen, Entwürfe der Gutachten usw., hatte sie aus datenschutztechnischen Gründen vorsichtshalber zurückgegeben oder vernichtet. So besaß der Ordner für sie die Bedeutung eines kostbaren Archivs, der ihre bis jetzt angehäufte kriminologische Expertise dokumentierte, und den sie wie einen Augapfel hütete.

Meistens waren die Gerichte ihren Empfehlungen gefolgt, das heißt, immer, bis auf ein einziges Mal. Das war gleich ihr zweites Gutachten gewesen, bei dem sie sich natürlich als Anfängerin noch besonders viel Mühe gegeben hatte, und bei dem der zeitliche Aufwand, den sie betrieben hatte, in keinem Verhältnis zum Honorar stand, das sie hinterher in Rechnung stellte. Sie hatte es damals mit einem Angeklagten zu tun, der unter Alkoholeinfluss gewalttätig geworden war. Eigentlich war die Beurteilung seiner Zurechnungs- und Schuldfähigkeit ein Standardfall. Sie hatte ihn damals für voll straffähig gehalten, wogegen das Gericht ihr in dieser Einschätzung nicht gefolgt war. Das war ein harter Schlag gewesen, der sie in ihrem beruflichen Selbstwertgefühl empfindlich getroffen hatte, der ihre infantilen narzisstischen Bedürfnisse frustrierte, wie es ihre Lehranalytikerin formuliert hätte, um sie von ihrem hohen Ross zu holen, wie sie es nannte. Dabei waren solche Gefühle der Enttäuschung doch normal, fand Margret. Aus heutiger Sicht hatte sie nichts falsch gemacht und war auf strikt rationalem Weg zu ihrer Einschätzung gekommen, so vernünftig, wie es in dieser schwammigen Materie eben möglich war. Der Richter dagegen – es war übrigens nicht der, dem sie empfohlen wurde und durch den sie sich letztendlich als Gutachterin etablieren konnte - ignorierte die Schlussfolgerungen ihrer Untersuchung fast völlig und sprach ein ihrer Meinung nach viel zu mildes Urteil aus.

„Frau Hamann, finden Sie nicht, dass Sie sich ein wenig wie ein Herrgott aufspielen?" hätte ihre Lehranalytikern sie spitzig gefragt und sie hingestellt, als sei sie vom Größenwahn befallen und jenseits jeglichen Realitätsbezugs. Dabei hatte sie selbst die Dreistigkeit besessen, sich wie die Kaiserin von China höchstpersönlich aufzuspielen, indem sie

Margret während ihrer Ausbildung ständig abkanzelte und dies auch noch genüsslich auskostete. An dem, was ihr alles einfiel, wenn sie an den besagten Ordner auch nur dachte, also noch nicht aus dem Schrank geholt hatte und in den Händen hielt, realisierte Margret zum wiederholten Mal, das die Gutachtertätigkeit das war, was ihr am meisten lag. Warum das so war, brauchte sie in dem Zusammenhang ja nicht mehr zu interessieren. Schließlich hatte sie ihre Lehranalyse längst hinter sich. Dass ihr diese dumme Lehranalytikerin aber bis heute wie ein böser Schatten folgte, machte sie schon ärgerlich. Sie hatte ihr nicht nur während der Ausbildung das Leben schwer gemacht, nein, sie schaffte es auch, es ihr lange danach noch zu verderben.

Aufsässig, als ob sie es ihr noch einmal zeigen wollte, holte sie rasch den Ordner aus dem Schrank und wiegte ihn in den Armen wie ein Baby. Für Selbstzweifel war einfach kein Platz. Jetzt nicht, denn es stand ein neuer Fall an, für den sie als Gutachterin bestellt worden war. Diesmal war es eine richtig große Sache. Da hieß es, vor Aufregung nicht den Boden unter den Füssen zu verlieren. Es reichte nur der bloße Gedanke an den neuen Fall und Margret schoss eine lebendige Röte ins Gesicht, die sich warm anfühlte. Damit die Aufregung nicht über Hand nahm, konzentrierte sie sich auf den Inhalt des Ordners und auf die Aufträge, die sie in der Vergangenheit erfolgreich abgeschlossen hatte. Sie war keine Anfängerin. Allerdings hatte es Margret dabei noch nie mit einem Mord beziehungsweise einem mutmaßlichen Mörder zu tun gehabt. Kein Wunder, dass ihr Kreislauf auf Touren kam. Zum ersten Mal in ihrer Karriere wurde sie mit der psychologischen Untersuchung eines Hauptverdächtigen betraut, der unter dem dringenden Verdacht stand, einen heimtückischen Mord begangen zu haben. Er schien auch noch alle Indizien gegen sich zu haben. Und das war natürlich sensationell und dazu geeignet, ihr einen weiteren kleinen Karrieresprung zu ermöglichen, wenn sie alles mit Bravour meisterte.

Worauf sie sich besonders freute, war der Mensch, den sie auseinander nehmen durfte, dessen Psychodynamik sie alsbald sezierte wie eine Leiche in der Gerichtsmedizin, um ihn hinterher mit groben Stichen wieder zusammenzuflicken. Hier machte es richtig Spaß, Psychoanalyse anzuwenden. Ihre Mutter war – dem Himmel sei Dank – wieder auf dem Nachhauseweg, und für die Anfrage von Trude Mayer hatte sie jetzt für die Redaktion eine brauchbare Vorlage. Das war nun die Gelegenheit, sich an die konkreten Vorbereitungen heranzuwagen und alsbald die Unterlagen zu sichten, die ihr die Kommissarin der Tübinger Polizeidirektion nach einem Gespräch überlassen hatte.

Beim Blättern im Ordner fiel Margret ein, dass es vielleicht gar keine so gute Idee war, alte Gutachten zu lesen, auch wenn sie sie noch so gelungen fand. Professioneller war es, sich mit einem ganz unverstellten Blick an die neue Sache dran zu machen und die alten ruhen zu lassen. Ihre Unvoreingenommenheit hätte unter dem Aktenstudium leiden können. Deshalb klappte sie den Deckel kurzerhand wieder zu, legte aber wie zum Abschied, von dem man wusste, dass er zeitlich begrenzt war, beide Hände auf ihren kostbaren Schatz. Sie schloss die Augen, strich mit den Fingern sanft über den Deckel und sog den strömenden Atem voller Behagen tief in sich hinein, während sie meditativ den Kopf zurücklegte. Sie stellte sich vor, wie sie nach einigen Monaten ihr neuestes Gutachten in ihm abheftete, nachdem sie eine aufregende Zeit mit der Untersuchung des Täters zugebracht und sich intensiv mit seinen abnormen Handlungsimpulsen beschäftigt hatte. Sie würde alles tun, um ihre Aufgabe perfekt zu erledigen. Nach einigen Momenten der Andacht öffnete Margret die Augen. Der Ordner rutschte wieder an seinem gewohnten Platz im Schrank.

Bis zu ihrem ersten Termin in der Mordsache Kai Wolbert, so hieß der augenscheinliche Mörder, waren es noch einige Tage, und sie hatte bis dahin in ihrer Praxis noch einige Patienten zu behandeln.

Die lagen ihr schwer im Magen wie eine Riesenportion viel zu fett heraus gebratener Sardinen, Kopf und Schwanzflosse inklusive. Ihre Motivation mit den Patienten war beinahe auf dem Nullpunkt angelangt. Morgen früh war es wieder soweit. Vier Sitzungen standen auf dem Programm. Vier Stunden lang das ewige Gejammer von Leuten, die meinten, im Leben zu kurz gekommen zu sein, und vor Selbstmitleid beinahe zerflossen. Vier Leute, denen es finanziell betrachtet ganz ordentlich ging, zumindest wesentlich besser als dem Durchschnitt der Bevölkerung, und die sich den Luxus gönnten, ihre Wohlstandsprobleme in einer ausgedehnten Analyse auf Kosten des allgemeinen Gesundheitssystems zu kultivieren. Im Prinzip hatten sie sonst keine Sorgen, außer dass ihnen meistens echte Herausforderungen fehlten, die sie gezwungen hätten, sich anzustrengen, aus dem eigenen Leben etwas zu machen und mit dem Lamentieren endlich aufzuhören.

Margret sah auf die Uhr und vom Fenster aus auf den leeren Liegestuhl im Garten. Auf dem Rasen zeichneten sich länger werdende Schatten ab. Moritz war bestimmt in die Küche gegangen, um sich aus dem Kühlschrank etwas zu essen zu holen. Seit Martin immer später vom Büro nach Hause kam, gab es immer seltener gemeinsame Abendessen. Früher, als die beiden anderen Kinder der Hamanns noch zuhause wohnten, war es üblich, wenigstens am Abend einmal als Familie gemeinsam zusammen zu sitzen. Nach dem Auszug der beiden Großen war dieser Fixpunkt immer häufiger ausgefallen, mit Ausnahmen an den Wochenenden. Auch wenn der Eindruck möglich war, dass Martin auf das alte Ritual keinen ausdrücklichen Wert mehr zu legen schien, hielt er samstags und sonntags erstaunlich konsequent durch. Bis jetzt jedenfalls. Auch wenn er mit seinen Sinnen meistens überwiegend abwesend wirkte und wie ein einsilbiger Ölgötze dabei saß, er war wenigstens physisch voll und ganz präsent. Vielleicht dachte er, dass es für seinen jüngsten Sohn wichtig war, seinen Vater wenigstens manchmal für eine oder zwei Stunden zu sehen, und vielleicht trug er diesem

Bedürfnis pflichtschuldig Rechnung. So ganz eindeutig war das aber nicht.

Margret selbst dachte immer häufiger an den Zeitpunkt, an dem auch Moritz flügge wurde. Schon jetzt zeigte er deutlich, dass er seine eigenen Wege gehen wollte. Zuerst war aber das Abitur wichtig. Bis dahin war sie nicht bereit, die Daumenschrauben zu lockern. Die Aussicht auf ein Leben nur mit Martin fand sie gut, auch wenn sich alle Gewohnheiten geändert haben würden und sie als Paar in einen neuen Rhythmus finden mussten. Sie ging davon aus, dass er sie noch liebte, obwohl sie nicht benennen konnte, woran sie das festmachte. Es war nicht bloß ein vages Gefühl. Immerhin tat er alles dafür, dass es ihnen materiell an nichts mangelte, diskussionslos, und das war doch Liebesbeweis genug, oder? Vor allem in so einer langen Ehe, wie sie sie führten. Dass sich da Durststrecken ergaben, betrachtete sie als unvermeidlich.

Martin, dachte Margret bei sich. Sie konnte derzeit gar nicht genau sagen, in welcher Welt er lebte, was ihn beschäftigte. Das erschreckte sie ein wenig, und sie nahm sich vor, ihm heute Abend, wenn er wie gewöhnlich spät eintraf, mehr Aufmerksamkeit zu schenken als sonst. Im Büro schien es bei ihm drunter und drüber zu gehen. Er war im Stress, das hatte sie daran gemerkt, dass er seit Monaten keinen Sex mehr wollte. Das heißt, Sex war als Thema zwischen ihnen einfach verschwunden, weil wohl jeder zuviel mit sich beschäftigt war.

Von unten drangen Geräusche aus der Küche zu ihr hoch. Das klappernde Besteck bestätigte ihre Vermutung. Moritz war dabei, sich selber zu versorgen. Wenige Minuten spätern hörte sie, wie er die Hälfte der Treppe zu ihr hoch stieg. „Ich geh' dann mal, Mama!" rief er ihr zu. „Zum Training?" rief sie zurück und drehte dabei ihren Kopf in die Richtung, aus der sie sie Antwort erwartete.

„Jaaaa", antwortete er barsch, abweisend. Er hasste es, wenn seine Mutter ihn so etwas fragte. Weder war er ein kleines

Kind, noch hätte er sich in diesem Punkt kontrollieren lassen. Also, was sollte die Anmache?

Margret zog missmutig den Mundwinkel hoch. „Ist doch eine ganz normale Frage, oder?" Moritz interpretierte den gereizten Ton seiner Mutter richtig und hielt es für besser, nun ganz schnell zu verschwinden. Er griff sich seine Tasche mit den Fußballsachen und ließ schleunigst irgendeine unverfängliche Antwort fallen, die Margret von oben gar nicht mehr richtig verstand. Dass sie ihm nachrief, nach dem Training gleich nach Hause zu kommen, bekam er schon nicht mehr mit, denn im selben Augenblick verließ er das Haus, und das Türschloss rastete ein.

Nun war sie alleine. Ihre erste Reaktion auf diese Tatsache bestand in einem tiefen Seufzer. Martin würde vermutlich frühestens in einer Stunde kommen oder auch später. Plötzlich hatte sie das Gefühl, nicht mehr zu wissen, was sie nun als nächstes tun sollte. Nicht nur das Haus strahlte eine befremdliche Leere aus, sondern auch ihre Stimmung bewegte sich in einem nichts sagenden, unausgefüllten Raum. Irritiert stellte sie fest, dass sie im Grunde gar nichts mit sich anfangen konnte, wenn sie nicht arbeitete. Dabei hätte sie so dringend mal eine Phase des Nichtstuns gebraucht, in der sie einfach ihre Freizeit genoss. Faul herum liegen, die Seele baumeln lassen und verschwenderisch die Stunden vorüber ziehen lassen, ohne sich ständig um die lächerlichen Problem anderer Menschen kümmern zu müssen, ohne ständig an das Geld zu denken, so tun, als ob sich die kostbare Zeit aus einer unerschöpflichen Quelle speiste, wie der süße Brei in dem Märchen. Das wäre herrlich gewesen. Stattdessen tat sich in ihr ein dunkles Vakuum auf, ein gähnendes Loch wie ein unendlich tiefes Grab, das sie befremdlich zur Kenntnis nahm, mit dem sie nichts anfangen und es eilig zudecken wollte, bevor seine Sogwirkung sie erfasste.

Weil ihr nichts Besseres einfiel, knöpfte sie sich ihr Arbeitszimmer vor. Voller Eifer trat sie auf den Flur an den Schrank, in dem der Staubsauger verstaut war, und zerrte einige Putzsachen heraus, als ob wie nach einem Giftanschlag unmittelbare Gefahr in Verzug gewesen wäre. Nach kurzem Hin und Her entschied sie sich für den Staublappen und fing an, ihr großes Bücherregal abzuwischen. Es war ein breites Regal, das bis zur Decke reichte. Auf den neun Regalböden waren alle ihre Bücher untergebracht. Früher hatte sie noch mehr besessen, aber als sie vor einigen Jahren in dieses Haus eingezogen waren, hatte sie im Zuge einer Radikalmaßnahme ihren Bestand auf diesen Umfang verkleinert und einen großen Teil der Bücher, der ihr nicht mehr gefiel, ohne Bedenken zum Altpapier geworfen. Trotzdem, fand sie, waren noch genügend übrig geblieben, die nun in den Genuss einer Begegnung mit dem Staublappen kamen. Im Handumdrehen nahm sie jedes einzelne Buch in die Hand und wischte gründlich darüber, denn wenn sie schon einmal etwas in Angriff nahm, waren keine halbe Sachen mehr erlaubt, wie bei allem, was sie anpackte. Ansonsten hätte sie ja nicht damit anzufangen brauchen.

Danach kam der Schreibtisch dran. Den ganzen Krimskrams, der auf ihm verstreut herumlag, Stifte, Büroklammern, Reißnägel, Radiergummis, usw. legte sie in eine eigens dafür vorgesehene Schale zurück. Beim Bearbeiten der Holzoberfläche fiel ihr auf, wie wenig Kratzer er eigentlich aufwies, obwohl sie ihn häufig benutzte. So war es aber mit allen ihren Sachen. Margret ging derart pfleglich und penibel mit ihnen um, dass man manchmal meinte, sie hätte sie gar nicht in Gebrauch. Als sie sich überlegte, ob sie nicht auch noch ihr Fenster mit dem wunderschönen Blick auf den Garten putzen sollte, bekam sie mit, wie jemand das Haus betrat. An den Schritten erkannte sie, dass Martin heimgekommen sein musste. Sie beendete ihren Reinlichkeitsanfall.

2. Kapitel

Es war gegen halb neun, als er das Wohnzimmer betrat. Martin Hamann war ein hoch gewachsener Mann im so genannten besten Alter, eine charismatische Erscheinung. Seine dünne Aktenmappe hatte er bereits an der Garderobe abgelegt, ebenso wie sein Jackett. Die Kleiderordnung seiner Firma zwang ihn zu Anzug, Hemd und Krawatte, was in den nun anbrechenden Sommermonaten eine Tortur bedeutete, denn die Räume waren technisch stümperhaft klimatisiert. Auch heute war das Wetter für Businessklamotten zu warm. Tagsüber überschritten die Temperaturen die 30 Gradmarke. Als Margret die Treppe herunterkam, drehte er sich nicht um. Nein, er ließ sich mit einem leicht vernehmbaren ‚aaahhhhh' in die Polsterecke plumpsen und schloss die Augen. Es dauerte eine Weile, bis Margret etwas sagte, denn sie überlegte, wie sie ihn am besten begrüßte. Ihn heute auf einen Abend einzustimmen, an dem sie sich vielleicht einmal seit langer Zeit miteinander unterhielten, fiel ihr nicht leicht, sondern brachte sie ungeachtet ihrer langen Ehejahre sogar in Verlegenheit. Sie entschied sich für ein schlichtes „Hallo, Martin, schön, dass du schon da bist."
Halb neun war beinahe früh. Nicht selten war ihr Mann erst so gegen zehn wieder daheim. Martin reagierte mit einem nichts sagenden „mmmmhhh", ohne die Augen zu öffnen, und blieb liegen. Margret war sich nicht sicher, ob ihre Anwesenheit erwünscht war. Sie setzte sich in einen Sessel gegenüber und suchte nach passenden Worten. Ohne eine rechte Idee beließ sie es vorerst beim gemeinschaftlichen Schweigen in der Hoffnung auf seine verbindende Wirkung. Martin sah müde aus und wollte sicher erst einmal seine Ruhe haben, um anzukommen. Ihr fiel ein, dass er ja Hunger haben könnte. An den Tagen, an denen er später nach Hause kam, hatte er meistens kein Bedürfnis mehr nach einer Mahlzeit, denn er hatte häufig unterwegs oder in der Firmenkantine etwas gegessen, wie er zu berichten pflegte. In der Regel setzte er sich noch vor den Fernseher, um sich von irgendwelchen Nachrichten des Tages berieseln zu lassen,

und legte sich danach ins Bett, um unweigerlich einzuschlafen.

„Hast du Hunger? Ich kann dir ein oder zwei Stücke Fleisch in die Pfanne hauen. Rinderfilet. Es wäre zwar für morgen gewesen, aber ich kann ja noch mal was besorgen." Eines seiner Augenlider klappte hoch. Sein Gesicht wurde asymmetrisch, und er linste zu ihr hinüber. „Gutes Angebot; das nehme ich gerne an." Damit hatte er nicht gerechnet, aber er war angenehm überrascht. Er hatte zwar keinen echten Hunger, aber gebratenes Fleisch ging immer.

Kurz darauf war das Fleisch fertig. Margret richtete es auf zwei Teller mit ein paar italienischen Vorspeisen an, die sie in Gläsern vorrätig hatte, und stellte sie zusammen mit einem Brotkorb und zwei Flaschen Bier auf den Tisch. Martin erhob sich von seinem Lager und schlappte zu ihr in die Küche.

Er stutzte. Zwei Teller? Frustriert nahm er zur Kenntnis, dass seine Frau ihm wohl Gesellschaft leisten würde, und bereute es, dass er sich wie einen Fisch an die Angel hatte nehmen lassen.

Für eine Ablehnung des Angebots war es zu spät. Sein ruhiger Abend war dahin. Es sah so aus, als wollte sich Margret allen Ernstes mit ihm unterhalten. Dabei war er nicht im Geringsten auf Kommunikation mit ihr aus. Am Haken zu zappeln war sinnlos und verursachte womöglich zusätzliche Schmerzen. Von der nüchternen Realität eingeholt, ließ er sich wie ein Gelackmeierter auf dem Stuhl nieder und begann zu essen. Dabei stierte er auf seinen Teller und wich dem Blickkontakt mit seiner Frau aus.

„War viel los heute im Büro?" erkundigte sich Margret vorsichtig.

Er ließ sich nicht drängeln, kaute langsam und bequemte sich endlich zu einer nichts sagenden Antwort. „Immer das gleiche, ….total ….stressig, …..total viel los. ….Ständig stehen irgendwelche endlosen Besprechungen an", murmelte er dumpf, ohne von seinem Teller aufzuschauen. Zwischen den einzelnen Worten schob er mit der Gabel Fleischteile hin und her, öffnete sich eine Flasche Bier und goss sich ein Glas ein.

„Ich habe den Eindruck, dass das in den letzten Monaten eher noch zugenommen hat, findest du nicht?" machte Margret weiter und übersah die nahezu mikroskopische Zuckung, die Martin durchfuhr und die er nicht unterbinden konnte, als er ihre Einschätzung hörte. Überraschenderweise wurde er redseliger, was Margret freute. Er sah sie sogar an und lächelte dazu gewinnend, obwohl sich das, was er erzählte, nicht sonderlich erfreulich anhörte. „Ja, die Ansprüche an das, was wir in der Firma leisten sollen, steigen eben ständig. Wenn du deine Position nicht verlieren willst, bist du gezwungen, dein Hamsterrädchen permanent in Bewegung zu halten", erklärte er wie ein Unschuldslamm und setzte noch etwas nach, damit Margret ja nicht auf die blödsinnige Idee kam, ihm psychologische Tipps zu geben, wie er seine Situation ihrer Meinung nach verbessern könnte. „Weniger arbeiten geht halt einfach nicht. Entweder du bist ganz vorne mit dabei oder gar nicht. So ist das eben in unserer heutigen Zeit. Da muss man durch."

Am Gesichtsausdruck seiner Frau stellte er erleichtert fest, dass sie seinen Argumenten nichts entgegen zu setzen hatte. Margret sollte keinen Verdacht schöpfen, denn er hatte im Prinzip nicht vor, sich scheiden zu lassen. Noch nicht. Oder vielleicht auch gar nicht. Er war unschlüssig. Seine Frau hielt mit beiden Händen und aufgestützten Ellenbogen ein halbvolles Glas fest und war damit beschäftigt, mit den Zähnen einen Bissen Fleisch zu zerkleinern. Nachdem sie ihn endlich hinunter geschluckt hatte, rang sie nach geeigneten Formulierungen, damit die Unterhaltung irgendwie weiter ging, aber ihr fiel wieder nichts Überzeugendes ein. Es war wirklich schwierig geworden, mit Martin ein Gespräch zu führen. Es war zum Verrücktwerden. Er selber machte es ihr auch nicht gerade leicht, die Konversation aufrechtzuerhalten. Vielleicht lag es einfach an seiner Müdigkeit? Diese Erklärung erschien ihr einleuchtend, obwohl sie sie nicht recht zufrieden stellte.

„Du", setzte sie nach einer Unterbrechung neu ein. „Wir haben uns für dieses Jahr überhaupt noch nicht überlegt, wohin wir in Urlaub fahren wollen." Vielleicht war Arbeit als Gesprächsthema nach einem langen Tag im Büro ungeeignet. Sie konnte das Bedürfnis, abschalten zu wollen, sehr gut nachvollziehen. Urlaub war ein besseres Stichwort, zumal vor wenigen Tagen in der Schule die Sommerferien begonnen hatten. Möglicherweise interessierte Martin das am Feierabend mehr.

Komisch, seine Begeisterung hielt sich in Grenzen. Das war früher anders gewesen. Der arme Kerl. Margret fing an, sich um Martins Verfassung Sorgen zu machen.

Ihr Ehemann dagegen hatte gehofft, dass das Thema Urlaub dieses Jahr unter den Tisch fallen würde, und versuchte, seinen Unmut darüber, dass es doch aufkam, zu überspielen. „Du hast doch noch Urlaubstage übrig, oder?" fragte sie nach, weil sie seine verhaltene Reaktion überhaupt nicht einordnen konnte. „Und in deiner Firma sind sie doch auch froh, wenn du in den Sommerferien frei nimmst, oder nicht?"

Der maskenhafte Blick ihres Mannes war auf jeden Fall ein Hinweis auf ein Problem, aber auf ein anderes, eines, für das Margret keine Antennen haben wollte. Er trug in der Tat eine schwere Last mit sich herum. Die Ursache seiner vieler Überstunden lag nämlich nicht in dem überdimensional ausgearteten Arbeitspensum, das faktisch zwar nicht weniger war als früher, aber auch nicht mehr. Die Ursache war vielmehr eine Kollegin aus der Nachbarabteilung, mit der er ein diskretes Verhältnis angefangen hatte, weil Margret ihm zu anstrengend geworden war und er Gelegenheiten suchte, bei denen er sich wirklich einmal entspannen konnte. Sein Stress bestand daher in der Hauptsache darin, dieses Techtelmechtel vor Margret und vor allem vor Moritz und dem Rest der Familie zu verheimlichen. Er wollte nicht, dass irgendjemand wegen dieser Sache den Respekt vor ihm verlor. Der Respekt war jedoch nur das Allerwenigste, was auf dem Spiel stand. Das Urlaubsthema nötigte ihm weitere Tarn- und Ausweichmanöver ab. Er hatte vor, dieses

Abenteuer zumindest noch die zwei bis drei Monate auszukosten, die die Kollegin noch in der Gegend verbrachte, bevor sie eventuell in eine Niederlassung der Firma nach Frankreich wechseln und ihren Wohnsitz nach dorthin verlegen würde. Heute Abend hatte sein süßes Mäuschen leider eine wichtige Telefonkonferenz und war daher nur für ein kurzes Treffen zu haben gewesen. Einige Überstunden waren ausgefallen. Dass sein Sohn längst einen Verdacht hegte, war ihm gänzlich entgangen.

Das Unangenehme bestand nun in Margrets forschendem Blick, der aufmerksam auf ihn gerichtet war. Er hatte das Gefühl, dass sein Gesicht auf einem Scanner lag.

„Ja, zum Glück, ich hab' noch einige Tage übrig, natürlich", war das erste, was ihm als Ausflucht von den Lippen rutschte. Er schmunzelte sie dazu betont harmlos an und hob dabei die Augenbrauen weit in die Stirn hoch. Aber sofort trübte sich ihre Stimmung dunkel ein. „Was ist?" Martin zitterte wegen Margrets plötzlicher Zurückhaltung. War sie ihm auf die Schliche gekommen? Mit einem Mal war er ganz angespannt, nervös und registrierte hellwach jede Kleinigkeit an Reaktion. Sein überraschendes Interesse an ihrer Befindlichkeit versöhnte Margret ein wenig und lockerte den Stachel, der sie getroffen hatte. „Ich hab' selber gar nicht mehr rechtzeitig daran gedacht, dass wir uns in den Sommerferien den Terminkalender freihalten. Ich bin für die nächsten Wochen viel zu viele Verpflichtungen eingegangen. Das alles zu verschieben, haut nicht mehr hin. So etwas Dummes." Sie sah ganz verhärmt aus.

Puuhhh. Martin fiel ein Stein vom Herzen. Das war gerade noch mal gut gegangen. Seine Frau hegte keinen Verdacht. Sie hatte bestimmt keine Ahnung von Iris, seiner Kollegin. Sofort hatte er ein paar mitfühlende und betroffene Worte und Gesten parat, obgleich er sich insgeheim über Margret lustig machte. Das war mal eine schöne Psychologin, seine Frau. Sie durchschaute ihn offensichtlich überhaupt nicht. „Dann können wir uns doch was für nächstes Jahr vornehmen." Er langte mit seiner Hand über den Tisch zu seiner Frau hinüber und legte sie tröstend auf ihren Unterarm, heilfroh über den ach so tragischen Urlaubsausfall. Und über das nächste Jahr brauchte er sich auch noch nicht den Kopf zerbrechen, denn das war noch lange hin. Wer wusste schon, was bis dahin noch alles passierte. Margret durfte von seinen Hintergedanken aber nichts merken.

Das Vorgaukeln falscher Tatsachen bei seiner Frau machte ihm nicht im Geringsten etwas aus. Jahrelang hatte er in dieser Ehe – er mochte nicht sagen, gelitten – aber doch ausgehalten und einiges ertragen. Andere wären längst über alle Berge gewesen, keine Frage. Und das legitimierte ihn seiner Meinung nach zu ein paar kleinen Notlügen um seines seelischen Überlebens willen.

Er hatte sich Iris wirklich verdient. Sie war allerdings nicht sein Typ. Man konnte im Leben eben nicht alles bekommen. So begnügte er sich mit dem, was sich ihm in nächster Umgebung, ohne großen Aufwand zu betreiben, anbot – so bescheiden war er. Und jetzt war er strikt dagegen, dass ihm jemand das kleine Zwischenspielchen verdarb. Mit großer Wahrscheinlichkeit würde er bei Margret bleiben. Aber er brauchte dringend Erholung von ihr.

Margret hatte den Eindruck, dass sich Martin ihr heute zuwandte und sie wirklich verstand, und so fing sie sogar an, den Abend zu genießen, auch wenn die Enttäuschung über den verpassten Urlaub nachwirkte. Es kam ihr vor, als ob er sich voll und ganz auf sie einließ, was sie schon lange nicht mehr erlebt hatte. An das Thema Sex traute sie sich jedoch noch nicht heran. Sie hielt es für besser, von Martin nicht zu viel zu erwarten, ihn nicht zu überfordern. Außerdem hatte sie gar keine Lust, mit ihm ins Bett zu gehen. Es war ihr sogar recht, dass er in dieser Hinsicht so anspruchslos geworden war. Womöglich tat solch eine eher platonische Phase, wie sie sie gerade durchlebten, einer Beziehung, die Jahre alt war, sogar ganz gut. Sie hätte ihn allerdings abends gerne häufiger gesehen, um mit ihm zu reden, ihm zu erzählen, was sie den Tag über bewegte, was sie erlebt hatte, was für abartige Menschen bei ihr gewesen waren. Auf die Idee, dass es gerade das war, was Martin an ihr so irremachte, kam sie nicht im Geringsten. Er war in der Vergangenheit häufig ihr Opfer geworden, wenn sie ihn mit allem möglichen Schrott zukleisterte, den sie selber den ganzen Tag zwanghaft wie eine Müllsammlerin bei anderen aufgelesen hatte, und von dem sie selbst nicht wusste, wohin damit.

Ihn interessierten die Probleme anderer Leute einen Dreck. Was sollte er sich die Storys aus den Therapien seiner Frau anhören? Es nützte keinem. Früher fand er diese Geschichten interessant und spannend, aber nach der fünfzehnten verkorksten Kindheit bezweifelte er, ob das ganze Geld, das für Psychoanalyse ausgegeben wurde, tatsächlich so gut angelegt war. Er sah keinen Sinn darin, immer auf den gleichen Problemen herum zu hacken. Die Behandlungen zogen sich über Jahre hin, und die Leute fühlten sich hinterher auch nicht glücklicher. Im Gegenteil. Dass Margret damit nicht zurechtkam, konnte er nachvollziehen. Aber mein Gott, dann sollte sie sich eben auf ihre anderen Standbeine konzentrieren und die Praxis verkaufen. Das wäre mal eine vernünftige Entscheidung gewesen. Er hütete sich aber, ihr diesen Vorschlag zu unterbreiten, denn dann hätte es sicher eine für ihn unangenehme Diskussion gegeben. Also ließ er es tunlichst bleiben.

Sie waren mit dem Essen fertig. Margret wäre gerne noch ein bisschen länger sitzen geblieben, aber Martin rutschte unruhig auf seinem Stuhl hin und her. Das war das Signal, dass er genug geredet hatte. So stapelte sie das benutzte Geschirr aufeinander und packte es in die Spülmaschine. Nach einigen Augenblicken hörte sie den Fernseher leise laufen und war unsicher, ob es gut war, sich zu ihm zu setzen. Doch da horchte sie auf. Aus dem Piepsen schloss sie, dass Martins Handy eine SMS empfangen hatte. Als sie, angelockt von dem Ton, ins Wohnzimmer kam, packte Martin das Handy hastig weg und starrte auf den Fernsehbildschirm.

„Wer war denn das?" fragte Margret neugierig. „Och, eigentlich niemand", wiegelte Martin ab.

„Niemand?" Margret sah ihn fragend an. „Weiß nicht. Hab' nicht genau geguckt. Sicher nur jemand aus dem Büro, dem noch was eingefallen ist."

Für Margret war es unwahrscheinlich, dass es keine SMS aus Martins Büro war, denn er pflegte aufgrund seiner ausgedehnten Arbeitszeiten seit Monaten keine weitläufigen privaten Kontakte oder gar Freizeitaktivitäten mehr. Und überhaupt hatte sich sein Leben in den letzten Jahren derartig auf die Arbeit konzentriert, dass es unzweifelhaft jemand aus dem Büro war, der um diese Uhrzeit noch etwas von Martin wollte.

In diesem Zusammenhang fiel ihr auf, dass sie eigentlich gar keine Kollegen ihres Mannes kannte. Warum hatte er nie welche nach Hause eingeladen? Sie nahm sich vor, ihn das bei Gelegenheit zu fragen, aber nicht jetzt. Sie wollte ihn nicht mit zu vielen Anliegen überfallen, wenn er schon mal früher Feierabend gemacht hatte als sonst.

Sie wechselte das Thema, um die Stimmung nicht zu gefährden, die irgendwie auf der Kippe zu stehen schien. „Ich fand es heute Abend schön, dass wir noch eine Stunde für uns hatten", schmeichelte sie ihm, aber Martin spielte diesen Ball nicht zurück. Langsam bewegte sie sich auf das Sofa zu, auf dem er sich niedergelassen hatte, und setzte sich neben ihn. Er sah wieder auf den Fernseher. Margret bemühte sich um Gemütlichkeit und lehnte sich zurück, konnte sich aber nicht richtig entspannen. Irgendetwas in ihr war stocksteif. Es lief gerade eine Talkshow mit nichts sagendem Inhalt, mit nichts sagenden Gästen, gut dazu geeignet, vom Ernst des Tagesgeschäfts abzulenken. Die Moderatorin schlichtete eben einen Streit zwischen zwei Teilnehmern, die sich gegenseitig ins Wort gefallen waren. Sie konnte nicht sagen, ob Martin das Geschehen wirklich aufnahm oder ob er mit sich beschäftigt war. Jedenfalls beachtete er sie nicht.

Plötzlich sah er sie doch an und lächelte befremdlich. „Ich glaube, ich werde mich demnächst schlafen legen. Ich bin so müde", behauptete er. „Wann kommst du morgen Abend nach hause?" Diese Frage brannte Margret auf den Nägeln, woraufhin er zögerte. „So wie immer natürlich." „Schade." Margret nahm sich enttäuscht zurück. „Hast du so viel zu tun?" fragte sie resigniert. „Du hast doch auch immer so viel zu tun und willst auch deine Ruhe, Margret", wehrte er sich in der Hoffnung, dass sie sich derart mit Arbeit zugehäuft hatte, dass seine Argumentation eine nicht zu widerlegende Schlagkraft entfaltete. Er ahnte, dass Margret in der nächsten Zeit in Bezug auf dieses Thema eine gewisse Hartnäckigkeit an den Tag legen würde. Diese Hartnäckigkeit war fester Bestandteil ihrer Persönlichkeit, und ließ sie die Dinge, die sie einmal ins Fadenkreuz genommen hatte, unnachgiebig verfolgen, bis sie mit ihren Absichten ihrem Ziel ein gutes Stück näher gekommen war. Zum ersten Mal seit dem Beginn seiner Affäre schwante ihm übel, dass die gemütliche Zeit vorüber war. In Zukunft würde er sich wegen Iris etwas einfallen lassen müssen.

Dann kam Moritz vom Fußballtraining nach Hause. Er warf seine Tasche in die Ecke. „Du kannst dein verschwitztes Zeug gleich mal in den Keller bringen", rief ihm seine Mutter missbilligend zu. Wortlos und mit einem Beigeschmack von überwundenem Widerwillen erledigte Moritz den Auftrag, wobei er nur einen kurzen Blick aus dem Augenwinkel zu seinen Eltern hinüber warf und sich gleich darauf in sein Zimmer verzog.

„Apropos Arbeit. Ich bin vom Gericht wegen eines Gutachtens angefragt worden", knüpfte sie an Martins Bemerkung von vorhin an. „Schön." Martin drehte sich nicht zu ihr hin, als er das sagte, sondern tat so, als ob er der langweiligen Talkshow folgen würde, die sich seit Minuten inhaltlich nicht von der Stelle bewegte.

„Diesmal geht es um einen Tatverdächtigen, der einen Mord begangen haben soll."

Wenn das nichts Besonderes war. Der Versuch, seine Aufmerksamkeit zu erheischen, scheiterte kläglich. Martin verharrte reglos in seiner ursprünglichen Position, als ob er aus Blei gewesen wäre, und schien kein vertieftes Interesse an ihren Berichten zu haben.

„Gut, gut, ich werde dich nicht länger damit belästigen." Ernüchtert ließ sie davon ab, mit ihm ins Gespräch zu kommen, gab sich mit dem zufrieden, was sie erreicht hatte. Nach einigen weiteren Minuten, die schweigend verstrichen, stand sie auf. „Ich geh' nach oben." Martin nickte ihr beiläufig nach.

Martin hatte das Haus am nächsten Morgen lange, bevor Margret aufstand, verlassen, wie immer ohne Frühstück. Nun saß sie alleine in der Küche, schlürfte an ihrem morgendlichen Kaffee und blätterte in ihrem Terminkalender, um sich einen Überblick zu verschaffen, was der Tag heute so brachte. Vier Patienten waren am Vormittag in ihrer Praxis angemeldet. Am Nachmittag standen erste Termine für das Gerichtsgutachten auf dem Programm. Moritz torkelte mit geschwollenen Augen herein, rieb und streckte sich wie ein Murmeltier, das eben nach der Winterruhe aus seinem Versteck hervor gekrochen kam, und holte sich Milch für sein Müsli aus dem Kühlschrank. Sein T-Shirt hing aus dem Hosenbund heraus.

„Was steht bei dir heute in der Schule alles an?" wollte Margret wissen. „Nicht viel." Moritz hasste diese Frage. Er gähnte abweisend, kippte Haferflocken in eine Schale und die Milch dazu. „Hast du heute Nacht wieder am Computer herum gesessen?" bohrte seine Mutter weiter. „Nein", verteidigte er sich mürrisch. Es ging ihm heute Morgen alles viel zu schnell. Konnte sie ihn nicht einfach in Ruhe lassen? „Warum bist du dann so müde?" „Weiß nicht", entgegnete er gereizt und strich sich die Haare, die nach einem Friseurbesuch geradezu schrieen, mehr recht als schlecht aus den Augen. Tief über die Schüssel gebeugt löffelte er unausgeschlafen und geräuschvoll sein Frühstück in sich hinein. Margret goss sich eine zweite Tasse Kaffee ein.

„Wie war's gestern beim Fußball?" „Gut." „Was habt ihr danach noch gemacht?" „Halt wie immer. In die Kneipe bei der Sporthalle." „Entschuldige, dass ich mich dafür interessiere." Margret hatte nicht vor, einen Streit anzufangen. Aber schließlich war Moritz noch nicht so erwachsen, als dass jegliches Nachfragen überflüssig gewesen wäre. Auch wenn er beinahe volljährig war. Sie fing an, sich aufzuregen. „Ich muss los", sagte er kurz und deutete auf die Küchenuhr an der Wand. Wenig später stand er auf, ohne seine halbleere Müslischale abzuräumen, und machte sich mit einem „Tschüß, Mama" auf den Weg in die Schule. Margret leerte das übrige Müsli in den Biomüll, stellte das Geschirr in die Spülmaschine und begab sich ins Badezimmer.

Der Sommer war dieses Jahr äußerst schwül. In der Nacht fielen die Temperaturen kaum unter 17 Grad, und bereits zu dieser frühen Stunde war es eindeutig, dass es ein feuchtheißer Tag werden würde. In der Praxis hatte Margret zwar einen Ventilator, aber sie verabscheute es, wenn neben ihrer Arbeit her stundenlang ein Motor brummte. Der Vormittag versprach, anstrengend zu werden. Margret nutzte die vorerst letzte Gelegenheit für eine kurzlebige Erfrischung und ließ den Morgenmantel auf den Boden fallen. Unter der Dusche drehte sie das kalte Wasser auf und zuckte einen Augenblick zusammen, als der eiskalte Strahl ihre Haut berührte. Nach einer abrupten Beschleunigung ihres Herzschlags und dem Drang tief einzuatmen, beruhigte sich ihr Kreislauf schnell, und sie merkte, wie die Dusche sie erfrischte. Abgekühlt stieg sie aus der Duschwanne und trocknete sich ab.

Während sie sich abrubbelte, fiel ihr Blick immer wieder in den Spiegel über einem der Waschbecken. Zuerst beachtete sie sich gar nicht, aber nach dem dritten Blickkontakt mit sich selber blieben ihre Augen am ihrem Spiegelbild hängen. Seltsam, sie hatte sich schon lange nicht mehr bewusst angesehen. Wer war diese Frau, hätte sie sich fragen können, musste aber zugleich lachen, weil sie den Gedanken kitschig und aufgesetzt fand. Sie nahm Stück für Stück ihre Kleider von einem Hocker und streifte sie über. Dabei blieb ihr Blick erneut am Spiegel hängen, und sie schaute prüfend in ihr Gesicht. War sie eigentlich noch attraktiv? Sie war im April 48 Jahre alt geworden. Und Martin? Was war mit ihm? Fand er sie noch attraktiv? Was war das eigentlich gestern Abend? Sie sah ein, dass sie über ihn gegenwärtig überhaupt nichts sagen konnte. Sie wusste weder, was er arbeitete, noch, wie es ihm dabei ging und so weiter. Außerdem die Sache mit dem Urlaub, der diesmal ins Wasser fiel, übrigens das erste Mal in ihrer Ehe. Sie hatte im Nachhinein nicht den Eindruck, dass es ihm etwas ausgemachte. Ganz im Gegenteil. Zudem wirkte sein Interesse an ihr gestern äußerst verhalten. Hatte er sie überhaupt angesehen? Sie meinte, sich daran zu erinnern, dass das durchaus der Fall war. Aber sein Gehabe. War es nicht ein wenig gekünstelt? Und er hatte nicht im geringsten Anstalten gemacht, mit ihr ins Bett zu gehen. Plötzlich fiel es ihr wie Schuppen von den Augen. Was war, wenn er eine Freundin hatte? Zugetraut hatte sie es ihm lange Jahre nicht. Aber was war, wenn doch? Ihre Augenbrauen zogen sich zusammen und ihr Blick wurde finster. Die Margret im Spiegel war hässlich und glotzte sie argwöhnisch an.

3. Kapitel

Die Vorstellung, dass Martin sie betrügen könnte, ließ sie nicht mehr los. Sie fraß sich wie ein tödlicher Parasit in ihre Gehirnwindungen hinein und setzte sich fest. Den ganzen Weg zur Praxis über kreiste ihr Denken um diese Vorstellung herum. Margret stellte ihr Cabrio auf ihrem Parkplatz ab und betätigte hastig die Automatik für das Schließen des Daches. Danach stürmte sie, ohne nach rechts und links zu sehen, über die Strasse. Abrupt fuhr ihr der Schreck in alle Glieder. Bremsen quietschten laut und schmerzhaft. Unmittelbar vor sich sah sie kreidebleich auf eine Kühlerhaube und nahm die Hitze eines Motors wahr, die sie viel zu nah an ihren nackten Beinen spürte. Ein Fenster wurde herunter gekurbelt und eine Stimme, die zu einem wütenden Männergesicht gehörte, schrie sie an, ob sie noch alle Tassen im Schrank hätte. Erst jetzt kapierte sie, was passiert war. Mit Mühe brachte sie ein verdattertes ‚Entschuldigen Sie bitte' hervor, das der Mann mit einer weiteren Schimpftirade beantwortete, und balancierte auf ihren Absatzschuhen sichtlich angeschlagen zum Gehweg. Als sie es geschafft hatte, die Straße zu überqueren, fuhr er endlich weiter. Und als sie sich schließlich in ihrer Praxis auf einem Sessel niederließ, fühlte sie sich, als habe ihr jemand mit einem großen Hammer heftig auf den Kopf geschlagen. Ihr Körper zitterte. Am liebsten wäre sie wieder nach Hause gegangen, hätte sich ins Bett gelegt und wäre nie wieder aufgestanden.

Wenig später klingelte es. Ihr erster Patient, genauer gesagt, ihre erste Patientin, eine Frau um die 30, im Erscheinungsbild geschmackvoll-natürlich, war eingetroffen. Sie betrat das Zimmer, das von Margret elegant mit schönen Designermöbeln in Weiß ausgestattet war, pflanzte sich relativ selbstbewusst auf den Platz, der gewöhnlich den Patienten vorbehalten war, schlug die Beine übereinander und starrte Margret herausfordernd an. Optisch machte sie sich gut zwischen den Einrichtungsgegenständen, mit denen Margret das Zimmer dekoriert hatte. Es handelte sich, wie bei den meisten Leuten, die sich in Margrets Praxis analysieren ließen, um eine Person aus dem Kreise der gut etablierten gehobenen Mittelschicht, der Sorte von Menschen also, die aufgrund ihrer vorteilhaften Lebensbedingungen sowieso günstige Prognosen hatten, Leute vom Schlage Margrets, die ihr insgeheim unsäglich auf den Geist gingen, ohne dass sie sagen konnte, warum. Die Frau war wegen angeblicher Depressionen bei ihr gelandet. Meistens drehten sich die Gespräche um ihre Befindlichkeit. Sie fühlte sich nicht glücklich genug. Aber wer war schon glücklich?

Die Patientin sah aus, als wollte sie sofort loslegen, und ignorierte frech, dass ihre Therapeutin noch bis vor kurzem mit den Tränen gekämpfte. Margret brachte die Sitzung mehr recht als schlecht ins Laufen, ein Knochenjob. Ihre Konzentrationsfähigkeit befand sich auf dem Tiefpunkt. Was erzählte die Frau da? Sie machte ihr Vorwürfe und behauptete, ihr ginge es schlechter, seit sie in Therapie war, ab wann es denn endlich aufwärts gehen würde?

In Margret brodelte es wie in einem Vulkan. Ja, wer war denn daran schuld? Etwa sie? Warum mussten sich die Leute immer in ihren idiotischen Problemen suhlen und sich so wichtig nehmen? Und was war mit ihr selber? Plötzlich hatte sie das Gefühl, dass ihr die eigene Scheiße bis zum Hals stand. Es war eine Katastrophe. Wegen ihrer chaotischen Art entglitt ihr die Situation. Hilflos musste sie es über sich ergehen lassen, wie die Patientin ihre Aggressionen gegen sie auspackte und anfing, jede Schwäche an ihr gnadenlos zu kritisieren, bis der Vulkan kurz vor dem Ausbruch stand. Margret hatte gute Lust, die Sitzung zu schmeißen, auch auf die Gefahr hin, dass die Patientin ganz absprang. Na und, dachte sie elend. Ist doch egal. Aber völlig gleichgültig war ihr das natürlich nicht. Wenn in der Vergangenheit Patienten die Therapie bei ihr abbrachen, was zum Glück nicht so häufig vorkam, empfand sie dies immer als schwere Kränkung, die ihr sehr nahe ging und an der sie ewig herummachte. Heute jedoch war es anders. Margret war so geladen, dass ihr wirklich alles piepe war. Ohne dass sie noch darüber nachdenken konnte, brach es aus ihr heraus, und sie fiel der Patientin mit einem harten Ton ins Wort, dass es der die Sprache verschlug.

Sie fuhr ihr ziemlich übers Maul. Stumm hörte sich die Frau die kurzen, aber klar formulierten Aussagen ihrer Therapeutin an. „Wenn Sie meinen, gut, dann machen wir das so", erwiderte die Frau nach ein paar Augenblicken, sichtlich in ihre Schranken gewiesen. Zu Margrets eigener Verwunderung ließ sie sich relativ widerstandslos auf einen Ersatztermin verschieben. Sie nahm sich vor, bei Gelegenheit über ihre Beziehung zu Frau Roloff nachzudenken. Aber gut, vorerst hatte sie Terrain zurückerobert. Margret erhob sich angestrengt und begleitete sie hinaus. Dabei bemerkte sie nicht, wie sie sich ständig im Gesicht rieb.

Als sie wieder alleine war, fiel sie völlig fertig auf die Couch und klappte zusammen wie ein automatischer Regenschirm. Vielleicht waren solche Ausbrüche ab und an sogar angebracht, auch wenn sie nicht ganz professionell waren. Wo sie diese Tatkraft gerade eben hergenommen hatte, war ihr schleierhaft. Auf alle Fälle hatte sie das Donnerwetter eine immense Kraft gekostet.

Aber das Rad drehte sich weiter. Bald würde der nächste Patient auf der Matte stehen. Am liebsten wäre sie auf der Couch liegen geblieben, aber es hatte keinen Sinn. Sie erhob ihre schweren Glieder und schleppte sich zum Teakholzschreibtisch, der in einer anderen Ecke des großen Zimmers stand.

Nach kurzem Blättern in einem schwarzen goldgeränderten Buch fand sie seine Handynummer, die sie sogleich in ihren Festnetzapparat eingab. Der Mann am anderen Ende regte sich über die Absage zwar auf, weil er sich bereits auf dem Weg zu ihr befand und sich für die Sitzung extra frei genommen hatte, aber was nützte es. Durften Therapeuten nicht auch mal krank sein? Dieser Anspruch der ständigen Verfügbarkeit war zum Kotzen. Sie kam sich vor wie eine Nutte. Auch bei Nummer drei ließ sie sich freundlich entschuldigen.

Dem vierten Patienten wollte sie jedoch nicht absagen. Das wäre taktisch unklug gewesen, denn es handelte sich um ein Erstgespräch. Nach der kleinen Auszeit, die sie sich nun verschafft hatte, würde es schon wieder gehen.

Von Auszeit konnte keine Rede sein. Als Margret wieder auf der Couch lag, wurde sie regelrecht überschwemmt von Befürchtungen, Fantasien und allem möglichen. Die vermeintliche Ruhe, die keine war, tat ihr gar nicht gut, sondern befeuerte stattdessen ihr inneres Chaos. Sie wälzte alle Wenn und Abers, Für und Widers hin und her, endlos. Da nutzte weder die souveräne Eleganz ihres Praxis-Ambientes etwas, in das sie die großzügige Zweizimmerwohnung mit kleinem Bad und Teeküche verwandelt hatte, noch der kühle Sprudel, den sie sich holte und neben sich auf den Boden stellte. Sie war völlig neben der Spur. Wie eine Ertrinkende klammerte sie sich an ihre Versuche, sich zu beruhigen, und ihre Panik mit klaren Überlegungen in den Griff zu bekommen.

Wer sagte denn, dass Martin sie wirklich hinterging?

Womöglich war an ihrem schrecklichen Verdacht nicht das mindeste dran. Sie überlegte, welche Möglichkeiten sie hatte, sich Gewissheit zu verschaffen. Ihn direkt fragen, war eine Möglichkeit. Wie aber reagierten Männer, die ihre Ehefrauen tatsächlich betrogen? Sie bezweifelte, dass er ihr die Wahrheit sagte, oder dass sie sich auf seine Angaben verlassen konnte.

Sie wollte es aber unbedingt wissen, und da war die direkte Frage unter Umständen die ungünstigste Methode. Was war, wenn sie Unrecht hatte? Sie würde ihm mit dieser Frage zeigen, dass sie ihm misstraute. Und diesen Eindruck wollte sie keinesfalls erwecken. Oder sie brachte ihn mit ihrer Frage am Ende womöglich noch auf die Idee.

Ihre Panik legte sich etwas, als sie anfing, daran zu glauben, dass sie vielleicht den Teufel vorschnell an die Wand malte. Langsam, ganz langsam. Der große Zeiger der Uhr stand in wenigen Augenblicken auf der vollen Stunde. Margret richtete sich auf, zupfte sich die Haare zurecht, strich die

Klamotten glatt und arbeitete an ihrer Bereitschaft, sich auf ihren neuen Patienten einzustellen. Es läutete Punkt zwölf.

4. Kapitel

Der Wecker klingelte Punkt sieben, erbarmungslos. Wilhelm lag da wie ein jämmerliches Häufchen Elend. Wo waren die Engel? Er rieb sich das pelzige Gesicht und spürte die altbekannte Enge in der Brust, die ihn schier wahnsinnig werden ließ. Sein Herz pochte wie wild. Vorhin stieg er noch hoch unter das Dachgestühl eines frühgotischen Kirchturms hinauf. Und just in dem Moment, als er sich genau neben den Kirchenglocken befand, fing das Geläut an zu schwingen, immer mehr, immer stärker, bis die dicken Klöppel ohrenbetäubend gegen die Innenseiten der Glockenwand krachten. Was für ein Höllenlärm. Er wollte weglaufen, die Stiegen weiter hinauf zu dem obersten Fenster, aber je schneller er rannte, desto langsamer kam er vom Fleck. Wie auf einem Laufband, wie es sie in Fitnessstudios gab. Er hastete und hetzte, und die Glocken droschen immer heftiger auf sein Gehirn ein. Er presste schmerzverzerrt die Hände auf die Ohren, aber es nützte nichts. Die Glocken dröhnten ohne Gnade weiter, verursachten eine überdimensionale Pein, die alle Vorstellungen des menschlichen Verstandes sprengte. Es schien, als ob ihm das Gedröhn wie eiserne Meisel direkt in die Ohren geschlagen wurde und dabei an Schwung zulegte. Er schrie vor Verzweiflung und wand sich hin und her. Es gab kein Entkommen. Die Treppe hinunter zu laufen war unmöglich, denn da saß plötzlich ein Furcht erregender riesiger schwarzer Hund, bleckte drohend die Zähne und versperrte den Rückweg. Sein Speichel lief triefend aus seinem stinkenden Maul, und er erhob seinen räudigen Körper. Gleich war er bei Wilhelm, der kurz davor war, sich lieber vom Treppengeländer aus in die Tiefe zu stürzen, als sich von dem entsetzlichen Monster auffressen zu lassen. Ja, das war wenigstens eine Möglichkeit. Er beugte sich weit über das Geländer, als ob er wie früher im Turnunterricht am Reck zu einem Hüftumschwung ansetzte. Dann ließ er sich willenlos nach vorne kippen, um sich seinem von Gott bestimmten Schicksal zu ergeben. Er stürzte, stürzte, stürzte,…. Es kam kein Engel vom Himmel daher geflattert, der ihn in seinen Armen auffing, sondern sein Körper schlug hart und schmerzhaft auf den Boden auf und stieß ihn äußerst unsanft aus seinem scheußlichen Schlaf.

In Wilhelm drehte sich alles. Er machte langsam die Augen auf und, nein, er saß weder im Himmel auf einer weißen Wolke, noch schmorte er in der Hölle, wo er hingehört hätte. Er saß im Dunkeln neben seinem Bett, vernahm das penetrante Rasseln seines Weckers und stellte fest, dass es kein Hund war, der ihn verfolgte. Stattdessen saß ein Kater einer ganz bestimmten Gattung auf seiner Schulter und maunzte ihn angriffslustig an, eine Folge des letzten Abends, an dem er über die Stränge geschlagen war und sich zwei Flaschen Wein hinter die Binde gekippt hatte. Das Drehen wurde allmählich langsamer, aber in seinem Schädel hämmerte es unablässig. Das also waren die Glocken des himmlischen Geläuts. Er hatte einen gehörigen Brummschädel.

Bis er endlich tastend den Schalter für das Nachttischlampe erwischte, nestelte er ungeschickt und tapsig eine Weile in der Gegend herum und schmiss dabei den altmodischen Wecker zu Boden, der nach einem blechernen Scheppern verstummte.

An dem Jesusbild, das er als erstes erblickte, erkannte er erleichtert sein Schlafzimmer wieder. Sogleich rappelte er sich hoch und ließ sich Schweiß gebadet in sein Bett zurückfallen. Er hätte weiter schlafen wollen, jetzt, wo der Traum vorüber war. Aber er erinnerte sich daran, dass da etwas war, was er sich für heute morgen unwiderruflich vorgenommen hatte.

Ach, ja, dachte er gequält. Heute Morgen hatte er etwas zu erledigen. Nein, es war nicht mehr möglich, jetzt noch zu kneifen. Das gehörte sich nicht. Bis zwölf Uhr war zwar noch eine Weile hin, aber er überwand sich, stand voller Unlust auf und suchte in seinem Schlafzimmer seine sieben Sachen zusammen, während ihn der Kater nicht eine Sekunde aus den Augen ließ. Die Kopfschmerzen, mit denen er sich zu arrangieren begann, weil er sie dann besser ertrug, betrachtete er als die verdiente Strafe für seine Entgleisung. Er knöpfte die nass geschwitzte Jacke seines spießigen Schlafanzugs auf, legte sie ab und zog gleich ein frisches Unterhemd an. Aus einer abgegriffenen hässlichen Kommode holte er eine ebenfalls frische Unterhose und streifte sich die Schlafanzughose ab. Nachdem er hektisch in die Unterhose hinein gestiegen war und sie hochgezogen hatte, faltete er die beiden Schlafanzugteile sorgfältig zusammen und legte sie auf sein Kopfkissen. Für das Ausschütteln des Bettzeugs reichte ihm die Zeit heute nicht. Als nächstes nahm er sich seine schönste Hose, ein älteres Modell mit einem biederen Schnitt. Er fand, dass sie noch zu schade zum Wegwerfen war, weil sie noch kein Loch hatte, und zog sie an. Zuletzt entschied er sich für ein kurzärmeliges klein-kariertes Hemd. Halt, ein Paar schwarze Socken noch. Es gab keine Einwände mehr, den Tag zu beginnen.

Sein Frühstück bestand normalerweise aus zwei mit Butter und Marmelade beschmierten Broten und einer Tasse Filterkaffee. Heute beließ er es bei der Tasse Kaffee. Ihm wären die Bissen im Halse stecken geblieben. Bevor er die Kaffeemaschine befüllte und einschaltete, holte er sich die Tageszeitung aus dem Briefkasten und breitete sie auf dem Küchentisch aus. Der einzige Luxus in seiner Küche bestand in der Geschirrspülmaschine. Bis auf sie war die Küche, wie überhaupt das gesamte Haus, sehr schlicht und einfach eingerichtet. Die meisten Sachen hatten bereits einige Jahre auf dem Buckel. Wilhelm hätte sich gerne mehr Komfort gewünscht, zumindest einen Teil der Ausstattung auf den neusten Stand gebracht, aber dazu fehlte ihm das nötige Kleingeld.

Er blätterte lange, aber oberflächlich in der Zeitung. Keine der Überschriften fesselten sein Interesse so sehr, dass er den Artikel darunter las. Irgendwie ging es immer um die gleichen Themen, die gleichen Probleme. Irgendwann ordnete er die Seiten mit aufgeregten Händen ungeschickt zueinander und legte die Zeitung zur Seite.

Im Badezimmer rasierte er sich, putzte die Zähne, wusch sein Gesicht und kämmte sich seine Haare konservativ nach hinten. Das musste reichen. Im Flur legte er sich seine Armbanduhr um und dachte darüber nach, ob er eine Tasche mitnehmen sollte. Er wusste zwar nicht, wofür er diese brauchen würde. Als er sie aber probeweise in die Hand nahm und sich im Spiegel betrachtete, fühlte er sich sicherer. Sein Hausarzt war mit seinem Latein am Ende. So führte kein Weg daran vorbei, dass sich Wilhelm der Herausforderung stellte, auch wenn es ihm unendlich schwer fiel. Auf dem Anrufbeantworter war eine Nachricht vom gestrigen Abend. Sein Chef, der örtliche Dorfpfarrer, wies ihn an, sich schnellstens um die verstopften Toiletten im Gemeindehaus zu kümmern, die wegen der veralteten Kanalisationsrohre immer wieder Probleme bereiteten. Es war die Aufforderung, sich sofort darum zu kümmern. Also gut, er würde das noch erledigen. Das war besser als untätig warten.

Endlich verließ er das Haus. Die Garage schloss direkt an das Wohngebäude an; der Weg dahin machte einen Schlenker über einige Meter öffentlichen Gehsteig. Im Garten gegenüber werkelte eine Nachbarin, die freundlich herüber grüßte. Keine Kirchgängerin, aber Wilhelm grüßte betont höflich zurück, immer in der Hoffnung, dass verlorene Schäfchen auf den Weg der Umkehr zurückfanden und seinen Job in der Gemeinde sicherer machten. In der Garage ließ er den Motor seines älteren, aber wie neu aussehenden, japanischen Kleinwagens an, fuhr ihn aus der Garage und bog um die Ecke auf die Strasse nach Tübingen ein.

Je mehr er sich seinem Ziel näherte, desto weniger gelang es ihm, seine Erregung zu beherrschen, die ihn überkam wie ein Tsunami eine unvorbereitete Küstengegend. Seine Beine fühlten sich an wie Butter in der Sonne. Der Lageplan der Praxis, den er sich aus dem Internet ausgedruckt hatte, steckte in seiner Hosentasche. Er kannte den Weg bereits in und auswendig.

Nach wenigen Gehminuten schwenkt er in die Gartenstrasse ein und begann, mit weichen Knien Hausnummern zu zählen.

Vor der Hausnummer sieben blieb er stehen, zuckte zusammen wie das Osterlamm vor der Schlachtbank. Ein Schild bestätigte ihn in seiner Annahme, dass er das Haus gefunden hatte:

Dipl.-Psych. Margret Hamann, Psychoanalytikerin

Sein Herz rutschte in den Hals hoch. Es pochte so laut, dass er spürte, wie sich die Adern unter dem Druck nach außen wölbten.

Wie die Glocken heute Nacht.

Seine Kehle war wie zugeschnürt. Jetzt noch abzuhauen war feige. Er schnaufte tief durch, sah auf seine Armbanduhr. Es war zehn Minuten vor zwölf. Auf einmal kam er sich vor, wie ein blöder Dilettant, uninformiert, schlecht vorbereitet. Er ärgerte sich. Gab es ein Wartezimmer, oder war es üblich, auf den Punkt genau über die Schwelle zu treten? Warum hatte er sich nicht vorher kundig gemacht, wie man sich in solchen Kreisen zu benehmen hatte?

Er schaute sich um, schaute die Leute an, die auf den Gehwegen daher hasteten. Sie beachteten ihn kaum. Er schaute an dem Haus hinauf. Es war ein schöner alter Backsteinbau mit drei Stockwerken, sehr gediegen. Die Atmosphäre, die er ausstrahlte, gefiel ihm. Zögerlich setzte er sich in Gang, stieg die enge steile Sandsteintreppe durch einen schmalen Vorgarten hinauf. Jetzt stand er vor der Eingangstür und sah nochmals auf die Uhr. Die zehn Minuten waren um.

Plötzlich hatte er es eilig, denn der Zeiger bewegte sich unaufhaltsam auf die ‚eine Minute nach' zu. Auf einmal war er fast wieder zu spät. Schnell klingeln. Nein, die große Eingangstür war angelehnt. Im ersten Stock hing dasselbe Schild wie an der Mauer, neben einer großen, alten Tür mit Milchglasscheiben. Er klingelte. Hinter der Tür sah er durch das Milchglas einen Schatten kommen. Ein Spalt entstand. Eine attraktive, gepflegte Frau mittleren Alters stand vor ihm und begrüßte ihn mit einem höflichen „Grüß Gott".

Das gefiel ihm. „Grüß Gott", antwortete er schüchtern und fingerte mit beiden Händen an seiner leeren Tasche herum, die er wie einen Schutzschild vor sich hertrug. „Sie sind sicher der Herr Wilhelm. Ich bin Frau Hamann." Sie streckte ihm die Hand entgegen. Er nahm sie und wurde sogleich von ihr in die Wohnung gezogen.

„Ja, genau."

Die Kontaktaufnahme war leichter, als er befürchtet hatte. Die Dame war sehr freundlich und bat ihn herein, obwohl er sich aufgrund ihrer zupackenden Art schon drinnen befand. Sie wies mit der anderen Hand in das größere der beiden Zimmer, in dem er durch die offene Tür zwei helle Sessel und an der Wand ein dazu passendes Sofa entdeckte. Zwei schöne große Grünpflanzen waren in zwei gegenüber liegenden Zimmerecken aufgestellt. Auf einem Beistelltisch lagen ein Schreibblock und ein Stift. Er folgerte richtig, dass der von den zwei Sesseln, der näher an dem Tisch mit dem Block dran stand, ihr vorbehalten war.

„Setzen Sie sich bitte", forderte sie ihn freundlich, aber ernst auf. Wilhelm nahm Platz. „Ich dachte immer, man muss sich auf eine Couch legen", sagte er schnell, weil er Angst vor einer peinlichen Pause hatte, und grinste verlegen. Gleichzeitig stieg ihm eine ungewohnte Wärme ins Gesicht. Die Therapeutin lachte. „Nicht unbedingt. Wenn sich Phasen während einer Therapie ergeben, in denen es sinnvoll ist, durchaus. Aber nicht zwingend." Er lachte linkisch mit und kam sich vor, als sei er bereits mitten in der Analyse. Er machte das an den zwei strengen senkrechten Furchen fest, die sich über ihrer Nasenwurzel in ihre Stirn hinein gruben. Sie nahm ebenfalls Platz und schlug die Beine übereinander. Er verfluchte die Enge in seiner Brust, die ihn am freien Atmen hinderte. Ihr selbstverständliches Auftreten erdrückte ihn beinahe und übte zugleich eine unzweifelhafte Faszination auf ihn aus. Sie trug einen feinen knielangen Rock, unter dem nackte glatte Beine hervorkamen, die in eleganten Schuhen steckten, und ein T-Shirt mit einem üppigen Blumenmuster, das sehr gut zu ihren schulterlangen blonden Haaren passte.

Als sie sich ihren Block auf dem Schoß zurechtlegte und ihn aufmunternd anlächelte, war Wilhelm eigentlich noch gar nicht bereit, anzufangen. Er war noch damit beschäftigt, sich umzusehen und die erste Begegnung mit ihr zu verkraften. Frau Hamann interpretierte sein Gebaren richtig und ließ den ulkigen Herrn, der steif da saß, als habe er einen Stock verschluckt, gewähren.

Sein Fremdeln legte sich etwas. Ein Getränk bot sie ihm nicht an. Vielleicht gehörte das einfach nicht dazu. Er hatte Durst, sagte aber nichts, um den guten ersten Eindruck, den er hoffentlich gemacht hatte, nicht zu zerstören und behielt sein Verlangen lieber für sich. Die Sonne strahlte durch ein großes, schräg gestelltes Fenster herein und unterstrich die liebenswürdige und geschmackvolle Gestaltung des Raumes. Allmählich wurde es ihm behaglich ums Herz.

„Was führt Sie zu mir?" wollte Frau Hamann von ihm wissen. Plötzlich kamen ihm seine Beschwerden unbedeutend und belanglos vor. Eigentlich ging es ihm ganz gut, gerade eben wenigstens. Die Frage entzog seiner Anwesenheit ihre Legitimation, und er fühlte sich völlig fehl am Platz, kam ins Stammeln und wusste nicht recht, wie er es formulieren sollte. „Mein Hausarzt schickt mich", begann er und schob die Schuld auf ihn. Frau Hamann ließ das nicht gelten. Sie schüttelte lächelnd den Kopf, so dass ihre blonden Locken lustig auf und ab sprangen, ohne den Blick von ihm zuwenden. „Und Sie?" Sie legte von Anfang die Finger auf die wunden Punkte. Er fühlte sich in die Ecke gedrängt. Ihm fehlten die Worte.

„Kommen Sie auch aus eigener Motivation?"

Ihm fiel sein nächtlicher Sturz von der Treppe im Kirchturmgestühl ein, das beängstigende Gefühl des Fallens, das kein Ende nahm und immer erst als Bruchlandung auf dem Boden vor dem Bett endete, weil kein Engel vom Himmel ihn auffing.

Er sah sie bedrückt an.

Sekunden vergingen. Frau Hamann störte die Pause nicht im Geringsten. Unbeirrt sah sie ihn mit einem Lächeln an, milde und zugleich ernst, das ihn an die Mona Lisa erinnerte. Vielleicht war sie sein Engel? Er zögerte, bis er sich gehorsam einen Ruck gab und sich seinem Schicksal unterwarf.

„Ich…", stakste er leise und nestelte an den Fingern herum, „…fühle mich nicht gut."

„Was fehlt Ihnen?" Frau Hamanns Frage klang gütig, mütterlich. Sie sprach nun so leise wie er. Es war wie Balsam auf seiner geschundenen Seele. Und ihr gelang es, ihn zum Sprechen zu bringen, ihm seine Geheimnisse zu entlocken.

Er begann, von seinen vielen Beschwerden zu erzählen, mit denen er durch das Raster der klassischen Schulmedizin durchrutschte, mit denen er nicht kategorisierbar war, bis jetzt.

Frau Hamann machte sich auf ihrem Block Notizen. „Gut", fasste sie seine langen Ausführungen in einem einzigen Wort zusammen. Sie warf einen Blick an die Wand hinter ihm. Da musste wohl die Uhr hängen, über deren Platz er sich zu Beginn des Gesprächs gewundert hatte.

Frau Hamann nahm davon keine Notiz und erläuterte, was auf ihn zukommen würde, wenn er sich zu einer Analyse in ihrer Praxis entschließen würde. Es bedeutete, zweimal die Woche für eine Stunde zu erscheinen, für mindestens drei Jahre. Es bedeutete, sich auf einen Prozess einzulassen, bei dem nicht vorhersehbar war, an welche Abgründe der Seele er ihn führen würde. Es bedeutete, sein Schicksal in die Hände von Frau Hamann zu legen, ihr zu vertrauen, sich bei ihr fallen zu lassen und sich in all dem Mist, auf den er dabei stoßen würde, zu wälzen, den Dreck zu spüren, sich mit ihm erneut zu besudeln und, wenn alles gut ging, ihn letztendlich zu fruchtbarem Kompost zu verwandeln. Verseuchtes Wasser zu erquickendem Wein. Wenn alles gut ging. Die Verantwortung für das Gelingen übernahm sie nicht. „Es liegt an Ihnen", erklärte sie ihm unmissverständlich. „Sie müssen entscheiden, ob Sie sich darauf einlassen können. Mein Part besteht darin, Sie bei dem Gang durch die Untiefen Ihrer Seele wie ein Navigator zu begleiten, damit Sie an den

gefährlichen Stellen nicht zu sehr abstürzen, verstehen Sie?"
Sie lächelte immer noch. Er konnte nicht anders, als sie mit
weit aufgerissenen Augen ständig anzusehen. Dabei nickte er
sachte.

„Eine entscheidende Frage habe ich noch", fuhr sie fort. Er
war wie gelähmt. „Wie werden Sie damit zurechtkommen,
sich einer Analyse zu unterziehen? Ich meine, bei Ihrem
religiösen Hintergrund."

Wumm. Das saß. Ihm war heiß und kalt zu gleich. Er hatte
seinen Durst vergessen und starrte sie an. Sein Kopf war ganz
leer. Was sollte er antworten? Er wusste es nicht. Er wollte
nicht wissen, was auf ihn zukam. Er wusste nur, dass er nicht
von ihr zurückgewiesen werden wollte. Er wollte Gnade in
ihren Augen finden. Danach lechzte er.

„Sie meinen, eine Analyse könnte meine Grundfesten im
Glauben erschüttern?" platzte er heraus.

„Ja, zum Beispiel." Sie hörte ihm zu.

„Nein", wehrte er zunächst wenig überzeugend ab. Seine
Befürchtung, dass sie ihn verstieß, ihn als Patienten nicht
wollte, wuchs. Er suchte nach Argumenten, um ihren
Einwand zu entkräften, fand aber keine stichhaltigen. „Nein",
sagte er deshalb zum wiederholten Male.

„Was macht Sie so sicher?" bohrte sie nach, ohne das ernste
Lächeln aufzugeben. Sie stellte ihn auf eine harte Probe. „Für
mich führt kein Weg daran vorbei. Ich muss es tun",
antwortete er entschlossen. Das überzeugte sie. „Okay."

Sie wechselte die Beine und lehnte sich von der einen
Sessellehne auf die andere. Den Block legte sie zur Seite.
Scheinbar brauchte sie ihn nicht mehr. Er versuchte, einen
Blick auf das Gekritzel auf dem Papier zu werfen. Zu gerne
hätte er gewusst, was sie sich über ihn aufgeschrieben hatte.
Leider war ihre Schrift so unleserlich, dass er nichts entziffern
konnte. Er wagte es nicht, danach zu fragen.

Sie bemerkte seine Stielaugen und intensivierte ihr Lächeln.
„Ein paar Notizen brauche ich schon. Ich kann mir die Details
bei den vielen Patienten nicht immer alle merken. Was aber
nicht heißt, dass mir die einzelnen Menschen nicht wichtig

sind. Verstehen Sie mich hier bitte nicht falsch." „Nein, nein, das kann ich gut nachvollziehen. Ich wollte Sie auch nicht kontrollieren, entschuldigen Sie." „Nicht so unterwürfig bitte. Um meine Autorität zu respektieren, brauchen Sie sich nicht so klein zu machen. Sie sollten ein wenig mutiger werden. Im Zwischenmenschlichen meine ich. Aber wir haben ja nun eine Weile Zeit, um daran zu arbeiten." Er nickte brav.

Schon allein dieser Zuspruch richtete ihn auf und rückte seinen Durst in sein Bewusstsein zurück. Es war aber noch ein anderer Durst dabei als der nach Wasser.

„Nehmen Sie mich als Patienten?" fragte er ängstlich. „Natürlich." Sie bejahte seine Frage, als ob es nie einen Zweifel daran gegeben hätte.

Frau Hamanns Gestik signalisierte, dass die Stunde um war. Obwohl blutjunger Frischling in Sachen Therapie interpretierte Wilhelm sie sofort richtig.

„Ach ja. Wir würden nächste Woche beginnen. Das bedeutet, Sie müssen die zwei Sitzungen konsequent in Ihren Zeitplan einbauen. Geht das?" „Natürlich", antwortete er ergeben und imitierte dabei ihren Tonfall. Frau Hamann erhob sich von ihrem Sitzplatz und begleitete Wilhelm zum Ausgang.

Die gleißende Sonne stach vom Himmel wie durch ein Brennglas. Auf Straßen und Gehsteigen staute sich sengende Mittagshitze. Es war vollbracht. Wilhelm fühlte sich gelöst, betrunken. Vor seinen Augen schwirrten Sternchen. Benommen torkelte er die Straße entlang, ließ sich von den paar Menschen, die unterwegs waren, einfach mitziehen. Er heftete sich an sie und lief ihnen hinterher, weil er fürchtete, sein Gleichgewicht zu verlieren und hinzufallen, wenn er nicht in Bewegung blieb. Nach einigen Metern kam er auf einen belebten Abschnitt, an dem die Fußgängerzone anfing. Er ließ sich von der Masse mit treiben, überquerte eine Fußgängerampel und ließ sich vom nächsten leeren Stuhl auffangen, an dem er vorbei kam, wie von einem Rettungsring. Die zwei jungen Leute, die an ihren Eisbechern löffelten, sahen ihn kichernd an, sagten aber nichts. Er konnte sich denken, wie er aussah. Der Nachbartisch war unbesetzt.

Er hangelte sich einen Stuhl weiter, weil er seine Ruhe haben wollte. Wenig später brachte ihm die Bedienung einen halben Liter Mineralwasser, den er bestellt haben musste, und den er mit großen Schlucken in sich hineinschüttete. Danach ging es ihm besser und die Sternchen knipsten sich nacheinander aus.

Ach ja. Frau Hamann hatte ihm einen Zettel mit den Terminen der nächsten vier Wochen mitgegeben. Wo war er bloß? Seine Tasche. Sie war noch da. Eilig drückte er den Verschluss auf und konnte erleichtert den Schatz bergen, das kleine Stück Papier, das in der im Verhältnis riesengroßen und ansonsten leeren Tasche genauso gut hätte verloren gehen können. Was für einen Eindruck er wohl gemacht hatte? Immerhin hatte Frau Hamann ihn ständig angelächelt. Er lehnte sich zurück, schloss die Augen und stellte sie sich vor, wie sie ihn angesehen, ihm ihre ganze Aufmerksamkeit geschenkt hatte. Das Herz in seiner engen Brust pochte laut, aber anders als sonst.

Zuhause würde er zuerst seinen Notizkalender suchen und sofort die Termine übertragen. Zu dumm, dass er ihn nicht gleich eingesteckt hatte.

Margret ließ den Termin mit dem neuen Patienten Revue passieren. Das war ein komischer Kauz. Irgendwie war er anders als ihre übrigen Patienten, ganz zu schweigen von den Patientinnen. Er war so einfach zu handhaben, fraß ihr schon jetzt aus der Hand. Und er schien wirklich ein Problem zu haben, das ihn drückte. Es war normal, dass sie in der ersten Sitzung nicht weiter gekommen waren. Im ersten Moment hatten seine Schilderungen sie an die Cyberchonder erinnert, über die sie neulich einen Fachartikel gelesen hatte. Aber dazu war er vermutlich ein wenig zu altmodisch. Ob er schon Internet hatte? Er war eher der angegraute Typ vom klassischen Hypochonder, wobei sie ihn nicht vorschnell aburteilen wollte. Manche stillen Wasser hatten sich schon als äußerst tief herausgestellt.

Ach ja, beim Stichwort ‚unterschätzt' kam ihr in den Sinn, heute Nachmittag die Termine bezüglich des Gerichtsgutachtens nicht aus dem Blick zu verlieren. Beinahe hätte sie sie vergessen. Die Krise, in die sie heute Morgen hineingeschlittert war, forderte unnachgiebig ihren Tribut und verschlang wertvolle Kapazitäten.

Aber sie hatte nichts zu verschenken. Ihre ruinösen Zwangsgedanken würden erst aufhören, wenn sie Gewissheit besaß. Ja, Gewissheit. Das war es, was sie dringend benötigte, um nicht den Boden unter den Füßen zu verlieren. Es war nicht anders zu bewerkstelligen, als Martin heimlich zu überprüfen, was darauf hinaus lief, ihn nach Büroschluss heimlich zu beobachten. Sie musste unbedingt wissen, was mit ihm los war, und ob sich ihr Verdacht bestätigte. Als sie sich einen Überblick über den Verlauf des Nachmittags verschaffte, konnte sie sich vorstellen, um 18 Uhr, wenn Martin gewöhnlich Feierabend hatte, vor seiner Firma aufzutauchen, um herauszukriegen, was abging. Der Tank ihres Cabrios war noch nahezu voll.

Schlussendlich war Margret gegen 16.30 Uhr mit allem fertig. Der Termin erwies sich als langwierig und nervtötend. Die Gespräche drehten sich um den Hauptverdächtigen, dessen vermeintliche Tat so undurchsichtig und obskur erschien, dass sich Margret fragte, ob sie den Termin nicht hätte lieber auf einen anderen Zeitpunkt vertagen sollen. Dass sie keinen klaren Kopf hatte, war wirklich zu blöd. Aber die Frage, ob das an dem Fall etwas verbessert hätte, war eindeutig zu verneinen. Und so ließ sie die Sache laufen und zog sie durch. Am Ende der Sitzung war sie im Besitz eines großen Bündels von Unterlagen, Obduktionsberichten über die Leiche und weiteren Stellungnahmen fürs Aktenstudium. Dann kam schon das Nächste. Bevor sie wirklich los konnte, war noch etwas anderes zu erledigen. Den ganzen Tag hatte sie aus einem verständlichen Mangel an Appetit noch nichts gegessen An der Stelle, wo sich normalerweise ihr Magen befand, machte sich ein großes Loch bemerkbar. Von Hunger konnte jedoch keine Rede sein. Es waren Vernunftgründe, die sie dazu trieben, sich in der Stadt eine Kleinigkeit zu essen zu besorgen. Das brachte sie auf andere Gedanken. Ihr fiel Moritz ein und, dass er unter der Woche sein Mittagessen in der Schule einnahm und zuhause erst abends etwas brauchte. Ein mit Mozarella und Tomaten belegtes Brötchen, das sie sich zusammen mit einer Flasche Wasser in einer Bäckerei holte, musste reichen. Sie verschlang es im Gehen auf dem Weg zum Auto, das immer noch in der Gartenstrasse parkte.

Die Sonne knallte nach wie vor unerbittlich vom wolkenlosen Himmel. Margrets T-Shirt klebte. Das Auto war ziemlich aufgeheizt. Die Wasserflasche landete hinter dem Beifahrersitz. Es bestand die Wahl zwischen Hitzeschlag und Sonnenstich. Sie entschied sich für das letztere und öffnete das Verdeck. Der Fahrtwind würde für eine gewisse Abkühlung sorgen. Ein Vorteil, dass Moritz schon so selbstständig war. Sie drückte am Handy seine Nummer und informierte ihn, dass sie viel zu tun hatte und später nach Hause kommen würde. „Sag' Papa, dass ich in der Praxis fest hänge, falls er es wissen will." Ihre Kehle schnürte sich zu, als sie das sagte, aber Moritz bemerkte nichts. Ihm war es gerade recht, dass er alleine war, und dass sich Martin in der Praxis melden würde, war nahezu ausgeschlossen. Jetzt war es soweit. Der Zeitpunkt war gekommen, die Fährte aufzunehmen.

Sie ließ die Stadt hinter sich und gab kräftig Gas. Die Landschaft flog an ihr vorbei. Sie war wütend darüber, dass Martin diesen Aufwand verursachte, und verdankte es ihrem aggressiven Fahrstil, dass sie unterwegs nicht noch intensiver darüber nachdachte. Der rege Verkehr absorbierte viel von ihrer Aufmerksamkeit. Wenig später setzte sie den Blinker und zweigte in die letzte Abbiegung vor Martins Firma ab.

Das moderne Gebäude lag in einem südlichen Stuttgarter Vorort, der hauptsächlich aus Gewerbeflächen mit Gebäuden jüngeren Baujahrs bestand. Früher wäre hier ein klassisches Industriegebiet gewesen. Heute gab es hier überwiegend Bürokomplexe mit Granit- und Glasfassaden, die wichtig aussahen und in denen Menschen mit Krawatte und Anzug oder in Kostümen ehrgeizig und Karriere versessen ihrem so genannten Business nachjagten.

Sie fuhr das Verdeck aus und lenkte das Cabrio langsam am Haupteingang vorbei. Margret war eine halbe Stunde zu früh, und das war gut so. Die Straßenränder waren von Blechkarawanen gesäumt. Direkt vor dem Haupteingang zu parken, wäre sowieso idiotisch gewesen, denn er hätte es sofort entdeckt. Hinter der nächsten Ecke erkannte sie Martins Audi. Weiter hinten an der Straße waren einige freie Parkplätze. Sie fuhr ein Stück weiter und wendete. Die Straße erwies sich als Sackgasse. Weit hinter Martins Auto drehte sie den Schlüssel um. Trotzdem hatte sie einen guten Blick auf die großzügige Straße und würde ihn unbemerkt beobachten können, wenn er in sein Auto stieg.

Als sie eine Weile dasaß und wartete, kamen die ersten Zweifel. Was sie hier gerade veranstaltete, war blanker, hirnloser Aktionismus. Was zum Teufel wollte sie denn beobachten? Sie schüttelte über sich selbst den Kopf, starrte in die Richtung, aus der er kommen musste, und wartete weiter.

Und siehe da. Eben kam er im Schlenderschritt an, das Jackett über dem einen Arm, die elegante Ledertasche unter dem anderen Arm. Er beachtete seine Umgebung kaum, setzte sich in sein Auto und fuhr los. Komisch, er hatte offensichtlich vor, heute wieder früher aus dem Büro nach Hause zu kommen als er es gewöhnlich tat. Margret kam sich mies und schlecht vor für die Nummer, die sie hier gerade abzog. Sie konnte jetzt auf keinen Fall direkt hinterherfahren. Womöglich würden sie sich auf der Strecke gegenseitig überholen, und er hätte sofort begriffen, dass sie ihm nachspionierte. Also wartete sie weiter, eine viertel Stunde, eine halbe Stunde, bis ein Vorsprung von einer dreiviertel Stunde zusammengekommen war. Zerknirscht nahm sie das Warten in dem inzwischen erneut aufgeheizten Wageninneren auf sich, aber dann ließ sie es gut sein, und machte sich reumütig auf den Rückweg, für den sie sich mehr Zeit nahm als für die Herfahrt.

Unterwegs verdammte sie sich für ihr Misstrauen, aber es half nichts. Sie kam sich einfach abscheulich vor. Vor der heimischen Garage angekommen, betätigte sie frustriert die Fernbedienung. Das breite Tor bewegte sich gemächlich nach oben und gab nach und nach das Innere der Garage frei. Entsetzt stierte sie hinein und stellte anstatt eines Audis gähnende Leere fest. Martin hatte sich vom Büro aus unmöglich auf den Nachhauseweg gemacht.

Es war ein Wechselbad der Gefühle. Margret war verzweifelt und sterbensunglücklich. Martin war irgendwohin gefahren, nur nicht nach Hause. Es wäre unmöglich gewesen, ihn mit ihrem auffälligen Fahrzeug zu folgen, um dem auf die Schliche zu kommen, was er ihr verheimlichte. Wie in einem Schockzustand schleppte sie sich ins Haus. In der Küche ließ sie sich erledigt nieder. Natürlich war ihr zum Heulen zumute. Aber was half das schon? Sie wusste nun weniger als vor ihrer Schnüffeltour. Im Gegenteil, sie fühlte sich elend wie nie.

Moritz hatte sein schmutziges Geschirr stehen lassen. Den Krümeln und anderen Resten nach zu urteilen, hatte er sich mit Wurstbrot versorgt. Irgendwann machte er sich bemerkbar. Sie hörte, wie er aus seinem Zimmer ins Bad wanderte und wieder zurück.

„Mama?" rief es von oben. „Ja", stöhnte Margret und gab sich Mühe, sich nichts anmerken zu lassen. Moritz genügte das. Er verschwand wieder und schaltete seine Stereoanlage ein. Inzwischen war es einundzwanzig Uhr. Margret hörte, wie sich im Flur der Haustürschlüssel von außen im Schloss drehte und Martin das Haus betrat.

Die Geräusche offenbarten, dass er wie gewöhnlich seine Tasche auf die Ablage schleuderte, aus seinen Schuhen stieg und sein Jackett auf einen Bügel hängte. Wie immer, als ob nichts gewesen war. Er sah zu Margret in die Küche, ohne über die Schwelle zu treten, und grüßte sie mit einem teilnahmslosen „Hallo". Margret nahm sich zusammen, so gut es ging. Sie hatte sich so hingesetzt, dass er sie nur von der Seite her zu Gesicht bekam. „Du, heute ist es wieder spät geworden", heuchelte er. Margret platzte beinahe. Moritz saß oben in seinem Zimmer. Noch nahm sie Rücksicht. Dann konnte sie den Kloß im Hals schlucken. „Aha, hattet ihr wieder ein Meeting?" fragte sie tonlos. „Ja, immer das Gleiche", gab er zurück und tat gelangweilt. Er stand immer noch vor der Schwelle. „Und bei dir? War es heute auch anstrengend?" Ihren erschöpften Zustand hatte er durchaus mitbekommen. Sie hätte schreien können, wusste nicht, wie sie sich verhalten sollte, und kratzte ihre letzte Kraft zusammen, um den Schein zu wahren. Sie brauchte Zeit, wollte nichts überstürzen, keine Hoppla-Hopp-Aktionen wie den Blitzbesuch vor Martins Firma mehr riskieren. Nein, jetzt war ein kühler Kopf das Beste. Martin hatte sie angelogen. Er hatte ihr verschwiegen, wo er nach Büroschluss noch hingegangen war, der Hurensohn. Vermutlich war die Story von den nicht enden wollenden Meetings erstunken und erlogen. Er führte sie womöglich schon länger an der Nase herum.

Plötzlich fiel es ihr wie Schuppen von den Augen. Deshalb war er beim Thema Sex in der letzten Zeit so zurückhaltend. Sie kam sich vor wie eine naive Kuh. Aber es half nichts. Es war ein Desaster. Es ging nicht anders, als diesen unzumutbaren Zustand erstmal zu ertragen. Dass sie ihre Ehe unter allen Umständen retten wollte, stand zweifelsfrei fest, egal weshalb, ob nun aus Liebe oder aus verletztem Stolz. Sie würde die Schlampe, die hinter all dem steckte, erwischen.

5. Kapitel

Freitags war in Martins Firma gewöhnlich um halb vier Schluss. Seine Kollegin und Gespielin Iris Mainrath, bei allem Talent zu geistigen Glanzleistungen eine praktisch denkende Frau, hatte sich bereits gegen 14 Uhr verabschiedet und war vorausgefahren, um das Liebesnest vorzubereiten. Martin war so schnell wie möglich nachgekommen. Das Domizil, in dem Iris residierte, war eine komfortable Penthousewohnung mit Dachterrasse, nicht groß, aber ausgesprochen repräsentativ gestaltet, ausgestattet mit Designermöbeln, Ölbildern an den Wänden und hoch qualitativer Unterhaltungselektronik. Sie konnte sich das leisten, da sie in der Firma eine leitende Position innehatte und nicht schlecht verdiente. In der Firma war das Verhältnis zwischen ihr und Martin nicht offiziell, obwohl Bürobeziehungen nicht gänzlich unüblich waren. Martin hatte darauf bestanden, es nicht an die große Glocke zu hängen, vorerst. Das störte Iris, und ihr Instinkt sagte ihr, dass sie ihre Beziehung momentan als etwas Längerfristigeres betrachtete als er. Sie war beinahe so alt wie Margret, so hieß sie doch, die mies gelaunte Furie, mit der Martin seit Jahren verheiratet war. Deshalb verstand Iris das mit Martin nicht einfach als einen unbedeutenden Seitensprung oder so ein Larifariabenteuer. Sonst hätte er sich eine jüngere zugelegt. Wegen diesen viel versprechenden Voraussetzungen hegte Iris insgeheim Pläne mit Perspektive.

Die Verhältnisse würden sich allerdings erst im Laufe der Zeit zu ihren Gunsten stabilisieren. Soviel Realitätsbezug besaß sie. Aber diese Tatsache verletzte Iris. Anstatt sich einzugestehen, dass es normal war, dass ein verheirateter Mann wegen ihr nicht sofort die Scheidung einreichte, und gelassen zu bleiben, nagte der Makel der zweiten Wahl an ihr. Es fiel ihr nicht leicht, Martin mit dem Thema in Ruhe lassen und abzuwarten, dass sich die Dinge von alleine entwickelten. Sie war fest entschlossen, ihn seinen alten Fesseln zu entreißen und für sich zu vereinnahmen. Dass er nie über Nacht blieb, sondern sich abends regelmäßig ‚nach

Hause' verabschiedete, versetzte ihr jedes Mal einen schmerzhaften Stich. Dabei hatte Martin ihr haarklein erzählt, was ihn an seiner alten Trulla von Frau alles störte. Sie konnte nicht verstehen, warum er nicht auf der Stelle seine Sachen packte und zu ihr in die Penthousewohnung einzog.

Endlich klingelte es. Sie überprüfte an der Sprechanlage mit Videoübertragung, dass es auch tatsächlich ihr Liebhaber war, der Einlass begehrte. Kurz darauf war er bei ihr. Iris hatte ihm schon einen Wohnungsschlüssel angeboten, aber Martin hatte abgelehnt mit der Begründung, dass sie durch den Schlüssel auffliegen konnten. Er begrüßte sie mit einem Küsschen auf die Wange, hängte sein Jackett auf einen Bügel und umarmte Iris leidenschaftlich, die das sichtlich genoss. Er schob sie zu der eleganten Sitzgruppe und schubste sie zärtlich in die Polster. Iris kicherte und ließ sich willig in seine Arme fallen.

„Wie hast du dir den Nachmittag vorgestellt, mein Täubchen", säuselte er ihr zu und biss sie dabei neckisch ins Ohrläppchen. Während er auf ihr drauf lag, sah Iris ihn von unten liebevoll und herausfordernd zugleich an. „Ich würde vorschlagen, zuerst plantschen wir in meiner riesengroßen Badewanne und dann machen wir ein paar kleine Turnübungen, um gelenkig zu bleiben." „Sehr gute Idee", hauchte Martin und wurde schon ganz heiß.

Iris schob ihn von sich weg und machte sich auf ins Badezimmer. Unterwegs verstreute sie ihre Bluse, ihren Rock und ihre Strümpfe auf dem Teppich und verschwand entblättert bis auf die knackige Unterwäsche im Bad. Martin hörte, wie das Wasser zu rauschen begann, und machte sich beim Aufstehen ein paar Knöpfe am Hemd auf. Mit einer gewissen Nonchalance ließ er es auf Iris' Bluse fallen, warf seine Hose auf ihren Rock und folgte ihr amüsiert nach.

Martin hatte Stil. Das gefiel Iris an ihm. Sie liebte seine Art, sich zu geben, und prustete mit feuchtem Gelächter heraus, als er nur noch mit einer gepunkteten Unterhose und seinen Socken bekleidet vor der Badewanne stramm stand. Sie saß bereits im Wasser und erzeugte mit einem edlen Badezusatz

(Rosenduft!) eine riesige Schaumwolke, in die sie sich verführerisch einhüllte. Das ganze Bad roch intensiv nach dem teuren Zeug, denn Iris war nichts zu teuer und zu heilig. Sie dosierte absichtlich hoch, um in dem lauwarmen Wasser eine ordentliche Wolke hinzubekommen.

Draußen auf der Terrasse stand die Luft vor Hitze. Mit einem sinnesfrohen, lang gezogenen ‚aaahhhh' ließ sich Martin zu Iris in die überdimensionale Wanne mit dem erfrischenden Nass gleiten. Iris hatte an alles gedacht. Sie reichte ihm ein Glas mit eisgekühltem Prosecco und lud ihn zum Anstoßen ein. „Auf uns, mein Schatz", prostete sie ihm zu, indem sie ihn im Wasser mit ihren Zehen zu kitzeln anfing. „Auf uns", erwiderte er und trank einen ersten Schluck.

„Lachshäppchen mit Meerrettichtupfen", rief er begeistert und langte nach dem silberfarbenen Tablett, auf denen sie angerichtet waren. Bevor sich Iris kokett an ihn schmiegte und sich in seine Arme legte, angelte sie sich ein Stück Honigmelone und begann, daran herum zu knabbern. Hach, was war das für ein Leben. Zärtlich umschloss Martin seine Geliebte von hinten und fing an, sie mit dem Rest seines Lachschnittchens zu füttern. Das Tablett war bald leer gegessen, die Schaumwolken waren in sich zusammen gefallen, Martin und Iris hatten sich gegenseitig den Schweiß des heißen Tages von allen möglichen Hautstellen geschrubbt, geputzt, geleckt und waren nun richtig bereit auf eine kleine Runde außerhalb der Badewanne. Sie stiegen nacheinander aus dem Wasser und rubbelten sich mit einem flauschigen Frottierhandtuch trocken.

Im Bett ging es dann ganz schnell. Nach der kurzen, aber intensiven Nummer lag Martin neben Iris auf dem Rücken da und dachte ans Aufbrechen. Er hatte genug und wollte alleine sein. Zuhause war das am ehesten möglich. Die Enttäuschung stand Iris ins Gesicht geschrieben. Sie hatte sich mit allem solche Mühe gegeben und gehofft, Martin endlich zum Bleiben zu bewegen, denn sie hatte die einsamen Abende satt, von den endlosen Wochenenden ganz zu schweigen. Aber vielleicht brauchte er einfach noch eine Weile, bis er sich von seiner Ehefrau loseisen konnte. Ohne Murren ließ sie ihn gewähren und behielt ihr Missfallen für sich. Dass Martin es fertig brachte, ihr derartig weh zutun. Nein, es lag nicht an Martin, sondern an seiner Frau. Nachdem Martin gegangen war, blieb Iris nichts anderes mehr, als sich vor ihren überdimensionalen Flachbildschirm zu werfen. Sie sah sich einen schmalzigen Film an und war neidisch auf das Happyend.

6. Kapitel

Für Jürgen Wilhelm war es ein guter Tag. Ein sehr guter sogar, anders, als erwartet. Dabei lag das Schlimmste noch vor ihm. Aber das interessierte ihn im Augenblick nicht. Momentan suchte er seinen Notizkalender, den er schließlich in der Küchenschublade fand. Es war ein Werbegeschenk des hiesigen Supermarktes zum Jahreswechsel an alle Kunden. Wilhelm hatte für so etwas eigentlich keine Verwendung, denn die überschaubare Menge an Terminen, die er in seinem Aushilfsjob als Messner in der örtlichen Kirchengemeinde hatte, folgte meistens demselben Rhythmus. Den kannte er natürlich in- und auswendig nach den drei oder vier Jahren, seit er den Job machte. Er war froh, dass der Kalender nicht im Müll gelandet war. Wilhelm setzte seinem unberührten Zustand ein Ende und übertrug alle Termine von Frau Hamanns Notizzettel in den Jahresplaner. Die gähnende Leere dokumentierte unbarmherzig, dass er, gelinde gesagt, sehr viel Zeit für sich übrig hatte, für jeden anderen Zeitgenossen ein guter Grund für eine tiefe Depression. Die wenigen Kreuzchen und Uhrzeiten kamen ihm vor, wie die Boten einer neuen Ära. „Das muss gefeiert werden", rief er aus, klappte den Kalender zu und räumte ihn sorgfältig in die Küchenschublade zurück. Bloß wie? Er stand auf und ging umher. Im Wohnzimmer traf sein Blick auf den mächtigen Schrank. Wilhelm öffnete eine Klappe und schenkte sich aus einer Flasche Korn ein Gläschen voll.

„Dietlinde, auf dein Wohl." Mit hocherhobenem Glas prostete er einer nicht mehr ganz taufrischen Fotographie zu, auf der eine junge Frau abgebildet war, die kaum lächelte. „Sollst auch nicht leben wie ein Hund. Für dich, mein Schatz." Er machte das Glas ein zweites Mal voll und kippte es genauso zügig hinunter wie das erste. Nun war er in Stimmung. Warum es sich nicht im Garten bequem machen, der sich hinten ans Haus anschloss?

Er holte aus dem Keller einen alten Gartenstuhl, den er seit Jahren nicht mehr benützt hatte, genau genommen, seit Dietlinde von ihm gegangen war. Schlimm, denn in den letzten Jahren war ihm seine Lebensfreude ganz abhanden gekommen. Schuld daran war auch Dietlinde, und zwar nicht mit ihrem Abgang, sondern vielmehr mit dem, was vorher war. Unter einem Baum fand er ein ganz lauschiges Plätzchen. Dort stellte er den Stuhl hin und nahm Platz. Die Bienen summten, es waren Schmetterlingen zu beobachten, die ihre Saugrüssel in die Blüten schoben, eine Idylle. Im Grunde genommen war es wie im Paradies, nur, dass es ihm seit längerem nicht mehr aufgefallen war, denn es passte ganz und gar nicht zu den Erinnerungen an Dietlinde.

Am Kopf, der auf der rechten Schulter lehnte, sah er, dass Dietlinde eingeschlafen war. Sie hatte ihren Rollstuhl ans Fenster manövriert, um durch das Fenster auf die Strasse hinaus schauen zu können. Gewöhnlich saß sie den halben Tag so da, beobachtete die Leute auf der Straße oder las, wenn nichts los war, oder schlief. Er trat von hinten an den Rollstuhl heran, ganz leise, damit sie nicht aufwachte. Er tat das nicht aus Rücksicht auf sie, sondern auf sich selber, denn wenn sie nicht schlief und ihn erwischte, wie er durchs Haus wanderte, dann war er ihr Lieblingsopfer, an dem sie ihre schlechte Laune ausließ. Er war ihr lästig, seit er wegen andauernder Krankheiten seinen Job als Bankangestellter verloren hatte. Damit war der angenehmere Abschnitt ihrer Ehe vorbei, denn Jürgen Wilhelm erhielt nur eine kleine Rente wegen Berufsunfähigkeit und war ständig zuhause, bis er den geringfügigen Job als Messner angeboten bekam, den er gerade so bewältigte, und ein klein wenig dazu verdiente. Weil die Wilhelms jahrelang treue und regelmäßige Kirchgänger waren, wurde ihnen von der hiesigen Kirchengemeinde somit barmherzig unter die Arme gegriffen.

Aber er war nicht leise genug. Als er über den Teppich schlich, blieb sein Fuß dummerweise an einer Bodenvase hängen. Dietlinde reagierte sofort auf das laute Scheppergeräusch, hob den Kopf und blinzelte irritiert mit den Augenlidern. „Jürgen, bist du es?" Er hatte ihre knatschige Stimme satt. Gleich würde sie ihn wieder herunterputzen für seine Ungeschicklichkeit, die eine Folge seiner übertriebenen Vorsicht ihr gegenüber war. Ein Teufelskreis. Sie hasste ihn, das wusste er. Sie hasste ihn für alles, was das Leben ihr Schlimmes angetan hatte, und machte ihn zu ihrem Sündenbock. Der schwere Rollstuhl hinderte sie daran, sich nach ihm umzusehen. Sie lauschte angestrengt, weil er sich nicht zu erkennen gab, und reckte den Kopf über die Armlehne, soweit sie konnte. Statt einer Antwort machte Wilhelm einen leisen seitlichen Schritt, um auch ja nicht in ihr Blickfeld zu geraten. Dann packte er die schwere Bodenvase. Ohne lange zu überlegen holte er kräftig aus und ließ das metallene Ungestüm auf ihren Kopf niedersausen. Schon beim ersten Schlag klappte ihr Schädel vollends auf ihre rechte Schulter herunter, so schlaff, als ob sie weder Muskeln noch Knochen im Hals gehabt hätte.

Wilhelm war sich nicht sicher, ob sie schon tot war.

Er holte den Rollstuhl vom Fenster weg. Die Gardinen waren zwar vorgezogen, aber er fühlte sich nicht unbehelligt genug und schob Dietlinde in die Mitte des Zimmers. Dort schlug er zwei weitere Male mit der Vase zu, diesmal von einer Position vor dem Stuhl aus, bis er den Eindruck hatte, dass Dietlinde nicht wieder zu sich kommen würde. Dann stellte er die Vase auf den Boden an ihren Platz zurück. Ein paar schmierige Blutspuren klebten an ihr, aber nicht viele. Auch Dietlindes Stirn war nicht so blutüberströmt, wie er es erwartet hätte. Ein ganz schön harter Knochen, seine (Ex-)Frau, aber nicht so hart wie das Qualitätskupfer, das sie von ihrer Großtante vor Jahren zur Hochzeit geschenkt bekommen hatten. Wer hätte das gedacht, wozu das gute Stück noch alles zu gebrauchen war. Er war sich immer noch nicht sicher, ob sie tot war, und setzte sich neben sie. Eine halbe Stunde später gab sie kein Lebenszeichen mehr von sich und hing reglos da. Sie machte keinen Mucks. Wilhelm wurde mutiger. Als er den Finger an die Seite ihres Halses legte, die sie schutzlos der restlichen Welt entgegen streckte, ließ sich kein Puls ertasten. Der Schminkspiegel, den er in ihrer Handtasche fand und unter ihre Nase hielt, blieb klar und kalt wie ein Bergsee. Langsam war er sich sicher. Dietlinde hatte ihn verlassen. Endgültig. Er atmete erleichtert auf.

Der Zeitpunkt war genial gewählt. Wilhelm hatte keine Probleme, die Leiche loszuwerden. Nach Sonnenuntergang war es soweit. Dietlinde war ein blaues Plastikbündel, das Wilhelm durch den hinteren Garageneingang schleppte. Zu Lebzeiten war sie von schmächtiger Statur gewesen. Außerdem hatte die fortgeschrittene Multiple Sklerose ihr Übriges beigetragen. Er warf sich das Bündel über die Schulter und verstaute es im Kofferraum.

Es war keine lange Fahrt zum Friedhof. Er lag am Ortsrand, und die kleine Aussegnungshalle war gut eingewachsen. Wilhelm machte das Tor auf und fuhr das Auto mit ausgeschaltetem Licht vor die Leichenhalle. Er brauchte keine Beleuchtung. Er kannte sich gut aus. Wenig später lag das blaue Bündel im Gebäude. Er war sich sicher, dass ihn niemand beobachtet hatte.

In der Halle stand schon ein Sarg vor dem Altar bereit. Rote Grablichter brannten. Das Schauspiel war gespenstisch. Wilhelm sah, wie sich sein Schatten und der des Bündels überdimensional und verzerrt an den Wänden im flackernden Licht abzeichneten. Der vertraute Geruch von Weihrauch erfüllte den Raum. Ein Kruzifix an der Wand wirkte in der Beleuchtung viel größer und unheimlicher, als er es bei Tageslicht tatsächlich war. Er wandte sich dem Sarg zu. Was für eine himmlische Fügung, dass morgen Nachmittag Frieder Müller beerdigt werden sollte, der vorgestern sanft an Altersschwäche entschlafen war. Wilhelm drehte an den Schrauben und schaffte es, den Deckel abzuheben, ohne den Blumenschmuck zu beschädigen. Es war hier wirklich von Vorteil, dass die Angehörigen nur in ein bescheidenes Nelkengesteck investiert und kein Geld in ein ausladendes Rosenbouquet gesteckt hatten. Die mickrigen Blumen würden die Prozedur ohne Schaden überstehen. Frieder Müller war von dürrer, schmächtigerer Statur gewesen. Nun lag er mit gefalteten Händen und in einem weißen Satin-

Hemdchen in der mit weißem Stoff ausgeschlagenen Holzkiste da und streckte sein knochiges Gesicht ein letztes Mal ins Diesseits. Sein ausgemergelter Körper, der sich praktischerweise als ziemlich steif herausstellte, ließ sich leicht auf die Seite hebeln. Wilhelm beobachtete das tote Gesicht, als ob er erwartete, dass Müller ob der nächtlichen Störung gleich zeternd und schimpfend aus dem Sarg hüpfen würde. Aber er verzog nicht die Mine. Vielleicht gefiel es ihm ja auch, was gleich widerfahren sollte. Wilhelm verkniff sich ein Lachen. So hatte er sich seinen letzten Gang sicher nicht vorgestellt. Gut, mein Väterchen, hier ist die Einladung zur großen Himmelshochzeit, murmelte er. Mit einem Kehrfeger, den er aus einer Ecke holte, keilte er Müller in seiner Seitenlage fest. Nun war im Sarg ein bisschen mehr Platz als vorher. Wilhelm überlegte, ob es dem Alten gegenüber unhöflich war, wenn er Dietlinde eingetütet zu ihm in den Sarg legte. Aber Frieder Müller widersprach nicht. Er war mit allem zufrieden und hatte nichts dagegen. Und hatte er nicht sogar mal versucht, Dietlinde hübsche Augen zu machen, als sie vor zwei Jahren auf dem Gemeindefest bei Kaffee und Kuchen zusammenfanden, obwohl sie schon im Rollstuhl saß? Also hievte er seine Dietlinde neben den toten Greis. Sie passte hinein. In der Antike pflegten die Ägypter ja auch, Grabbeigaben hinzuzufügen. Da lagen sie also zu zweit drinnen, ein lustiges Pärchen, bereit für die Reise. Auch hier war Dietlindes degenerierte Gestalt von Vorteil. Zum Schluss brachte sie gerade mal 100 Pfund Lebendgewicht auf die Waage. Wilhelm brauchte nur noch den Deckel wieder draufzusetzen. Sein Chef brauchte die beiden morgen nur noch unter die Erde zu bringen, und alles war wieder in Butter.

Den Deckel jonglierte er vom Boden hoch, ohne die Blumen zu verwüsten. Das allein war ein Gotteslob wert. Er versuchte ihn, in seine Nut zu setzen, aber der Sarg war so voll, dass der Deckel sich ein wenig hob. Es blieb ihm nichts anderes übrig, als die Schrauben wieder anzusetzen und auszuprobieren, ob sich der Sarg beim Zuschrauben mit Druck wieder verschließen ließ. Da war Fingerspitzengefühl notwendig, eine kritische Phase in seinem Vorhaben. Wilhelm war angespannt. An diesem Detail konnte sein ganzer genialer Plan scheitern. Er hoffte, er betete, er fummelte, versuchte es mit Stoßgebeten und drehte an den Schrauben, die bedrohlich knarrten. Im Uhrzeigersinn. Einmal, zweimal, dreimal. Puh, es funktionierte. Alle Schrauben waren wieder an ihrem Platz, der Sarg war zu. Wilhelm wischte sich mit dem Hemdsärmel über das Gesicht und schnaufte schwer. Zuletzt sank er erschöpft nieder und betrachtete abschließend sein Werk. Alle Muskeln taten ihm von der Anstrengung weh, aber er rieb sich zufrieden die Hände. An den Wänden tanzten die Schatten, die von den Grablichtern wie ein zum Leben erwecktes Graffiti hingeworfen wurden. Dann wurde er schläfrig und musste herzhaft gähnen. Zeit zum Gehen. So wie er gekommen war, im Dunkeln, verließ er das Gebäude wieder, schlich zu seinem Auto zurück und fuhr nach Hause.

Beerdigungen waren für ihn Pflichttermine in seinem Dienstauftrag. Obwohl immer alles nach dem gleichen Schema ablief, Wilhelm das Ritual schon x-mal mit durch exerziert hatte, bestand sein Chef stets auf eine Besprechung. Wilhelm fand das normalerweise unnötig, übertrieben, heute aber war er aus eigenem Antrieb sogar über eine Stunde vor Beginn der eigentlichen Trauerfeier in der örtlichen Aussegnungshalle aufgetaucht und sah nach, ob alles an seinem Platz war. Im Hauptraum war der Sarg aufgebaut, auf dem Wagen, auf dem er nachher nach draußen geschoben werden würde. Alles war ordnungsgemäß und so, wie er es letzte Nacht verlassen hatte. Es war nicht der kleinste Hinweis einer Unregelmäßigkeit zu erkennen. Keiner würde bemerken, dass mit dem Sarg etwas passiert war. Er wischte sich mit einem Taschentuch erleichtert den kalten Schweiß von der Stirn. Dann machte er sich am Altar zu schaffen, rückte die Kerzen zurecht, zupfte an den Blumen herum und strich die Altardecke glatt. Alles war perfekt. Sein Chef traf vor den Leichenträgern ein, machte einen Knicks und bekreuzigte sich, nachdem er sich die Finger am Eingang mit Weihwasser benetzt hatte. Er schritt auf Wilhelm zu.

„Alles es klar, Herr Wilhelm?" Die Frage ließ einen tschechischen Akzent erkennen. Wilhelm nickte. „Alles wie immer, Herr Pokorny. Die Leichenträger müssten auch gleich da sein. Ich habe sie gestern alle noch mal angerufen." Pokorny nickte zufrieden und klopfte ihm väterlich auf die Schulter. „Schön." Er machte selbst eine Runde um den Sarg und um den Altar, rückte selbst noch mal alles zurecht und winkte Wilhelm in den Nebenraum, damit er ihm beim Anziehen des schweren Messgewandes half. Ein paar Orgeltöne waren zu hören. „Ah, Frau Speck ist auch schon da." Pokorny war froh, wenn alles lief, wie abgesprochen. Nach einigen Minuten hörte man dezentes Murmeln, klackende Absätze und scharrende Füße. Die Trauergemeinde traf nach und nach ein und füllte den kleinen Raum fast ganz. Es war so, wie immer auf dem Land. Alle älteren Leute, ob verwandt oder nicht, bekannt oder nicht, versammelten sich bei Beerdigungen von Altergenossen um das Grab, auch wenn sie sich zu Lebzeiten gegenseitig verflucht, verfolgt, beschimpft und was auch immer hatten. Es war ein großer Menschenauflauf, wenn man bedachte, dass die leiblichen Verwandten von Frieder Müller eher ein kleines Grüppchen abgaben.

Pokorny liebte solche Veranstaltungen. Beerdigungen gehörten für Leute wie ihn zu den wenigen letzten Gelegenheiten, vor großem Publikum zu wirken. Deshalb legte er allergrößten Wert darauf, dass nichts schief ging. Wilhelm wusste das. Er wusste, dass er sich auf Pokorny verlassen konnte und lachte sich insgeheim ins Fäustchen, denn welcher Mörder hatte schon die Chance, seinem Opfer standesgemäß eine solche letzte Ehre zu erweisen? Auch wenn Pokorny in seiner Ansprache nur auf Frieder Müller Bezug nahm, Wilhelm sprach ein leises Gebet allein für Dietlinde und wünschte ihr eine angenehme Ruhe.

Als Pokorny mit der Ansprache und allem rituellen Klimbim drum herum fertig war, langte Frau Speck noch mal richtig in die Tasten. Die Trauergemeinde sang laut und mit Inbrunst. Ein paar der Anwesenden schluchzten ergriffen. Dann wurde der Sarg nach draußen geschoben. Die Trauergemeinde folgte zwei und zwei. Bis zum Grab passierte nichts. Alles ging ohne größere Vorkommnisse vonstatten. Die Räder des klapprigen Transportmittels, das sechs dunkel gekleidete Herren bedächtig zu der Vertiefung zwischen den anderen Gräbern schoben, quietschten bei jedem Schritt. Die Herren waren auch alle nicht mehr die Jüngsten und nicht ohne eigene Gebrechlichkeiten. Keiner von ihnen investierte noch in einen neuen schwarzen Anzug, weil es sich nicht mehr lohnte. Alle packten, so beherzt, wie es ging, gleichzeitig den Sarg, aber dennoch. Zweien glitt die Kiste aus den Händen. Sie wurde zu schwer, riss an den verbleibenden knochigen Fingern, rutschte und krachte auf den Wagen zurück. Irritiert sahen sich die Alten an. Vielleicht lag ihre Kraftlosigkeit an der sommerlich warmen Hitze. Wilhelm schickte ein Stoßgebet zum Himmel. Die Schrauben hatten soeben verdächtig geknarrt. Sie würde doch wohl halten!? Einer von den Totengräbern wischte sich mit einem Taschentuch den Schweiß von der Stirn. Dann sahen sie sich an wieder an, nickten sich zu und spuckten entschlossen in die Hände. Mit einem vereinten Hauruck stemmten sie sich unter den Sarg und balancierten ihn den kurzen Weg zum Grab. Unter größter Mühe und unterdrücktem Stöhnen gaben sie ihr Äußerstes und ließen ihn am Grabrand mit letzter Kraft plump nieder platschen. Ein Raunen ging durch die Trauergemeinde, als das Holz krachte. Aber es zerbarst nicht. Pokorny machte ein besorgtes Gesicht. Er wollte keine unangenehmen Unterbrechungen oder Brüche im Ablauf seiner schönen Zeremonie. Eilig wies er sein Sechsergespann mit einer ungeduldigen Handbewegung an, keine Müdigkeit vorzuschützen und zu kapieren, dass kein Grund zu einer Verschnaufpause bestand. Sie nahmen die Gurte und führten sie unter dem Sarg durch. Danach schoben sie ihn an den Grabrand, um ihn für die endgültige Versenkung korrekt zu positionieren. Die Trauergemeinde formierte sich um das

1,80 Meter tiefe Loch. Der Sarg lag nun schräg an der Kante, die in die Tiefe führte, und die Gurte waren noch nicht überall straff gezogen. Da bekam er von der Seite plötzlich Übergewicht, wankte gefährlich und rutsche plötzlich ab. Ein unmittelbarer dezenter Aufschrei aus der Menge aktivierte die letzten Reflexe der Sargträger. Hastig zog einer zufällig an der richtigen Stelle den Gurt fest und fing den Sturz ab. Die Kiste hing schief in den Seilen, aber sie war Gott sei Dank noch verschlossen. Peinlich berührt bemühten sich die anderen Träger schnell, den Behälter zu stabilisieren, was nur funktionierte, indem sie ihn schnellstens pietätlos und komisch schräg in das Loch hinunter ließen. An den bleichen Fingern, die die Gurtseile hielten, bildeten sich roten Schwielen. Man war verführt, an ihnen die Beleibtheit Frieder Müllers abzulesen, obwohl jedem, der hier zugegen war, das Gegenteil bekannt war, ein Widerspruch, den keiner mehr angesichts der letzten Ehre wagte zu hinterfragen, weil es der Anstand verbot.

Wilhelm schielte in die Runde.

Die Kiste war schwer, zweifelsohne. Aber die alten Männer hielten durch, gingen an ihre Grenzen, denn das waren sie Frieder Müller, den der Herr vor ihnen aus ihren Reihen abberufen hatte, schuldig.

Letztendlich erreichte sie mit einem letzten Knirsch den Boden des Lochs.

Wilhelm ging schnell vor an den Grabrand, um die Lage zu überprüfen. Glück gehabt. Er zwinkerte Pokorny zu, dass alles in Ordnung war. Dessen Ungeduld hatte sich gefährlich auf einen unangenehmen Höhepunkt zu bewegt, aber er wahrte eisern Haltung.

Dann die Entspannung.

Der Sarg war heil unten angekommen. Ruhe in Frieden, Dietlinde, du hast mir die letzten Jahre vermiest, aber ich habe dir einen Strich durch die Rechnung gemacht, du alte Ziege.

Wilhelm gab Pokorny das Weihwasser mit dem Wedel. Der schüttelte ihn über dem offenen Grab aus und stieß mit Inbrunst die erforderlichen Formeln aus sich heraus, während er dem heiligen Wasser die erste Schaufel Erde hinterher warf, die hörbar auf die Kiste prasselte. So. Jetzt war der Vorgang unwiderruflich. Wilhelm hatte sein Schäfchen im Trockenen. Erleichtert trat er auf die Seite, und Pokorny winkte der Trauergemeinde, die nun an der Reihe war, es ihm gleichzutun.

7. Kapitel

„Und was haben Sie den Leuten in Ihrem Dorf erzählt. Ich meine, dem Pfarrer und den Nachbarn und so weiter?" fragte Margret konsterniert. „Ich meine, es kann doch nicht einfach so ein Mensch verschwinden?"

Wilhelm schnaufte und lehnte sich nach vorne. Mit seinen Ellbogen stützte er sich auf seinen Oberschenkeln ab und sah zwischen den Beinen auf den Boden. Er sprach, ohne sie anzusehen.

„Ich habe verbreitet, dass ich sie abends in die Klinik nach Tübingen gefahren habe, weil es ihr nicht gut ging. Dietlinde war wegen ihrer Krankheit in der Öffentlichkeit nicht präsent. Den meisten fiel ihre Abwesenheit nicht wirklich auf." Seine rechte Schuhspitze war mit dem Nachfahren des Teppichmusters fertig. Margret beobachtete ihn, wie er in aller Seelenruhe seinen Fuß neben den anderen setzte. „Aber wie ging es weiter? Es kamen doch bestimmt Fragen?"

„Sie war nicht sehr beliebt. Und so wollte sie auch nie jemand besuchen. Hin und wieder sollte ich Grüße und eine gute Besserung ausrichten. Natürlich wurde ich gefragt, wie es ihr geht. Ich habe halt geantwortet, immer schlechter. Eines Tages habe ich gesagt, sie sei im Krankenhaus gestorben."

„Und der Leichnam? Jeder hat doch eine Beerdigung erwartet?" Margret war auf die bizzarsten Erklärungen gefasst.

„Ich hatte durch das alles natürlich Zeit gewonnen und konnte mir in aller Ruhe eine plausible Geschichte ausdenken."

„Und?" „Ich fand es am überzeugendsten, zu behaupten, sie habe ihren Leichnam der Forschung zur Verfügung gestellt, um die Fortschritte bei der Behandlung von MS zu unterstützen. Sie würde zu gegebener Zeit zusammen mit anderen Leichen aus dem Institut beerdigt werden, und zwar auf dem Bergfriedhof." Er saß mit herunterhängenden Schultern da, legte die Hände ineinander und sah in ein verblüfftes Gesicht. Er musste grinsen. Der perfekte Mord und die perfekte Beseitigung aller relevanten Spuren inklusive einer perfekten Inszenierung, die jegliche Nachforschungen ausschloss.

„Den Arztbrief an die Kollegen in der Klinik habe ich direkt übergeben. Das habe ich unserem Hausarzt erzählt", ergänzte Wilhelm von sich aus. „Und der hat es geglaubt." „Wir haben ein Vertrauensverhältnis, seit Jahrzehnten."

„Sie haben an alles gedacht." Ihre Stimme war nicht ohne Bewunderung. „Schlimm?" fragte Wilhelm, der diese Nuance durchaus bemerkte.

„Abgebrüht würde ich sagen." „Nicht wirklich." „Ach nein?" „Sie schätzen mich falsch ein." „Wie muss ich Sie denn einschätzen?" „Ich habe Ihnen vertraut." „Stimmt."

Margret sah auf die Uhr an der Wand. Die Erlösung nahte. Der Zeiger war gleich auf der ganzen Stunde.

„Ich muss mir das Ganze durch den Kopf gehen lassen, verstehen Sie?" Er verstand. „Was werden Sie nun weiter tun? Werden Sie mich verpfeifen?" „Soll ich?" „Nein." „Warum nicht?" „Ich war mit den Nerven am Ende."

„Das ist keine gute Entschuldigung", erwiderte Margret mit einem Versuch, Missbilligung zum Ausdruck zu bringen. Ihr Tonfall klang wenig überzeugend. Sie konnte nicht verleugnen, dass sich ein gewisses Verständnis für sein Handeln in ihr breit machte. Wilhelm sah ihr tief in die Augen.

„Noch eine letzte Frage", sagte Margret beim Hinausbegleiten und drehte sich zu Wilhelm um. „Ja?" „Haben Sie gebeichtet?" „Weswegen?" „Hatten Sie keine Gewissensbisse?" „Nein."

Diesmal besorgte er sich auf der Einkauftour nach der Therapiestunde ein Buch über Psychoanalyse. Auf dem Weg zum Auto war er im Besitz einer wertvollen Neuerwerbung mit dem Titel ‚Die wichtigsten Grundbegriffe der modernen Psychoanalyse – Eine Einführung in ihre Denkweise'. Es gab keine Zeit zu verschwenden. Er hatte vor, gleich nachher damit zu beginnen, sich in die Materie einzuarbeiten. Gut gelaunt setzte er sich zu Hause in den Garten. Neben ihm lag das Buch im Gras. Er lehnte sich zurück, machte die Augen zu und lauschte den Gezwitscher und Gezirpe der Natur. Ansonsten war nichts zu hören. Er hätte sich daran machen können, sich mit dem Buch zu beschäftigen, aber in seinem tiefsten Inneren arbeitete etwas. Das Bild von Frau Hamann schob sich hartnäckig vor sein inneres Auge und tanzte vor ihm herum. Sie lächelte ihn an, war freundlich und einladend. Er konnte sich an dem Bild kaum satt sehen. Von allen Seiten stellte er sie sich vor. Und er stellte sich vor, wie er auf ihrem Sofa lag, sich von ihr verwöhnen ließ, und wie sie ihm zuhörte. Er war von ihr begeistert. Sicher würde es ihr gefallen, wenn er auch ein wenig über Psychoanalyse Bescheid wusste. Deshalb hatte er sich das Buch besorgt. Er würde sich größte Mühe geben und ein guter Patient sein, alles richtig machen. Vielleicht konnte er mit Frau Hamann sogar ein wenig über Psychoanalyse fachsimpeln. Das würde ihr sicher gefallen.

Bei der Vorstellung wurde ihm richtig warm ums Herz. Seine unzähligen Symptome vergaß er indessen beinahe, vor allem das Engegefühl in der Brust. Er streckte die Arme nach rechts und links, dehnte alle Muskeln und fühlte sich frei, frei, frei, wie schon lange nicht mehr. Alle Vierzehntage hatte er wegen seiner vielen Zipperlein einen Termin beim Arzt, der ihm nicht helfen konnte und ihn, vermutlich aus Verzweiflung, vorsichtig an die Diagnose Hypochonder zu gewöhnen versuchte. Hypochonder! Jedoch nicht einer von der Sorte, der überall kleine Fläschchen mit Medizin oder Pillchen deponierte. Warum konnte er ihm verdammt noch mal nicht sagen, dass es an Dietlinde lag? Sie hatte ihn krank gemacht und zum Krüppel werden lassen.

Quacksalber, dilettantischer. Stattdessen versuchte er auf eine verflixt subtile Art, ihm einzureden, dass bei ihm nicht mehr viel zu machen sei. Ihm fielen die positiven Veränderungen an sich auf, die sich nach und nach einstellten, und er war zunehmend von der Wirksamkeit der analytischen Methode überzeugt. Frau Hamann war wunderbar.

Er blieb im Garten sitzen und verbrachte unter dem Baum einen großen Teil des warmen Sommerabends. Die Stelle im

Garten war von der Straße aus nicht einsehbar. Er fühlte sich unbeobachtet. Seine Stimmung war super. Warum also nicht? Die Party fing gerade erst an. Das war ein würdiger Anlass, sich aus seinem spärlichen Weinvorrat zu bedienen. Er wählte eine bessere Flasche Chianti aus. Mit einem Glas und der entkorkten Flasche kehrte er in den Garten zurück. Unterwegs nahm er sich aus dem Kühlschrank etwas zu essen mit, als Grundlage sozusagen. Mit einem Stück Käse schmeckte auch der Wein besser. Ihm war von Anfang an klar, dass vom Inhalt der Flasche nichts übrig bleiben würde. Deshalb brachte er sich vorsichtshalber gleich eine Flasche Sprudel mit, um eventuelle negative Nachwirkungen der Überdosis Chianti von vornherein abzuschwächen. Er hasste Katzen.

Der Wein entfaltete seine Wirkung schnell. Wilhelm spürte, wie sich ein wohliges Behagen ausbreitete und seine Glieder angenehm schwer wurden. Bis auf eines, das eine befremdlich angenehme Aktivität entfaltete. Frau Hamann ging ihm nicht aus dem Kopf. Ihm dämmerte, dass sein Interesse an ihr nicht rein therapeutisch bleiben würde. Schließlich war er noch kein Greis. Außerdem war es nicht seine Schuld, wenn sie die abgestorbenen Geister in ihm zu neuem Leben erweckte.

Die Flasche war leer. Schade eigentlich. Aber war da nicht noch eine zweite im Keller? Wilhelm gelüstete es, sich richtig einen anzusaufen.

Auf dem Weg in den Keller kam er am Wohnzimmerschrank vorbei. Ach ja. Er besaß ja von früher auch noch ein paar Zigarillos. Das Rauchen hatte er wegen seiner Wehwehchen, und natürlich, weil es Dietlinde störte, zähneknirschend aufgegeben. Allerdings ohne damit eine Verbesserung seiner Gesamtsituation zu erzielen. Also, was sollte es? Er nahm die Schachtel mit, vergaß auch das Feuerzeug nicht, das er ebenfalls im Schrankfach entdeckte, und beschaffte sich den Weinnachschub. Seinen leeren Käseteller stellte er auch gleich in der Küche ab, ordentlich wie er war. Wieder im Garten zurück goss er sich sein Glas voll und ließ das gute Tröpfchen Schluck für Schluck in sich hinein laufen. Das tat gut. Zusammen mit den Zigarillos, die er sich nach einander ansteckte, wurde ihm ziemlich schwummrig, aber er genoss es, genoss die wieder kehrende Lebensfreude. Irgendwann war auch die zweite Flasche zur Hälfte leer, da war Wilhelm so platt, dass er es gut sein ließ. Als er aufstand, schwankte er gefährlich, aber irgendwie schaffte er es, ohne hinzufallen nach drinnen und in seinem Bett zu landen.

8. Kapitel

,Wie schlimm das alles ist'. Wie benebelt saß Margret an ihrem Schreibtisch, als ihr dieser Gedanke immer zu durch den Kopf ging wie ein unheilvolles Mantra. Glücklicherweise klingelte das Handy. Tanja war dran, eine frühere Studienkollegin, mit der sie sich seit Jahren ab und an zum Essen traf.

„Hey, wo bist du? Ich sitze hier und komme mir ziemlich blöd vor." Aber ihre Stimme klang mehr besorgt als verärgert. Margret stöhnte. Die Verabredung hatte sie ganz vergessen. „Tanja, entschuldige. Ich bin sofort da." „Weißt du, wie viel Uhr es ist? Außerdem habe ich schon zweimal angerufen, und du bist nicht rangegangen." Margret sah auf ihre Mailbox. Zwei Nachrichten. „Ich habe nur so lange gewartet, weil ich mir schon etwas zu essen bestellt hatte." Tanja war von Natur aus neugierig. Sie wollte wissen, was los war, daher ihre Geduld. „Sag' mir einfach, ob du noch kommst."
Fünf Minuten später traf Margret im Biergarten ein, der um die Ecke lag.
Tanja war mit essen fertig. „Ist schon okay. Ich habe keinen Hunger", erklärte Margret.

„Was ist mit dir los? Du machst, gelinde gesprochen, einen leicht echauffierten Eindruck, wenn diese Rückmeldung gestattet ist. Muss ich mir Sorgen machen?"
Sie nahm ihre Sachen vom freien Stuhl neben sich und bot ihn Margret an. Eine Kellnerin sammelte das benutzte Geschirr ein und legte Margret eine Karte hin. „Ich weiß gar nicht, ob ich etwas haben will." Sie bestellte ein Mineralwasser.
Tanja sah sie vielsagend an. Sie war keine Vertraute, aber Margret fühlte sich so randvoll, dass sie verführt war, sich bei Tanja auszuheulen.

„Ich habe einfach zu viel zu tun." „So siehst du auch aus. Geht's so drunter und drüber?" Margret lehnte sich zurück und streckte die Beine unter dem Tisch aus. Sie holte ihre Sonnebrille aus der Tasche und setzte sie auf. Tanja konnte ihre Augen nicht mehr sehen. „Und dann noch diese Hitze."

„Sag' bloß nicht, du kommst in die Wechseljahre. Es ist zwar warm, aber so warm nun auch wieder nicht." Sie bestellte sich auch noch einen Sprudel. „Du hast mir immer noch keine plausible Erklärung geliefert." Sie beugte sich zu Margret vor und knuffte sie freundschaftlich mit dem Arm. „Komm' schon. Ich bin nicht sauer. Außerdem kannst du mir doch alles erzählen."

Einen Scheiß werd' ich tun, dachte Margret und lächelte Tanja an. Dann bekam sie Lust, Tanja ein wenig zu ärgern. Sie wusste, dass sie als Psychologin nicht so gut im Geschäft war wie sie, und dass sie darauf insgeheim neidisch war. Warum sie den Kontakt zu Margret hielt, der diesem Frust mit jedem Treffen neue Nahrung gab, war ihr ein Rätsel. Sicher eine Form von Masochismus, dachte sie hämisch. Oder vielleicht erhoffte sie sich, dass Margret ihr eines Tages ein paar Aufträge zuschanzen würde. Es reizte sie, ein bisschen anzugeben.

„Ich habe gerade eine schwierige Anfrage für ein Gerichtsgutachten, das mir Kopfzerbrechen bereitet. Eine ziemlich verzwickte Sache." Tanja spitzte die Ohren und wünschte sich insgeheim, dass Margret auch einmal eine kleine Niederlage einsteckte, aus Gründen der Gerechtigkeit. Es grenzte beinahe an Unanständigkeit, dass sie so viel Glück hatte. Margret fing an, über die Mordsache zu berichten, von der sie Martin so gerne erzählt hätte, diesem falschen Hund.

„Aber nicht über den Typen, der seine Opfer mit einer Überdosis Insulin zur Strecke bringt", rief Tanja unkontrolliert aus. „Das ist ja sensationell", jauchzte sie, während Margret nebenbei die Sonnenbrille zurechtrückte. Sie wähnte sich dank Margret am Puls der Zeit, an den wichtigen Themen, die die Öffentlichkeit bewegten, und verzieh ihr auf der Stelle einen Teil ihrer Eitelkeit.

„Schschscht." Margret sah sich verärgert um. Konnte sich Tanja nicht mal beherrschen? Sie strafte sie mit einem strengen Blick und dankte dem Himmel für diesen Ausrutscher, der ihr ein unverhoffte Chance eröffnete.

„Ich stehe unter Schweigepflicht, das weißt du. Im Grunde kann ich gar nichts erzählen", flüsterte sie betont.

Tanja bereute ihren Aufschrei augenblicklich und machte ein bußfertiges Gesicht. Es nützte nichts. Die Sache war um die Ecke.

„Ganz schön einsam, dein Job. Bist du wenigstens in Supervision?"

Tanja hörte einfach nicht auf, Margret zu stupfen, ihr auf die Pelle zu rücken. Was ging sie das an? „Natürlich", log sie. „Was denkst du denn?"

„Das ist total wichtig in deiner Situation." Margret hasste es, wenn Tanja sich mit ihren so genannten freundschaftlichen Ratschlägen wichtig machte. Sie fragte sich, warum sie sich überhaupt mit ihr traf. Dann kam der nächste Klops.

„Wie läuft's mit Martin und der Familie?"

Margret war auf hundertachtzig, hatte sich aber, im Gegensatz zu Tanja, die das gar nicht merkte, nach außen hin voll im Griff. „Gut."

Jetzt war ein Gegenangriff fällig.

„Wie läuft's mit Richard?" Sie setzte das gewinnendste Lächeln auf, das sie zustande brachte, und Tanja machte ein zerknittertes Gesicht. „Nicht gut. Er überlegt sich gerade, ob er nicht wieder ausziehen will. Ich bin aber selbst überrascht, wie gut ich das gerade wegstecke. Vielleicht ist er wirklich nicht mein Typ." Margret schwieg. Daraufhin kam Tanja ins Schwafeln wie ein Wasserfall und erzählte ihr haarklein, was alles passiert war, warum Richard sie verlassen wollte, und warum sie dachte, dass es ihr nichts ausmachte.

Margret hörte nur beiläufig zu. Sie hing ihren eigenen Gedanken nach. Tanja hatte keine Ahnung davon.

„Du, ich bin so froh, dass ich mir dir darüber reden konnte", gestand sie nach einer dreiviertel Stunde Bericht über ihre innersten Regungen und wirkte tatsächlich gestärkt.

„Ist schon gut, Tanja", erwiderte Margret und ärgerte sich, dass Tanja sie in ihrer Pause abzockte. Sollte sie sich doch eine Therapeutin suchen. Aber auch das behielt sie für sich.

„Ich muss nun weiter." „Ja, ja, die Arbeit." Sie zahlten und trennten sich auf der Straße. Margret trottete in ihre Praxis zurück.

Martin rief ein lautes ‚hallooho' durch das Treppenhaus nach oben. Jedoch, das erwartete Echo blieb aus. Dabei gab es wegen des Cabrios in der Garage keinen Zweifel, dass sie im Haus war. Wie zur Kontrolle warf er aus dem riesigen Wohnzimmerfenster einen Blick in den Garten, aber es sah nicht danach aus, als ob sich seine Frau dort draußen aufhielt. „Moritz?" Martin startete einen zweiten Versuch. „Ich bin hier oben" schallte es verhalten aus dem ersten Stockwerk, aber es war nicht Moritz, sondern Margret. „Moritz ist mit Freunden unterwegs." Sie stand oben im Treppenhaus vor ihrem Zimmer und schaute auf Martin herunter. Margret war froh, dass sie nicht geheult hatte. Nicht, dass sie von Martin Trost erwartet hätte, ja, auf solch eine Pseudoreaktion seinerseits konnte sie großzügig verzichten. Nein, ihr Ziel war es, zu verhindern, dass bei ihm Argwohn ihr gegenüber aufkam. Sie wollte nicht das Risiko eingehen, ihn mit einer Krise zu konfrontieren, über deren Ursachen und Ausmaß sie sich selbst noch zu wenig im Klaren war. Schließlich konnte sie ihm seine Affäre nicht nachweisen. Martin guckte zu ihr hoch. Die Entfernung und die Lichtverhältnisse bewirkten, dass er ihr Gesicht nur undeutlich erkennen konnte. „Arbeitest du noch?" erkundigte er sich. „Was denkst du denn?" Margret wollte ihm heute Abend unbedingt aus dem Weg gehen und erst noch einmal über alles gründlich nachdenken. „Hast du wieder im Büro zu tun gehabt?" rief sie scheinbar unberührt und dachte ‚Du Ratte'. ‚Halt die Klappe, die Antwort kann ich mir denken', hätte sie am liebsten laut hinaus geschrieen. Sie hatte eine Mordswut. An der Wand neben ihr hing ein großer Spiegel. Ihr erster Impuls war, den Joker zu ziehen, ihn zu ihm hinunter zu werfen und abzuwarten, was das Schicksal als nächstes auf Lager hatte. Leider lagen die Umstände nicht so optimal, wie bei ihrem neuesten Patienten. Die Entsorgung der Leiche hätte sich in ihrem Fall aufwändiger gestaltet. „Ja, wie es halt so ist."

Margret beherrschte sich, schluckte. Sie liebte ihn immer noch, und gerade deshalb taten ihr seine Lügen besonders weh. Alles, was sie wollte, war, mit sich und ihrem Elend alleine zu sein. „Du, ich muss also noch", stöhnte sie. „Ich hatte diese Woche schwierige Termine und muss nacharbeiten, ja?" Ohne Martins Antwort abzuwarten, zog sie sich todunglücklich in ihr Zimmer zurück.

Gleichgültig nahm Martin zur Kenntnis, wie sie die Tür energisch von innen zuschob, und zuckte mit den Schultern. Er wiegte sich in dem felsenfesten Glauben, dass Margret keine Ahnung hatte. Als Ursache ihrer schlechten Laune, an die er sich nicht gewöhnen konnte, betrachtete er ihr hohes Arbeitspensum und ihren übertriebenen Ehrgeiz. Das war schon seit Urzeiten so. Zudem war sein beträchtliches Gehalt eine ausreichende Begründung für seine vielen ‚Überstunden'. Und gegen Geld war ganz und gar nichts einzuwenden, auch nicht von Seiten Margrets. Sie konnte zufrieden sein. Also ließ er sie in Ruhe.

Der laue Sommerabend lud zum Aufenthalt auf der Terrasse ein. Martin kam auf die Idee, sich in einen Liegestuhl zu legen und gemütlich seinen Gedanken nachzuhängen. Dazu holte er sich ein Bier aus dem Keller und nahm gleich eine zweite Flasche als Nachschub mit. Durch das Fenster von Margrets Arbeitszimmer drang künstliches Licht nach draußen. Die Sonne war ganz nahe am Horizont. Martin öffnete die erste Flasche und schenkte sich sein Glas voll. Im Garten war es angenehm still. Der wenige Verkehrslärm, der als leises Rauschen bis zu ihm drang, störte ihn nicht. Vom Nachbargrundstück kamen fröhliche Stimmen und gedämpfte Musik herüber. Es roch köstlich nach Grillfleisch. Martin überblickte von seinem Platz aus beinahe den ganzen Garten. Eigentlich schön hier, pflichtete er sich nicht ohne Stolz bei, während er mit kräftigen Schlucken sein Glas leerte. Das Grundstück besaß eine ansehnliche Größe, der Garten war zwar etwas verwildert, aber im Prinzip tat das seiner Atmosphäre keinen Abbruch. Im Gegenteil. Martin hörte durch die offene Terrassentür, wie sich im Haus etwas regte. Moritz lugte durch den breiten Spalt. Mit einem „Hi, Papa" nahm er seinen Vater zur Kenntnis und verschwand augenblicklich in sein Zimmer. Das „Hi, Sohn" von Martin kam zwar schnell, aber für Moritz zu langsam. Er war bereits verschwunden.

Im Grunde war Martin mit Moritz zufrieden. Er war ein anständiger Kerl und hatte aus Martins Sicht bis jetzt keine Schwierigkeiten gemacht. Margret hatte das hin und wieder anders gesehen, aber das lag an ihrer Neigung, an allem herumzunörgeln, alles schlecht zu reden. Auch mit den beiden anderen Kindern war Martin zufrieden. Beide waren dabei, sich ihren festen Platz in der Gesellschaft zu erarbeiten, davon war er überzeugt. Dass das heutzutage nicht ganz reibungslos lief, störte ihn nicht. Am Sonntagnachmittag waren alle, wie üblich, zu Besuch. Martin freute sich darauf. Aber gleich fiel ihm Iris ein. Er war sich nicht sicher, wie lange er sie in der Form bei der Stange halten konnte. Als er sich vorhin in ihrer Wohnung zum Aufbruch bereit machte, konnte er ihre Enttäuschung deutlich spüren, obwohl sie sich sichtlich Mühe gab, sie zu verstecken. Iris versuchte zunehmend, Verbindlichkeiten zwischen ihnen beiden herzustellen. Bestimmt wollte sie, dass er sich scheiden ließ. Die meisten Frauen in Verhältnissen wollten das. Sie hatte einfach keine Ahnung, was er aufgeben würde. Margret war zwar super nervig, aber trotzdem voll und ganz sein Typ. Er brauchte bloß ab und zu ein wenig Abstand zu ihr. Das mit dem Sex würde sich irgendwann schon wieder einrenken. Außerdem, das Haus, seine Kinder, auch wenn die meisten schon auf eigenen Füßen standen. Ein weiteres Problem bestand darin, Iris bei Zeiten wieder loszuwerden. Es hatte sich nämlich letzte Woche abgezeichnet, dass sich das mit ihrer Versetzung in eine Niederlassung außerhalb Deutschlands zerschlagen würde. Vor einem seiner Meetings wurde darüber auf dem Flur von informierter Seite gemunkelt, aber Iris selber hatte darüber noch keine offizielle Stellungnahme von höherer Stelle erhalten. Wahrscheinlich konnte sie es sich denken. Es wurde einfach zu viel getratscht.

Martin hatte die leise Ahnung, dass da womöglich ein größeres Problem auf ihn zurollte, als er von Anfang an wahrhaben wollte. Vor allem war Iris in der Lage, ihm in der Firma derartig an den Karren zu fahren, dass seine Karriere einen ernsthaften Knick erlitt. Wenn sie ein bestimmtes Ziel erreichen oder jemanden schlicht eins auswischen wollte, war sie mitunter erschreckend derb im Umgang, und wenn sie sich etwas vorgenommen hatte, war sie keineswegs zimperlich, weder in der Wahl der Methoden, noch in deren Anwendung. Die Grundlagen seiner Einschätzung bildete schlicht das, was er an Iris in der Firma beobachten konnte. Sie Gemeinsamkeiten mit Margret. Okay, bis jetzt war ja alles gut gegangen. Wichtig war, dass er nicht die Nerven verlor, sondern ganz cool blieb. Dann würde ihm schon eine Lösung einfallen.

Er öffnete das zweite Bier und goss es in sein Glas ein. In Margrets Arbeitszimmer ging das Licht aus. Martin hörte die letzten unermüdlichen Grillen zirpen, Fledermäuse flatterten um eine Straßenlaterne, die außerhalb des Zauns einen Fußweg beleuchtete. Es versprach, eine tropische Nacht zu werden, viel zu warm für ihre Breitengrade. Das Gekicher aus Nachbarsgarten ebbte immer mehr ab, bis es ganz verstummte. Die Partygesellschaft löste sich wohl aus Rücksicht auf die Nachbarn auf. Martin wurde träge, aber die harte Holzliege malträtierte inzwischen seinen Allerwertesten, weil er zu faul gewesen war, sich ein Polster aus der Garage zu holen. Und so zog er sich endlich ins Haus zurück.

9. Kapitel

Er konnte Iris nicht grundsätzlich verbieten, ihn auf dem Handy zu kontaktieren, er ließ sie jedoch nur in jenen Zeiten gewähren, in denen er im Büro war. Am Wochenende bestand er auf absolute Funkstille. Um ganz sicher zu gehen, schloss er es in seine Nachtischschublade ein, da es ihm unmöglich war, es ständig zu überwachen. Auch unter der Woche achtete er peinlichst darauf, das Handy zu Hause nirgends herumliegen zu lassen, und fand das schon ziemlich stressig. Ob Margret sein Verhalten aufgefallen war, konnte er nicht genau sagen, denn die beiden redeten zu wenig miteinander. Für den Fall, dass sie ihn darauf ansprach, hatte er sich eine gute Begründung zurechtgelegt, die er gerne losgeworden wäre. Aber zum Teufel, sie fragte ja noch nicht mal.

Den Samstag verbrachten Martin, Margret und Moritz zu Hause. Das Haus war groß genug, um sich gegenseitig bequem aus dem Weg zu gehen und Begegnungen auf ein Minimum zu reduzieren. Margret erledigte am Vormittag den Einkauf, füllte den Kühlschrank auf, und weil das Wetter so heiß war, hatte so wie so keiner Interesse an einer warmen Mahlzeit. Jeder versorgte sich aus den Vorräten entsprechend der individuellen Bedürfnislage. Für den Nachmittag hatten sich Margrets Eltern angekündigt. Die erwachsenen Kinder waren am Sonntagnachmittag dran. Margrets Mutter und die Kinder brachten jeweils selbstgebackene Kuchen mit. Und so hielt sich der Gesamtaufwand der Nahrungszubereitung in Grenzen.

Das Handy allerdings beschäftigte Margret ständig. Martins Zirkus damit war ihr sehr wohl aufgefallen, sie hatte sich aber nichts anmerken lassen. Den ganzen Samstag lag sie auf der Lauer, ob sich nicht eine Gelegenheit ergeben würde, bei der sie unbemerkt ins Schlafzimmer huschen und die Lage peilen konnte. Aber dann hielt sich Martin komischerweise immer irgendwie in ihrer Nähe auf, als ob er ihre Hintergedanken erraten hätte.

Am Sonntagnachmittag trudelten die größeren Geschwister von Moritz ein, sein älterer Bruder und seine noch ältere Schwester, jeweils mit Anhang. Margret hatte wie gewöhnlich im Garten einen großen Tisch hergerichtet, um den herum sich alle nacheinander niederließen. Martin und Margret konnten sich beide gefahrlos in dieser Konstellation bewegen, denn auch hier war es keine Schwierigkeit, neben einander her zu existieren, ohne sich großartig zu unterhalten. Kerstin, die Tochter, war äußerst redselig und unterhielt gewöhnlich alle anderen. Sie hatte ständig etwas zu erzählen und beharrte auf der Rolle der Wortführerin. Margret ging davon aus, dass die Kinder längst dahinter gekommen waren, dass sich ihre Eltern kaum noch etwas zu sagen hatten. Sie hinterfragten es aber nicht, wahrscheinlich, weil sie das nach so vielen Ehejahren normal fanden. Und so entwickelte sich am Tisch ein lockeres Geplauder über alle wichtigen, weniger wichtigen und einschneidenden Ereignisse der letzten Woche, ohne dass sich Margret und Martin in die Quere kamen.

Kerstin studierte noch. Sie hatte im ersten Anlauf ihres Abschlussexamens kläglich versagt. Letzte Woche hatte sich das abgezeichnet. Sie zog daher viel Aufmerksamkeit auf sich. Martin stocherte wortlos auf seinem Kuchenteller herum. Sie hielt mit ihrem Missgeschick nicht hinterm Berg. Es war aus ihrer Sicht nämlich nicht dramatisch, denn sie hatte sich ja Bernhard geangelt, einen viel versprechenden talentierten Physikdoktoranden, der unter Garantie Karriere machen und das Familieneinkommen sicherstellen würde. „Mama, vielleicht bekomme ich so wie so Kinder", verteidigte sie sich blökend gegen Angriffe, die bis zu diesem Augenblick noch keiner laut ausgesprochen hatte. „Ich mache mir jetzt keinen Stress. Darauf könnt ihre euch verlassen. Selbstverständlich lerne ich auf die Prüfungen. Aber wenn ich wieder durchrasseln sollte, werde ich mir nicht die Kugel geben. Das ist schließlich kein Grund", erklärte sie lauthals. „Ich werde keine Krise produzieren, nur um mich als Arbeitsbeschaffungsmaßnahme für irgendeinen langweiligen Kollegen von dir zu betätigen, Mama." Woher sie so viel Selbstbewusstsein nahm, war Margret schleierhaft. Nun gut,

Selbstbewusstsein konnte nicht schaden. Margret wusste nur zu gut, dass eine große Portion davon Menschen gegen Fehlschläge immunisierte. Manchmal hätte sie selbst in diesem Bereich kräftig nachtanken können. „In Jura fallen viele beim ersten Mal durch." In der Aufrechterhaltung ihrer trotzigen Verteidigungshaltung zeigte sie ein beträchtliches Durchhaltevermögen.

„Wen interessiert denn das?" ereiferte sich Margret, obwohl sie wusste, dass es nichts an den Versuchen Kerstins, ihr Prüfungsdesaster als Nebensächlichkeit darzustellen, ändern würde. „Mich! Ich werde mir nun keine Asche aufs Haupt streuen und mir mit einer Peitsche den Rücken blutig schlagen, um zu demonstrieren, dass ich mich auf dem Weg der Buße befinde. Meine Vorbereitungen waren ausreichend. Also, deshalb jetzt keine Krise, bitte, ja?" Kerstin rückte näher an ihren Lebensgefährten heran und legte ihm lässig den Arm um die Schultern. Bernhard zog ihren Arm weiter zu sich. Er wollte keine Karrierefrau, sondern eine, die daheim die Kinder groß zog und ihm den Rücken für seine Laufbahn frei hielt. Um sich in der Forschung erfolgreich zu behaupten und ganz vorne mitzumischen, war er auf jedes Quäntchen Energie angewiesen, auch auf dasjenige von Kerstin. Da war es eher störend, wenn sie eigene Pläne schmiedete. Er spekulierte darauf, dass sie den zweiten Versuch genauso wenig packte, und übte absichtlich keinerlei Druck aus, was Margret furchtbar fand und beinahe rasend machte. Sah Kerstin an ihrem Beispiel denn nicht, dass Frauen dringend ihr eigenes Geld verdienen mussten? Sich bewusst in die Abhängigkeit eines Mannes zu begeben, und zwar aus Bequemlichkeit, war in ihren Augen eine Form von Supergau, auch wenn sie es wunderbar fand, wenn wegen zweier Gehälter das Geld im Überfuß zur Verfügung stand. Margret hätte ihre Misere mit Martin am liebsten als abschreckendes Beispiel laut heraus geschrieen. Kerstin war eine verwöhnte Göre und hatte aufgrund fehlender Lebenserfahrung nicht einen Deut Einsehen in diesen riskanten Aspekt ihrer Lebensplanung. Desillusioniert streckte Margret die Flügel. Es war besser, wenn sie sich um ihr eigens Leben, um ihre eigenen Probleme kümmerte und die Kinder ziehen ließ. Sollten sie sich selber ihre Nasen an der Welt kaputt schlagen.

Ihr Sohn Frederick studierte ebenfalls noch und deutete an, dass er vielleicht das Fach wechseln würde, weil Chemie doch nicht seins war. Margret schlug die Hände über dem Kopf zusammen. Sein Problem war allerdings nicht so spektakulär und akut wie das von Kerstin, so dass es in der Unterhaltung unterging, was ihm recht zu sein schien. Seine Partnerin, eine Lehramtsstudentin, machte sich über die Zukunft ein wenig Sorgen, weil sie mit Fredericks Schlingerkurs nicht einverstanden war. Die Vorstellung, dass sie eventuell als erste für das Familieneinkommen zuständig sein könnte, gefiel ihr gar nicht. Deswegen waren die beiden heute weniger gesprächig als sonst.

Martin sagte nichts zu Kerstins verpatzter Prüfung. Er hätte nach Margrets Geschmack dringend Position beziehen müssen, immerhin war er der Vater. Was hatte Moritz da für tolle Vorbilder. Kerstin hätte sich ihr „Na, wie läuft's denn in der Schule, Kleiner?", das überheblich an ihn gerichtet war, sparen können. Margret unterließ es aber, eine Bemerkung dazu fallen zu lassen. Sie hatte keine Kraft für Konfrontationen. Kerstin war sehr angriffslustig. Nein, es war klüger, die Konfusion zu nutzen, die angesichts der vielen kleinen und größeren Missgeschicke die Unterhaltung beherrschte, um sich im Schlafzimmer umzusehen.

Da es ganz normal war, dass man nach einigen Tassen Kaffee zwischendurch die Toilette aufsuchte, erhob sich Margret wie selbstverständlich. „Ich muss mal ins Badezimmer", erklärte sie mit einem Tonfall, der besagte, dass gefälligst keiner nach drinnen zu folgen brauchte, weil das Bad nun eh besetzt war. Nun war sie weg. Das bodentiefe Schlafzimmerfenster war auf der Gartenseite. Es hatte zwar Gardinen, aber die waren dem Zeitgeist entsprechend transparent. Martin hätte sie von unten entdecken können, wenn er das Fenster beobachtet hätte. Sie musste vorsichtig sein. Sie machte die Tür langsam und leise einen kleinen Spalt weit auf, so dass sie gerade noch hindurch passte und duckte sich in die Knie. Ihre Hose spannte, als sie im Watschelgang auf Martins Bettseite zusteuerte. Mit ihrem Hintern auf das niedrige Bett gedrückt, saß sie neben der verschlossenen Schublade. Martin hatte den Schlüssel abgezogen. Sicher befand er sich in seiner Hosentasche. Aber es war ein einfaches Schloss. Margret hatte keine Ahnung, wie man ein abgesperrtes Schloss lautlos und ohne Gewalt auf knackte, vor allem, ohne es zu zerstören. Sie sah sich um und überlegte. Die Schlösser an diesen Möbelstücken waren so primitiv, dass es funktionieren konnte. Margret ließ sich vom Bett gleiten und watschelte angestrengt darum herum auf ihre Seite. Der Hosenstoff knarrte gefährlich. Das Blut staute sich unangenehm, und ihre Beine fühlten sich von der abgeknickten Stellung schon taub an. Sie spürte ihre ungelenkigen Knochen. Normalerweise waren solche elementaren körperlichen Erfahrungen bei Margret Anlässe, sich gute Vorsätze zu machen, sich mehr um sich zu kümmern, mehr Sport zu treiben oder wieder mal zur Gesundheitsvorsorge zu gehen. Heute aber biss sie tapfer die Lippen aufeinander und schluckte heldenhaft den Schmerz, denn das hier diente einem noch höheren Zweck. Und sie musste sich beeilen, denn alle hätten sich gewundert, warum sie sich solange im Bad herum trieb.

Endlich zog sie den Schlüssel aus dem Nachtkästchen an ihrer Bettseite ab und wandte sich ruckartig um. Es machte ritsch. Sie spürte, dass ihr rechter Schenkel plötzlich viel Platz im rechten Hosenbein hatte. Scheiße, dachte sie und ertastete die Stelle, aus der die nackte Haut hervor quoll. Ihre Hose hatte den Belastungen nicht standgehalten und mit einem Riss den nicht vorgesehenen Kräften nachgegeben. Das alles kostete wertvolle Sekunden. Als nächstes hörte sie Schritte. Füße stapften die Treppe hoch. Schnell erhob sie sich, ignorierte das Knacksen, das ihr in die Knie fuhr, und strich sich die kaputte Hose glatt. Den Schlüssel ließ sie in eine hintere Hosentasche rutschen. Die Beine taten ihr beim Aufstehen ekelhaft weh. Martin streckte seinen Kopf durch den Türspalt. „Ich dachte, du gehst ins Bad", konfrontierte er sie verwundert, mit einem Ton des Misstrauens. „Ja, klar", stammelte sie. „Wollte ich ja auch." „Was machst du hier?" Er ließ nicht locker. Was ging ihn das denn an? Konnte sie sich nicht mal mehr im eigenen Haus bewegen wie sie wollte? Hatte sie über derartige Lappalien Rechenschaft abzulegen? Margret wurde ärgerlich und war geistesgegenwärtig genug, um sich zu beherrschen. Sie warf den Kopf zurück. Gut, wenn er unbedingt will, ich kann ihn genauso anlügen, wie er mich. „Meine Hose ist mir auseinander gekracht, als ich ein bisschen zu schwungvoll die Treppe hinauf gesprungen bin." Zum Beweis verrenkte sie sich, um ihm den Riss zu zeigen. „Deshalb bin ich noch mal zurück, um mich umzuziehen."

Ihr spontanes Aufatmen definierte seine Anwesenheit zur anmaßenden Unterstellung um und nötigte ihn, das Schlafzimmer zu verlassen. Mit zwei Rückwärtsschritten wich er in den Flur zurück, ohne sie aus den Augen zu lassen. Dann aber war er draußen, und es blieb ihm nichts anderes übrig, als die Tür wenigstens anzulehnen, wollte er keinen Krach riskieren. Als er auf dem Weg nach unten war, holte sich Margret aus dem großen Pinienschrank eine andere Hose. Nun konnte sie sich Zeit lassen. Sie legte sie aufs Bett, nahm sich den Schlüssel, den sie vorhin versteckt hatte, und wurstelte mit ihm an dem Schloss von Martins Nachttischschublade herum. Er ließ sich leicht einführen, ebenso leicht umdrehen. Margrets Vermutung bestätigte sich. Die Schlösser waren sehr primitiv, eigentlich reine Deko, obwohl die Möbel ursprünglich ziemlich teuer gewesen waren. Das Schloss löste sich, und sie konnte die Schublade vorsichtig und leise heraus ziehen. Vor ihr lag Martins Handy.

Margret hielt sekundenlang den Atem an und prüfte mit äußerster Aufmerksamkeit, ob sich Martin zweifelsfrei entfernt hatte. Sie hörte seine Stimme im Garten. Die Gefahr war vorüber. Hastig nahm sie das Ding und deaktivierte die Tastensperre. Von unten kamen wieder Geräusche. Diesmal waren es Stimmen im Haus. Martin redete mit seiner Tochter im Treppenhaus. Was da gesprochen wurde, konnte Margret nicht verstehen. Sie beeilte sich und drang in den Empfangsspeicher vor. Ihre Hände wurden eiskalt bei dem, was sie da las. *„Schatz, ich denke an dich, dein Mäuschen. P.S.: bis Montag." „Schätzchen, nachher gibt's Sekt. Ich freu' mich auf dich." „Meine kleine Schniedelwutz, kommst du heute vorbei? Ich bin ganz heiß. Lass' doch deine olle Psycho-Maggy zuhause versauern."*

Mehr war nicht drauf. Aber es reichte. Margrets Magen drehte sich beinahe um. Aber nicht wegen der Nachrichten, sondern wegen ihrer unglaublichen, nicht enden wollenden Einfältigkeit.

Sie hatte Fehler gemacht. Es war an der Zeit, sie auszubügeln, und zwar radikal. Dir werd' ich's zeigen, du Ratte. Das Handy kerbte sich in ihre geballte Hand, die sich vor Wut fest verkrampfte. Mit ,Ratte' meinte sie nicht Martin, sondern ,Mäuschen'. Wenn sie eben diese Nutte zwischen den Fingern gehabt hätte, wären ihr wahrscheinlich die Zähne aus dem Gebiss gefallen, so sehr quetsche Margret das unschuldige Gerät. Die Wut auf Martin hatte sie unter Kontrolle. An der Affäre war sie selbst schuld, weil sie ihre Beziehung aufs Sträflichste vernachlässigt hatte und mehr dafür tun musste.

Geistesgegenwärtig kramte sie aus einer Hosentasche einen alten Kassenzettel und bekritzelte ihn mit dem Bleistift, der zufällig auf Martins Nachttisch lag. So, sie hatte sich die Absendernummer notiert. Jetzt war sie wenigstens im Besitz konkreter Anhaltspunkte für weitere Nachforschungen und konnte gegebenenfalls effektive Gegenmaßnahmen in die Wege leiten. Hastig stopfte sie sich den Zettel in die Hosentasche zurück und legte das Handy an seinen Platz in der Schublade. Martin würde nichts merken. Dann nahm sie die frische Hose und zog sich um. Und sie vergaß nicht, den Zettel mit der unheilvollen Nummer gut in ihrem Arbeitszimmer zu verstecken.

Überraschend gefasst und zur Hälfte neu eingekleidet fand sie sich im Erdgeschoß ein. Es lief wie am Schnürchen. Kerstin ergriff das Wort. „Mama, seit wann ziehst du dich mitten am Tag um?" „Meine Hose war ein bisschen eng und auch deutlich abgewetzt. Ich muss zugenommen haben. Na ja, deshalb ist sie mir vorhin an der Naht auseinander gekracht." Margret grinste und zwinkerte ihrer Tochter zu. Kerstin war erleichtert, dass ihre Mutter wegen des verpatzten Examens keine Show abzog, und wunderte sich ehrlich gesagt darüber, denn das war eigentlich nicht ihre Art. Heute trug sie die Schnitzer ihrer Tochter mit einer Fassung, die außergewöhnlich war. Was war nur mit ihrer Mutter los? Stand sie in ihrem Alter etwa an der Schwelle zu einer ihr noch unbekannten Reifestufe? Eine Form von Altersweisheit etwa? Nun gut. Einem geschenkten Gaul sieht man nicht ins Maul. Also lieber nicht weiterfragen, sondern sich über diese unerwartete Wendung freuen. Ihr Vater hatte von Haus aus eine viel lockere Einstellung, obwohl er mehr Karriere gemacht hatte als Mama.

Der Sonntagnachmittag schleppte sich so dahin. Für Margret hätte er seit ihrer Entdeckung nicht lange genug dauern können, denn wenn sich nachher die Kinder verabschiedeten, war sie mit Martin allein. Dafür hatte sie keinen Plan. Moritz würde sich in sein Zimmer verziehen. Selbstverständlich hätte sie sich ebenfalls in ihr Arbeitszimmer zurückziehen können, aber das war vielleicht gar nicht gut.

Irgendwann landete sie bei Martin im Wohnzimmer und harrte wie deplaziert auf einem der Sofas aus. Zum Glück gab es den Fernseher. Martin schaltete ihn sofort ein, ließ sich zwei oder drei Stunden berieseln und verabschiedete sich dann ins Bett. Margret folgte ihm ohne Verzug. Sie wollte nicht, dass er nachher noch heimlich an seinem Handy herummachte.

Am Montagabend war Margret im Besitz hoch interessanter Informationen. Den Lokaltermin in der Justizvollzugsanstalt in Rottenburg nutzte sie für ein ausführliches Interview mit Kai Wolbert. Die Begegnung beeindruckte sie schwer. Ob es nun an der Person Kai Wolbert oder an der Atmosphäre lag, die in dem Gefängnis herrschte, konnte Margret nicht so genau sagen. Vielleicht waren es auch einfach nur ihre zum Umfallen überstrapazierten Nerven, die sie alles viel dramatischer erleben ließen, als es in Wirklichkeit war. Sie musste zugeben, dass sie für ihren eigenen Bezug zur Realität im Augenblick keine Hand ins Feuer legen konnte. Jede Minute war mühsam und anstrengend.

Auf Martin wartete sie heute Abend nicht. Sie hatte keine Ahnung, worüber sie sich mit ihm hätte unterhalten sollen. Nachdem sie abgecheckt hatte, ob mit Moritz alles in Ordnung war, richtete sie es sich mit einer Kanne abgekühlten Kräutertees in ihrem Arbeitszimmer ein und vergrub sich in ihren Lieblingssessel. Moritz hatte vor, zu einem Treffen mit Freunden loszuziehen. Bevor er sich davon machte, ermahnte sie ihn, pünktlich nach Hause zu kommen. „Ja", stöhnte er, diplomatisch genug, im Ton nicht quengelig zu werden. „Kannst du mir ein paar Euro geben?" „Bist du mit deinem Taschengeld nicht rumgekommen? Für was gibst du das ganze Geld eigentlich aus?" Sie wartete seine Antwort allerdings nicht ab. Sie wusste selber, dass den jungen Leuten das Geld zwischen den Fingern zerrann, und weil sie sich seit Tagen kaum um ihn gekümmert hatte, drückte sie ihm einen Zwanziger in die Hand. Letztendlich war Margret froh darüber, dass Moritz ehrlich in Bezug auf Geld war, auch wenn er dazu neigte, es zu verschwenden. Besser er fragte danach, bevor er es sich illegal beschaffte. Plötzlich erschrak sie über diesen Gedanken. Moritz war doch nicht so einer aus dem Knast. „Danke, Mama, kannst dich auf mich verlassen", rief er und verschwand.

Die Szene hing Margret nach. Sie schlürfte Tee und versuchte, ihr Denken zu ordnen. Moritz hatte nichts mit Kai Wolbert gemeinsam. In ihrem Kopf ging alles durcheinander. Wenigstens war sie sich dessen bewusst, wie fehleranfällig ihre Urteilskraft im Moment war. Deshalb war es ratsam, die

Informationen für das Gutachten so schnell wie möglich sauber zu dokumentieren.

Von ihrem Sessel aus konnte sie alle Titel auf den Buchrücken im Bücherregal gut entziffern. Ihre Augen wanderten über sie hinweg, als ob sie etwas suchten. Mit einem gezielten Griff zog sie den Band ‚Die Kunst des kriminologischen Gutachtens' hervor. ‚Kunst' war der passende Ausdruck. Margret schüttelte es beim dem Gedanken, wie uneindeutig die Materie war, und was das für ihre Stellungnahme zu Wolbert bedeutete. Der Vergleich ihrer Informationen mit denen in dem Standardwerk wies in vielen Aspekten darauf hin, dass bei Wolbert eine kriminelle Persönlichkeit vorlag. Sowohl sein Selbstbild als auch seine innere Einstellungen waren demnach mehr als problematisch. Es gab Hinweise auf eine verzerrte Verarbeitung sozialer Informationen und auf ein schwieriges Temperament. Aber vor ihr hatte ein junges, eingeschüchtertes Bürschchen gegessen, noch ganz grün hinter den Ohren. Gut, wie es um seinen Konsum Gewalt verherrlichender Medien stand, hatte sie vergessen zu fragen. Das konnte sie das nächste Mal nachholen. Aber auch auf einen Umgang mit delinquenten Peers deutete nichts hin, obwohl sein soziales Herkunftsmilieu als äußerst unvorteilhaft zu bezeichnen war. Trotzdem hatte er keine kriminellen Freunde. Er war ein junger Mann, dem zur Last gelegt wurde, eine junge Frau mit einer Überdosis Insulin getötet zu haben. Ein sexuelles Vergehen war auszuschließen. An der Leiche und an der Tatwaffe waren seine Spuren festzustellen, aber es fehlte ein Motiv, ganz zu schweigen von einer Vorgeschichte, die erklärte, wie er auf die Idee zu der Tat und in den Besitz des zu ihrer Ausführung notwendigen Knowhows gekommen sein sollte. Zudem war die Rekonstruktion des Tathergangs aus Margrets Warte nicht frei von Manipulationsmanövern. Alle noch so leisen Widersprüche, die sich aus dem Todeszeitpunkt und dem Alibi Wolberts ergaben, wurden ignoriert. Die Anklage hatte alle Ungereimtheiten zu seinen Ungunsten ausgelegt. Er hatte einfach Pech gehabt, war nicht zur richtigen Zeit am richtigen Ort, sondern am falschesten, den er sich aussuchen konnte, und hatte sich so granatenmäßig falsch verhalten, dass die Indiziengrundlage einer gewissen Minimalplausibilität nicht entbehrte. Nein, der Junge war schlicht ein Unglücksrabe, und die Polizei brauchte wohl dringend einen Ermittlungserfolg, auch wenn sie ihn an den Haaren herbeizog. Margret spürte, dass sich etwas Ungutes zusammen braute. Sie würde Schwierigkeiten haben, eine logisch einwandfreie Argumentationskette im Sinne der Anklage aufzubauen, die Wolberts Verantwortung für die Tat psychologisch nachvollziehbar erklärte. Und die Anklage würde das gar nicht gerne sehen. Und ausgerechnet jetzt, in einer Situation, in der sie dringend so jemanden wie einen Ehemann als moralische Unterstützung oder Berater gebraucht hätte, fiel Martin aus.

Aber der Abend wurde noch besser. Es stand sozusagen ein weiterer Höhepunkt an. Im Laufe des Nachmittags hatte sie herausgefunden, dass die Nummer des Telefons, von dem die SMS abgeschickt worden waren, einer gewissen Iris Mainrath gehörte. Darüber hinaus erwies sich Iris Mainrath mit an Sicherheit grenzender Wahrscheinlichkeit als eine Kollegin von Martin, wie die Ortung des Handys über einen Internetsuchdienst von ihrem PC aus ergab. Die Ortung, die sie nach Feierabend auch an Martins Handy durchführte, bestätigte die wildesten Befürchtungen und Unterstellungen. Die zwei Telefone befanden sich für ein paar Stunden sogar am selben Ort. Martin war natürlich wieder länger im Büro. Ein Stapel alter Kopien, die Margret zwischen die Finger bekam, erlitt stellvertretend den Zerfleischungstod. Am Ende war ihr Papierkorb voller Schnipsel, und ihre Finger wiesen feine Schnitte von dem scharfkantigen Papier auf, die nässten und scharf juckten. Sie schob einen abgrundtiefen Hass.

Es war schwer, wenn nicht unmöglich, sich auf ,Die Kunst des kriminologischen Gutachtens' zu konzentrieren. Erst brütete sie krampfhaft über dem Gedanken, was sie noch tun könnte, um mit ihren Rachegelüsten fertig zu werden, die sich in ihr festgesaugt hatten wie ein Heer giftiger

Bandwürmer. Egal, was sie in Erwägung zog. Es war nichts Überzeugendes dabei. Einen Privatdetektiv anzuheuern, war ihr zu teuer. Außerdem fand sie es unter ihrer Würde, Martin nachzuspionieren, seine Sachen nach Beweisen zu durchsuchen und ihn mit seiner Niedertracht zu konfrontieren. Genauer betrachtet fehlte ihr dazu der Mut. Er hätte zurückgeschlagen, sie mit ihren Fehlern nicht verschont. Außerdem: was gab es da noch groß zu recherchieren? Martin hatte ein Verhältnis. Das war doch klar. Martin und das Luder, das hinter all dem steckte, hatten sich bestimmt nicht wie Schulkameraden zusammengesetzt, die fleißig auf die nächste Klassenarbeit paukten.

Ihr verstörter Blick fiel auf ein Mitbringsel aus einem früheren Urlaub in der Dominikanischen Republik, das auf dem Regal stand und einen Buchrücken verdeckte, und von dem sie sich magisch angezogen fühlte. Es war eine kleine Voodoo-Puppe, in die mehr als Gag ein paar Nadeln hinein gepiekst waren. Wütend griff sie nach ihm und betrachtete es feindselig. Es war aus weichen braunen Lederstücken zusammen genäht, geschicktes Kunsthandwerk. Das Gesicht war aufgemalt. Dicke Tierhaare waren am Kopf durch das Material gezogen und zu einem kleinen Zopf geflochten, der frech abstand und das archaisch anmutende Styling unterstrich. Als einzige Bekleidung trug es einen winzigen Bastrock aus Strohhalmen, der das Geschlecht unkenntlich machte. Es hob die Arme hilflos in die Höhe und riss das zahnlose Loch, das ein Mund sein sollte, stumm auf, als ob es verzweifelt um Hilfe schrie. Margret sah das Püppchen ein paar Mal von vorne und hinten an, bis sie dem Impuls nachgab, eine Nadel nach der anderen aus dem Püppchen herauszuziehen und sie neben einander vor sich auf den Schreibtisch zu legen. Das war nicht schlecht. Während Martin angeblich heldenhaft und ohne mit der Wimper zu zucken unter seinem ach so anstrengenden, nicht enden wollenden Arbeitstag litt, fand Margret mit Genugtuung immer mehr Gefallen an der Vorstellung, dass sie es dieser impertinenten Person zeigen würde, die es wagte, sich in ihr

Privatleben zu drängeln. Ja, du Miststück, flüsterte sie verbissen, da hast du eine, und rammte dem Püppchen eine Nadel mitten in den Bauch und zwei in die beiden Brustwarzen. Die nächsten beiden Nadeln stieß sie boshaft genau mitten in die beiden Augäpfel. Sollte es bluten, das gehässige Stück, es hatte es nicht anders verdient. Margret genoss das fiese Entzücken, das der Anblick des Püppchens in ihr auslöste. Wenn sie nur gewusst hätte, wie diese Iris Mainrath aussah, dann hätte sie ihr mit Inbrunst die Visage ruiniert und zwar komplett. Die vorletzte Nadel platzierte sie mit äußerster Treffsicherheit präzise ins Herz. Die letzte hieb sie durch den Bastrock an die empfindlichste Stelle.

So.

Margret legte ihre massakrierte Erzfeindin vor sich auf den Schreibtisch. Der leidende Anblick war Balsam auf ihrer unendlich verletzten Seele. Sie würde sie zur Strecke bringen.

Margret kam wieder zu sich. Als Psychoanalytikern kannte sie sich mit solchen, aus der grauen Vorzeit stammenden Ritualen selbstverständlich aus und nutzte sie professionell, vor allem deren innewohnende reinigende Kraft. Insgeheim war sie fasziniert von der Welt der Geisterheiler und Schamanen. Keine Supervision der Welt tat so gut. Und ein wenig Eigentherapie konnte in ihrem Fall nicht schaden. Wenigstens hatte sie wieder Ordnung im Kopf und konnte einigermaßen vernünftig denken.

Ach je, Wolbert. Hatte der sein Opfer nicht auch mit einer Nadel getötet? Margret glaubte es noch immer nicht, dass dieser Hänfling solch eine Tat vollbracht haben sollte, die eine beträchtliche Brutalität und Berechnung voraussetzte. Wolbert war zweifellos von den Spuren einer ungünstigen Sozialisation gezeichnet, aber das war noch längst keine Erklärung. Sie fühlte sich jetzt frei genug, um sich erneut mit der Arbeit am Gutachten zu beschäftigen, und nahm sich das Buch über die Kunst des kriminologischen Gutachtens her. Handwerklich durfte sie sich nicht den kleinsten Fehler erlauben. Sie fuhr sich mit der Hand zum Mund, gähnte herzzerreißend und reckte den Nacken nach hinten. Ihre

Augendeckel fühlten sich schwer an. Das Ritual hatte einiges an Kraft gekostet, und es war spät geworden. Eine Weiterarbeit am Gutachten war unklug.

Sie packte das Buch auf die Seite und klappte ihre Unterlagen zu. Danach räumte sie ihren Schreibtisch auf, stellte das verfluchte Iris-Mainrath-Püppchen an seinen Platz im Regal und knipste das Licht aus. Im Schlafzimmer war sie alleine. Martin war wohl noch ‚im Büro'. Irgendwann in der Nacht legte sich jemand neben sie ins Bett, der sich wie Martin anhörte. Sie drehte sich einfach um und schlief weiter. Gut, dass sie wieder einigermaßen zu sich gefunden hatte.

Woran erkennt man einen Mörder? Es war Margrets Jobs, diese Frage zu beantworten. Bei Wolbert kam sie ganz schön ins Schwimmen. Und erst bei Wilhelm. Vom Auftreten her war Wilhelm ein stinknormaler Typ, ein Klon vom gewöhnlichen Mann auf der Strasse. Purer Durchschnitt. Bei Wolbert konnte man sich wenigstens Gründe zusammenreimen. Unfähigkeit, mit aggressiven Impulsen umzugehen oder ähnliche Weisheiten. Aber Wilhelm hatte ohne mit der Wimper zu zucken einen genialen Mord hingelegt und mit einer Abgeklärtheit die Leiche entsorgt, die erschreckend war. Wenn sie dicht hielt, würde niemals jemand auf die Idee kommen, seine Frau im Sarg des alten Mannes zu suchen. Und niemals wäre sie auf die Idee gekommen, was für ein schwerer Junge ihr da in den Therapiestunden gegenüber saß, wenn er sich nicht geoutet hätte. Warum hatte er das getan? Warum hatte er sie eingeweiht? Sie nahm es ihm eins zu eins ab, dass er keinerlei Gewissensbisse hatte. Das bedeutete, er besaß keinerlei Unrechtsempfinden.

„Haben Sie schon häufiger getötet?" „Nein."

Seine Antwort klang ehrlich.

„Es war also Ihr einziger Mord?" Margrets Stimme klang monoton. Das Gesprächsthema war absurd. Ihre Hände waren eiskalt. Warum hatte sie keine Angst vor ihm? Bestimmt nicht, weil er sie so nett anlächelte. Jetzt fiel es ihr auf. Er hatte sie heute noch keine Sekunde aus den Augen gelassen.

Sie wagte es nicht, ihn zu fragen, warum er sich ihr anvertraut hatte. Irgendetwas in ihr riet ihr, in dieser Hinsicht das Maul zu halten.

„Ja."

Und das soll ich glauben, dachte Margret. Wilhelm lächelte dezent. Er versuchte wohl, es der Ernsthaftigkeit ihres Gesprächsthemas anzupassen.

„Wenn Sie nichts dagegen haben, würde ich Ihnen heute gerne ein paar Fragen stellen, von unserer üblichen Vorgehensweise ein wenig abrücken. Immerhin haben Sie mich nun neugierig gemacht. Es interessiert mich, was für ein Mensch Sie sind." Wilhelm merkte auf. Sie lächelte aufmunternd zurück. Seine anstößige Art trat heute besonders hervor, bis es ihr wie Schuppen von den Augen fiel. Er versuchte allen Ernstes, charmant zu sein, mit ihr womöglich zu flirten. Auf ihrem Rücken bildete sich eine Gänsehaut, die ein spontanes Schütteln bewirkte.

„Frieren Sie, Frau Hamann?" Er machte ein besorgtes Gesicht, nahm jede Nuance an ihr wahr, und plötzlich fühlte sie sich nackt, ausgezogen, als ob er ihr mit seinen Blicken jedes Kleidungsstück einzeln vom Körper abzog.

„Nein, nein", antwortete sie bestimmt. „Kommen wir lieber zu Ihnen. Oder besser gesagt, zu meinen Fragen, die ich an Sie habe."

Die rosige Färbung in Wilhelms Gesicht verstärkte sich, und seine treuherzigen Bernhardineraugen fingen beinahe an zu triefen. Er richtete seinen Körper auf, so, als ob er sagen wollte, dass er zu allem bereit sei.

Margret hatte sich zwar vorgenommen, ihm heute deutlich auf den Zahn zu fühlen, aber sie spürte erschrocken, dass sie zu schwach war, um überlegen aufzutreten. Trotzdem wollte sie ihm gegenüber Boden gut machen und ging zum Frontalangriff über.

„Wie bringen Sie das mit Ihrem Glauben zusammen? Sagten Sie nicht, dass Ihnen das in Ihrem Leben wichtig wäre?" „Sie meinen, die Sache mit Dietlinde?"

Die Sache mit Dietlinde. Als ob das ,eine Sache' gewesen wäre. „Ja. Erzählen Sie von sich."

Wilhelms Blick wurde immer lieblicher. Margret erkannte genau, was sich da gerade schief einfädelte, aber sie war bereits zu weit gegangen, um wieder zurück zu rudern. Die Strömung hatte sie zu weit aufs offene Meer hinausgetrieben. „Mein Glaube hat mir geholfen, mit der Sache fertig zu werden." „Das verstehe ich nicht ganz." „Es war Dietlindes Schicksal, dass das passierte. Sie war krank. Es ging ihr schlecht. Sie fühlte sich salopp ausgedrückt beschissen. Genau betrachtet hat sie mich provoziert, damit ich meinen Auftrag erfülle. Mein Job war es, sie zu erlösen, ihr Sterben zu verkürzen." Dazu fiel Margret nichts mehr ein.

„Seit wann wissen Sie das?"

„Das habe ich nach und nach verstanden, als es vorbei war. Ich habe mir schon Gedanken gemacht, ob das richtig war, was ich getan habe. Aber ich glaube, dass sie jetzt glücklicher ist." „Haben Sie sie geliebt?" „Ja. Und wissen Sie was?" Dazu kicherte er verschmitzt und hielt sich verschämt wie ein verunsicherter, an der Schwelle zum Erwachsenenalter stehender Teenager die Hand vor den Mund. „Sie sah Ihnen ähnlich."

Margret lächelte mit, wahrte den Schein, so gut es ging. So einen Verrückten hatte ich noch nie, dachte sie bestürzt, während sie streng darauf achtete, dass ihr Lächeln nicht abebbte.

Sie wollte auf die Sachebene zurück und versuchte es mit einem „Wie hat die letzte Therapiesitzung bei Ihnen nachgewirkt?"

„Mir ging es danach den ganzen Tag gut, glauben Sie mir. Sie sind beinahe eine Wunderheilerin", erzählte er begeistert.

„Sie meinen, das war so eine Art Spontanheilung?" Er nickte heftig und lächelte dazu. „Dann können wir die Therapie ja beenden?" provozierte sie ihn, lächelte zurück und schlug das eine Bein auf das andere. „Nein, nein", wiegelte er ab. „So war das nicht gemeint." „Wie dann?" Zu gerne hätte sie ihn wieder losgehabt.

„Ich meine, das, was Sie in der ersten Sitzung gesagt haben, dass Sie mich in die Untiefen meiner Seele begleiten. Da waren wir doch noch gar nicht."

„Dann kann es Ihnen auch noch nicht besser gehen."

Wilhelm machte ein enttäuschtes Gesicht. Er war ihr auf den Leim gegangen.

Margret sah, dass er schmollte. Sie lenkte ein.

„Ich finde, wir sollten einige Wochen abwarten, ob sich das mit der Spontanheilung als stabil herausstellt. Ich, für meinen Teil, habe da aufgrund meiner Erfahrungen meine Zweifel. Aber dass es Ihnen nach der Sitzung gut ging, freut mich. Das wird erfahrungsgemäß nicht immer der Fall sein."

Wenn sie ihn schon nicht so schnell wieder loswurde, war es wichtig, den Boden zu bereiten. Sie wollte unbedingte Kontrolle behalten. Warum sie ihn nicht bei der Polizei anzeigte? Wilhelm nickte eifrig. Er spielte das Spiel nun offensichtlich nach ihren Regeln mit und wollte wissen, was er erzählen sollte.

„Von Ihrem Beruf. Wie geht es Ihnen damit? Oder von etwas anderem." Wilhelm begann endlich, zu reden und beschrieb, was er die ganze Woche zu erledigen hatte, von seinem Aushilfsjob als Messner, davon, dass er früher ein leitender Bankangestellter war, und nach einem schweren Herzinfarkt in Frührente geschickt wurde. Seine Stimmung flachte immer mehr ab, während er sich selbst zuhörte. Frau Hamann hatte Recht behalten. Die Spontanheilung war wie weggeblasen. Während er erzählte, sagte sie gar nichts, sondern machte ab und zu eine Notiz auf ihren Block.

Punkt ein Uhr zog Margret erleichtert den Schlussstrich. Die Stunde war doch überraschend schnell vorüber gegangen. Wilhelm hätte so gerne eine Rückmeldung gehabt, ob er seine Sache gut machte. Aber ihr Gesicht blieb eine unnahbare Maske, die ihn an eine Versteinerung erinnerte. Sie ließ ihn wie einen Fisch auf dem Trockenen zappeln. Ohne die gewünschte Auskunft verließ er die Praxis.

Nach einem Imbiss in der Stadt machte sie sich erneut auf den Weg nach Rottenburg für ein weiteres Interview mit Wolbert.

Als sie in Rottenburg fertig war, begab sie sich unverzüglich nach Hause an den Schreibtisch, um mit frischen, unverfälschten Eindrücken an dem Gutachten zu arbeiten, so wie sie es sich ursprünglich vorgenommen hatte.

Martin vertrödelte seine Zeit bei I.M.. Das wusste sie nun. Sie nannte sie so, weil sie ihr möglichst viel von dem nehmen wollte, was auf eine eigene Identität, auf eine Persönlichkeit, auf einen Menschen dahinter hinwies.

In ihrem Arbeitszimmer war es trotz des nach wie vor warmen Wetters kühl geblieben. Sie hatte am Morgen nicht vergessen, den Sonnenschutz herunterzulassen. Später aß sie mit Moritz zu Abend und stellte sicher, dass er sich sinnvoll beschäftigte. Danach machte sie sich erneut an die Arbeit. Mit einem Cappuccino auf einem Tablett zog sie sich zurück an ihren Computer. Sie fuhr das Rollo wieder nach oben und erzeugte einen erfrischenden Luftzug, indem sie Fenster und Zimmertür offen ließ.

Je länger sie ihre Ergebnisse hin und her wälzte, desto weniger war sie der Meinung, dass Wolbert zwingend der Mörder gewesen sein musste. Er besaß zwar kriminelle Energie, ohne Frage, aber würde die reichen, um zu töten? Sie störte sich immer noch an der viel zu komplizierten Mordmethode, für die sie ihn im Grunde als viel zu dumm einschätzte. Gut, probieren wir es mal mit dem Umkehrschluss, dachte sie. Wie müsste der wahre Mörder in diesem Falle gestrickt sein, damit er ins Bild passte? Aber auch diese Vorgehensweise führte zu nichts. Es fiel ihr schwer, im vorgegebenen Rahmen ein stimmiges Bild von ihm zu zeichnen.

Die Art der Tötung war zu ungewöhnlich. Der Täter (oder die Täterin – warum immer von einem Mann ausgehen?) hatte sein Opfer heimtückisch überfallen und ihm im gleichen Moment mittels einer Injektion eine beträchtliche Dosis Insulin, was wie ein starkes, betäubendes Gift wirkt, in den

Körper gespritzt. Das Opfer verlor daraufhin sehr schnell das Bewusstsein, lebte aber noch. Der Tod trat durch Ersticken ein. Der Frau wurde eine durchsichtige Plastiktüte über den Kopf gezogen. Der Sauerstoffentzug war die letzendliche Todesursache. Die Staatsanwaltschaft mutmaßte, dass ihr letzter Atemzug Wolbert den Kick verpasste, den er brauchte. Aber der stritt alles ab.

Sie stellte sich eine sterbende Frau mit einer durchsichtigen Plastiktüte über dem Kopf vor, den Moment vor dem letzten Atemzug und den ersten Moment nach dem letzten Atemzug. Aber wie sollte sie sich das Dazwischen vorstellen? Was passierte dazwischen? Der letzte Atemzug natürlich, dachte sie, ist doch logisch. Aber wie hatte man sich den vorzustellen? Er musste etwas besonderes sein. Um Wolbert zu beurteilen, waren das wichtige Einzelheiten.

Margret versuchte sich vorstellen, ob sie ebenfalls zu solch einem Mord in der Lage gewesen wäre, welchen Kick sie gesucht hätte. Der Gedanke kam ihr, als sie von ihrem Computer aufsah und ihr Blick auf das mit Nadeln gespickte I.M.-Püppchen im Regal fiel. Wie viele kleine Injektionen. Das erschreckte sie keineswegs. Als Psychologin war sie auf solche Gedankenexperimente angewiesen, um möglichst authentisch nachzuvollziehen, was in ihren Klienten, Patienten und Straftätern so ablief, aus welchem Garn sie gestrickt waren. Es war im Prinzip eine Methode, mit der sie arbeitete. Ihr Interesse war also rein professioneller Natur. Dass sie eine Mordswut hatte, die sich in ihren ganzen Körper als Dauerkrampf hinein gefressen hatte, und dass sie I.M. mit bloßen Händen in der Luft hätte zerreißen können, stand außer Frage. Aber das war eine ganz andere Geschichte.

Schade eigentlich, dass nicht der Kopf von I.M. in der Tüte gesteckt hatte. Mit hämischer Belustigung stellte sie sich vor, wie ihre Nebenbuhlerin wehrlos unter der Plastiktüte röchelte und nach Luft schnappte, dabei aber völlig unfähig sich zu befreien. Ihre Fantasien beflügelten sie angenehm. Margrets Stimmung hellte sich unweigerlich auf, und sie kicherte. Die gerechte Strafe mit dem unverzichtbaren Schuss

Sadismus zum Zwecke der Vergeltung. Margret lehnte sich in ihrem Bürostuhl zurück. Aber das war eben nur ein Traum, denn das echte Leben funktionierte leider nach einer anderen Logik. Wilhelm hätte ihr zwar mit seinen verschrobenen religiösen Weltanschauungen widersprochen und mit dem göttlichen Heilsplan argumentiert, dem er sich und seine Dietlinde gehorsam unterworfen hatte. Aber was nützte ihr das? Sie wippte mit der Lehne und streckte die Füße nach vorne aus.

Ob er es noch mal tun würde?

Interessante Frage. In ihrem Metier ging es gerade um Prognosen. Sie bejahte die Frage unter der Bedingung, dass es aus seiner Sicht zum göttlichen Heilsplan gehörte.

Unten ging die Haustür. Martin. Margret ließ ihn in Ruhe. I.M. musste aus ihrem Leben verschwinden. Die Frage war, wie. Sie kniff die Augenlider zusammen, als ob sie eine Eingebung auf ihre Umsetzbarkeit hin prüfte, und lehnte sich mit verschränkten Armen zurück. Die Eingebung blieb aber aus, und sie arbeitete stattdessen in einer nächtlichen Sitzung wie eine Wilde bis zum frühen Morgen an ihrem Gutachten weiter.

10. Kapitel

Die einzigen Lichtblicke in seinem Leben waren die Sitzungen bei Frau Hamann. Sie überstrahlten alles und erzeugten viele Schatten. Früher fühlte er sich in seinen vier Wänden mit dem vielen Sperrmüll wohl, vor allem, seit Dietlinde nicht mehr da war. Es war ihm gar nicht aufgefallen, in was für einer Umgebung er hauste. Aber nun fing die bescheidene Einrichtung an, ihn zu stören. Auch seinen Kleiderschrank unterzog er einer Prüfung. Da sah es nicht besser aus. Seine Sachen waren meist mehrere Jahre alt. Von Eleganz oder Chic konnte keine Rede sein. Er besaß mehrere dunkle Anzüge, die längst aus der Mode gekommen waren - die dazugehörigen Hosen bestanden aus abgewetztem Stoff -, einige Hemden, karierte und weiße, weiterhin zwei, drei Pullover für den Winter, aus billigem Kunststoffmaterial, die meisten in schwarz. Er sah in den Sachen aus, als ob er sich an einer Kleiderspende bereichert hätte. Frau Hamann war meistens in eine schlichte, geschmackvolle Eleganz eingehüllt, die eine Freude am Dasein, am Luxus, ausstrahlte. Das passte nicht zusammen. Es musste etwas anderes her. Er schämte sich für das alte Zeug nachträglich in Grund und Boden, fühlte sich meilenweit vom normalen Leben entfernt, abgeschnitten und ausgeschlossen. Nach seinem kargen Frühstück, das er zu sich genommen hatte, nicht weil er Hunger hatte, sondern weil es ihm seine Vernunft gebot, hatte er Pokornys Aufträge abzuarbeiten.

In dem Geschäft in Tübingen kam er ziemlich deplaziert vor. Seit Jahren schon hatte er sich nichts Neues zum Anziehen gekauft. Es war als habe er vergessen, wie man sich an solchen Orten zu benehmen hatte, und nun stand er verloren und unsicher in der Herrenabteilung des größten Bekleidungshauses am Ort. Während er zwischen den Kleiderständern umher irrte, fragte er sich, wie man nun beispielsweise zu einer neuen Hose kam. Neidisch beobachtete, wie ein älterer Herr an der Kasse bezahlte und eine prall gefüllte Tüte in Empfang nahm. Er hatte eine ebenso alte Dame mit einer grauen hoch toupierten Frisur und viel Lippenstift im Schlepptau, die mit ihrer vielen Schminke wie ein bunter Papagei aussah. Sie lächelte zufrieden und hakte sich an seinem freien Arm unter.

Ach, wenn er nur auch schon so weit gewesen wäre.

Er fühlte sich äußerst unwohl in seiner Haut. Hoffentlich war nicht irgendwo Frau Hamann unterwegs, womöglich noch mit ihrem Mann. Es wäre ihm extrem unangenehm gewesen, ihr in dieser für ihn peinlichen Situation über den Weg zu laufen.

„Kann ich Ihnen helfen?" säuselte es hinter ihm. Er fuhr erschrocken herum und stierte in das Sonnenstudio gebräunte Gesicht eines grinsenden Mannes mittleren Alters, der zu allem Überfluss auch noch eine schmalzig nach hinten gekämmte Frisur mit viel Gel trug. Der sollte sich mal die fettigen Haare waschen, dachte Wilhelm, der nicht wusste, dass es sich bei der Frisur um absichtliches Styling handelte. Dabei fuhr er sich selber durchs Haar und bekam klebrige Finger. Am Anzugrevers des Fettigen prangte ein Schildchen, das Wilhelm korrekt schließen ließ, dass er einem Verkäufer gegenüber stand. Er war gerettet.

„Ja", stammelte er.

„Was suchen Sie denn?" Der Verkäufer beugte sich mit hinter dem Rücken verschränkten Armen ehrerbietig nach vorne und schaute ihn von unten herauf an, obwohl er einen winzigen Tick größer war als der potentielle Kunde. Er musterte Wilhelm aus dieser Haltung heraus von oben bis unten, der sich überführt vorkam und sich fieberhaft überlegte, was er antworten sollte. Der Verkäufer lächelte ihn aufmunternd an. Wilhelm stand ratlos da, unvorbereitet, und suchte krampfhaft nach einer Antwort.

„Suchen Sie etwas fürs Büro?" erkundigte sich der Verkäufer fadenscheinig, denn Wilhelm kam bestimmt nicht wie ein Angestellter oder ein Geschäftsmann daher. „Oder soll es mehr für die Freizeit sein?" Wilhelm war am Rande zur Überforderung. Die angebotenen Kategorien spiegelten den derzeitigen Stand seiner Lebenserfahrung nicht im Geringsten wider. „Suchen Sie eine Hose oder ein Hemd oder vielleicht ein Polo-Shirt?" Damit konnte Wilhelm mehr anfangen, er zögerte aber noch.

„Wir haben auch sehr schöne Anzüge hier, sehr schön geschnitten, aus komfortablen Stoffen. Kühle, fein gekämmte Merinowolle, eine Kostbarkeit." „Nein, nein, kein Anzug. Eine Hose vielleicht und ein Hemd, oder auch zwei." Wilhelm fing sich. „Kommen Sie bitte mit mir mit." Der Verkäufer war nun auch froh, endlich eine grobe Orientierung aus seinem offensichtlich nicht ganz unkomplizierten Kunden herausgequetscht zu haben. Er drehte sich um, schlenkerte sein Maßband in der Luft herum, um Eindruck zu schinden, und nahm Kurs auf eine lange Stange, an der Hosen auf Bügeln hingen. Es waren keine Jeans dabei. „Haben Sie auch Jeanshosen?" Wilhelm hatte im Leben keine Jeans getragen, hatte aber den Eindruck, dass diese Art von Hose relativ locker aussah, nicht so streng. Das gefiel ihm. Vielleicht machte sie ihn sympathischer. Er bekam Lust auf Experimente. „Ja, haben wir auch. Weiter hinten, kommen Sie bitte mit."

Nachdem sie einige Kleiderständer umrundet hatten, betraten sie einen Bereich im Geschäft, der im Stil anders dekoriert war als die Abteilung mit den ‚normalen' Hosen. Im Hintergrund lief Rockmusik. Wilhelm spürte, dass er vor erheblichen Umwälzungen stand. Er war aufgeregt.

„Welche Größe brauchen Sie?" wollte der Verkäufer nun wissen. Wilhelm war wie kompromittiert. Welche Größe, mein Gott, welche Größe. Was sollte er ihm darauf hin antworten? Sein Herzschlag beschleunigte sich. Das Einkauferlebnis artete in beträchtlichen Stress aus. Der Verkäufer kapierte, dass sein Kunde mit der Frage rein gar nichts anfangen konnte, und zückte das labbrige Maßband. Hilfe, was passierte jetzt?

„Darf ich?" Was sollte die Frage? Die Machtverhältnisse waren ohnehin klar. Ohne die Antwort abzuwarten, fasste er mit seinen Armen um Wilhelms Bauch und maß dessen Umfang ab. Dann ließ er das Maßband auf einer Seite los, rollte es gekonnt zusammen, murmelte irgendeine Nummer und griff zielsicher in ein bestimmtes, mit lauter zusammengefalteten Jeanshosen aufgefülltes Regalfach, entblätterte das Kleidungsstück und hielt es abschätzend vor Wilhelm hin. „Das könnte hinhauen. Wollen Sie sie mal anprobieren?" Wilhelm war gottfroh, in dem ganzen riesigen und unüberschaubaren Sortiment ein einzelnes Stück ergattert zu haben, auf das sich vorerst das Gesamtinteresse konzentrieren konnte. Dankbar nahm er die Hose und ließ sich in eine Umkleidekabine schicken.

Sie passte. Halleluja, was für ein Gefühl. Der Verkäufer lugte frech durch den Vorhang. Wilhelm besah sich im Spiegel. „Sie können gerne hier heraus kommen. Hier haben wir einen größeren Spiegel", dirigierte er ihn herum. Wilhelm trat ohne Schuhe vor die Kabine und versank mit seinen bestrumpften Füssen angenehm im weichen Teppichboden. Überall zwickte und zwackte der feste Stoff, aber der Verkäufer sagte nichts dazu, während er ihn von oben bis unten musterte. Dabei zog er hier und zog dort an ihm herum und war mit dem Ergebnis sichtlich zufrieden. „Sitzt super!" Aha, dachte Wilhelm, betrachtete sich unterdessen mit zunehmendem Wohlbehagen im Spiegel und drehte und wendete sich dabei hin und her. Der Verkäufer hielt diplomatisch den Mund. Nach geraumer Zeit - Wilhelm fing an, auf und ab zu gehen und sich an das Tragegefühl zu gewöhnen - schaltete er sich wieder aktiv zu. „Und? Gefällt Sie Ihnen?" erkundigte er sich und sah seinen Kunden herausfordernd an. „Und Sie meinen, ich kann die Hose so anziehen? Sie zwickt ein bisschen." Wilhelm fehlte schlicht der Sachverstand, um zu beurteilen, ob das Gezwicke normal war und dazugehörte. „An und für sich würde ich sagen, sie sieht klasse aus. Sie passt wie angegossen. Auch von der Länge her ist sie perfekt." Wilhelm begutachtete die Abschlusskante der Hosenbeine, unter der seine Füße heraus guckten. Das war ein Argument. Der Verkäufer, der aussah wie ein Dandy und optisch das krasse Gegenteil von Wilhelm darstellte, blieb nicht ohne Grund standhaft. Er musste es schließlich wissen. Und Wilhelm war bereit, sich von sachkundiger Seite belehren zu lassen und sich dem Expertenurteil zu beugen. Er begab sich zurück in die Umkleidekabine und stieg, nachdem er sich des exklusiven Kleidungsstücks entledigt hatte, in seine ausgebeulte, alte Stoffhose, die ihm plötzlich noch schäbiger vorkam. Der Anblick, der sich ihm im Spiegel darbot, war grauselig.

Draußen wurde ihm das gute Stück unverzüglich abgenommen. Wilhelm merkte, dass er es gerne in der Hand behalten hätte, aber er war noch nicht der rechtmäßige Besitzer. Als er sich nach dem Preise erkundigte und der Verkäufer am Schild fummelte, um mit dezentem Tonfall wie selbstverständlich eine Zahl in den Raum zu stellen, traf ihn der Schock nur in abgemilderter Form. Er dachte daran, für wen er das alles tat.

„Sie wollten noch ein Hemd? Wir haben gerade außergewöhnlich schöne Hemden da, passend zur Hose", flötete der Dandy verführerisch. Wilhelm konnte nicht anders. Als er den Laden nach einer guten Stunde verließ, hatte er eine voll gepackte Tüte mit fünf neuen Kleidungsstücken unter dem Arm und war um ein paar hundert Euro ärmer. Aber er war glücklich. Und er hoffte inständig, dass er Frau Hamann so gefallen würde.

Heute war wieder so ein unseliger Abend, an dem sich Martin erst spät blicken ließ. Margret hatte schlechte Laune, verdammt schlechte Laune. Das Voodoo-Püppchen auf ihrem Regal war von den Nadeln inzwischen derartig durchlöchert, dass es einem Leid tun konnte. Es hatte inzwischen mehrere von Margrets Wutanfällen abbekommen und stand mit heraushängenden Augäpfeln und anderen zerstörten Körperteilen an seinem Platz wie eine gelungene Verkörperung des Elends der Welt.

Das mit der Psychohygiene funktionierte schon lange nicht mehr.

Margret kochte ständig. Sie war mit ihrer Geduld am Ende und ertrug es nicht mehr, dass Martin seine Abende bei dieser Tussi verbrachte. Es musste etwas geschehen. Unbedingt. Tagelang rang sie mit sich um den Ablauf des perfekten

Mords. Nun war sie soweit. Sie hatte vor, Wilhelm diese Woche endgültig in die Spur zu setzen.

Das mit dem perfekten Ablauf war allerdings irgendwie noch nicht so perfekt, wie sie es sich gewünscht hätte. Der Schwachpunkt lag in der Frage, wie Wilhelm zu kontrollieren war, ob und wie er seinen Auftrag ausführte. Denn wenn er schluderte, aus welchem Grund auch immer, war sie dran. Und dann hatte sie den ganzen Aufwand umsonst betrieben, weil das Risiko bestand, dass sie ihren Martin auf einem anderen, dem Rechtsweg, verlor. Mit Martin zu reden, die Sache offen anzusprechen, kam natürlich nach wie vor nicht in Frage. Sie erörterte diese Option in ihrem Planungsprozess für den perfekten Mord zur Genüge und kam zu diesem Ergebnis. Die Gefahr, dass er sich im Zweifelsfall zwischen zwei Frauen entscheiden musste und sich gegen sie, Margret, entschied, war ihr zu groß. Es durfte keine Alternativen geben. Sie war im Besitz der Adresse von Iris Mainrath. Die Tötungsart sollte die gleiche sein, wie im Fall Wolbert. Das war am einfachsten.

Ihre schlechte Laune wurde nicht besser. Sie hatte mit ihm zu reden. Er sollte glauben, dass sie seine Affäre nicht im Geringsten ahnte, der erste Meilenstein in ihrem Projekt.

Es war gar nicht so einfach, mit ihm ins Gespräch zu kommen, ohne dass es künstlich oder aufgesetzt wirkte. Sie waren aus der Übung gekommen. Trotzdem. Es war notwendig. Mit Problemen der Kinder wollte sie ihn nicht belästigen, und bei Entscheidungen rund ums Haus hatte sie ihn seit Jahren nicht um seinen Rat gefragt, sondern einfach gehandelt. Über Sex mit ihm zu sprechen, hielt sie für zu verfänglich und zu konfrontativ. Welche Themen blieben danach noch übrig? Eigentlich keine mehr. Es war traurig. In der Tat ein Fall für Frau Dr. Rosenfeld. Sie dankte dem Himmel für diesen überaus praktischen Nebenjob, wie sie überhaupt häufiger den Herrgott pries, seit sie den Mörder mit dem religiösen Spleen in Therapie hatte. Markante Patienten hinterließen gewöhnlich Spuren im Therapeuten. Margret war da keine Ausnahme. Und da sie bei Frau Dr. Rosenfeld direkt an der Quelle saß, würde sie ihr umgehend behilflich sein. Sie kicherte böse und fasste sich ein Herz.

Martin war damit beschäftigt, sich von seiner Krawatte zu befreien. Demonstrativ kreuzte Margret seinen Weg und machte auf sich aufmerksam. „Hallo", grüßte sie so freundlich, wie sie unter den gegebenen Umständen konnte. „Hallo", gab er zurück und drehte sich halb nach ihr um. Margret verschwand in der Küche, wurstelte am Kühlschrank und klapperte mit einer Schüssel, in der im Hause Hamann normalerweise frischer Aufschnitt aufbewahrt wurde.

Beim Gedanken an frischen Aufschnitt bekam Martin Appetit. Er warf einen Blick durch die Küchentür und sah seine Frau Brote herrichten. „Hast du Hunger? Soll ich dir auch ein paar Brote belegen?" Der Lockvogel funktionierte. Auf die primitiven Triebstrukturen der alten Hirnteile war Verlass. Martin lief beim Anblick der sauren Gurken das Wasser im Mund zusammen. Warum nicht, dachte er. Warum sich nicht von jeder mit dem verwöhnen lassen, was sie am besten beherrschte? „Gerne", gab er sofort zurück.

Um es nicht zu kompliziert und verbindlich aussehen zu lassen, deckte sie für das spontane Abendessen den Küchentisch. Martin wusch sich die Hände und setzte sich zu ihr. Margret öffnete eine Flasche gut gekühlten Biers.

„Willst du die Hälfte?" fragte sie ihn, während sie Messer aus der Schublade zusammen suchte. Als er einen ersten kräftigen Schluck aus dem Glas nahm, druckste sie herum. „Spuk's aus. Was willst du?" forderte er sie auf, denn sie machte nicht den Eindruck, als wollte sie ihn auf sein Verhältnis ansprechen. Daraufhin breitete Margret die Geschichte von dem Mann aus, der eine Anfrage an Frau Dr. Rosenfeld gerichtet hatte. „Ich kenn' mich da gar nicht aus. Ich brauche die Sichtweise eines echten Mannes, verstehst du? Was wäre ein guter Ratschlag auf sein Problem hin?"

Frau Dr. Rosenfeld, die Männerversteherin.

Das amüsierte Margret, und so konnte sie von ihrem Hass über die Ungeheuerlichkeit ihres Mannes, der sie noch vor einer Stunde infam hintergangen hatte, für diesen Schachzug absehen. Martin fiel planmäßig auf ihre Schmeicheleien herein. Ihm gefiel es, dass Margret einen Experten zu Rate zog, bevor sie sich eine eigene vorschnelle Antwort auf dieses typische Männerproblem aus den Fingern sog. Martin erläuterte ihr bis ins Detail seine Sichtweise, worauf es bei der Antwort auf die vertrackte Anfrage ankam. Sie machte sich sogar auf einem Stück Papier ein paar Notizen. Das war gut so, denn so brauchte sie ihn nicht immer anzusehen. Er hätte vielleicht Verdacht geschöpft.

„Wann werde ich denn die Antwort zu lesen bekommen?", wollte Martin mit geschwellter Brust wissen, nachdem er seine Ausführungen beendete.

„Ich weiß es noch nicht", flunkerte Margret, denn sie wusste genau, dass Martin es spätestens übermorgen vergessen hatte, sie in dem Schundblatt bei Frau Dr. Rosenfeld nachzulesen.

„Ich werde es dir ausschneiden, wenn es erschienen ist, einverstanden?" Martin war einverstanden. „Gerne." Die Brotteller waren leer gegessen, das Bier ausgetrunken, das Gespräch beendet. Margret achtete auf Normalität. „Du, es ist schon spät. Ich leg' mich hin und schlaf'. Moritz ist in seinem Zimmer und spielt am Computer. Und du bist sicher auch müde", erklärte sie einfühlsam. Martin nickte. Margret war heute so herrlich unkompliziert. Sie stand auf, räumte den Tisch ab und verschwand mit einem freundlichen Gruß ins Obergeschoß. Martins Beine waren schwer. Bevor er sich einen Stuhl unter dem Tisch vorzog, um sie hochzulegen und die wohlige Müdigkeit zu genießen, holte er sich aus dem Kühlschrank ein zweites Bier.

Bis Margrets skurrilster Patient an der Reihe war – es war wieder einmal Dienstagvormittag -, hatte sie eine Stunde zwangsfrei. Die Patientin, die vor Wilhelm dran gewesen wäre, sagte ihren Termin kurzfristig ab. Sie nahm sich vor, diese Patientin beim nächsten Mal ins Kreuzverhör zu nehmen. Sicher würde sie nur eine billige Ausrede vorschieben. In der Regel akzeptierte Margret so etwas maximal zweimal, oder wenn sie gute Laune hatte, dreimal während der gesamten Therapiedauer, und gewöhnlich knickte sie die Zusammenarbeit wegen mangelnder Kooperation, wenn die Patienten nicht verlässlicher wurden. Zurzeit hatte sie aber nicht so viele Nachrücker auf ihrer Warteliste, und so durchbrach sie das eine oder andere Mal dieses Prinzip, was ihre Laune nicht gerade befeuerte. Mit anderen Worten: sie war stinksauer. Was glaubte diese eingebildete Gans denn, mit wem sie es zu tun hatte? Therapeuten gab es in Tübingen wie Sand am Meer, aber die meisten waren bei weitem nicht so kompetent wie sie. Wenn Patienten einen Platz bei Margret Hamann ergattert hatten, hatten sie gefälligst die ihnen eingeräumte wertvolle Zeit bei ihr effektiv zu nutzen.

Margret trampelte quer durchs Zimmer in die Küche. Sie holte die Teekanne hervor, befüllte den Wasserkocher und fand in einer abgenutzten Blechdose noch ein paar Teebeutel. Wenig später setzte sie sich aufs Sofa, um an der Tasse zu nippen. Sie sah sich im Raum um, wippte mit dem Fuß, sah auf die Uhr. Noch vierzig Minuten, bis Wilhelm dran war. Sie hatte sich natürlich nichts anderes zum Arbeiten mitgebracht. Dafür war die Absage zu spät gekommen.

Die Wartezeit war wie Folter. Unweigerlich dachte Margret an Martin. Seit sich der Verdacht über sein Verhältnis bestätigt hatte, hatte Margret nichts Wesentliches unternommen. Das machte sie rasend. Das Gefühl, zur Untätigkeit verdammt zu sein, war ungerecht. Sie litt unter diesem Zustand wie eine rote Nacktschnecke, die sich zu viel vorgenommen hatte, und der mitten auf einer geteerten Straße die Puste ausging, bis sie von der Mittagssonne elend ausgetrocknet und an die Strasse geklebt wurde. Niemals würde sie die Angelegenheit Martin gegenüber thematisieren. Und so befand sich ihre Ehe in einer Art Schwebezustand oder im Zustand des Scheintoten. Sowohl Martin als auch Margret wussten ganz genau, dass etwas nicht stimmte, aber keiner brachte es auf den Tisch. Sie fragte sich, auf wen sie die größere Wut schob, auf Martin oder I.M. oder letztendlich gar auf sich selbst. Sie wusste nur eins. Sie wollte Martin nicht verlieren, auch wenn er sie betrog. Diesen Gesichtsverlust hätte sie nicht überlebt, psychisch jedenfalls. Manchmal fragte sie sich, ob sie in dieser Hinsicht ganz normal war. Jede andere Frau hätte ihren Ehemann schon längst auf die Strasse gesetzt, ohne auch nur mit der Wimper zu zucken. Oder hätte sich eine andere Wohnung gesucht. Nicht so Margret. Aber der Status quo war unmöglich Dauerzustand. Irgendwann war es Zeit zu handeln, wenn sich von Martin aus nichts veränderte. Und der unternahm einen Teufel. Folgerichtig war I.M. die Hauptzielscheibe ihrer Intervention.

Margret goss sich den letzten Tee in ihre Tasse ein. Sie hatte immer noch keine Vorstellung davon, wie I.M. aussah. War sie groß oder klein, alt oder jung, blond oder braun, hübsch oder vielleicht sogar potthässlich? Sie malte sich in Gedanken ihre Fantasie-I.M. aus, eine kleine unansehnliche, pummelige Frau, die Martin anhimmelte und ihm jeden Wunsch von den Lippen ablas, eine kleine hässliche Lederpuppe mit Baströckchen und räudigem Tierfell auf dem Kopf. Martin hatte sich bestimmt deshalb auf diese Affäre eingelassen, weil er im Stress war und es einfach nur unkompliziert haben wollte. Und da kam ihm so ein Mauerblümchen aus der eigenen Firma gerade recht, der bequemste Weg, um seine akutesten Bedürfnisse zu befriedigen. Margret hatte durchaus vor, ihr eigenes Verhalten Martin gegenüber zu ändern, es ihm gemütlicher, insgesamt einfacher zu machen. Aber zuerst musste I.M. von der Bildfläche verschwinden, denn Margret war nicht bereit dazu, mit solcher einer drittklassigen Person verglichen zu werden, in Konkurrenz zu stehen oder sich gar vom Thron stoßen zu lassen. Das kam nicht in Frage. Die entscheidende Frage war nur, wie. Wie nur konnte sie sich diese alte Zecke vom Pelz putzen? Am voll gesogenen Kragen packen, brutal wegreißen und in ein loderndes Feuer werfen, in dem es sie sofort mit einem lustigen ‚Plopp‘ zerfetzen würde. Margret konnte ein Lachen nicht unterdrücken. In ihrer Kindheit besaß die Familie einen flauschigen schwarzen Hund, der im Sommer von schrecklich vielen Zecken geplagt wurde. Es war die Methode ihres Vaters, den lästigen Schmarotzern den Garaus zu machen. Wenn sie kein Lagerfeuer hatten, legte er sie im Garten auf den Boden und hielt sein Feuerzeug dran. Der Effekt war der gleiche.

Margret haute es beinahe um, als Wilhelm auftauchte. Er lächelte sie an wie ein frisch Verliebter, der sich mit dem Gedanken trug, seiner Angebeteten einen Heiratsantrag zu machen. Mit den neuen Klamotten kam er richtig flott daher, geradezu verjüngt.

„Herr Wilhelm, das ist ja eine Überraschung." Sie versuchte, ein erstauntes Gesicht zu machen. Die Realitäten zu verleugnen, konnte im sprichwörtlichen Sinne tödlich sein. Bei seinem Anblick ahnte sie, dass noch einiges auf sie zukam. Sie traute ihm inzwischen alles zu.

Andererseits empfand sie beinahe Gerührtheit über die herzige Art, die er in seinen aparten Sachen rüberbrachte. Es sah niedlich aus, wie unbeholfen er sich in seiner neuen Jeans, die noch nicht eingetragen war, und seinem zugegebener Maßen geschmackvollen Hemd bewegte (hätte sie ihm gar nicht zugetraut). Und wie stolz er auf seine Errungenschaften war. Margret wunderte sich, dass sie ihn für eine Bestie hielt, und konnte gleichzeitig eine gewisse Sympathie nicht abstreiten. „Das steht Ihnen vorzüglich, Herr Wilhelm. Gratuliere. Ich sehe, Sie entwickeln Lebensfreude. Schön."

Wilhelm fiel ein schwerer Stein vom Herzen. Er war glücklich, dass Frau Hamann die Sachen gefielen. Ihre Schmeicheleien liefen wie warme Butter an ihm herunter. Er hätte sie ewig anhimmeln können.

Margret entging das keineswegs. Sie hatte den Eindruck, dass er bis über beide Ohren in sie verliebt war. Die Sitzung würde für sie heute ein schwerer Brocken werden, eine strategische Herausforderung auf den verschiedensten Ebenen. Dann hatte sie einen Einfall. Wilhelm registrierte mit Wohlwollen, wie sich ihre Miene immer mehr aufhellte. Plötzlich war er ihr gerade recht. Das sie nicht früher auf die Idee gekommen war. Das einzige Problem war, dass sie wieder Mal nicht gut genug vorbereitet war. Aber dieses hervorragende Projekt aufzuschieben, dazu hatte sie absolut keine Lust. Dazu hatte sie zu lange still gehalten. Der berühmte Dampfkessel mit dem verstopften Ventil stand kurz vor der Explosion. Vielleicht würde es trotzdem gelingen.

Die Entdeckungen von Freud waren definitiv eine Revolution gewesen. Der Mechanismus des Sublimierens, des Umwandelns ungesteuerter, archaischer Triebenergie in gesellschaftlich nützliches Handeln durch die kulturelle Installierung eines strafenden Gewissens und dessen pathologische Fehlentwicklung waren bei Wilhelm nahezu direkt beobachtbar. Margret hatte ihn durchschaut, und das machte das Wagnis kalkulierbar. Sie bemitleidete sich auch ein bißchen dafür, ihm nicht in einem anderen Zusammenhang begegnet zu sein, der unbelastet von ihren eigenen Problemen war. Die Beschreibung seiner Psychodynamik hätte bestimmt Stoff für einen Artikel in einer Fachzeitschrift hergegeben. Durch einen Vergleich mit der Persönlichkeit von Wolbert hätte sie in der Fachwelt vermutlich Furore gemacht. Aber unter den gegenwärtigen Umständen war dies leider keine Option. Es war zum Kotzen! Sie hätte ihren Martin auf den Mond schießen können. Was musste er ihr auch solche Schwierigkeiten bereiten?

Es war nicht zu ändern. Sie versuchte, es geschickt anzustellen. Mit Bedacht webte sie wie eine Spinne an ihrem Netz, in das sie ihr Opfer hineinlocken wollte, um es überraschend zu betäuben und danach auszusaugen. Dass sich Wilhelm verliebt hatte, war sein Fehler. Weil Dienstag war, bestand keinerlei Eile. Sie hatte Zeit. Es würde ihm gefallen, wenn sie wieder überzog.

Alles passte zusammen.

Margret hatte sich am Morgen eine Bluse angezogen, die sie bis an die Stelle aufgeknöpft ließ, bis zu der es gerade noch erlaubt war. Sie setzte sich ihm gegenüber, schlug die Beine übereinander und strich langsam ihren knappen Rock glatt, damit Wilhelm ihn bewusst wahrnahm, falls ihm seine christlichen Verbotsschilder im Hirn zu sehr im Wege standen. Wilhelm wurde ein wenig rot, saß mit gekreuzten Beinen und vorhängenden Schultern da und wusste nicht wohin mit den Händen. Er war so putzig. Gleichwohl schärfte sich Margret ein, dass dieser Mensch, so harmlos, wie er auf den ersten Blick wirkte, ein Mörder war, ein Raubtier, vielleicht sogar, wenn sie Glück hatte, ein heimliches Spinnenmännchen, so liebestrunken, wie er drein schaute, verführbar und abhängig, in seinem Schicksal seinem ihm innewohnenden Programm ausgeliefert.

„Was möchten Sie mir heute erzählen? Was ist Ihnen wichtig?" hauchte Margret, lehnte sich entspannt zurück und tat so, als ob sie nicht mitbekam, wie sie mit ihren Beinen lasziv wippte.

Wilhelm behielt seine Körperhaltung bei. Er spürte, wie sich seine begrenzende Jeans an einer bestimmten Stelle gegen eine Ausbeulung sperrte, und war diesen peinlichen Körperfunktionen schutzlos ausgesetzt. Frau Hamann war einfach zu aufregend. Die Röte von der Begrüßungssituation setzte sich in seinem Gesicht fest und wollte nicht mehr weichen. Er begann, heftig zu schwitzen, und vermied es, seine vorgebeugte Sitzposition aufzugeben, denn sie bewirkte, dass seine Hose extrem einschnürend auf seine Weichteile drückte und den dortigen Prozess einer gewissen Kontrolle unterwarf. Darüber war er im Augenblick froh, auch wenn es beinahe schmerzte. Zu gerne hätte er sich einer nie da gewesenen Wohllust hingegeben.

Aber doch nicht jetzt!

Zudem war er sich über Frau Hamann, die heute überaus charmant war, nicht ganz im Klaren. Oder doch? Sie fand ihn sicher auch sympathisch, hatte er den Eindruck.

Was er zu erzählen hatte, fand er belanglos und langweilig. Aber es war seine Therapiestunde, und er gab sich einen Ruck. Vielleicht war das Ganze doch hilfreich. Und schließlich hatte er sich aufgrund seiner Lektüre vorgenommen, ordentlich mitzumachen. Ihm fiel etwas ein. In einem Punkt hatte er sich selber noch nicht ganz verstanden. Warum hatte er damals seinen Beruf als

Bankangestellter verloren? Der Herzinfarkt gab keine vollständige Erklärung ab. Er fragte sich bis heute, wie es damals dazu gekommen war, dass er den beruflichen Belastungen nicht mehr standhalten konnte.

Und Frau Hamann hörte zu und hörte zu. Ab und zu stellte sie eine Frage, um seine Schilderung in eine bestimmte Richtung zu lenken. Er blieb jedoch in seinen Schimpftiraden über die hinterhältigen Kollegen hängen und gab die alten, stereotypen Lästereien zum Besten.

Margret ließ ihn gewähren. Sie riss sich heute kein Bein aus, sondern nutzte diese Auskotzphase, um ihn hoffentlich recht bald auf den eigentlichen Sinn der Sitzung vorzubereiten. „Das war ein ganz schöner Stress, den Sie da tagtäglich ausgehalten haben", bestätigte sie ihn und sah ihm tief in die Augen. Ihr Block und ihr Stift lagen unbenutzt auf der Seite. Wilhelm nickte ebenfalls und freute sich, obwohl er merkte, dass er nicht weiterkam. „Jetzt, wo ich alles erzählen konnte, geht es mir schon viel besser", verkündetet er brav.

„Das freut mich", heuchelte Margret. Ihre Zehen zuckten. Es hing alles vom richtigen Zeitpunkt ab. Sie befand sich kurz vor dem finalen Sprung, zog aber immer wieder zurück, um nicht zu früh vorzupreschen und die Beute zu vertreiben. Es war ein nerviges Geduldsspiel, der ihren Körper in unangenehme innere Vibrationen versetzte.

„Gehen wir zu Dietlinde. Konnten Sie mit ihr über alles reden?" Wilhelm fuhr zusammen. Musste sie unbedingt an diesem Punkt weitermachen? Seine Miene verdunkelte sich ein wenig. Was sollte er nun antworten?

Seine Lektüre.

Ihm fiel ein, dass Frau Hamann dieses Thema weiterverfolgen musste. Ihm war das zwar nicht so recht, aber in psychotherapeutischen Behandlungen wurde nicht nur schön geredet. Da hatte sie ihn ja zu Beginn vorgewarnt. Seine Schwellung in der Leistengegend löste sich in Luft auf. „Nein", stotterte er und lehnte sich abwehrend zurück, indem er die Arme verschränkte, die nun ihre Funktion als Vertuschungsinstrumente vor seinem Unterbauch verloren hatten. „Sie hat Sie nicht verstanden, nicht verstehen wollen?"

Sie bemerkte seinen Stimmungsumschwung sofort und half ihm, wo sie konnte. Fall' ihm nicht mit der Tür ins Haus, dachte sie. Gib ihm Zeit. Nein. Nimm dir Zeit, Margret.

Sie schaffte den Schwenk doch. „Ich kann das so gut verstehen, dass Sie zu Dietlinde kein Vertrauensverhältnis hatten", legte sie ihm die Antwort in den Mund. Wilhelm brauchte nichts zu sagen. „Mir geht es zurzeit ähnlich."

Wilhelm traute seinen Ohren nicht, nahm den Körper wieder nach vorne, um besser zuhören zu können. Er war so froh, dass sie von dem Thema Dietlinde weg kam. „Warum?" stammelte er und wusste nicht, wie ihm geschah. Es war sensationell. Seine Therapeutin erzählte von sich.

Zuerst war er enttäuscht, beinahe gekränkt, als er hörte, dass Margret verheiratet war. Aber was hatte er anderes erwartet. War doch normal, oder nicht? War doch legitim, denn er war ja schließlich auch mal verheiratet gewesen. Er beruhigte sich wieder und regte sich stattdessen bald über Martin, Frau Hamanns Gatten, auf. „Nein, ich glaube nicht, dass er die Ehe gebrochen hat", erklärte Margret und sah drein, als hätte sie kein Wässerchen trüben können. Wilhelm horchte auf. „Eine Kollegin hat ihn verführt. Sie ist eindeutig die Schuldige", konstatierte Margret. Sie wird es schon beurteilen können, dachte Wilhelm. Zu blöd, dass ich diesen Martin nicht kenne. Trotz der Tatsache, dass Frau Hamann ihrem Martin keine Schuld gab, war er ganz auf ihrer Seite, ergriff selbstverständlich für sie Partei. Alle Schuld auf diesem Martin abzuladen, wäre ihm in seiner Situation natürlich am liebsten gewesen, denn er verehrte sie inzwischen abgöttisch. Aber was nicht war, konnte ja noch werden. Vielleicht brauchte sie noch Zeit. Er war ein geduldiger Mensch, und sie war unzweifelhaft eine treue Seele. Deshalb schickte sie ihn nicht gleich zur Hölle wegen Dietlinde. Sie war eine tolle Frau mit einem astreinen Charakter, weiß wie ein strahlender Engel. Wilhelm fiel wieder sein Traum vom Kirchturm ein, und er glaubte steif und felsenfest, in Margret Hamanns

Armen gelandet zu sein. Wenn das keine göttliche Vorsehung war. Beinahe hätte er sich vor Freude die Hände gerieben, aber er konnte den Impuls gerade noch rechtzeitig abblocken. „Nun weiß ich gar nicht, was ich machen soll", log sie mit einer Unverfrorenheit, die es in sich hatte, und strich sich mit einem Finger in die Augenwinkel, als ob es da etwas wegzuwischen gab.

Betroffenen darüber, dass Frau Hamann gleich losweinen könnte, begann Wilhelm, sich zu ereifern und in Rage zu steigern. Am liebsten hätte er Martin Hamann und seine Geliebte eigenhändig in die Hölle katapultiert.

„Frau Hamann, das ist eine entsetzliche Schandtat, durch nichts zu entschuldigen oder zu rechtfertigen", rief er engagiert aus. „Das kann ich Ihnen versichern." Plötzlich stand die arme Frau von ihrem Platz auf und stürzte ins Bad, wo sie die Tür hinter sich abschloss und in lautes Schluchzen ausbrach. Es war geschehen, wovor er soviel Angst hatte.

Im Bad musste Margret beinahe laut heraus lachen und presste sich schnell eine Faust auf den Mund, damit kein Pieps nach draußen dran. Alles lief wie vorgesehen. Es funktionierte. Die von der Wissenschaft tausendfach bewiesene, hiermit erneut bestätigte Erkenntnis, dass verliebte Gehirne auf eine todsichere Art absolut unlogisch tickten, brachte sie in dieser Situation hier fast um den Verstand. Der Intelligenzquotient balzender Männer ging gegen Null. Aber sie musste vorsichtig sein, das Theater konsequent weiter spielen. Sie versetzte sich aufs Neue in ihre Rolle und senkte traurig den Kopf. Das half.

Wilhelm war froh über diese Verschnaufpause, obwohl er Frau Hamann gerne hinterher gelaufen wäre, um sie zu trösten. Also blieb er, wo er war. Margret war es gelungen, das passende Maß an Dramatik in die Inszenierung einzubringen. Nach einigen Minuten kehrte sie verheult an ihren Platz zurück und tupfte sich mit einem Taschentuch das Gesicht. „Entschuldigen Sie bitte diese unverzeihliche Entgleisung."

Wilhelm sah sie fürsorglich und hilfsbereit an und wartete ab, was als nächstes geschah. Margret war heilfroh, dass er sie nicht in den Arm nehmen wollte. Sie hätte Mühe gehabt, sich zu beherrschen. Stattdessen gab sie sich gefasst und signalisierte ihm, dass sie sich wieder im Griff hatte. Wilhelm wich mit seinen Augen keinen Millimeter von ihr. Der richtige Moment war gekommen.

„Wissen Sie", begann sie und schluchzte zur Bekräftigung ein wenig, „Das mit Dietlinde habe ich sehr gut verstehen können." Wilhelm war wie vom Donner gerührt. Was hatte das alles noch mit Dietlinde zu tun? Was meinte sie damit? Wilhelms Sitzung war offiziell längst um, aber Frau Hamann zeigte keinerlei Anzeichen, dass sie das Gespräch demnächst zu beenden gedachte. Sie ignorierte die Uhr an der Wand, und umschmeichelte ihren Patienten aufs ungebührlichste.

Wilhelm war betört und bereit, alles für sie zu tun. Nur sollte sie endlich rausrücken mit der Sprache. Beherrscht unterließ er es, sie zu drängeln. Stattdessen bemühte er sich aufs Äußerste, alles an Einfühlsamkeit zu zeigen, was ihm möglich war. Endlich setzte sie nach der letzten Unterbrechung das Gespräch fort. Sie beugte sich nach vorne ganz nah zu ihm hin, sah ihm fest und ernst in die Augen. Er konnte dem kaum standhalten und wich mit einem Blick an den Boden aus. Sie nahm seine Hände in die ihren – er war wie elektrisiert, gelähmt, ließ es überwältigt geschehen -, hielt sie fest umschlossen. Ihre Hände waren kleiner als seine, das spürte er genau, und sie hatten eine herrlich weiche Haut. Seine Erregung kam zurück, die Hose spannte wieder wie vorhin. Sein Atem legte an Tempo zu, er hörte ihre Worte von weit her. Und dann stockte ihm der Atem!

„Wie haben Sie Dietlinde umgebracht?"

Ihr Gesicht war ganz nah an seinem. Er erstarrte.

„Ich möchte es noch einmal hören, von Ihnen. Erzählen Sie mir noch einmal in allen Details, wie es war, wie Sie es getan haben, wie Sie sich danach gefühlt haben. Ich finde das so wichtig für die Therapie."

Wilhelm war total konfus und schwafelte eine Zusammenfassung seines früheren Berichts vor sich hin, während sie weiterhin seine Hände hielt, die sie jetzt in seinem Sprechrhythmus knetete. Er war kurz davor, sich die Hose aufzureißen und über sie herzufallen.

„Das war gut", schnaubte sie, als er fertig war. „So gut, dass wir es wiederholen sollten!" Aus einem spontanen, für ihn unverständlichen Anlass ließ Margret seine Hände abrupt los und richtete sich ernst und entschlossen auf. Sie stierte ihn an wie eine Wahnsinnige. Was meinte sie wohl? Wilhelm konnte einen Moment lang nicht folgen, ächzte unter seinen kaum beherrschbaren Begierden. Die Fragezeichen waren ihm förmlich ins Gesicht geschnitzt.

Sein konsternierter Blick zeigte Margret, dass er noch nicht begriff. Allerdings widersprach er auch nicht oder sagte nein. „Ich möchte Iris Mainrath zur Hölle schicken." Margret fixierte ihren Patienten, so dass man hätte meinen können, dass sie heute eine Hypnosesitzung mit ihm abhielt. Wilhelm blieb stumm. Sein Gesicht sah verzerrt, verbissen aus. Margret kapierte erst jetzt, was mit ihm los war. Aber der Zug war abgefahren. Sie zog ihr Ding durch. „Und ich möchte, dass Sie mir dabei helfen."

Ihr fiel nichts Besseres ein als aufzustehen und mit verschränkten Armen geschäftig im Zimmer umher zu gehen. In Wilhelm drehte sich alles. Er entging knapp einem Schwindelanfall, dachte, er sei in einem fremden Traum. Frau Hamann wartete auf eine Reaktion, vielleicht sogar auf Zustimmung oder Begeisterung. Weil nichts kam, drehte sie sich zu ihm um und nahm ihn abermals in die Mangel, damit er parierte.

„Ich kenne Ihr Geheimnis" Sie versuchte es mit Drohungen und überzog ihn im selben Augenblick wie aus dem Nichts mit erniedrigenden Vorwürfen. Er kam sich vor wie im Schleudergang einer Waschmaschine. Ihre Strenge tat ihm weh.

„Sie haben mich in eine Zwickmühle gebracht. Ich habe zwar eine Schweigepflicht, aber bestimmte Straftaten wie Mord, muss ich anzeigen." Ihre Stimme klang hart, ihre Worte knallten an seinen Schädel wie die Schläge eines Knüppels auf eine Metallwand. Glocken. Seit er sie kannte, war ihm sein Leben nicht mehr egal. Die Vorzeichen hatten sich geändert. Er hatte wieder Pläne, Ziele. Und er mochte sie immer noch. Er saß fortwährend da, derweil sie unablässig umher wanderte, und sah ihr nach.

„Sie haben keine Schweigepflicht?" bibberte er leise. „Sie Narr!" Das war der nächste Hieb. War sie dabei, den Respekt vor ihm zu verlieren? „Ich bin doch nicht die Kirche", herrschte sie ihn an, damit er endlich seine Lage erkannte. „Ich habe Sie in der Hand, haben Sie das nicht begriffen?" Während sie ihn beinahe anschrie, sackte er wie ein Häufchen Elend zusammen.

Margret sah ein, dass ihr Projekt noch nicht in trockenen Tüchern war und sie auf einem schmalen Grad entlang balancierte. Wenn sie es übertrieb, würde er sich selbst der Polizei stellen, und ihr schönes Projekt war geplatzt. Also schaltete sie einen Gang zurück und ging von der Peitsche zum Zuckerbrot zurück. Sonst würde er das nicht lange durchhalten. Sie ließ sich neben ihm auf der Sessellehne nieder und legte ihm Vertrauen erweckend einen Arm auf den Rücken, was er willenlos geschehen ließ. Seine Gesichtszüge waren verkrampft, als ob er gleich losschluchzte. Er sah sie zuerst an, senkte dann aber den Blick auf den Boden.

„Ich wollte das alles nicht so brutal rüberbringen. Entschuldigen Sie bitte", wisperte sie versöhnlich und machte mit ihrer Hand auf seinem Rücken langsame Kreisbewegungen. Ihm war, als stünde ihm ein Dammbruch bevor. Er hätte sich so gerne in ihre Arme gelegt und sich mit ihr versöhnt.

„Es wird Ihnen nichts passieren, das verspreche ich, wenn Sie mit mir zusammenarbeiten. Ich kann verschwiegen sein wie ein Grab." Wilhelm sog ihre Worte und ihre Gesten auf. Es blieb ihm nichts anderes übrig, wenn seine schöne, neue Welt nicht zerbrechen sollte. Er wusste jetzt, er liebte Frau Hamann. Und er wollte ihr gerne helfen. Und er erkannte, dass sie ihn brauchte. Probeweise öffnete er seinen Mund, und plötzlich fanden sogar wieder Worte heraus. Und was er sich sagen hörte, klang plausibel.

„Wenn ich es tue,…"

„Ja, was..?" Margret war angespannt bis aufs Äußerste.

„…möchte ich, dass Sie mit mir schlafen!" Wilhelm lächelte sie an wie ein glückliches Kind.

Margret blieb die Spucke weg. Sie hatte ihn zwar als sehr abgebrüht und mit einiger krimineller Energie ausgestattet eingeschätzt, aber das hatte sie keineswegs erwartet. Der Junge hatte es faustdick hinter den Ohren. Und war genau der richtige für den Job. Über den Sex, der für sie auf gar keinen Fall in Frage kam, machte sie sich keine Gedanken. Es würde ihr etwas Passendes einfallen, wie sie mit ihm fertig wurde, falls er darauf bestehen sollte.

„Abgemacht", erwiderte sie und zwinkerte ihm verschlagen zu. Er war ihr Komplize.

Mit einem „Für heute ist es genug. Ich habe keine Zeit mehr", entzog sie ihm den Boden für weitere Verhandlungen. Wer weiß, was dem noch alles einfiel.

Wilhelm hatte begriffen und war einverstanden, dass er sie alleine lassen sollte. Falls er ihr diesen Gefallen erwies, war sie genauso an ihn gebunden wie er an sie. Welch viel versprechende Konstellation.

11. Kapitel

Wie Schäfchen, die auf einer blauen Wiese grasten, zogen die Sommerwolken unendlich friedlich am Firmament entlang. Manche änderten beständig ihre Form, wurden mal dicker, mal dünner, mal länger, mal schmäler. Die Herde zog von Ost nach West, und Wilhelm sah ihnen nach. Er beobachtete ihre gemächlichen Bewegungen, bis er irgendwann eine ungewöhnliche Verschmelzung zwischen sich und denen da oben erlebte. Den Garten um sich herum nahm er nicht mehr wahr, und die Entfernung zum Himmel hob sich auf, bis er selber wie auf einer Wolke lag.

Aber es war keine Wolke.

Die Wellenbewegungen, die er unter sich spürte, kamen von etwas anderem her. Er lag auf einem fliegenden Grasteppich. Das Schaukeln wurde von dem Wind verursacht, der auch die Schäfchen vor sich hertrieb, alle wie Schirmchen aus einer reifen Pusteblume vor sich her blies und in eine andere Sphäre entrückte.

Es ging weit hinauf in den blauen Himmel, vorbei an riesigen, blütenweißen, flockigen Türmen. Wilhelm fühlte sich ungewöhnlich frei und unbeschwert, als ob er tanzen würde. So war es bestimmt bei den Engeln im Himmel. Und kaum hatte er diesen Gedanken gedacht, sah er auch schon einen, der hoch oben mit seinen weißen Flügeln auf einem Wolkenvorsprung saß und ihm zuwinkte. Er winkte begeistert zurück, wollte ihm etwas zurufen, aber sein fliegendes Gefährt trug ihn weit an ihm vorbei. Alsbald war der Engel ein winziger Punkt, kaum noch wahrnehmbar. Es war herrlich. Die Luft umwehte ihn warm und angenehm, die Sonne schien freundlich und lachte ihn beinahe mit einem richtigen Gesicht an.

Er drehte in der Luft eine Kurve. Die Welt unter ihm, die winzig klein war, schien wieder näher zu kommen. Er schwebte nun über seinem Haus und drehte sich wie in einer Spirale langsam abwärts. Es waren sanfte Kreisbewegungen, bis er wieder am Boden, auf dem Gras in seinem Garten ankam und seine Reise auf dem Platz neben dem Apfelbaum zu Ende ging.

Das war traumhaft, im wahrsten Sinne des Wortes. Und er war nicht mehr derselbe, wie er so im Gras dalag. Er war glücklich. Die Begegnung mit dem Engel hatte ihn eigenartig verzaubert, ihn immunisiert gegen die Widrigkeiten der irdischen Welt. Seine Probleme kamen ihm weit weg vor, als hätten sie mit ihm nicht das Geringste zu tun. Er spürte um sich herum eine heilsame Aura, eine Art unsichtbare Schutzhülle, die ihn umfing und gegen die Folgen aller Versuchungen abschirmte. Er blieb weiter liegen und dachte an den Engel, und plötzlich hatte er das Gefühl, dass er ihm irgendwie bekannt vorkam, als ob er ihm schon irgendwo einmal gesehen hätte. Er versuchte, sich sein Erlebnis genau zu vergegenwärtigen, und kniff die Augen zu, bis er ein Bild dieses Engels ganz deutlich vor seinem inneren Auge erkennen konnte.

Auf einmal war der Engel ganz nah, viel näher als vorhin auf seiner Wolkenreise. Er konnte es kaum glauben, aber der Engel sah ihm ziemlich ähnlich. Nein, er sah genau aus wie er. Er war der Engel selber gewesen, dem er begegnet war, leicht und beschwingt, ohne jede irdische Sorge, und er hatte dabei vom süßen Geschmack des Paradieses genascht. Und er wusste, dass es nichts mehr gab, keinen Fehler, den er begehen konnte, egal, was er tat.

Er wollte die Augen nicht öffnen. Wilhelm wünschte, der schöne Traum würde niemals enden. Er hatte jegliches Zeitgefühl verloren. Aber sein Rücken schmerzte ihm nun von der harten Erde, auf der er lag, und er spürte die Druckstellen an seinem Körper, die ihn nötigten, seine Lage zu verändern. Es war nicht zu vermeiden, in die Realität zurück zu kehren, und endlich die Augen aufzuschlagen. Schließlich setzte er sich auf und sah sich um, sah die Pflanzen im Garten, die Blumen, den Apfelbaum. Ihre langen Schatten ließen erahnen, wie lange er abgetaucht war. Alles war so friedlich und harmonisch. Ein paar Vögel zwitscherten, und die Grillen im Gebüsch zirpten unermüdlich um die Wette. Komisch, die Welt sah aus wie die in dem Traum. Es war die gleiche. Vielleicht hatte er gar nicht geträumt. Er griff neben sich, um sich zum Aufstehen abzustützen, und bemerkte plötzlich etwas, was im Gras lag. Es war eine kleine weiße Feder. Wilhelm war zutiefst berührt.

Die kleine weiße Feder bekam einen Ehrenplatz. Wilhelm steckte sie liebevoll an den Spiegel in der Garderobe. Hier war sie sicher. An die Stelle im Garten, an der er die Feder gefunden hatte, legte er einen großen Stein, wie zum Gedenken. Was ihm jedoch Kopfzerbrechen bereitete, war die vollständige Deutung seiner Vision. War sie das Sinnbild seiner Vergangenheit oder seiner Zukunft? Woher kam ihre Kraft? Bedeutete sie womöglich, dass Frau Hamann kein Platz in ihr zugedacht war? Letzteres vergälte ihm die Lust, weiter zu forschen, und so entschied er, nicht mehr darüber nachzudenken, sondern sich treiben zu lassen im Vertrauen, das ihm das Schicksal schon den rechten Weg weisen würde.

Im Leben war so vieles möglich, wenn man nur den Glauben daran nicht verlor. Die Wirkung der Feder überstieg in gewisser Hinsicht die einer erfolgreichen Therapie um das Vielfache. Wilhelm empfand seine visionäre Erfahrung wie eine Wiedergeburt, die ihn ungemein erfrischte und inspirierte. Hauptsächlich half sie ihm, seine restlichen Skrupel vollends zu beerdigen. Und das war wichtig, denn er hatte noch einiges vor. Zuerst wollte er sich Gedanken darüber machen, wie er wieder in einem ordentlichen Job Fuß fassen konnte. Die Erfahrungen, die er vorzuweisen hatte, ein Studium und einige Jahre im Beruf, waren nicht nichts. Ihm fehlte eben nur eine zündende Idee, was der Job sein könnte. Frau Hamann war genau die Richtige. Und er war keine Memme, kein Hanswurst oder gar Pantoffelheld. Nein, er wäre, er war ein idealer Ehemann, einer ohne Probleme, ohne Geldsorgen, einer, um den sich die Frauen rissen. Was hatte ihm die olle Dietlinde eingeredet. Mit ihrem Gemecker den ganzen Tag und ihren nicht enden wollenden Schikanen hatte sie ihm sein Selbstvertrauen zerstört. Ihm fiel ein, dass in einer Schrankschublade noch Fotos von ihr herumliegen mussten. Eins stand fest. Er konnte diesen Ballast nicht mehr gebrauchen.

Die Schublade plumpste mit dem ganzen Salat auf den Boden. Ein dämonischer Fluch schien auf den Bildern zulasten. Er vermied jeglichen Blick auf sie. Und als ob ein nachträgliches Infektionsrisiko mit ihnen verbunden war, stieß ihn jeglicher direkter Kontakt mit ihnen ab. Er wollte Dietlinde nicht mehr sehen, wollte sich neben Dietlinde nicht mehr sehen. Eilig kehrte er alles vom Boden in eine alte Plastiktüte zusammen, wo der ganze Mist wie in einem tiefen Schlund verschwand. Es war ihm nicht genug, das Zeug in der Altpapiertonne zu versenken. Das war ihm zu wenig endgültig. Er überlegte. Er wollte den Plunder nicht mehr auf seinem Grundstück haben. Am besten ganz weit weg. Falls die Bilder doch von jemandem entdeckt würden, ging vielleicht eine Fragerei nach Dietlinde los. Sie war so schön in der Versenkung verschwunden, und dort sollte sie auch bleiben.

Nebenbei klingelte das Telefon. Pokorny war dran. Er erinnerte ihn daran, den Saal im Gemeindehaus für eine Veranstaltung am Abend zu bestuhlen. Das dauerte ungefähr eine halbe Stunde. Wilhelm hatte also noch eine Stunde, bis er damit beginnen musste. Eine Stunde. Es war dringend. Das reichte, um mit dem Auto zur Mülldeponie zu fahren und die Tüte eigenhändig auf den großen Haufen vor der Verbrennungsanlage zu schmeißen.

Der Pförtner am Eingang machte ein misstrauisches Gesicht, als Wilhelm mit seiner Tüte dastand und sein Anliegen vortrug. So etwas war ihm noch nie passiert. Der Mann schien ihm nicht alle Tassen im Schrank zu haben. Normalerweise kamen die Leute mit ganzen Kofferräumen voll an, wenn sie die Extramüllgebühr zu zahlen hatten. Und der hier hatte ein kleines Tütchen dabei.

„Das kostet die ganze Gebühr. Anders geht's nicht", brummte er ihn an und füllte eine Quittung aus. Wilhelm schob ihm das Geld über die Theke.

„Was ist denn da drin?"

„Geht Sie nichts an." Wilhelm war empört über die Frage, aber es war die falsche Antwort.

„Hören Sie mal. Das geht mich sehr wohl was an." Der Mann lehnte sich über seinen Unterarm weit aus seinem Pförtnerhaus heraus. „Wir sortieren den Müll hier nämlich." Erst jetzt kapierte er, warum sich der Mann nach dem Inhalt erkundigte.

„Ach so. Sagen Sie es doch gleich." Aber der Mann war bereits verärgert und zog dunkel die Augenbrauen zusammen. Wilhelm hatte spätestens ab jetzt schlechte Karten.

„Das Zeug kommt zum Altpapiercontainer, damit wir uns richtig verstehen. Und die Tüte kommt zu den Kunststofffolien." Die Feuerbestattung fiel ins Wasser. Ab jetzt wurde er von einem anderen Mann mit einer fluoreszierenden orangeroten Jacke verfolgt, der auf dem Gelände genau kontrollierte, ob die Leute ihren Abfall auch in die dafür vorgesehenen Behältnisse warfen.

Die Fotos gingen in dem riesigen Container, der bereits zur Hälfte voll war, völlig unter. Ohne dass er Dietlinde zum Abschied noch mal winken konnte, rutschten die Papiere in die Tiefe zwischen riesige Kartonageteile und alte Zeitungen. Das überzeugte ihn, dass diese Art der Vernichtung mindestens genauso sicher war, wie die direkte Verbrennung. Beruhigt warf er die leere Tüte folgsam in den Behälter, auf den ihn der Mann in Orange mit einer behandschuhten Geste hinwies.

Das Kapitel Dietlinde war damit noch nicht abgeschlossen. Als er an einem riesigen Stahlbehälter vorbeikam und stehen blieb, sah er, wie sich ihm die zerbrochenen Bretter alter Möbelstücke wie hässliche Frakturen entgegenstreckten. Seine gesamte Wohnungseinrichtung hätte hier hergehört. Aber er seufzte und stopfte frustriert die Hände in die Hosentaschen. Ihm fehlte schlich und einfach die nötigen Mittel, um mit dem Kehraus weiterzumachen.

12. Kapitel

„Und wie soll das funktionieren?" Heute war Wilhelm an der Reihe, die Fragen zu stellen. Frau Hamann brachte das nicht im Geringsten aus dem Konzept. Sie schien bereits eine feste Vorstellung von allem zu haben, sah sich jedoch nicht dazu veranlasst, ihre Karten offen auf den Tisch zu legen. Wilhelm fand das unfair, weil es ihr einen ungerechten Vorteil ihm gegenüber einräumte und in ihrer Beziehung ein Gefälle sichtbar machte, das ihn störte. Warum weihte sie ihn nicht umgehend und lückenlos in ihre (gemeinsamen!) Pläne ein? Er verzieh ihr aber sofort, weil sie ihn herzerfrischend anlächelte. Trotzdem kam er sich wie ein kleiner Schuljunge vor, der nicht verstand, wie seine angebetete Lehrerin ihn mit undurchschaubaren pädagogischen Tricks auf eine neue Erkenntnis bringen wollte. Sie tänzelte mit ihren Geheimnissen um ihn herum, als ob sie einen Cha-Cha-Cha aufführte, ohne auf konkrete Tuchfühlung zu gehen. „Das heißt, Sie machen mit?" rief sie hoch erfreut. Ja, verdammt, lag es Wilhelm auf den Lippen, aber er merkte, dass sein Ton unpassend rüber gekommen wäre, und so nickte er bloß.

Margret verstand seine stumme Antwort sofort. Sie legte einvernehmlich ihre Hände in den Schoß und sah ihm anerkennend in die Augen. In Wirklichkeit war sie in Hochstimmung und super stolz auf sich und ihre untrügliche (professionelle) Menschenkenntnis, mit der sie Wilhelm als auf allen Ebenen frustriert, latent aggressiv, skrupellos und daher als in höchstem Maße für ihr Vorhaben geeignet eingeschätzt hatte. Zudem war er in seiner Persönlichkeit zutiefst infantil und abhängig, nicht nur, weil er in sie verliebt war. Kurz gesprochen, er wurde unter Margrets Fittichen zum extrem leicht bedienbaren Werkzeug. Dennoch achtete sie streng darauf, präzise zu arbeiten und nicht schludrig zu werden, nur weil alles wie ein Kinderspiel aussah.

Ihre Euphorie gefiel Wilhelm und aktivierte den Teil in ihm, der für nie enden wollende Treue zuständig war. Die Freude darüber, sie so gut gelaunt zu erleben, wischte seine

Deprimiertheit über ihr überlegenes Getue weg wie ein Dampfstrahler. Er würde sie nicht enttäuschen.

„Bevor wir zu den konkreten Details kommen", ließ sie ihn mit sonorer Stimme wissen, „ist es mir wichtig, nichts zu überstürzen." Es war wie ein Wellenritt im Sturm der Gefühle. Sein Überschwang von gerade eben erhielt gleich wieder ein wenig störenden Gegenwind und nährte sachte Zweifel. Das blöde Spiel kam ihm bekannt vor.

Für Margret bestand das einzig Knifflige in Wilhelms verdeckter Lüsternheit. Deshalb knallte sie mit der Peitsche wie eine Dompteurin und wies seine geknebelte Triebenergie hinter die kritische Linie, weil sie sich wie ein hungriger Löwe gebärdete, der am Tor zur Gladiatorenarena aufgedreht auf- und abging und nur darauf wartete, bis endlich die Gitterstäbe hochgezogen wurden. Es war ein waghalsiges Spiel. Aber sie hielt ihr eigenes Risiko für gering, wenn sie es schaffte, ihn wie einen brunftigen Hirsch vorzuschicken, wenn sich die Ermittler auf die Pirsch legten. Vorher aber wollte sie ihn noch genauer studieren, ihn begreifen und durchschauen, um seine Handlungen optimal prognostizieren und in ihrem Sinne benützen zu können. Er sollte denken, dass er die Quelle ihrer Niedertracht war, und nicht sie.

„Wie können Sie solch eine Tat mit Ihrem Gewissen vereinbaren?" wollte sie scheinheilig wissen. Wilhelm war sekundenlang abgedriftet. Blind, wie er war, kam er nicht dahinter, wie sie mit der Frage die wahren Fakten zu verschleiern begann. Er saß nebenbei auf seinem Grasteppich und unternahm eine Wolkentour. Was war schon ein zweiter Mord?

„Was?" Er hatte die Frage nicht richtig verstanden und versuchte, sich auf die Sitzung zu konzentrieren. „Ich war wohl einen Augenblick abwesend. Entschuldigen Sie." Irgendwie wirkte er heute seltsam verschlafen. Sie wiederholte ihre Frage. Wilhelm überlegte, nicht, weil er keine Antwort hatte, sondern weil er die Antwort suchte, die in Frau Hamanns Vorstellungen die korrekte war. „Eine interessante Frage." Er versuchte, Zeit zu schinden und stützte sein Kinn mit der rechten Hand ab, um anzudeuten, dass seine Reflexion darüber noch andauerte.

Margret wurde ungeduldig und trommelte mit den Fingern auf ihren Oberschenkel. „Angenommen, Sie erledigen das. Wie werden Sie damit fertig? Wie verarbeiten Sie das für sich? Wie haben Sie es bei Dietlinde getan?" Dietlinde, Dietlinde, schrie es in ihm. Wann hört dieses Gespenst auf, mich zu verfolgen? dachte Wilhelm böse. Aber dann hatte er die passende Erklärung. Dietlinde erwies sich als inspirierendes Stichwort. „Sie erhielt die göttliche Strafe", erklärte er mit düsterer Mine, um seinen Worten Überzeugungskraft zu verleihen.

Margret atmete erleichtert durch. Das war logisch. „Manchmal wählt Gott ungewöhnliche Wege. Und manchmal schickt er jemanden, um seine Strafe für schwere Sünden unmittelbar zu erteilen." Sie jubelte. Wieder einmal bewahrheitete sich, wenn auch auf besonders skurrile Art, die alte, etwas zynische Therapeutenweisheit, nach der es nicht wichtig war, Störungen zu beseitigen, sondern für jeden Menschen den Platz im Leben zu finden, an dem er seine Störung konstruktiv ausleben konnte. Margret war begeistert von sich und von der erneuten Bestätigung, dass sie in Wilhelm tatsächlich die passende Persönlichkeit für ihr Vorhaben identifiziert hatte.

„Das leuchtet mir ein, Herr Wilhelm", gab sie beeindruckt von sich und richtete sich auf.

„Noch Fragen?" Wilhelm hätte ihr gerne noch mehr solche Sachen erzählt, einfach, um ihr noch mehr zu imponieren. Aber Frau Hamann schien das zu reichen. „Ja. Die göttliche Strafe", wiederholte sie, als wäre es notwendig gewesen, es ihm einzuhämmern.

„Iris Mainrath hat sie verdient." Margret sah ihn auffordern an und nickte. Er sollte es ihr nachmachen. Diesmal glaubte sie den Scheiß allerdings bereits selber, unter dem *sie* ihren letzten Rest Skrupel vollends begrub. Dabei verlor sie nicht die Dosierung aus dem Blick. „Wenn Sie das nächste mal immer noch dieser Meinung sind, Herr Wilhelm, werden wir einen Schritt weiter gehen", versprach sie jetzt. „Ich werde Ihnen dann darlegen, wie wir das Projekt umsetzen werden." Inzwischen kratzte Wilhelm das allerdings nicht mehr. Nein, er wäre gerne schneller zum eigentlichen Thema, der Tat als solche, gekommen. Ihn interessierte, wann es denn endlich losging. Ihre Verzögerungstaktik war zum aus der Haut fahren. Als ob sie ihm das nicht zutraute. Die Vorstellung, dass er eine Frau namens Iris Mainrath aus dem Leben in das Reich der Toten stoßen würde, hatte für ihn ihre Abartigkeit eingebüßt. Auch bei Dietlinde war für ihn danach die Welt in gewisser Hinsicht die gleiche geblieben. Dass da jemand fehlte, interessierte niemanden. Sollte Iris Mainrath doch froh sein, dass das Jammertal ein Ende hatte.

In der nächsten Stunde war es soweit. „Ich habe mir das so vorgestellt, dass Sie das Insulin übers Internet besorgen, ebenso Kanülen und so weiter. Sie kennen sich damit doch aus, oder?"

Er war reglos, machte große, erwartungsvolle Augen, gespannt auf das, was sie vorhatte. Dietlinde hatte er ab und zu ein Medikament injizieren müssen.

„Jaa-a-a", stotterte er leise. Frau Hamann wollte aber auf noch etwas anderes hinaus.

„Das heißt, Sie haben die nötige Ausstattung, ich meine, PC und so? Warum zögern Sie?"

„Nein, nein, es ist alles da. Kein Problem. Mir ist gerade eingefallen, dass ich Dietlinde manchmal eine Injektion setzen musste. Von daher passt alles." Er machte eine wegwerfende Handbewegung. Das war einfach genial. Die Vorsehung wollte es nicht anders, dass alles so kam, wie Margret es wollte. Dass sie ihn hätte küssen können, so weit kam es aber nicht. Trotzdem hatte er sich irgendwann eine Belohnung verdient, wenn alles so weiter lief wie bisher. Sie war voll zufrieden. Langsam fing die Sache an, auch Spaß zu machen.

„Sie erhalten das Zeug mit der Post in einem unscheinbaren Päckchen. Kein Schwein wird merken, was da läuft." Margret erklärte Wilhelm, wie er es am besten anstelle. Das mit der

Plastiktüte stieß ihm allerdings auf. „Aber warum soll ich ihr eine Plastiktüte über den Kopf ziehen und mit einer Schnur fest zubinden?" fragte er zittrig.

Margret wurde ein wenig sauer, weil die schöne Reibungslosigkeit von vorhin in Gefahr geriet. Es wäre nicht gut gewesen, ihm von Wolbert zu erzählen. Je weniger er wusste, desto besser. Das jetzt war megalästig. Sonst war er doch auch nicht im Widerstand. „Wissen Sie, Sie wollen ja nicht gleich für alle durchschaubar sein. Ein paar verwirrende Hinweise, falsche Spuren für die Polizei sollten wir schon einbauen. Wir wollen doch auf Nummer sicher gehen, oder? Keiner von uns beiden möchte doch hinterher Schwierigkeiten bekommen, nicht?" erklärte sie ungeduldig. Wilhelm fingerte unsicher an seinen Händen. „Wenn Sie alles so machen, wie ich es Ihnen sage, klappt alles." Er wirkte skeptisch. Sie probierte es, wie schon mal, mit Körperkontakt, stellte sich neben ihn und strich ihm über den Rücken. Unweigerlich lehnte er seinen Kopf an ihre Seite, schwieg und starrte bedrückt ins Leere. Margret presste die Lippen aufeinander. Wilhelm war ganz schön anstrengend. Martin würde für alles zurückzahlen, wofür sie sich hier abrackerte. Das schwor sie sich.

Sie hatte keine Ahnung, wie sie sein Verhalten interpretieren sollte. Überhaupt schien seine Nervenstärke Verschleißerscheinungen zu zeigen, seit es für Wilhelm konkret wurde. Die Adresse von Iris Mainrath notierte er sich noch relativ cool. Aber spätestens seit diesem Zeitpunkt baute er ab. Margret wurde das erst im Nachhinein klar. Es war zu spät. Er war eingeweiht, instruiert, und er wollte etwas von ihr. Dass er bei dieser Aktion sehr wahrscheinlich erwischt werden würde, früher oder später, war inzwischen Bestandteil ihres so genannten Planes, denn das würde erübrigen, dass sie tatsächlich mit ihm ins Bett gehen musste. Sie überlegte sogar, ob sie ihn danach nicht sofort verpfeifen sollte.

„Ich werde es tun, ich verspreche es", murmelte er wie in Trance, immer noch ins Leere starrend. Mechanisch erhob er sich, als ob er sich sogleich ans Werk machen wollte. „Am besten gehe ich jetzt. Ich werde Sie nicht enttäuschen, Frau Hamann." Seine Stimme hörte sich an wie aus einem Lautsprecher, der aus einer anderen Galaxie übertrug. Margret fand ihn völlig abgedreht. Unter normalen Umständen hätte sie eine schwere Psychose diagnostiziert und eine sofortige Einweisung in die Psychiatrie veranlasst. Unter den gegebenen Umständen jedoch war er womöglich im Idealzustand. Margret konnte das nur mutmaßen, denn schließlich war der ganze Vorgang für sie selber ein einmaliges Experiment. Er hatte ihren Auftrag angenommen wie ein fanatischer Selbstmordattentäter, der an nichts anderes mehr dachte, als an die himmlische Vergeltung für seinen opferwilligen Dienst, dessen war sie sich sicher.

Wilhelm bemerkte sehr wohl, dass Frau Hamann heute gar nicht so charmant war wie sonst, und zum ersten Mal kam sie ihm ganz schön hinterhältig vor. Sie verbarg hinter ihrem ach so netten Lächeln einen harten, sachlichen Gesichtsausdruck und konzentrierte sich voll auf das, was sie wollte. Irgendwie war er heute nebensächlich. Was ihn aber dennoch in ihren Bann zog, waren ihre Intelligenz und ihre Scharfsinnigkeit. Er fühlte sich schwach, sie aber war stark. Das gab ihm Kraft. Er würde nicht versagen. Sie würde ihn danach lieben, und alles würde gut werden. Ihr Mann hatte so wie so das Interesse an ihr verloren. Das würde sie nach dem Verschwinden von I.M. begreifen. Frau Hamann hatte dann nur noch ihn. So malte er sich in seinem Wahn ihre gemeinsame Zukunft aus, die er im Moment lieber für sich behielt.

13. Kapitel

Der warme Spätsommer war angenehm. Wilhelm vergriff sich an seinen letzten Reserven und holte eine Flasche Wein aus dem Keller, um abzuschalten. Der Alkohol wirkte schnell, denn sein leerer Magen absorbierte dankbar jede Art von Kalorie, die sich bot. Nach einem Glas verlangsamten sich Wilhelms gedankliche Kreisbewegungen, und er wurde gelassener. Das Nikotin der Zigaretten, die er dazu rauchte, tat gut.

Im Grunde lief alles optimal. Ein nie gekannter Stolz ergriff Besitz von seiner geweiteten Brust, und seine Lungen sogen scheinbar kubikmeterweise warme Sommerluft tief in sich ein.

Gut, das mit der Plastiktüte würde er machen, wenn sie unbedingt wollte.

Am Himmel schwebten die Wolken vorbei. Hach, wie schön wäre mal wieder so ein kurzer Abstecher mit dem tollen Grasteppich. Er fantasierte, wo er gerne hingeflogen wäre. Und plötzlich spürte er, wie er hochgehoben wurde, ganz sachte. Er saß auf einem Stück Rasen, das sich schwankend vom Boden abhob, und langsam an Höhe gewann. Der Garten unter ihm wurde kleiner. Er setzte sich auf, damit er besser sehen konnte, was um ihn herum geschah. Der Grasteppich gewann mehr und mehr an Höhe. Wilhelm hatte keine Angst davor, herunterzufallen. Er saß ganz sicher und hielt sich an zwei fröhlich gelben Butterblumen fest, die rechts und links neben ihm wuchsen. Dann merkte er, dass sich sein Gefährt bewegen ließ. Wenn er sich ein wenig nach rechts oder links neigte, änderte es jeweils seine Richtung, und nach einigen vorsichtigen Versuchen stellte er amüsiert fest, dass die Blumen, an denen er sich festhielt, wie Steuerknüppel funktionieren. Er lachte und war begeistert. Der Teppich hob sich immer höher. Wilhelm fing an, zwischen den Wolken Slalom zu fliegen, zuerst ganz vorsichtig, dann immer kühner, weil er in Übung kam. Er hatte einen Heidenspaß. Das mit den Blumenlenkungen funktionierte prima. Er neigte sie nach rechts und nach links und umrundete virtuos Wolken unterschiedlichster Größe.

Als er seinen Kopf beiläufig auf die Seite neigte und mit dem Blick seine Schulter streifte, entdeckte er plötzlich, dass er ein gelbes T-Shirt mit einem Aufdruck an hatte. ‚Ich bin der Größte – haha' stand da drauf. Er musste wieder lachen. Stimmte doch eigentlich, oder nicht. Er kniff verwegen die Augen zusammen, um sie gegen den schneidenden Flugwind zu schützen. Vielleicht war da auch irgendwo ein Gaspedal. Er hielt sich gut an den Blumen fest und suchte mit den Füssen den Boden vor sich ab. Da waren verschiedene Blätter unterschiedlichster Größe. Zufällig trat er auf ein breites Sauerampferblatt, und mit einem Male beschleunigte sein Gefährt mit so viel Schub, als ob er in einem Ferrari gesessen hätte. Der Grasteppich machte einen Satz, Wilhelm jauchzt vor Freude und zog den Fuß schnell vom Sauerampfergas zurück. Es kam eine prompte Reaktion, die ihn ermutigte. Er spielte mit dem Druck auf das Blatt und hatte die richtige Technik im Nu heraus. Behutsam legte er an Geschwindigkeit zu.

Die Wolken flogen nur so an ihm vorbei. Er fühlte sich frei und unbeschwert und drehte seine Kreise, wie er wollte. Unter ihm lag die Welt zu seinen Füssen. Alles war so winzig klein, die Straßen, die Häuser, die Felder, wie in einem Spielzeugland. Über ihm entdeckte er einen Düsenjet, der viel weiter oben war als er. Er winkte ihm freundschaftlich zu und gab Gas, was das Zeug hielt, als wolle er ihn zu einem Wettrennen herausfordern. So machte das Leben Spaß.

Wilhelm flog und flog und genoss seine ungeahnten Fähigkeiten solange, bis die Wirkung des Nikotin und des Alkohol langsam nachließen, und er mit seinem Grasteppich auf den harten Boden im Garten zurückgeholt wurde. Er spürte sein Körpergewicht wieder, wie es bleiern auf die Erde gedrückt wurde, wie ihn die Schwerkraft unerbittlich mit wuchtigen Ketten zurückholte, ohne dass er etwas dagegen machen konnte. Das war ein schöner Ausflug gewesen. Seine

Entrückung war beendet, aber es ging ihm viel besser als vorher, und seine Bürde drückte ihn nicht mehr so schwer.

Dagegen war das Internet das reinste Inferno. Benebelt saß Wilhelm vor dem Bildschirm, um zu erledigen, was ihm aufgetragen war. Es war überhaupt nicht schwierig, alle möglichen Substanzen und Wirkstoffe aufzutreiben und sich mit einem primitiven Mausklick damit einzudecken. Ihm tat sich eine neue Welt auf, eine Welt der Psychopharmakologie, in der jeglicher Bewusstseinszustand käuflich zu erwerben war. ‚Emotional life-style design' nannte sich eine Internetseite, die dem Besucher das Ausfüllen eines Fragebogens abverlangte, auf dessen Grundlage das zu seiner Persönlichkeit passende glückliche Lebensgefühl und die dafür benötigten Mittelchen zusammengestellt wurden. Mit Spannung studierte Wilhelm die Anweisungen. Alles war ganz unkompliziert, gegen eine entsprechende Summe, das verstand sich ja von selbst. Wilhelm schockte nichts mehr. Er zog es sogar in Erwägung, aus Neugierde das eine oder andere für sich persönlich zu bestellen und auszuprobieren. Schaden konnte ihm ja nichts mehr. Zuerst hielt er sich zurück, denn es würde auffallen, wenn zu viele Päckchen auf einmal angeliefert wurden. Zudem hatte er seine Ersatzdroge gefunden. Also beschränkte er sich auf das Insulin und die Spritzen. Wilhelm fühlte sich nicht mehr krank. Es war anders als früher, als ihn noch unzählige Symptome plagten. Er wollte einfach seine Ruhe haben, abschalten und sich den angenehmen Dingen des Lebens zuwenden.

Dann legte er sich bei ‚emotional life-style design' ein persönliches Login zu. In dem Fragebogen war heraus gekommen, dass er zu den Persönlichkeitstypen gehörte, die bei der Entwicklung ihres individuell glücklichen Lebensgefühls tief gehende Unterstützung von außen benötigten, weil es ihnen verwehrt war, sich aus eigener Kraft frei zu kämpfen und zu sich selbst zu kommen. Die Firma ‚emotional life-style design' – war da zu lesen – verschrieb sich dem erklärten Ziel, diesen armen Menschen bei ihrer Suche nach sich selbst zu helfen. Diesbezüglich unterbreitete sie auf ihrer Homepage ein vielfältiges Angebot. Die erfolgreiche Bestellung des Insulins und der Spritze – es war so einfach und unkompliziert – senkte seine Hemmschwelle deutlich. Also griff er bei ‚emotional life-style design' doch zu. Das Glas mit den rosa Pillen war wenig später in seinem Besitz. Wilhelm probierte sie aus – die Zusammensetzung interessierte ihn nicht; wer weiß, ob die Angaben überhaupt glaubwürdig waren -, und er war begeistert. Seine Grasteppichausflüge waren genial, besonders der letzte.

Jetzt stand das Glas neben ihm und war fast leer, und er brauchte dringend ein neues. Für die Bücher und das andere Material, DVDs und so esoterisches Zubehör, hatte er keine Verwendung. Die Pillen waren zwar nicht billig, um nicht zu sagen teuer, aber auch das war ihm egal. Sie waren herrlich. Um nicht ständig bestellen zu müssen, legte er sich gleich drei Gläser in den Warenkorb. Bei drei Gläsern bekam man eine Packung Räucherstäbchen gratis als Dankeschön. Mit einem Mausklick schickte er die Bestellung ab. Wilhelm bezahlte mit seiner Kreditkarte. Beinahe hätte er sie in seinem Sauladen nicht mehr gefunden. Aber er erinnerte sich dunkel daran, wo im Schrank er alle möglichen so genannten Wertgegenstände verstaut hatte.

Er schaltete seinen Computer aus, ließ die Gardinen zugezogen und ging in die Küche. Von der Uhrzeit her hätte er Hunger haben müssen, aber er verspürte keinen Appetit. Das war ihm ganz recht, denn dann brauchte er wenigstens nichts zu kochen, nichts abzuspülen oder aufzuräumen. Die Pillen erwiesen sich als die reinsten Sattmacher.

Der Spätsommer befand sich an der Schwelle zu einem angenehmen Herbst. Schläfrig wanderte er umher auf der Suche nach einer Ablenkung, bis es ihn ins Freie zog. Im Garten war es angenehm warm, nicht mehr so heiß, wie die Wochen zuvor, und Wilhelm sah es dem übersatten Grün der Blätter an, dass es sich demnächst in Gelb, Rot oder Braun verwandeln würde.

Die Flüge mit dem Grasteppich wurden zu einem festen Bestandteil in seinem Leben. Immer wenn er Luft zwischen seinen Terminen hatte, was häufig der Fall war, legte er sich in seinem Garten auf den Start- und Landeplatz, um einen Ausflug zu unternehmen und seine Sorgen für ein kleines Weilchen auf der Erde zurückzulassen.

Der Grasteppich besaß wundersame Eigenschaften. Er war nicht nur das perfekte Himmelsfahrzeug, sondern verlieh seinem Piloten übermenschliche Fähigkeiten. Wilhelm hatte sich nämlich zusammen gesponnen, wie er mit Frau Hamann eine kleine Spritztour unternahm, zu der er sie einlud, weil er sein Geheimnis unbedingt mit ihr teilen wollte. Und sie war sogar gekommen, obwohl sie sich anfänglich zierte. Sie saßen nebeneinander auf dem Grasteppich, und Frau Hamann sah aus wie ein Engel. Das war eine besonders schöne Luftnummer.

Ebenso erwies sich der Grasteppich als erstaunliche Hilfe. Der Auftrag, den er von seiner Angebeteten erhalten hatte, lag ihm nämlich, wenn er ehrlich war, immer noch ziemlich schwer im Magen. Beinahe wäre ein uralter Drache wieder erwacht und hätte wie früher Pech und Schwefel gespuckt, bis es ihm so sauer aufstieß, dass er sich übergeben musste. Aber der Grasteppich war grandios.

Den Zettel mit I.M.s Adresse bewahrte Wilhelm in der Schublade im Küchentisch auf. Er wollte alles schnell und sauber hinter sich bringen, damit Frau Hamann zufrieden war. Wie ein Schneekönig freute er sich auf seine wohlverdiente Belohnung. Vor dem alles entscheidenden Ausflug machte er sich mit seinen Werkzeugen vertraut. Das Insulin ließ sich über einen genau dosierenden Mechanismus aus der Flasche zapfen. Eine aufgedruckte Messleiste visualisierte die entnommene Menge. Er hatte über das Gesamtspektrum der Wirkungsweisen im Internet ein wenig recherchiert, sich vor allem bei den Dosierungen kundig gemacht, um zutreffend zu beurteilen, wie viele Tropfen den raschen und sicheren Tod herbeiführten. Entlastend war, dass es sich bei dieser Todesart um einen eher schmerzfreien Prozess handelte. So jedenfalls interpretierte er die Erläuterungen. Insofern war es eigentlich eine humane

Angelegenheit. Dietlinde hatte unter Umständen mehr gelitten, was ihm im Nachhinein und angesichts der nun zur Verfügung stehenden Methode ein wenig Leid tat. Aber es war nicht mehr zu ändern. Wenigstens sollte I.M. nicht leiden. Dafür wollte er sorgen. Er befüllte eine voluminöse Spritze großzügig mit dem Zeug. Die Injektionsnadel steckte er gleich mit drauf, ließ sie aber in der stabilen Schutzhülle stecken. Das ganze Arrangement legte er sodann in den passenden Karton, stopfte Füllmaterial in die Hohlräume und klappte den Kartondeckel zu. Aus der Küchenschublade fischte er eine alte Einkauftüte heraus und hielt sie hoch. Sie würde über einen Menschenkopf passen. Von einer Schnurrolle schnitt er ein großzügiges Stück Schnur ab und wickelte es auf. „Alles wird gut", nuschelte er vor sich hin, weil ja niemand da war, der ihm in seinen schweren Stunden Beistand leistete.

„Es hat ja in der Vergangenheit auch schon geklappt."

Im Schuhschrank fand er prompt einen Rucksack. Oh je. War der nicht noch von Dietlinde? Wilhelm war einfach zu nachlässig, was das Beseitigen von Spuren und Überresten von Opfern anging. Das war eine echte Schwäche von ihm, die dringend ausgemerzt werden musste. Bei Iris Mainrath würde er höllisch aufpassen. Die Sonnenbrille, die er als Schutz gegen den kräftigen Flugwind aufsetzte, verlieh ihm ein regelrecht draufgängerisches Aussehen. So ausgerüstet begab er sich zu seiner Wundermaschine im Garten. Er legte sich vorsichtig hin, damit die Spritze nicht beschädigt wurde, und wurde im Nu mit einem raschelnden ‚huij' in die Luft geschleudert.

Auf diesen Katapultstart war er besonders stolz. Er hatte ihn mehrfach geübt, bis es richtig klappte, und damit auch Frau Hamann schwer imponiert. Jetzt setzte er sich auf, steuerte mit den Blumenknüppeln durch die Wolken und gab Gas.

Er flog über Felder, die wie kleine Flickenteppiche aussahen, über Waldstücke, die wie flauschige Moospolster in der Landschaft lagen. Und obwohl ihm dieser Landstrich von oben betrachtet neu war, wusste er, wo er sich befand. Es ging über einen großen Wald, der die Gestalt eines besonders schönen Moosstücks besaß. Er überflog ihn mit ein paar gewagten Kurven. Kurz darauf sah er den Flughafen von Stuttgart und machte einen großen Bogen nach Westen. Wer weiß, ob nicht die Gefahr einer Kollision bestand. Unter sich sah er links Böblingen und rechts Vaihingen. Stuttgart-Botnang lag ein Stückchen abseits. Er flog eine sanfte Rechtskurve. Dann erkannte er einen hohen Wohnblock neueren Datums und eine Dachterrasse. Ihm war auch ohne Navigationsgerät oder Karteneinsicht intuitiv klar, dass er am Ziel war. Er drosselte die Geschwindigkeit seines Gefährtes und kreiste langsam über dem Zielgebäude, um die beste Stelle zum Laden auszusuchen. Eine Frau lag auf der Terrasse in einem Liegestuhl und sonnte sich. Überall standen große Kübel mit Pflanzen. Ein schöner Sonnenschirm war aufgespannt und verbreitete eine gepflegte Atmosphäre. Die Frau schien zu schlafen oder zumindest zu dösen.

Es konnte sich nur um Iris Mainrath handeln.

Durch die weite, offene Fensterfront wallte eine üppige, weiße Gardine. Ein leichter Wind bewegte sie sachte hin und her, was den Eindruck von Luxus und Wohlstand vollendet unterstrich. Die Terrasse zeigte nach Süden und Westen. Wilhelm flog einen engen Schwenk von Nordosten her und landete unbemerkt auf dem Dach der Wohnung. So, hier war also das Liebesnest, dachte er grimmig. Das wird nun bald vorbei sein, ihr beiden Turteltäubchen.

Wilhelm stieg von seinem Grasteppich, robbte vorsichtig zur Dachkante und lugte darüber. I.M. schien tatsächlich zu schlafen. Sie zeigte keine Anzeichen von Interesse an dem, was in der Umgebung geschah. Ihr Brustkorb hob und senkte sich gleichmäßig. Wilhelm war es jedoch nicht gelungen, völlig geräuschlos durch die Kiesel zu kriechen. Es hatte erhebliches Knirschen verursacht. Sie lag da, zugedeckt mit einer leichten Sommerdecke. Nun räkelte sie sich im Halbschlaf, gähnte und drehte sich in eine neue Position. Wilhelm schob sich einige Zentimeter zurück, um nicht entdeckt zu werden. Nun war der heikle Teil seiner Mission dran. Dazu nahm er den Rucksack ab, stopfte Plastiktüte und Schnur in die Hosentasche und bewaffnete sich mit der Spritze.

Zunächst beobachtete Wilhelm I.M. ein Weilchen. Er wartete auf eine Art Inspiration, auf ein Zeichen oder einen Hinweis für sein weiteres Vorgehen. I.M. war eine Frau Ende dreißig, schätzte er, etwas korpulenter als Frau Hamann und mit kurzem brünettem Lockenhaar. Ihr geschminktes Gesicht hatte sie sich aus Versehen an der hellen Decke abgewischt und dabei einen schillernden Farbfleck hinterlassen. Neben ihr stand ein halbleeres Glas mit einem langen Strohhalm, der aus einem orangefarbenen Getränkerest herausragte. Direkt unter ihm musste sich die offene Terrassentür befinden. Auf manchen der Balkone, die zu den Wohnungen der umliegenden Blocks gehörten, saßen Leute.

Aber niemand beachtete ihn.

Wilhelm registrierte, dass auch seine Landung offensichtlich von niemandem bemerkt worden war. Auch Iris Mainrath reagierte bisher nicht auf ihn. Vermutlich hatte er bis jetzt schlicht Glück. Er hatte vor, Iris Mainrath mit einem Überraschungseffekt zu überwältigen, um nicht zuviel Gegenwehr zu erzeugen. Dazu kam ihm eine raffinierte Idee. Das Flachdach war mit einem Kiesbett bedeckt. Wilhelm nahm ein Steinchen und warf es neben den Liegestuhl der schlafenden Frau, wo es auskullerte.

Nichts geschah. Frau Mainrath zuckte nicht einmal. Wilhelm versuchte es mit einem zweiten Wurfgeschoß und zielte auf eine ihm geeignet erscheinende Stelle. Aber als er werfen wollte, rutschte es ihm aus Versehen aus der Hand und landete mit einem harten Plop in Iris Mainraths Gesicht, die augenblicklich zusammenschreckte und aufschrie. Mist. Das war daneben gegangen. Verdattert sah sie sich in alle Richtungen um, konnte aber niemanden entdecken. Wilhelm duckte sich schnell weg. Iris Mainrath erhob sich und ging auf und ab, während sie sich die Stirn an der Stelle rieb, an der sich eine kleine Beule bildete. Es blutete sogar ein wenig, wie sie bemerkte. Sie besah sich verdutzt den roten Film auf ihren Händen und blickte auf der Suche nach der Ursache des Anschlags gen Himmel, konnte aber nichts ausfindig machen. Entrüstet über den unerhörten Vorfall verschwand sie im Wohnungsinneren. Wilhelm nutzte diese Gelegenheit, um sich an der Kante vom Dach herunter zu lassen. Erleichtert stellte er fest, dass die Spritze, die in seinem Gürtel steckte, den Abstieg unbeschadet überstand.

Aus dem Wohnungsinneren vernahm er Klappern und andere Geräusche. Sein Opfer war offenbar ins Badezimmer gegangen, um die Verletzung zu begutachten. Wilhelm folgte ihr nach. Als er das Wohnzimmer betrat, erschrak er ein wenig, weil er in einem superweichen Teppichboden versank, und kam sich so vor, als ob er aus der Steinzeit herüber gebeamt worden war.

Was sich die Leute alles leisteten konnten.

Die Erkenntnis kehrte wieder, dass das wahre Leben bisher an ihm vorbeigerauscht war, dass er alles, was das Leben angenehm und lebenswert machte, bisher verpasst hatte. Und als ob das nicht schon genug gewesen wäre, kam er sich dazu noch vor wie eine hohle Mülltonne, die eben von städtischen Angestellten ausgeleert und achtlos wieder an den Straßenrand zurückgestellt worden war, um in den nächsten zwei Wochen erneut mit stinkendem Abfall voll gestopft und an den Straßenrand gestellt zu werden. Er hatte sein Leben bis jetzt in jeglicher Hinsicht verwirkt und stand nun vor seiner allerletzten Chance. Beinahe verführte ihn die elegante Polstergruppe zum Probesitzen, da quietschte das Schloss der Badezimmertür. Wilhelm rann der Schweiß in die Stirn. Er blickte sich hastig um. In dem riesigen Raum, der in den kostbaren Charme spärlicher Möblierung getaucht war, sah er aber nichts, wohinter er sich hätte verstecken können. Verfluchter minimalistischer Luxus. Es gab nur verdammte nischenlose Einbauschränke. Er hastete ein paar Schritte hin und her, als Iris Mainrath den Raum betrat. Er war panisch. Gleich stand sie vor ihm, zur Salzsäule erstarrt von dem Schock über den fremden Mann in ihrer Wohnung.

Aber was war das?

Sie wandelte an ihm vorbei, ohne ihn zur Kenntnis zu nehmen. Wilhelm war sogar genötigt, einen eiligen Schritt auf die Seite zu machen, um nicht von ihr angerempelt zu werden. Sie bemerkte ihn nicht. Er war völlig perplex, bis der Groschen fiel.

Er war unsichtbar.

Sofort vermutete er, dass das mit dem Grasteppich zusammenhing. Aber seine neue Fähigkeit war kein Grund zu Übermut. Er verkniff sich das Spiel, auch wenn er sich zum Spaß nun doch gerne in die Sitzgruppe gelümmelt hätte. Schließlich hatte er einen Auftrag zu erledigen und am besten schleunigst wieder zu verschwinden. Iris Mainrath war eine Todgeweihte. Sie machte sich eben auf den Weg zurück auf die Terrasse. Bevor sie die Schwelle erreichte, stürzte er hinterher, stieß ihr die Spritze mit einem festen Stoß in den Hintern und drückte den Kolben in den Zylinder, bis sich sein Inhalt vollständig in das sündige Fleisch entleert hatte. Iris Mainrath erschrak kurz, aber so heftig, dass ihr der Schrei im Halse stecken blieb. Sie drehte sich schockiert um und starrte ins Nichts. Wilhelm war fasziniert. Das Insulin ließ sie in eine Bewusstlosigkeit versinken. Ihr Körper klappte zusammen wie eine Ziehharmonika, aus der die Luft entwich. Dabei fiel sie auf die Injektionsnadel, die in ihrem Hintern steckte und dabei ein hässliches Loch in ihr Fleisch bohrte. Mit einem lauten Knall prallte ihr Schädel hart auf die Türschwelle, so dass ihr das Blut aus der Schläfe spritzte. Sie lag mit weit aufgerissenen Augen da.

Dass die Dinge so reibungslos liefen, war Wilhelm nicht gewohnt und versetzte ihn in eine stille, feierliche Euphorie. Er kam sich unschlagbar vor, fragte sich, ob er sich die Mühe machen sollte, den toten Körper weiter ins Zimmerinnere zu zerren, und entschied sich dagegen. Die Wohnung lag hoch genug, und die Terrasse war mit einem mächtigen Geländer umgeben, dass Neugierige von den Nachbarbalkonen keinen Einblick erhaschten. Er ließ die Leiche geradewegs da liegen, wo sie von selbst hingefallen war. Das Werk wartete auf seine Vollendung. Schade, dass Frau Hamann seinen erfolgreichen

Einsatz nicht miterlebte. Doch nein. Er stutzte. Seine Fingerabdrücke waren an der Einkaufstüte und der Schnur. Er ließ das alles im Hosensack stecken. Sie war ja nicht mit dabei, vorüber er nun sehr froh war. Gegen ein paar Notlügen war nichts einzuwenden, und sie musste glauben, was er erzählte.

Als nächstes rekapitulierte er, ob er auch wirklich nichts angefasst hatte. Dann fiel ihm ein, unbedingt die Tatwaffe mitzunehmen. Aber zu dumm. Sie lag unter Iris Mainrath. Wilhelm schlich ins Bad, wo er nicht schlecht staunte, als er die riesige Luxusbadewanne betrachtete. Wenn er da an sein altes, kaputtes Bad mit den verkalkten Armaturen dachte, wurde ihm ganz schlecht. Am liebsten hätte er sich Wasser eingelassen und die Wanne ausprobiert. Er nahm ein Handtuch und kehrte zur Leiche zurück. Iris Mainrath lag völlig verbogen da und starrte leblos an die Decke. Wilhelm musste beinahe belustigt losprusten, machte sich aber an die Arbeit. Er drehte den Körper mit dem Handtuch um und fummelte mit seiner Hilfe die verbogene Spritze aus dem Fleisch. Die Nadel steckte fest in einem Knochen. Es war ein kräftiger Zug erforderlich, bei dem Wilhelm ein Stöhnen entwich. Das verbogene, blutige Gerät wickelte er in das Handtuch ein und nahm es mit. Zu gerne hätte er noch die Küche besichtigt, aber er besann sich, als er einsah, dass ihm das den Rest gegeben hätte. Bestimmt war sie ultra modern und mit dem neuesten und besten Schnickschnack ausgestattet, den man bekommen konnte.

Draußen auf der Terrasse stieg er auf einen Stuhl und hievte sich mit einem Klimmzug an der Dachkante hoch. Nachdem er sich vergewissert hatte, dass auch alles in den Rucksack gepackt war, Spritze, Nadel, Handtuch und natürlich die Sonnenbrille, bestieg er sein Wunderschiff und düste nach Hause.

14. Kapitel

Martin bildete sich ein, dass Margret von Iris nach wie vor nichts wusste. Grundsätzlich fand er Iris sehr unterhaltsam. Aber sie entwickelte sich zum Klotz am Bein. Sie hatte das Thema Trennung angesprochen und bei ihm mit ihrer komfortablen Luxuswohnung geworben, in der sie doch locker zu zweit Platz gehabt hätten. Zu dumm, dass das mit der Versetzung ins Ausland geplatzt war. Seine einzig sinnvolle Exitstrategie war dahin. Und mit ihr einfach Schluss machen, war auch keine gute Lösung. Sie konnte ihn in der Firma unmöglich machen, wenn sie es darauf anlegte und sich rächen wollte. Sich wegen ihr einen anderen Job zu suchen, widerstrebte ihm aber genauso. Außerdem war es ihm zu aufwändig. Heute erschien sie seltsamerweise nicht im Büro. Es kam keine Entschuldigung. Seltsam. Auch auf seinem Handy meldete sie sich nicht. Martin malte sich aus, wie sie in einer Bar einen Typen mit viel Geld kennen gelernt und sich mit ihm Hals über Kopf aus dem Staub gemacht hatte. Reines Wunschdenken. Er fasste sich mit der Hand an den Kopf angesichts dieses absurden Gedankens. Iris Mainrath war nicht von der Sorte Mensch, der sich in irgendeiner Bar kurz mal jemanden angelte und alle alten Brücken für immer und ewig hinter sich einriss. Zudem besaßen die Typen mit viel Geld, die auf eine Iris Mainrath warteten, Seltenheitswert. Da war ein ordentlicher Lottogewinn wahrscheinlicher.

Er rief sie auf ihrem Handy an. Es regte sich nichts. Nur die Mailbox war dran.

Stunden später immer noch nichts.

Es war bereits Spätnachmittag, kein Pieps von Iris. In der Firma fiel sogar ein wichtiges Meeting wegen ihr aus, und die Kollegen beschwerten sich bereits über sie. Martin musste einige zweideutige Blicke ertragen, denn sie wussten natürlich, dass zwischen ihnen etwas war. Sie erwarteten von Martin zwar keine ausführlichen Erklärungen, aber wenigstens einen Hinweis, um Iris Mainraths Fehlen einordnen zu können. Martin sah sich genötigt, nach

Feierabend bei ihr vorbeizuschauen und nachzusehen, was los war. Dazu hatte er zwar keine Lust, aber eine gewisse Verantwortung gegenüber Iris empfand er doch. Den vorherigen Abend hatten sie noch in trauter Zweisamkeit verbracht, bis Martin wie immer aufbrach. Das Komische für Iris war, dass er nicht mehr so lange blieb, wie noch bis vor ein paar Tagen.

Und weil Martin der festen Überzeugung war, dass Margret nichts von Iris ahnte, hatte er vor ein paar Tagen auch nichts dagegen, als Margret ihn fragte, ob sie nicht sein privates häusliches Laptop verwenden konnte, das er selten nutzte, angeblich, weil ihr eigenes in Reparatur war. Es fiel ihm nicht auf, wie absurd diese Erklärung war, eine gedankliche Verbindung, die sich sein Kopf zusammenbastelte und sein Bauchgefühl beruhigte.

Margret nahm das gute Stück an sich und verschwand in ihrem Arbeitszimmer. Die einzige noch unbeantwortete Frage war die nach der Adresse, an die sie sich das Insulin und das notwenige Werkzeug schicken lassen wollte. Seit der entscheidenden Sitzung, in der sie Wilhelm auf Linie gebracht hatte, war sie heiß. Sie konnte es kaum erwarten, in den Medien die Meldung über den Mord an einer gut situierten, allein stehenden Frau in einer gehobenen Wohnlage Stuttgarts auszumachen. Aber weder das Fernsehen, noch die lokale Presse, noch Wilhelm selbst ließen die frohe Botschaft verlauten. Iris Mainrath besaß keine Existenzberechtigung mehr. Margret hatte ihren Tod schon so oft in Gedanken durchgespielt, dass ein Weiterleben nicht in Frage kam. Nur, wann war es denn endlich soweit? Ihre Geduld war am Ende. Bei Margret stand die Dringlichkeit ihrer Beseitigung in einem linearen Verhältnis zur Abnahme ihres Vertrauens in Wilhelm. In den Sitzungen hielt sie es für zu gefährlich, ihn ständig unter Druck zu setzen. Und sie schwankte, ob sie wegen ihm nicht doch zur Polizei gehen sollte. Diese Idee verwarf sie aber rasch, denn was war, wenn das alles gar nicht stimmte, was er ihr da über seine Dietlinde aufgetischt hatte? Bei ihm verschwammen

Dichtung und Wahrheit zu einer unbekömmlichen Soße. Ihre impulsive, voreilige Art war zum Haare raufe. Was war, wenn ER zur Polizei ging? Wegen ihres Versuches, ihn zu einem Mord anzustiften? Sie lachte giftig über diesen absurden Gedanken. Seine Glaubwürdigkeit ging gegen Null. Nein, aus dieser Ecke kam keine Gefahr. Und Iris Mainrath war so gut wie tot.

Sie hatte noch nie einen Menschen getötet. Im körperlichen Sinne wenigstens. Die vielen Patienten, die nach jahrelanger Analyse die Therapie bei ihr als seelisches Wrack verließen, zählten nicht. Aber einen Menschen seiner physischen Grundlage zu berauben, die Entscheidung zu treffen, sein Leben zu beenden, und sie in die Tat umzusetzen als diskrete Geste souveräner Macht, das war etwas, was sie immer mehr faszinierte, je mehr sie darüber nachdachte. Sie betrachtete Martins Laptop und sinnierte vor sich hin. Dabei strahlte sie eine Verzückung aus, die ihr selbst eine Freude gewesen wäre, wenn sie sich dabei beobachtet hätte. Ihre Gesichtszüge wurden weich, entspannt, versöhnt. Sie fühlte sich ungewohnt gut und schaltete das Gerät ein.

Im Internet zu surfen, war nicht ganz ihr Ding. Normalerweise sah sie das als Zeitverschwendung an. Sie peilte ihr Ziel direkt an und war nicht sehr wählerisch bei der Quelle, aus der das Zeug stammte. Hauptsache der Weg ging übers Ausland. Sie überlegte kurz, ob sie als Lieferadresse nicht Tanjas Wohnung angeben sollte. Sie würde es nicht wagen, das Päckchen zu öffnen, und eine gute Ausrede würde ihr schon einfallen. Tanja auf diese Weise einzubinden, war aber unklug. Auch Wilhelm schied aus. Wenn jemand eine Verbindung zwischen Martin und Wilhelm herstellte, was bei den dann einsetzenden Ermittlungen unweigerlich der Fall sein konnte, saß sie unter Umständen in der Falle. Martin schied als Empfänger ebenfalls aus. Doch dann kam ihr eine völlig abgedrehte Idee, wie das klappen konnte. Sie bestellte ihr Teufelszeug auf Martins Namen an ihre Tübinger Privatadresse und gab seine Kreditkartennummer ein. Wenn sie steif und felsenfest behauptete, dass sie damit nichts zutun hatte, wie sollte Martin widerlegen, dass er der Empfänger war? Das war für ihn zwar totale Scheiße. Da die Polizei aber bei Iris Mainrath keine Spuren finden würde, die ihn überführten, wären die Ermittlungen und die Prozesse vor Gericht für ihn zwar äußerst unangenehm. Mit einem guten Anwalt würde er aber kurz oder lang davon kommen, wegen Mangels an Beweisen. Das war eine tolle Idee, denn Margret wollte ihm unbedingt eine deftige Lektion erteilen für den ganzen Stress und die Umstände, die sie mit ihm hatte.

Sie lachte und rieb sich die Hände. Ihr Plan war grandios. Martin war eh den ganzen Tag nicht da, und das Päckchen würde sie oder die Putzfrau in Empfang nehmen. Und wenn nicht, würde sie es irgendwo abholen. Bei dieser exklusiven Bestellung hatten die Absender ein Interesse an absoluter Verschwiegenheit. Es würde keine Mails mit Versandstatus geben. Der Weg des Päckchens blieb undokumentiert. Das Lachen hörte nicht auf und machte ihr Gesicht zur Fratze. Margret spürte in ihrem Gesicht ein leises Ziehen, als ob sich wegen der ungewohnt intensiven Bewegungen ein Muskelkater ankündigte. Lange war es her, dass sie so lachen konnte und es ihr so gut ging. Sie war es schon gar nicht mehr gewohnt. Mensch, war das ein Leben gewesen. Zum Kotzen. Die Bestellung wurde abgeschickt. Margret verwischte ihre Spuren, die sie im Laptop beziehungsweise im Internet hinterließ, so gut es ging. Sie war keine Computerexpertin, aber Martin war es auch nicht, und so würde er nicht dahinter kommen. Er wollte es sogar gar nicht zurück haben. „Mir ist es zu alt. Vielleicht kaufe ich mir ein Neues", meinte er lapidar, als sie es ihm zurückgeben wollte. Sie diskutierte nicht und steckte es in ihre Tasche mit den Sachen für die Praxis.

Tanja hatte, wie häufig, nichts vor. Da kam es ihr gerade recht, dass Margret das Bedürfnis hatte, sich mit guten alten Freundinnen zu treffen. Aber ein bisschen wunderte sie sich schon. Sie war früh da und geschickt genug, um in dem gut besuchten Biergarten einen Tisch neben einem Baum zu ergattern. Die Leute, die nach ihr hereinströmten, gingen leer aus und vertraten sich beim Warten die Beine, bis etwas frei wurde. Margret verspätete sich schon wieder. Komisch, denn früher war sie sehr penibel und achtete peinlichst genau auf die Einhaltung aller getroffenen Absprachen. Tanja sah auf ihre Uhr und stellte fest, dass sie stehen geblieben war. Wahrscheinlich war die Batterie leer. Sie zeigte vier Uhr nachmittags. Aber jetzt war es um zwanzig Uhr. Oder vielleicht später. Endlich sah sie sie am Eingang. Margret zwängte sich abgehetzt durch die voll besetzten Reihen und kämpfte sich zu Tanja vor.

„Hallo, fast hätte es nicht geklappt. Sieh' dir mal an, was hier los ist. Die da vorne, die hätten mich gerade beinahe gelyncht, weil ich unerbittlich deinen Platz frei gehalten habe." Tanja bemühte sich, nicht vorwurfsvoll zu klingen, um den Abend nicht zu verderben. Margret lächelte gequält. „Ja, es hat halt ein bißchen länger gedauert." „Vergiss' es. Setzt' dich. Ich hab's überlebt." „Ich sehe, du hast schon bestellt." „Ja, ich war beinahe am Verdursten. Es ist allerdings bereits mein zweites Getränk." Margret biss sich auf die Lippen und sah Tanja bußfertig an. „Huch, da bin ich aber wirklich sehr spät gekommen." „Ich hab' doch gesagt, vergiss' es. Ich habe keine Ahnung, wie lange ich hier warte. Meine Uhr ist stehen geblieben." Tanja bemerkte nicht, dass Margret kurz stockte. Sie war froh, dass Margret kein Theater machte, weil sie auf ihrer Verspätung herumritt. „Wo kommst du eigentlich her? Von zu Hause?"

Margret überlegte und lachte freimütig. In Wahrheit hätte sie jubilieren, Tanja umarmen und abknutschen können für ihre billige Uhr, die stehen geblieben war. Aber sie hielt sich zurück und dosierte präzise. „Nein, wo denkst du hin. Aus der Praxis natürlich. Der Schriftkram war dringend und irgendwie bin ich nicht vorangekommen."

Tanja beobachtete sie aufmerksam beim Erzählen. Sie registrierte den unterdrückten, überschwänglichen Singsang in Margrets Stimme und wollte nicht zu aufdringlich nachfragen. Margret war eine beschäftigte Frau, hatte viel zu tun, und traf sich in ihrer wenigen freien Zeit ausgerechnet mit ihr. Das tat ihr gut, sehr gut.

Dankbar revanchierte sie sich mit einem Kompliment. „Du wirkst heute wirklich so, als ob du eine Pause gebrauchen könntest. Trotzdem siehst du kein bisschen abgekämpft aus. Wie machst du das nur?" Margret lächelte zufrieden.

„Eigentlich würden mich ja ein paar spektakuläre Geschichten von deinen Patienten interessieren. Aber du darfst ja leider nichts erzählen", flüsterte Tanja verschwiegen und winkte nebenbei der Bedienung.

„Weißt du was, ich lade dich heute zu einem Prosecco ein." Margret wartete nicht ab, bis Tanja zustimmte, sondern gab die Bestellung einfach auf. „Du bist aber gut drauf. Hast du eine Ölquelle im Garten gefunden, oder was ist los?" „Nein", winkte sie ab. „Aber ich finde, man sollte auch einmal ein bisschen ausgelassen sein. Das Leben ist kurz und kann jederzeit zu Ende sein. Wer weiß? Ich finde, wir sollten unsere Zeit nutzen. Schließlich werden wir auch nicht jünger. Hast du nicht Lust, heute mal über die Stränge zu schlagen?" Margret lehnte sich zurück und blinzelte in die untergehende Sonne. „Du meinst, wir sollten heute mal richtig Party machen und uns amüsieren?" fragte Tanja ungläubig und herausfordernd zugleich. Mit Margret musste irgendetwas geschehen sein, Tanja war äußerst überrascht, aber sehr angenehm. „Ich bin dabei", rief sie begeistert, bevor Margret es sich anders überlegte. Die Bedienung servierte den Prosecco. „Komm', lass' uns anstoßen. Auf uns." Margret hob ihr Glas und ließ es gegen das von Tanja klirren. Die beiden schlürften genüsslich aus ihren Gläsern, steckten die Köpfe zusammen, wie unzertrennliche Freundinnen, wie eine eingeschworene Gemeinschaft. Der Prosecco entfaltete seine angenehm berauschende Wirkung in der warmen Sommerluft. Margret hatte nichts zu Abend gegessen, denn während ihres Nachmittagsprogramms gab es keine Luft für solche Nebensächlichkeiten. Noch waren die Gläser nicht geleert, schon orderte Margret bei der Bedienung eine zweite Runde. „Auf uns. Auf unsere lange Freundschaft, Tanja", prostete sie ihr zu, die noch nicht so beschwipst war wie Margret, weil sie im Unterschied zu ihr einiges gewohnt war. Aber sie würde in Stimmung kommen, wenn der Abend so weiter ging.

Gegen halb zwölf hielt das Taxi, das Margret nach Hause brachte, vor dem Hamannschen Familienrefugium. Ein rundherum erfolgreicher Tag ging zu Ende. Ein wenig stressig zwar, aber sehr effektiv. Der Schwips war reichlich verdient. Martin war bereits im Bett und schnarchte vor sich hin. Sollte er sich noch ein wenig erholen und Kräfte tanken. Er würde sie gebrauchen können bei dem, was ihm blühte. Margret schwankte ins Schlafzimmer und ließ den Gang ins Bad aus. Mit ziemlich verlangsamten und unsicheren Handgriffen entledigte sie sich ihrer Kleidung und ließ sich neben ihren Ehegatten plumpsen. Der schluckte nur kurz und drehte sich auf die andere Seite. Wahrscheinlich hatte er auch ein paar Bierchen intus.

15. Kapitel

Jetzt wäre ein Wohnungsschlüssel hilfreich gewesen. Martin stand beunruhigt vor der Türe zu Iris' Wohnung und klingelte, einmal, zweimal, dreimal, jedes Mal länger, jedes Mal eindringlicher, als ob es etwas geholfen hätte. Es tat sich nichts. Er war mit dem Aufzug in das oberstes Stockwerk gefahren, hatte unten nicht darauf geachtet, ob der Briefkasten geleert worden war. Aber nachdem sich in der Wohnung nichts regte, wollte er wissen, was Sache war.

Nach unten nahm er die Treppe. Unterwegs traf er einen jungen Mann in kurzen Hosen und Sandalen. Er hielt ihn an und fragte, ob ihm zufällig Iris Mainrath, die Bewohnerin des obersten Stockwerkes, begegnet war. Der Mann schüttelte nur den Kopf und ging weiter. Aus dem Briefkastenschlitz im Eingangsbereich hingen Werbeprospekte. Aus anderen Schlitzen hingen sie genauso hervor. Es war also nicht festzustellen, ob Iris den Kasten heute schon geleert hatte. Martin stürmte in die Tiefgarage und sah dort nach. Das Auto stand ordnungsgemäß auf seinem Stellplatz. Es war seltsam. Er ahnte, dass etwas nicht stimmte, aber er hatte keinerlei Befugnis, vom Hausmeister das Öffnen der Wohnung zu verlangen. Er ging wieder nach oben, nahm die Treppe in Zwei-Stufen-Schritten in der Hoffnung, dass ihm Iris um die Ecke entgegenkam und sich für die unnötigen Sorgen bei Martin entschuldigte. Oben angelangt sah er nur eine einzige Möglichkeit, sich schnell Zugang zur Wohnung zu verschaffen. Es blieb ihm nichts anderes übrig, als die Polizei zu informieren. Nebenbei schob er eine Stinkwut auf Iris, denn ein anderer Teil in ihm konnte sich beim besten Willen nicht vorstellen, dass sie sich in einer Notlage befand, aus der sie sich nicht selbst heraus zu helfen wusste. Mit seinem Handy meldete er sich widerwillig beim Notdienst. Bei seinen Schilderungen sah er sich gezwungen, von ‚Gefahr im Verzug' zu reden, um zu erreichen, dass sich jemand zuständig fühlte und sich in Bewegung setzte. Während er vor der Wohnung wartete, betete er inständig, dass es falscher Alarm war.

Es dauerte einige Minuten, bis die Polizei eintraf, zunächst nur mit einer gewöhnlichen Streife.

Dann der Schock. Iris war etwas passiert.

Inzwischen war die Wohnung abgeriegelt und die Spurensicherung in Aktion. Dazwischen wurde auch noch ein Notarzt gerufen, nicht, um Iris Mainrath wieder zu beleben, sondern um ihren Tod festzustellen. Nachdem Martin mit den Streifenpolizisten in die Wohnung eingedrungen war und sie Iris Mainrath relativ schnell gefunden hatten, wurde er gebeten, am Ort des Verbrechens in einem Nebenraum auf die Kollegen von der Kripo zu warten. Er war kreidebleich. Nicht nur wegen Iris, wie sie dalag, so schlaff, so tot, sondern auch wegen der Befürchtung, dass der Verdacht auf ihn fiel.

Für die Polizei befand sich der Tatort in einem vergleichsweise unblutigen Zustand. Sie hatten schon anderes gesehen. Die Plastiktüte aber, die Iris über den Kopf gezogen war, deutete zweifelsfrei auf einen Perversen hin. Sie war mit einer Schur fest zugezogen. Bevor sie der Notarzt abnahm, wurde Martin nach draußen geschickt mit der strikten Anweisung, die Wohnung nicht zu verlassen, bis es ihm ausdrücklich erlaubt war. In der ganzen Wohnung wuselte es. Das Einsatzkommando bestand aus etwa zehn Personen. Überall wurden Fotos gemacht, Abdrücke abgenommen, aufgegabelte Kleinteile in sterilen Klarsichttüten gesichert, Papiere mit Notizen beschrieben. Im Moment störte Martin nur, er wurde kaum beachtet.

Nach zwei Stunden war die Leiche von allen Seiten fotografiert, begutachtet und abtransportiert. Martin saß da, nach außen hin wie zur Salzsäule erstarrt. In den zwei Stunden machte er alle Epochen seines Lebens durch, die es gab, vor, während und nach der Affäre mit Iris Mainrath. Einige Abschnitte eigneten sich in ihrer Tragik für großes Kino, vor allem der, der seine Zukunft betraf. Zwei Männer schleppten einen Zinksarg zuerst ins Wohnzimmer und wenig später aus dem Wohnzimmer. Sie überließen Martin mit seiner letzten Erinnerung an Iris und an die Szene, in der die Plastiktüte ihren Kopf verpackte, sich selbst.

Kurz danach bekam er Gesellschaft. Ihm saß ein Mann mittleren Alters gegenüber, der sich als Kriminalhauptkommissar Fellner vorstellte, ein unsympathischer Kerl, der ununterbrochen auf einem Kaugummi herumkaute und ihn beim Sprechen mit der Zunge abwechselnd in die rechte und die linke Backe schob. „Das beruhigt die Nerven, glauben Sie mir. Sie sollten es auch mal ausprobieren." Martin brachte kein Wort heraus. „Wir gehen von einem Gewaltverbrechen aus", eröffnete Fellner das Gespräch. Martin nickte.

„In welchem Verhältnis standen Sie zu Frau Mainrath?" Martin blieb nichts anderes übrig, als den Sachverhalt so zu beschreiben, wie er war. Es gab nichts zu beschönigen. „Sie werden verstehen, dass wir im Zusammenhang mit einem Mordfall natürlich keine Diskretion wahren können. Weiß Ihre Frau von dem Verhältnis?" fragte Fellner ungerührt. Martin schüttelte den Kopf. Als sich herausstellte, dass mögliche Angehörige von Iris Mainrath in Norddeutschland lebten, und Martin Hamann weder einen möglichen Täter noch ein plausibles Mordmotiv angeben konnte, machte Fellner eine viel sagende Pause.

„Sie haben wirklich keinen Wohnungsschlüssel?" „Nein!" Martin antwortete gereizt. „Ihnen ist hoffentlich klar, dass wir Sie aus ermittlungstechnischen Gründen vorerst zum Kreis der potentiellen Täter hinzurechnen, bis wir vom Gegenteil überzeugt sind."

Martin sah ihn entsetzt an. „Was unterstellen Sie mir?" schrie er Fellner an. Er drehte beinahe durch. „Wir haben keine Spuren gefunden, die auf ein gewalttätiges Eindringen eines Täters in die Wohnung hindeuten. Es scheint nichts gestohlen worden zu sein. Auf den ersten Blick zeigt die Leiche keinerlei Hinweise auf ein Gewaltverbrechen mit sexuellem Hintergrund. Der einzige, dem Frau Mainrath offensichtlich im Wege stand, sind im Moment Sie, Herr Hamann." erläuterte Fellner kühl.

Martin überkam ein Schauer. Er hatte das Gefühl, dass Fellner ihm die ganze Geschichte von der Stirn ablas.

„Wollen Sie mich etwa festnehmen?" stieß er entsetzt hervor. „Ich kann Sie noch nicht festnehmen. Aber wir müssen Sie erkennungsdienstlich erfassen und Ihre Daten mit den Ergebnissen der Spurensicherung abgleichen. Sie sind hier ein- und ausgegangen, oder etwa nicht? Ich fordere Sie hiermit auf, sich für uns an Ihrem Arbeits- und Wohnort für weitere Verhöre bereitzuhalten und nicht auf die Idee zu kommen, für längere Zeit zu verreisen oder solche Sachen. Das könnte als Behinderung der Ermittlungen ausgelegt werden." Martin war am Boden. „Wann haben Sie Frau Mainrath das letzte Mal lebend gesehen?" wollte Fellner nun wissen. Martin beantwortete eingeschüchtert alle seine Fragen. Die Erklärungen, die danach folgten, waren überflüssig. Martin hatte selbst gesehen, dass Iris zwischen Terrassentür und Wohnzimmerregal zusammengebrochen war. Zuletzt lag sie auf dem Rücken und starrte mit offenen, leblosen Augen durch eine horrormäßig um ihren Hals festgezurrte Klarsichtplastiktüte. Auf den ersten Blick waren kaum Blutspuren zu erkennen. Mit den Mutmaßungen, dass Iris Mainrath den Täter freiwillig in die Wohnung hereingelassen hatte, vielleicht, weil sie ihn kannte oder es einen guten Grund gab, ihn hereinzulassen, wiederholte sich Fellner absichtlich, um den Druck auf Martin zu verstärken. „Sie werden überall hier in der Wohnung meine Spuren finden. Sehr wahrscheinlich auch an der Kleidung von Iris, natürlich." Martin wusste nicht mehr weiter und verhaspelte sich mit der Stimme. „Wenn Sie keine anderen Spuren finden, weiß ich nicht, wie ich Ihnen meine Unschuld beweisen soll, verstehen Sie?" „Nur zu gut, nur zu gut." Fellner blieb ungerührt und sachlich. Schließlich war er weder Anwalt noch Psychologe. Er war Ermittler, auf der Jagd nach einem Mörder, nicht von der Fürsorge. Auch deshalb informierte er Hamann nicht darüber, dass nur der passende Todeszeitpunkt in Verbindung mit einem guten Alibi und die Tatsache, dass weder an der Plastiktüte, noch an der Schnur seine Fingerabdrücke festzustellen waren, verhindern konnten, dass er Untersuchungshaft beantragte. Fellner erkannte, dass

Hamann, offensichtlich ein intelligenter Mann war, im normalen Leben wenigstens, und viel zu sehr unter Schock stand, um dies zu erfassen. Das nutzte er rücksichtslos aus. Er liebte es, seine Zielobjekte in die Enge zu treiben. Es diente der Wahrheitsfindung.

„Aber Sie suchen doch einen Perversen. Das sieht man doch an der Plastiktüte. So was macht doch kein normaler Mensch." Fellner ließ Martins Argumente abblitzen. „Nein, nicht wenn es sich um ein geschicktes Ablenkmanöver handelt. Es soll so aussehen, als ob hier ein Perverser dahinter steckte. Eine falsche Fährte sozusagen." Sein Kaugummi war ausgelutscht, hatte keinen Geschmack mehr. Martin war nicht bereit, sich Fellners Unterstellungen gefallen zu lassen, kam aber nicht durch. „Hören Sie. Wir haben die Spuren noch nicht ausgewertet. Sie bekommen von mir nicht die Absolution. Da müssen Sie sich schon an die Kirche wenden. Aber eins steht fest. Täter stammen häufig aus dem Bekanntenkreis der Opfer, und bei vielen Morden handelt es sich um Beziehungstaten. Und das hier sieht auf den ersten Blick genau danach aus. Ich behaupte nicht mehr, aber auch nicht weniger. Also halten Sie sich bereit, verstanden?"

Fellner registrierte, dass seine Truppe ihre Sachen zusammenpackte. „Wir werden jetzt zusammen die Wohnung verlassen. Ich werde sie versiegeln, und Sie werden mit aufs Präsidium kommen und danach nach Hause gehen", befahl er und signalisierte damit das vorläufige Ende der Unterredung.

16. Kapitel

Durch dieses ganze Procedere war der Raum für Trauer in Martins Gefühlshaushalt stark geschrumpft. Er war mit sich beschäftigt. Die ganzen Komplikationen, mit denen er sich herumzuschlagen hatte, fraßen die meiste Energie, und er kam sich mies und schlecht vor. Da war nicht nur seine Familie und Margret, der er die Affäre am besten schnell beichtete. Da waren auch noch seine Firma, seine Vorgesetzten und die Kollegen, die mit Sicherheit einige unangenehme Fragen auf Lager hatten.

Zuerst war das mit Margret zu bewältigen. Als eine der wenigen verbleibenden Konstanten in seinem Leben saß sie in ihrem Arbeitszimmer und tippte etwas in ihren Computer. Das Gespräch mit ihr zu suchen, war nach dem Abend, an dem sie ihn wegen der Anfrage an ihre Frau Dr. Rosenfeld um Rat gebeten hatte, nicht ganz so schwer. Jedenfalls hatten sie in den vergangenen Tagen miteinander geredet, und er hatte den Eindruck, dass sie ihm grundsätzlich noch wohl gesonnen war, obwohl er sie die letzten Monate auf beleidigende Weise ignoriert hatte. Das Gespräch war nicht zuletzt wegen Moritz und den anderen Kindern wichtig. Er wollte verhindern, es sich mit allen zu verderben, falls das noch möglich war.

Margret wartete extra auf Martin. Sie ging unruhig in ihrem Arbeitszimmer auf und ab, räumte am Regal herum, stellte hier und da ein paar Bücher um. Das Voodoo-Püppchen war vollkommen zerstört und wanderte in hohem Bogen in den Papierkorb. Mal war es ihr zu warm, und sie öffnete das Fenster. Dann war es ihr wieder zu kalt, und sie schloss es wieder. Bis sie die typischen Geräusche an der Haustür vernahm, die ihr sagten, dass das Warten vorbei war. Plötzlich war ihre Unruhe verschwunden. Als Martin unter dem Türrahmen stand, saß sie wie in aller Seelenruhe am Computer und tippte etwas in die Tastatur.

„Hallo, Margret, ich wollte nur sagen, dass ich da bin." Seine Stimme war ohne jede Modulation. „Hallo, Martin." Margret tat so, als bemerkte sie das nicht. „Ich will dich nicht beim

Arbeiten stören." „Warte, ich bin mit dem hier gleich fertig."
Sie balancierte eine schmale Lesebrille auf der Nasenspitze,
reckte ihren Kopf zum Monitor vor und klickte noch dreimal
mit der Maus. „So."
Sie drehte sich auf dem Bürostuhl zu ihm hin, legte die Brille
beiseite und sah ihn unbedarft an.
Er wusste, dass sie abends meistens an Briefen an
irgendwelche Krankenkassen bastelte, um die Finanzierung
von Therapien zu beantragen, und dass das ein nervtötendes
Geschäft war. Sie wollte dabei verständlicherweise nicht
belästigt werden. Heute jedoch war sie sehr offen.
„Du störst nicht!" Im tiefsten Inneren seines Herzens war ihm
danach, auf dem Absatz umzudrehen, er hielt es aber aus und
blieb verwundert. Noch mehr überraschte ihn, dass Margret
ihn zu sich herein bat und ihm anbot, sich zu setzen.
   Sie hatte auf diesen Augenblick gewartet, geduldig
ausgeharrt wie eine Schlange, die die heiß ersehnte Beute
endlich witterte. „Ich brauche nicht mehr lange", erwiderte
sie lapidar. „Und jetzt mache ich eine kreative Pause." Sie
legte die Hände in den Schoß und wirkte entspannt. Martin
war froh, dass er eine günstige Gelegenheit erwischt zu haben
schien. Dann kam der Dammbruch. Seine Stimme bebte.
„Margret, ich muss mit dir reden."
Zerknirscht schob er die Tür zu. Geschah ihm gerade recht.
Sollte er sich auch mal richtig beschissen fühlen. So wie sie
es in den letzten Monaten und Jahren getan hatte. Sie setzte
sich eine billige einfühlsame Maske auf, aber in Wirklichkeit
genoss sie den Anblick, den er darbot. Wie ein Jammerlappen
eben. Er merkte nichts. „Ich möchte nicht, dass Moritz etwas
davon erfährt." Mit gefalteten Händen und gesenktem Blick
saß er vor ihr wie ein armer Sünder, der schuldbewusst um
Vergeltung flehte, ohne Anspruch auf Erhörung.
„Ich weiß, dass ich dich in den letzten Monaten viel zu oft
links liegen gelassen habe. Das war für dich sicher nicht
leicht. Ich möchte, dass du weißt, dass mir das leid tut."
Margret nickte wohlwollend, mimte weiterhin die Naive, die
alles verzeihende, in voller Reinheit liebende und selbstlose

Gattin, nicht besonders überzeugend, aber Martin klammerte sich an jeden sich bietenden Strohhalm. Und als er ihr nach und nach seine gesamte Affäre mit der Kollegin auf den Tisch gelegt hatte, zeigte sie sich großherzig. Ihr Lächeln verschwand und wurde von einer ernsten Miene abgelöst. Sie rastete nicht aus, sondern blieb ungewöhnlich ruhig und schien zu überlegen.

Martin hatte sich das Geständnis nicht so leicht vorgestellt, hatte sich auf Vorwürfe und eine Szene eingestellt, hatte sich zur Vorbereitung Beschwichtigungen ausgedacht, aber es kam nichts. Und er wagte es nicht, Margret auf ihre unübliche tolerante Reaktion anzusprechen, obwohl die ganz und gar nicht ihrer Persönlichkeit entsprach. Er war heilfroh und fasste sich ein weiteres Mal ein Herz. Der schwerste Teil stand ihm noch bevor. „Das ist aber nicht alles", setzte er aufs Neue ein und räusperte sich, weil ihm schier die Stimme versagte bei dem, was er nun zu sagen hatte. Aber es führte kein Weg daran vorbei. Er zappelte wie ein Fisch auf dem Trockenen, brauchte Margret, brauchte ihre Unterstützung, ihren Beistand, ihre Solidarität, unbedingt, jetzt, in diesen schweren Zeiten.

„Nein?" Margret sah ihn fragend an, als hätte weder sie noch er irgendein Wässerchen trüben können. „Du bist doch hoffentlich in deiner Firma nicht rausgeflogen", scherzte sie belustigt, obwohl es überhaupt nicht passte. Es kam sehr gekünstelt und war eine linkische Überreaktion ihrer affektgeladenen Hochstimmung, die Martin ihr angesichts seiner Verfehlungen gefälligst zu verzeihen hatte. Sie sah sich nämlich im Begriff, ihre hinterhältigen Ziele zu erreichen, und überspielte mit Mühe ihren leisen Jubel.

Martin, der zu sehr mit sich beschäftigt war, um die Nuancen in ihrer Mimik wahrzunehmen, stockte und schüttelte den Kopf. Er brachte es nicht heraus. Der Kloß in seinem Hals war zu groß.

„Sollen wir einen kurzen Spaziergang machen? Vielleicht erzählt es sich im Gehen leichter", kam ihm Margret entgegen. Martin war das recht. Er versuchte gerade, krampfhaft die richtigen Worte zu finden, und war dankbar für die willkommene Verzögerung.

„Sollen wir hier eine Runde drehen oder hinunter in die Stadt?" „Von mir aus können wir in die Stadt gehen." Martin hoffte, dass seine Ehe doch noch zu retten war. Dass Margret bereit war, sich im Angesicht seiner Untreue mit ihm widerstandslos in der Öffentlichkeit zu zeigen, sprach dafür. Margret klopfte an der Zimmertür von Moritz an und rief etwas für Martin Unverständliches. Er stand bereits im Flur vor dem Schuhschrank und zog sich Sandalen über. Als Margret auch so weit war, gingen sie in Richtung Stadt los.

Stumm trotteten sie neben einander her. Längst hatten sie den Rand des Altstadtzentrums erreicht, als Martin für sich endlich den richtigen Punkt fand, um Margret die ganze Wahrheit zu sagen. Es war inzwischen halb neun, noch nicht ganz dunkel, aber dämmrig, ein schöner Abend, und noch immer herrschte reger Betrieb auf den Straßen. Es waren viele junge Leute unterwegs, Studenten, die es nicht nötig hatten, für die Semesterferien die Stadt zu verlassen, um ein Praktikum zu absolvieren oder aus Geldmangel einen Nebenjob herunter zu reißen. Der angenehme Abend passte überhaupt nicht zu den Schwierigkeiten, in denen Martin steckte, und noch vor wenigen Jahren wären sie vielleicht als einigermaßen glückliches Paar, vielleicht sogar Händchen haltend, in die Stadt spaziert, um es sich gut gehen zu lassen. Martin dachte wehmütig an diese unbeschwerten Zeiten zurück, die solange her waren, als ob es sie nie gegeben hätte.

Endlich überquerten sie die letzte befahrene Straße zum Altstadtkern und erreichten die Fußgängerzone. „So. Und nu'?" „Wir können ein Glas Wein trinken gehen, wenn du möchtest." „Gut." Margret ließ sich auf Martins Vorschlag ein. „Ich bin jetzt wirklich neugierig, was du mir erzählen willst", spottete sie. „Das ist ja wie bei einem Heiratsantrag." Alsbald sah man sie in einer alten Weinstube vor ihren Gläsern sitzen. Das Lokal war nicht so überlaufen, wie andere Kneipen in Tübingens Altstadt. Das lag mit Sicherheit an dem gehobenen Preisniveau der Speisen und Getränke, die in der Karte aufgelistet waren. Dennoch waren die Nachbartische belegt von Leuten fortgeschrittenen Alters, die es sich leisten konnten, die schönen Seiten des Lebens zu genießen.

Er fand es noch immer nicht fragwürdig, dass Margret nicht beleidigt war. Vielleicht glaubte sie ihm einfach nicht. Es war ja für ihn selbst kaum zu glauben, was passiert war, vor allem das mit seiner erkennungsdienstlichen Erfassung. Martin bemühte sich um eine diskrete Lautstärke und fasste allen Mut zusammen. „Die Kollegin ist übrigens tot", flüsterte er seiner Frau zu. „Waaaas?" schrie Margret, so leise es ging, nicht leise genug. Beinahe warf sie ihr Weinglas um. „Schschsch!", zischte Martin aufgeschreckt und blickte sich um. Ein paar von den Leuten drehten ihre Hälse wie auf geschreckte Hühner zur Quelle des Aufruhrs. Erst nach einer längeren Sendepause legte sich ihre Aufregung, und sie konzentrierten sich wieder auf ihre eigenen Gespräche. Margret tat entsetzt. Martin war kreidebleich. Er rang nach Worten. „Für die Polizei bin ich der Hauptverdächtige." „Was heißt tot? Sie ist nicht eines natürlichen Todes gestorben?" Er schüttelte den Kopf und nahm einen Schluck aus seinem Glas, um dem unerträglichen Blick Margrets auszuweichen. Margret verkniff sich ein ‚Du hast doch nicht etwa'. Es war überflüssig. Sie wusste es besser und verließ sich ab jetzt nicht mehr auf ihre schauspielerischen Fähigkeiten. Den Schein glaubhaft zu wahren, war schwierig genug. Martin war wie am Boden zerstört. Wenn sie in diesem Augenblick nicht zu ihm stand, hatte ihr Plan keine Chance. Ein einziger Zweifel an seiner Unschuld von ihrer Seite, und wenn es auch nur ein gespielter war, konnte das Fass zum Überlaufen bringen. Also war sie schlau. „Du glaubst doch wohl nicht im Ernst, dass ich ….", das Weiterreden fiel ihm schwer, „….mit der Sache etwas zu tun habe?" „Wie? Ich verstehe nur Bahnhof. Was soll das heißen? Woher weißt du, dass sie tot ist?"

Sie erfuhr alles über die Geschehnisse um I.M., wie sie sich aus Martins Perspektive darstellten. Sein Bericht dauerte ein ganzes weiteres Glas Wein.

„Heißt das, du hättest nicht Schluss gemacht, wenn sie noch am Leben wäre?" Margrets Frage war äußerst heikel und mit Absicht gestellt. Sie machte zwar beim jetzigen Stand der Dinge keinen echten Sinn mehr, aber es interessierte sie doch. Ihr verletzter Stolz lechzte danach.

Martin kam ziemlich unter Druck. „Doch, natürlich", stammelte er, für Margret enttäuschend, nicht besonders glaubwürdig, „ich wusste bloß nicht, wie." „Hast du das, was du eben gesagt hast, auch der Polizei erzählt?" Jetzt wurde sie ernst, sehr ernst. Ihr dämmerte noch etwas anderes. „Wieso?" „Antworte zuerst. Hast du oder hast du nicht?" „Wieso?" Martins Stimme klang hoch und dünn. In seinen Augen lag ein feuchter Schimmer. Margret schlug sich mit der Handfläche gegen die Stirn, ließ die Hand dort liegen und rieb mit viel Druck über ihre rechte Gesichtshälfte, als ob das eine Bewältigungsstrategie abgegeben hätte. Plötzlich sah Martin in ein besorgtes Gegenüber. „Weil davon abhängt, ob sie dir sofort oder später ein plausibles Tatmotiv anhängen." Er stöhnte und kapierte seinen Part an dem ganzen Schlamassel erst jetzt. „Was hast du der Polizei erzählt?" Martin hätte schreien können. „Ich weiß es nicht mehr genau!" „Du weißt es nicht mehr genau?"

Nun wurde sie laut. Sein elendes Kopfschütteln nützte nichts. Seine Augen waren rot und geschwollen, sahen aus, als hätte er hundert Jahre nicht geschlafen. Er zitterte und fingerte nervös am Saum der Tischdecke herum, weil er seine Anspannung nicht mehr aushielt. Er wusste nur eins. Wenn Margret so reagierte wie eben – es waren typische Frequenzen in ihrer Stimme, die Warnsignalfunktion besaßen -, dann war irgendwo die Kacke am Dampfen, und er hatte den Überblick verloren. Und Margret bekam es plötzlich mit der Angst zu tun, weil sie diese Art von Komplikation in ihrem genialen Plan bisher völlig vernachlässigt hatte. Was war, wenn er wirklich im Knast landete?

„Moment mal." Sein flüsterndes Schreien veranlasste die anderen Gäste erneut aufzumerken. „Ich habe sie nicht umgebracht, glaubst du mir nicht?" zischte er kaum hörbar hinter der vorgehaltenen Hand. „Martin, die Leute denken, wir streiten!" Margret ermahnte ihn, sich endlich zu beherrschen. Sie suchte den alles rettenden Punkt, die eine beruhigende Erklärung, warum sie sich zu früh aufgeregt hatten, warum noch nichts verloren war. „Margret, ich habe ein Problem, verstehst du?" lamentierte er mit heiser gedämpfter Stimme. „Ja, ich habe verstanden. Ich würde vorschlagen, wir gehen wieder, bevor sie uns auf die Strasse setzen." Nun war sie diejenige, die Bewegung brauchte, um klare Gedanken zu fassen. Das mit dem Rausschmiss war eine maßlose Übertreibung. Margret wollte weg von den lästigen Zuhörern, über die sie sich ärgerte. Martin kniff die brennenden Augen zusammen, runzelte die Stirn und rieb sich mit beiden Händen die Schläfen. Er hatte Kopfschmerzen. Der Kellner, der zugleich der Wirt des Ladens war, kassierte ab. Als Margret ihm ein ordentliches Trinkgeld zusteckte, war er versöhnt. Dass es zwischen den beiden ein Problem gab, hatte er kapiert und sie die ganze Zeit über im Auge behalten. „Gehen wir nach Hause" entschied Margret.

„Du hast meine Frage noch nicht beantwortet", winselte Martin. Er ließ unterwegs nicht locker. „Wer könnte es gewesen sein? Das ist doch die entscheidende Frage", entgegnete Margret, während sie neben ihm her ging, ohne ihn anzusehen. Martin hätte Trost und Zuspruch gebraucht. Er hätte gebraucht, dass Margret einfach sagte: ‚Nein Martin, du bist doch kein Mörder. Wir boxen dich da raus. Ich stehe zu dir' oder irgendetwas in diese Richtung. Das wäre es gewesen. Dagegen konfrontierte ihn seine Frau mit den härtesten Fragen, die ihr einfielen, vielleicht als Quittung für die Affäre, bis ihm wieder bewusst wurde, dass sie ja auch noch Gerichtsgutachterin war. Zuallererst hätte er einige Fragen zu seiner Affäre erwartet, wie, wo wann, warum. Nichts. Margret war so knochentrocken sachlich, dass es wehtat. Wo war ihr Mitgefühl geblieben? Dabei betrachtete er es als eine reale Gefahr, dass er ins Gefängnis wanderte, und zwar unschuldig. Wenn er nicht derartig unter Druck gestanden hätte, hätte er sich zu fragen begonnen, was das für eine Frau war, mit der er jahrelang verheiratet war, Kinder hatte, ob er sie jemals richtig kennen gelernt hatte. Dass die nahe liegenden Fragen ausblieben, war für ihn ein untrügliches Zeichen dafür, dass seine Ehe – aus welchem Grund auch immer - maroder war als er ursprünglich annahm. Plötzlich fühlte er sich ganz auf sich alleine gestellt.

17. Kapitel

Die Nachricht über den Mord an Iris Mainrath war in der Firma nicht eine halbe Stunde ein Geheimnis. Es war Martin selbst, der sie als Erster dem nächst höheren Vorgesetzten überbrachte. Daraufhin verbreitete sie sich wie ein Feuer im ausgetrockneten australischen Busch, unaufhaltsam, heiß, zerstörerisch, angeheizt von einem tückischen Wind, der aus sich ständig wechselnde Richtungen das vernichtende Werk beschleunigte, ohne dass sich eine einzige, gottverdammte Regenwolke am Himmel gezeigt hätte.

Fellner rief ihn zwei Tage nach der Tat an und ließ schmatzend verlauten, dass die Vorladung an ihn auf dem Weg sei. „Wir werden natürlich auch andere Kollegen von Frau Mainrath befragen müssen", nuschelte er ins Telefon. Trotzdem kapierte Martin sofort. Fellner nahm keine Rücksicht. Warum auch. Martins Kopf dröhnte. Dabei fing die Katastrophe eben erst an. Margrets flapsige Frage fiel ihm wieder ein. ‚Du bist doch hoffentlich nicht aus der Firma geflogen' oder so ähnlich war ihre Formulierung, und mit einem Male wurden ihm alle möglichen Folgen des Dramas bewusst. Das Problem, dass er seinen Job verlieren könnte, war dabei das kleinste.

Der Gang zum Chef war der einfachste Teil von dem allem, was nun folgte. Der stämmige Mann mit einem für diese Branche unüblichen Vollbart verharrte reglos hinter seinem Schreibtisch, als Martin ihm die Geschehnisse schilderte. Er beschönigte nichts, wählte kurze, informierende Sätze und war nach zehn Minuten fertig. Langes Schweigen. Sein Vorgesetzter ließ sich Zeit, blickte Martin an, blickte auf den Schreibtisch, nahm einen Kugelschreiber in die Hand, klopfte damit auf die Auflage, legte den Schreiber weg, drehte sich mit dem Stuhl zum Fenster und stand dann auf. Er ging zum Fenster, schaute kurz hinaus und drehte sich dann zu seinem Mitarbeiter um.

„Und nun?"

Er sah ihn böse an. Martin schwieg. „Die Polizei wird die ganze Abteilung und die Nachbarabteilung auf der Suche nach weiteren Tatverdächtigen verhören, wird die ganze Firma durcheinander bringen, und zwar nicht nur für die nächsten zwei Wochen. ... Das Topmanagement wird sich mit dem Thema befassen und weitreichende Konsequenzen erwarten", prophezeite er herb.

Pause. Die Klimaanlage summte. „Herr Hamann, bis jetzt ist nichts bewiesen. Bis dahin gilt jeder als unschuldig, das ist klar. Deshalb können wir Sie auch nicht so einfach feuern", setzte er seine Rede fort. „Das einzig Positive an Ihrer Situation ist, dass ich die Informationen direkt von Ihnen erhalten habe und nicht beim Frühstück aus der Zeitung." Er sah Martin an, als ob er gerade ein unzweifelhaftes und gerechtes Todesurteil aussprach.

Das Kielholen begann.

Martin verließ sein Büro als erledigter Mann. Er zog sich in seine Abteilung zurück und wurde bereits beim Mittagessen in der Kantine schräg angestiert. Manche kaschierten auffällig schlecht ein schadenfrohes Grinsen. Fast alle Leute hier waren männlichen Geschlechts, die meisten trugen dunkle Anzüge. Die gediegene Atmosphäre wurde durch den gedämpften Geräuschpegel unterstrichen, obwohl im Saal viel Betrieb herrschte. Martin gab sich Mühe, Normalität auszustrahlen. Er nahm sich an der Theke eine Gemüsesuppe, einen harmlosen Salat und eine vegetarische Hauptspeise wie immer und stellte sich eine Flasche Mineralwasser auf sein Tablett. Und so einer sollte ein brutaler Mörder sein? Mit dem allem steuerte er durch die Tischreihen auf seinen gewohnten Platz zu. Heute war er etwas schusselig, kein Wunder, blieb an einem Stuhl hängen und kippte sein Tablett beinahe über den Tisch. Vier Kollegen saßen da und beobachteten ihn pikiert. Er fing sich schnell und rettete die Situation, entschuldigte sich tapsig und schwankte mit seinem Zeug, das nochmals in gefährliche Schieflage kam, weiter. Nass geschwitzt erreichte er einen freien Stuhl, stellte das Tablett ab und nickte zum Gruße derer, die bereits dasaßen und ihre Speisen sezierten. Die Kantine war rammelvoll.

Martin kannte nur einen Teil der Firmenangestellten persönlich. Auch er war den meisten nicht bekannt. Aber heute genoss er eine zweifelhafte Anteilnahme. An den vielen Augenpaaren, die ihn schleichend verfolgten, konnte er ablesen, dass sich sein Bekanntheitsgrad wie über Nacht deutlich gesteigert haben musste. Manche flüsterten, während sie zu ihm rüber sahen, ohne sich die Mühe zu machen, es zu verbergen. Die Kollegen an seinem Tisch konnten das direkte Gespräch nicht so bequem vermeiden und versuchten zumindest, wenn auch wenig überzeugend, mitfühlend zu wirken. „Martin, das tut mir alles sehr leid. Die nächste Zeit wird sicher schwer für dich." Die Worte kamen von Martins Hauptrivalen und waren wie Schläge unter die Gürtellinie, schmerzhaft, hinterhältig, gemein. Er fing eben an, den ersten Löffel seiner Suppe zum Mund zu führen und zu blasen, weil sie sehr heiß war, da wurde er von ihm angesprochen. Seit Monaten tobte ein Machtkampf zwischen ihnen um Kompetenzen in der Abteilung. Er war wenigstens so fair und unterdrückte sein Grinsen. Insgeheim war er jedoch hoch erfreut über Martins unglückliche Verstrickungen mit ungewissem Ausgang und lachte sich kräftig ins Fäustchen. Nur um noch ein wenig nach zu treten, holte er zu einem billigen, weil folgenlosen Manöver aus: „Wenn ich etwas für dich tun kann?"

„Danke, Reinhold. Wird schon gehen." Martin hatte nicht den Mut, zurück zu ballern. Er konnte sich momentan nichts, rein gar nichts leisten. Das Mittagessen war eine Qual. Am Tisch kam kein vernünftiges Gespräch in Gang. Martin verging der ohnehin nicht gerade gute Appetit, er stand auf, entschuldigte sich und er brachte sein Tablett mit den vollen Tellern zur Geschirrabgabe. Eine kleine untersetzte Frau mit eng zusammenstehenden Augen, in einer Kittelschürze, die Haare mit einem Kopftuch zusammengebunden, nahm es ihm ab und starrte vorwurfsvoll zuerst auf die Teller und daraufhin mit einem Kopfschütteln in Martins Gesicht, als ob sie jede ungerechte Verteilung des Wohlstands in der Welt verfluchen wollte. Erbost knallte sie alles auf eine Ablage, neben der der

Schlund eines großen Mülleimers gierig auf neue Abfälle wartete. Spätestens jetzt kam sich Martin vor wie die mieseste Ratte der Welt.

18. Kapitel

Der Raum für das Verhör war mit einer Einwegscheibe ausgestattet. Martin vermied einen Blick in ihre verspiegelte Seite. Da in der Vorladung nichts Konkretes bis auf Anlass, Ort und Zeit des Verhörs angegeben war und Martins offizieller Status (Zeuge oder Tatverdächtiger?) für ihn bis jetzt ungeklärt war, hatte er sich noch nicht um einen Anwalt gekümmert.

Er befürchtete, damit einen etwaigen Verdacht gegen sich zu erhärten.

Zwei Tage zuvor wurde ihm vom Erkennungsdienst mitgeteilt, dass man seine Daten inklusive DNA-Abstrich benötigte, um ihn von dem etwaigen Täter zu unterscheiden.

Fellner trat ein, begrüßte ihn schnörkellos und platzierte sich hinter dem Mirkofon auf dem Tisch. Ein junger Beamter in Uniform streckte den Kopf herein. „Lassen Sie uns bitte alleine", wies Fellner kurz angebunden an. Der junge Mann gehorchte und verschwand. Fellner fingerte in den Taschen seines abgewetzten Jacketts herum, erhob sich, als er nicht fündig wurde, und nahm sich im Stehen alle Hosentaschen vor. Aus der rechten zog er ein abgegriffenes Päckchen Kaugummi. Es waren noch drei drin. „Ich nehme an, Sie wollen keinen Kaugummi. Zu kribbelig, was?" Er entblätterte einen Streifen, stopfte ihn in seinen Mund, zerknüllte dabei langsam das Alupapierchen und lies es in Form einer Kugel auf die Tischplatte rollen. „Es gibt immer noch Leute, die es fertig bringen, ihren Müll stehen und liegen zu lassen, wo es ihnen passt", kommentierte er abfällig. „Sogar in dieser Dienststelle. Es ist kaum zu fassen."

Martin fragte sich, warum er ihn mit diesen Nebensächlichkeiten belästigte. Die einzige Antwort, die ihm einfiel, war, dass Fellner vor ihm den Chef raushängen wollte, wahrscheinlich, um ihn in der Befragung windelweich zu klopfen.

„Gut. Fangen wir an." Fellner drückte auf einen Knopf am Mikrofon. „Sie haben doch nichts dagegen, oder?" Martin hatte nicht die Kraft zu widersprechen. Eigentlich hatte er nichts zu sagen, was er nicht schon zu Protokoll gegeben hätte, vor allem die Tatsache, dass er mit dem Tod von Iris nichts zu tun hatte. Er erhoffte sich Informationen über den Stand der Ermittlungen.

Fellner versetzte dieser Hoffnung einen Stich und ließ sie platzen wie eine Seifeblase. „Ich kann Ihnen nichts über unsere Auswertung durch die Spurensicherung sagen, weil wir ja noch nichts mit Ihren Daten abgleichen konnten." Damit war das Thema erledigt ohne Begründung, warum alles so lange dauerte.

„Wichtiger ist mir heute,...", Fellner deutete bereits eine weitere Vorladung an, „... von Ihnen alles zu erfahren, was Sie über Iris Mainrath wissen, wie häufig Sie sie sahen, welcher Art Ihr Verhältnis war, und so weiter." Damit begann ein langes Interview, in dem Martin alle Einzelheiten offen legen und plausibel machen musste, bis in die intimsten Details.

„Wissen Sie, was mich am meisten beschäftigt, ist die Tatsache, dass es keine Hinweise auf ein gewaltsames Eindringen in die Wohnung gibt, Sie aber keinen Schlüssel besitzen wollen." Fellner lehnte sich selbstgefällig zurück, bereit, Martin die gezückte Pistole auf die Brust zu setzen. „Das leuchtet mir nicht ein."

„Sie gehen davon aus, dass ich etwas damit zu tun habe? Ich sage Ihnen definitiv: Das habe ich nicht." „Beweisen Sie es uns." „Ich weiß nicht einmal, wie Iris ermordet wurde", konterte Martin. „Frau Mainrath wurde eine Überdosis Insulin injiziert, aufgrund derer sie ins Koma gefallen ist. Relativ kurz danach ist sie einem tödlichen Kreislaufzusammenbruch erlegen." Er registrierte jede Muskelzuckung von Martin.

„Die Plastiktüte, die der Täter ihr über den Kopf gezogen und mit einer Schnur fest zugebunden hat, war nicht die Todesursache. Sie ist nicht erstickt, sondern an einem Insulinschock gestorben."

Das war Martin neu. Als er beim Auffinden der Leiche dabei war, sah es für ihn so aus, als ob die Plastiktüte und die Schnur die eigentlichen Tatwaffen gewesen waren.

„Warum haben Sie mich nicht früher darüber informiert?"

„Sie wollten es nicht wissen."

„Weil Sie denken, dass ich es eh schon wusste?"

„Vielleicht?" Fellner tappte im Dunkeln. Das wusste Martin jetzt, und das war vielleicht seine Chance. Fellner spielte mit ihm. Er hatte nichts Konkretes in der Hand, nicht den leisesten Hauch.

„Was hätte ich denn für ein Motiv gehabt?" Martin drängte in die Offensive, aber sein Widersacher ließ sich nicht aufs Glatteis führen.

„Motive gibt es viele. Wie Sand am Meer." Er nahm seine Alukugel und rollte sie zwischen zwei Fingern hin und her im selben Rhythmus, in dem er auf dem Kaugummi herum biss.

„Ich würde sagen, unser Gesprächsstoff hat sich hinreichend erschöpft. Wenn Ihnen nichts wirklich Bedeutendes einfällt, würde ich gerne gehen", verlangte Martin, der die Schikanen satt hatte.

„Sie sagten, Sie wären mit einer Margret Hamann verheiratet?" „Ja, warum?"

„Ist Ihre Frau Psychologin?" „Ja", antwortete Martin ungeduldig und regte sich darüber auf, dass er Fellners Absicht nicht durchschaute. Trotzdem erhob er sich von seinem Stuhl.

„Arbeitet sie hin und wieder als Gerichtsgutachterin?" „Ja, verdammt."

Fellner ließ sich nicht provozieren und blieb gelassen. „Ich habe Ihnen ja gesagt, Kaugummi kauen beruhigt", riet er Martin und streckte sich dabei überheblich. Er warf die Kugel achtlos auf den Tisch zurück, schaltete das Mikrofon ab und begab sich zum Ausgang.

„Wie gesagt, Sie hören von uns." Fellner nickte ihm zu und ließ ihn stehen, um auf dem Korridor hinter einer anderen Tür zu verschwinden. Martin war stinksauer.

Das nächste Verhör fand drei Tage später statt. Zuvor kam das Wochenende. Martin brauchte zwei Tage nicht in der Firma zu sein. Er verbrachte Samstag und Sonntag zu Hause bei Margret. Moritz traf sich fast die ganze Zeit mit seinen Kumpels.

Wie üblich waren am Samstag Margrets Eltern zu Besuch. Er hätte genauso gut in die Firma gehen können. Seine Schwiegermutter war außer sich. „Wie soll es denn nun bei euch weitergehen?" krakeelte sie, während sie viel zu stark in einer Kaffeetasse herumrührte und den Kaffee beinahe über die weiße Tischdecke ausgoss. Dem Kuchen, der neben ihr auf dem Teller lag – sie hatte wie immer einen selbstgebackenen Kuchen mitgebracht, obwohl ihn Martin ihrer Meinung nach überhaupt nicht verdiente – schenkte sie keine Aufmerksamkeit. Sie überzog ihre Tochter mit kritischen Kommentaren, weil sie sie viel zu nachgiebig fand. Warum regte sie sich nicht mehr darüber auf, dass Martin sie hintergangen und auf übelste Weise betrogen hatte? Margret behandelte Martin, als sei nichts gewesen. Alles schien wie immer. „Mama, lass' das bitte unsere Sorge sein", wies Margret ihre Mutter streng zurecht, und würgte die sonntägliche Unterhaltung, die verständlicherweise schwierig war, vollends ab. Hin und wieder kratzte Porzellan auf Porzellan, wenn eine Tasse abgestellt wurde, oder jemand schabte mit einer Kuchengabel auf einem Teller herum. Ansonsten betretene Stille. Martins Schwiegervater glotzte verstockt vor sich hin und weigerte sich, etwas zu sagen.

Schließlich gab er sein Schweigen auf. „Du darfst von uns keine Unterstützung erwarten", raunzte er seinen Schwiegersohn an. „Sieh' gefälligst zu, wie du selbst aus deinen Scherereien heraus kommst", schrie er so zornig, während er kaute, so dass Speichel aus seinen Mundwinkeln triefte. Gleichzeitig schlug er lautstark auf den Tisch, dass das Geschirr klapperte. Dabei fielen ihm einige nasse Kuchenkrümel aus dem Mund, die auf der Tischdecke landeten, aber das störte ihn nicht.

Es reichte. Martin rührte seinen Kuchen nicht an. „Ich habe einen Fehler gemacht", begann er verärgert. „Aber dass ihr hier über mich derart zu Gericht sitzt, das lasse ich mir von euch nicht gefallen. Ihr behandelt mich wie einen Mörder. Ich war es nicht." Und nur, um seine Schwiegereltern noch mehr zu ärgern, schob er eine freche Bemerkung nach. „Darauf könnt ihr Gift nehmen." Er stieß seinen Teller demonstrativ in die Tischmitte, stand auf und warf die Tür mit einem lauten Krach hinter sich zu. Wenig später hörte man ein Auto aus der Garage davon brausen.

Margret schwieg die ganze Zeit über. „Ich würde sagen, ihr geht jetzt nach Hause." Ihre Mutter glaubte, nicht richtig zu verstehen. „Du brauchst uns jetzt", rief sie empört. „Du kommst auf der Stelle mit uns mit." „Ich brauche euch nicht", schrie Margret. „Wir hätten euch heute ausladen sollen, das wäre das Beste gewesen."

Sie fing an, die Teller und Tassen zusammenzustellen und in die Küche abzutragen. Den Kuchen packte sie in die Schachtel zurück, mit der ihn ihre Mutter antransportiert hatte. Margrets Eltern verstanden die Welt nicht mehr. „Ich bleibe hier", wehrte sich ihr Vater. „Nein, Papa, ihr beide geht jetzt nach Hause. Ich brauche meine Ruhe. Wenn Martin und ich das Problem gelöst haben, werden wir euch informieren. Aber bis dahin ist es besser, wenn Funkstille herrscht."

Als sie alles in die Küche getragen hatte und ihre Eltern immer noch auf ihren Stühlen klebten wie trotzige Kinder, die sich nicht vor die Türe schicken lassen wollten, holte sie ihre Sachen aus der Garderobe und hielt sie ihnen hin. „Margret, du machst einen großen Fehler", drohte ihr Vater.

„Martin ist kein Mörder. Ich brauche euch nicht als Beschützer", entgegnete Margret, die wusste, wovon sie sprach.

Als sie die beiden endlich samt Kuchenschachtel auf die Strasse hinaus bugsiert hatte, ließ sie sich erschöpft im Wohnzimmer nieder und versuchte abzuschalten, aber sie war zu erregt. Sie konnte kaum still sitzen, geschweige denn liegen. Martin hinterher zu telefonieren, war nicht gut. Wer weiß, in was für einer Stimmung er sich gerade befand. Sie ging in ihr Arbeitszimmer und wollte nichts mehr sehen und hören.

Den Kindern hatte Margret für den Sonntag nicht abtelefoniert, und das war gut so. Martin sollte Gelegenheit haben, ihnen seine Sichtweise der Dinge darzulegen. Moritz hatte sich für eine Stunde oder zwei von seinen Freunden los geeist. Frederick war eben eingetrudelt, und Kerstin, die mit Bernhard im Schlepptau aufkreuzte, verzichtete heute auf eine Umarmung ihrer Eltern. Sie zog es vor, sich zurückzuhalten, weil sie das Ausmaß der schwelenden Krise nicht einschätzen konnte. Auf der einen Seite war sie froh, dass es endlich etwas gab, was effektiv von ihren eigenen Schwierigkeiten ablenkte. Auf der anderen Seite hätte es ihrem Geschmack nach weniger spektakulärer Inhalte bedurft. Sie machte sich Sorgen, sowohl um ihre Mutter, als auch um ihren Vater. Alle ließen sich um den großen Tisch nieder. Es gab traditionellerweise Stammplätze, und Frederik, der wohl meinte, dass nun alle Strukturen ins Wanken gerieten, musste von ihr zu Recht gewiesen werden. „Hey", stieß sie ihn unsanft an, „rutsch gefälligst rüber." Frederik hatte neben seinem Vater sitzen wollen.

„Habt ihr das mit der Affäre untereinander geklärt? Ihr lasst euch doch wegen so etwas nicht scheiden, oder?" Kerstin stellte ohne große Umschweife die alles entscheidende Frage. Auf dem Tisch standen wie am Tag zuvor die Kaffeetassen, die Kuchenteller mit dem Unterschied, dass Margret am Morgen Kuchen in einer Konditorei besorgt hatte. Die Kinder schienen froh darüber zu sein, dass wenigstens das sonntägliche Kaffeetrinken rein äußerlich wie immer aussah, und benahmen sich heute wesentlich rücksichtsvoller als sonst. Die Eltern gaben zwar alles andere als einen harmonischen Eindruck ab, aber der Riesenkrach zwischen ihnen schien abgehakt zu sein.

Martin biss die Lippen zusammen. „Ich nicht", druckste er, „wenn mich die Mama noch will." Er sah sehr schlecht aus, hatte dunkle Ringe unter den Augen und tiefere Falten im

Gesicht als sonst. Alle Blicke richteten sich auf Margret. Die Kinder warteten gespannt auf eine Stellungnahme und litten sichtlich mit. Die Wut auf ihren Vater über den Betrug an der Mutter wurde von der Befürchtung, er könne als Mörder verurteilt werden, überschattet. Vorwürfe waren Fehl am Platz, auch berechtigte. Die Lage war zu bedrohlich. Margrets ansonsten kraftvolle und zupackende Ausstrahlung war verblasst. Man sah ihr die Belastung deutlich an. Sie stand unter starken Spannungen und verrückte fahrig die Sachen auf dem Tisch, obwohl es nichts mehr zu ordnen gab.

„Natürlich bin ich auf Martin stinksauer wegen der Affäre", begann sie düster, „sich in der Rolle der betrogenen Ehefrau wieder zu finden, bedeutet eine riesige Kränkung, vor allem, wenn man bedenkt, dass es ohne den Todesfall vermutlich nie ans Tageslicht gekommen wäre." Sie vermied das Wort Mord absichtlich.

Moritz war die ganze Zeit über besonders still. Er überlegte sich, ob er nicht demonstrativ laut heraus lachen sollte, aber er hielt sich zurück. Seine Geschwister hätten ihn für diese Unverschämtheit massakriert. Er stocherte an seinem Kuchenstück, vertilgte es und nahm sich gleich ein zweites. Niemand protestierte. Er war kein Kaffeefan. Deshalb holte er sich aus der Küche eine große Packung Eistee und ein Glas. „Will noch jemand lieber etwas Kaltes zu trinken", fragte er höflich, damit Kerstin ihn nicht rüffelte, was sie unter normalen Umständen gewöhnlich tat. Aus den ausbleibenden Reaktionen schloss er, dass kein Bedarf bestand.

Die anderen nahmen Papa inzwischen ganz schön in die Mangel wegen seiner Affäre. Dabei war seine Mutter doch selbst schuld. Die vielen Überstunden im Büro, das Aroma von Parfum in seinem Auto, dass er abends oft nichts mehr zu essen brauchte. Nachdem Moritz vor Monaten beim Mitfahren der Geruch aufgefallen war, hatte er seinen Vater gezielt daraufhin beobachtet und einige unmissverständliche Indizien für eine Affäre entdeckt. Und seine Mutter tat so, als habe sie nie Verdacht geschöpft? Das war doch alles total verrückt.

Aber heute war ja nicht der Tag für solche Fragen. Sein Vater hatte einen Fehler gemacht, einen sehr schweren offenbar, und kämpfte nun mit den Folgen. Im Grunde tat er ihm leid. Und es machte ihm Angst. Irgendwie hegte Moritz den Verdacht, dass dieses so genannte ‚offene Gespräch', wie seine Mutter die gegenwärtige Veranstaltung nannte, gar nicht so offen war. Er konnte jedoch keine konkreten Anhaltspunkte ausmachen, die seine Skepsis plausibel erklärten. Sein Vater erwähnte die Schwierigkeiten in der Firma nur beiläufig. Vielleicht war es das, was ihn störte, denn besonders beruhigend waren diese dürftigen Informationen nicht.

Die Runde am Tisch wurde beendet, als es Martin wieder zu viel wurde. Er konnte die Frage nach dem Täter nicht mehr ertragen, auch wenn sie nicht direkt gestellt wurde. Auf ein ‚Bloß, weil ich eine Affäre hatte, bin ich doch noch lange kein Mörder' verzichtete er resigniert. Eine Antwort auf seine Frage, ob die Mama ihn noch wollte, ging in der chaotischen Diskussion darüber unter, wie Papa vor dem Knast bewahrt werden konnte. Margret war über den Verlauf des Nachmittags nicht unglücklich. ‚Besser als gestern', dachte sie widerborstig, als alle gegangen waren, und Martin sich eine Auszeit für einen einsamen Spaziergang herausnahm.

19. Kapitel

Insgeheim wandelte sich die Praxis zur bewährten Fluchtburg. Äußerlich lief alles wie immer. Es kamen immer die gleichen Patienten, und es herrschte eine Routine, die Margret nicht wie früher lästig, sondern angesichts ihrer privaten Turbulenzen als entlastend empfand. Bestimmte Konflikte und Schwierigkeiten gehörten eben zum Geschäft. Auch die komplizierte Frau Roloff mit ihren andauernden Depressionen, die sich ewig nicht besserten, steckte Margret heute locker weg. Wie immer drapierte sie sich in ihrer selbstbewussten Art, die so gar nicht zu ihrem Krankheitsbild passen wollte, in den Sessel und schlug die Beine hochmütig über einander. Mit ihrer anhaltenden Angriffslust suchte sie einen Punkt, mit dem sie Margret oder die Therapie schlecht machen konnte, aber Margret schien mit den Gedanken ganz woanders zu sein. „Frau Hamann, hören Sie mir überhaupt zu?" keifte sie gereizt. Margret stützte ihren Kopf ab. Der Block lag ungenutzt neben ihr. Ihr Gesicht war Frau Roloff durchaus zugewandt, aber sie schielte geistesabwesend an ihr vorbei zum Fenster hinaus. Die Patientin erwischte sie an ihrer Schwachstelle.

„Ich höre Ihnen sehr genau zu", gab sie ein wenig spitz zurück, ohne sich sichtlich aufzuregen. „Sie haben gerade zur Uhr geschaut." „Ich schaue ab und zu zur Uhr." Margret hatte keine Lust, sich mit ihr anzulegen. Die Stunde war gleich zu Ende. „Ich möchte, dass Sie sich bis zum nächsten Mal Gedanken darüber machen, warum es Ihnen wichtig ist, immer die größtmögliche Aufmerksamkeit zu bekommen", entgegnete sie und bemühte sich, nicht herablassend, sondern fürsorglich streng zu klingen.

Frau Roloff war auf hundertachtzig. Da rutschte der Zeiger auf die volle Stunde. Das war Timing. Sollte sie sich doch bei sich zu Hause aufregen. „Ich habe den Eindruck, dass Sie mit sich nicht weiter kommen, wenn Sie sich dieser Frage nicht endlich stellen", schloss Margret die Diskussion eisig ab. Sollte sie zu Hause an diesem Satz ruhig ein wenig knabbern, das schadete ihr kein bisschen.

Margret erhob sich und wandte sich Richtung Ausgang. Frau Roloff war so viel Konfrontation von Seiten ihrer Therapeutin nicht gewohnt. Überrumpelt fiel ihr auf die Schnelle keine gute Retourkutsche ein. Sie verdrehte die Augäpfel und sah eingeschnappt auf Margret hinab, rümpfte ihr feines Näschen und klapperte mit ihren hohen Absätzen grußlos an Margret vorbei durch die Tür und das Treppenhaus hinunter.

Als sie erzürnt die untere Haustür aufriss, stieß sie beinahe mit einem Mann zusammen, der ihr bekannt vorkam. Sie kreischte leise und sprang auf die Seite, um ihn vorbei zu lassen, weil er keinen Platz machte, sondern stur seinen Weg fortsetzte und sie beinahe über den Haufen rannte. Er trug ein kariertes Hemd, das aus der Hose heraushing, eine verlotterte Jacke und, was ihr zuerst auffiel, weil er ihr unangenehm nahe kam: Er roch ekelhaft aus dem Mund, als hätte er tagelang seine Zähne nicht geputzt. Der Hauch seines Atems ließ Frau Roloff die Luft anhalten und löste peristaltische Bewegungen in ihr aus, die das Potenzial hatten, sich zu einem unkontrollierten Würgen auszuwachsen. Aus seinem unrasierten Gesicht glotzten zwei wahnsinnige Augen, die sie durchbohrten wie Feuerstöcke und ihr einen gehörigen Schreck einjagten.

Moment Mal, dachte sie, kommt der nicht auch schon eine ganze Weile zu Frau Hamann in Therapie? Bei dem scheint sie auch nicht anzuschlagen.

Sie nahm sich einen Augenblick Zeit, um ihm nachzuschauen, wie er zielstrebig und mit Schwung die Treppe hinauf sprang.

Margret hörte von oben, dass jemand im Polterschritt die Treppe herauf hüpfte und dabei andauernd zwei Stufen nahm. Plötzlich stand er vor der Tür. Sie erwartete ihn, denn der andere Patient, der ehemals vor ihm dran war, hatte seine Therapie zum Leidwesen Margrets vorschnell beendet, obwohl er laut Margret seine Schwierigkeiten, an denen seine Paarbeziehungen regelmäßig zu scheitern pflegten, noch nicht ganz aufgearbeitet hatte. Um keine unnötigen Leerlauf entstehen zu lassen, verdonnerte Margret Wilhelm dazu, eine Stunde früher kommen.

Nun war er da. Wie immer.

Seit Wochen schon beobachtete sie an ihm äußerst bedenkliche Hinweise, die nichts Gutes über seinen Zustand offenbarten. Heute wirkte er im ersten Moment besonders seltsam. Margret bekam sofort den Eindruck, dass er dabei war, in eine dekompensatorische Reaktion abzurutschen, was sie veranlasste, kurz darüber nachzudenken, ob nicht doch ein Klinikaufenthalt angesagt sei.

Theoretisch.

Praktisch betrachtet war eine freiwillige Klinikeinweisung vermutlich zum Scheitern verurteilt. Er würde bestimmt Widerstand leisten, und sie hatte nicht vor, zuviel Energie in ihn zu investieren. Außerdem brauchte sie ihn noch. Sein gestörter Realitätsbezug war goldwert. In der Klinik hatte er jeden Nutzen für sie verloren, wurde dort womöglich sogar zu einer Gefahr für sie.

Sie ließ ihn nach seiner unterwürfigen Begrüßung mit dem treudoofen Hundeblick herein. Die Klamotten, die er sich vor Wochen extra wegen ihr zugelegt hatte, waren inzwischen nicht mehr ganz sauber. Wilhelm hatte sie noch nie gewaschen. Margret schätzte sofort ab, ob seine schlampige Kleidung auch ja nicht ihre schönen Sessel verunreinigte. Hinter seinem Rücken rümpfte sie angewidert die Nase, als seine Ausdünstungen sie erreichten. Sie folgte ihm in ihr Behandlungszimmer, öffnete aber sofort ein Fenster, obwohl es draußen herbstlich frisch war. Sich selber holte sie eine Strickjacke und zog sie über. „Warum setzten Sie sich nicht?" erkundigte sie sich befremdet.

„Ich fühle mich aufgedreht. Ich möchte ein wenig stehen, wenn Sie nichts dagegen haben", nuschelte er schüchtern und wusste nicht, wo er mit seinen Händen hin sollte. „Warum geht es Ihnen heute so schlecht?" Margret fühlte sich nicht wohl in ihrer Haut. Seine Anwesenheit hier in ihren Räumen war ihr unangenehm. Zudem fragte sie sich, ob sie bei ihm nicht zu weit gegangen war. Plötzlich war sie ganz wach, ihr

Herzschlag beschleunigte sich. Sie konnte nicht genau bestimmen, warum.

Dann war sie sich sicher. Wilhelm hatte etwas vor, das strahlte er aus. „Sie haben mir doch etwas versprochen, erinnern Sie sich?" begann Wilhelm gehemmt und stotterte dabei. Margret durchfuhr es.

„Was denn?" Sie hätte diese Frage gerne vermieden. Sie war ihr in der Aufregung einfach so herausgerutscht, fast schon ein Zugeständnis. Die Wirkung des bewusst ahnungslosen Tons verpuffte. Es war zu spät.

„Sie haben gesagt, wenn ich es tue, dass ich dann eine Belohnung bekomme." Margret versuchte sich zu sammeln. Jetzt kam es auf jede Kleinigkeit an. Wilhelm war unberechenbar.

„Sie haben doch sicher bemerkt, wie sehr ich Sie bewundere", fuhr er fort und setzte sich doch hin. „Ja, sicher." Margret achtete darauf, mit fester Stimme zu sprechen. Es war schwierig. „Das ist ganz normal in Therapien. Alle Patienten bewundern ihren Therapeuten oder ihre Therapeutin. Das ist nichts Ungewöhnliches."

Sie drehte eine Runde um ihren Sessel. Alles in ihr sträubte sich dagegen, sich mit ihm auf Augenhöhe zu begeben. Sie blieb stehen. Wilhelm verfolgte sie mit seinen Glubschaugen.

„Aber ich bewundere Sie ganz besonders", erklärte er ihr. „Ja, das ist ja schön. Es hat ja auch eine gewisse Funktion für die Heilung", versuchte Margret abzuwiegeln und lächelte verlegen, „aber eben nur für die Heilung."

„Bei uns nicht." Wilhelm ließ nicht locker. Margret durchfuhr es ein zweites Mal. Sie wehrte sich mit allem, was sie hatte. Der Druck half ihr auf die Sprünge, und endlich fiel bei ihr der Groschen, was Sache war.

„Sie haben gesagt, wenn ich es tue, dann schlafen Sie mit mir!" Das nun traf Margret wie eine Atombombe, wie ein Erdbeben, vor dem es kein Entrinnen gab, weil sie sich unmittelbar im Epizentrum befand.

Wilhelm saß nun verhältnismäßig gelassen da und war sich seiner Sache offensichtlich ziemlich sicher. „Ich habe es getan", blökte er wie zur Bekräftigung seines Anspruchs. „Ja, Sie haben das Insulin für mich bestellt", gab Margret erregt zu, „und die Spritze." Wie gelähmt wartete sie ab, ob es tatsächlich auf das hinaus lief, was sie vermutete.

„Und ich habe es getan. Keiner hat etwas gemerkt", rief Wilhelm wie ein kleiner Junge, der unter der Nikolausverkleidung den Papa entdeckte. Margret realisierte langsam, was lief. Wilhelm lebte in einer anderen Welt, wie in einer abgeschlossenen Kapsel, zu der nur er Zugang hatte. Wenn sie die Sache einigermaßen glimpflich überstehen wollte, hing alles davon ab, dass ihr jetzt kein weiterer Fehler unterlief. Sie wandte sich ab, damit Wilhelm ihr verfinstertes Gesicht nicht sehen konnte, verschränkte schützend die Arme und versuchte vor allem eines, Zeit zu gewinnen, um ihre Strategie zu überdenken.

„Ja", sagte sie langsam. Wilhelm lächelte zufrieden. Er kicherte dabei verschämt in sich hinein und neigte den Kopf zu Boden. Ein Joker blieb ihr noch: das Spiel mit seiner Schüchternheit. Er war auf der einen Seite zwar lüstern wie ein geiler Bock, hatte nur noch den Gedanken an Bumsen im Hirn, so, wie er aus der schmutzigen Wäsche herüber lechzte. Auf der anderen Seite hatte er mit Sicherheit immense Angst davor, keinen hoch zu kriegen, wenn es darauf ankam. Das würde ihn davon abhalten, einfach über sie her zu fallen. Als Margret das begriffen hatte, war ihr Verstand scharf wie ein Skalpell. Ihr anfänglicher Schrecken war überwunden. Sie fing an, ihn listig auszufragen.

„Sie haben mir noch gar nicht erzählt, wie Sie es gemacht haben?" Wilhelm aalte sich amüsiert im Sessel, verrenkte sich verklemmt die Arme und schmunzelte verschmitzt zu Margret hinüber.

„Sie haben mich noch nicht gefragt." Wenn er ehrlich war, fand er das Sie zwischen ihnen überholt. Frau Hamann gab sich jedoch ein wenig reserviert. Sie war eben eine vornehme Dame. Trotzdem konnte er Abfuhren nicht ertragen.

„Ich hatte noch keine Gelegenheit."

Margret stand schräg hinter ihm. „Warum setzen Sie sich nicht zu mir." Sein Vorschlag, der eigentlich eine Beschwerde war, ließ eine Röte in Margrets Gesicht entstehen. Sie fing an, sich aufzuregen. „Sonst sehen wir uns doch auch immer die ganze Zeit an." Er drehte den Kopf über die Schulter zu ihr hin und nahm sie von unten in Augenschein. Margret war der Blickkontakt unangenehm. Ihr Ekel half ihr indessen nicht weiter.

„Also gut."

Als sie schließlich Platz nahm, grinste er sie breit an. Margret lief ein Schauer über den Rücken. Sie konnte nichts dagegen unternehmen, dass er sie ausgiebig musterte, mit seinen Augen langsam über ihren Körper wanderte, hier und da verweilte und sie mit seinem schamlosen Blicken förmlich auszog. Sie verschränkte die Arme vor der Brust umso fester und schlug krampfhaft die Beine übereinander, um ihn abzuwehren. Er beugte sich zu ihr vor, als ob er ihr ins Ohr flüstern, als ob er ein Geschenk übergeben wollte. Den Mief, den er ausströmte, roch sie in dieser geringen Entfernung ganz deutlich. Margret blieb, wo sie war.

„Es war ganz leicht."

Wilhelm kratzte sich mit einer Hand am Bauch. Dabei hob er aus Versehen das verdreckte Hemd hoch. Margret konnte die weiße Haut erkennen, die sich über einen erkennbaren Bauchansatz spannte, obwohl er abgenommen hatte. Vor Wochen noch kam er beinahe untersetzt daher. Margret horchte auf, nahm es als Vorteil, ihn von vorne beobachten zu können, lag auf der Lauer nach Schwachstellen, die er ihr unwissentlich präsentierte. Sie zog einen Mundwinkel hoch, der ihrem Gesicht den Anschein eines Lächelns verlieh. „Los. Rücken Sie schon raus damit. Wie haben Sie es gemacht?"

„Ich bin über die Dachterrasse eingestiegen", säuselte er wichtigtuerisch. „Aha. Über die Dachterrasse. Das ist raffiniert."

„Ja. Und dann bin ich ihr in die Wohnung gefolgt. Sie hat sich umgedreht. Sie konnte mich nicht sehen. Ich war unsichtbar", vertraute er ihr an. „Ich habe ihr die Spritze ins Fleisch gerammt, wie Sie es mir gesagt haben. Sie ist zusammengebrochen. Eine Plastiktüte hatte ich allerdings nicht dabei."

Wilhelm lehnte sich großspurig zurück, kicherte Margret an und verschränkte ebenfalls die Arme vor dem Körper. Seine Beine stellte er extra breit vor sich hin.

„Und jetzt ist sie tot?" Margret wollte das Gespräch am Laufen halten, ihn beschäftigen. „Ja." Wilhelm schien mit sich zufrieden. Eine längere Pause entstand, in der er die Wirkung seiner Worte voll auskostete. „Weiter." „Und wissen Sie, wie ich da hingekommen bin?" Wilhelm beugte sich erneut nach vorne und zwinkerte mit den Augenlidern. „Nein. Wie?" Margret war auf jede Verrücktheit gefasst.

„Ich wollte es Ihnen schon länger erzählen. Es ist aber ein Geheimnis, und ich verrate es nur, wenn Sie es keiner Menschenseele weitersagen." Margret war beinahe verführt, sich zu ihm vorzubeugen, beherrschte sich aber noch rechtzeitig. Sie schüttelte mit großen Augen den Kopf.

„Mit meinem Grasteppich! Sie behalten es aber für sich, ja?" „Ich bin verschwiegen wie ein Grab", hauchte Margret. Wilhelm lächelte entzückt. „Es ist halt jetzt so", druckste er herum, „dass ich finde, … dass ich mir meine Belohnung verdient habe." Er kam mit seinen Fingerspitzen Margrets Knie bedrohlich nahe.

Flink erhob sie sich und tat so, als müsste sie sich die Beine vertreten. „Nicht so schnell, mein Guter." Sie drehte eine weitere Runde im Zimmer. „Wir wollen doch nichts überstürzen. Wir wollen das Ganze doch gut vorbereiten, damit nichts schief geht, mein Lieber, oder nicht?" Margret zwinkerte ihn wissend an. Wilhelms Lächeln verflüchtigte sich. Er senkte seinen Kopf und wurde nachdenklich. „Vermutlich haben Sie Recht." „Zweifellos. Wir wollen doch nur unser aller Bestes, nicht wahr?"

Es schien zu klappen. Sie brachte ihn auf Distanz, ohne ihn zu verärgern. „Was haben Sie dabei empfunden?" Sie versuchte, vom Thema Sex wegzukommen und noch mehr über seinen gegenwärtigen Geisteszustand in Erfahrung zu bringen.

Wilhelm reagierte verwirrt, missverstand Margret gründlich. „Ich habe nicht aufgehört, Sie zu lieben", flüsterte er. „Ich habe es allein für Sie getan." „Ja, ja, das weiß ich." Wilhelms Lächeln kehrte zurück. Nun schmachtete er sie an. „Ich meine", sie wurde sanft, „als Sie sie getötet haben?"

„Nichts", antwortete er lapidar und erklärte weinerlich: „Warum auch? Sie hat es verdient, denn sie hat meiner lieben Frau Hamann Kummer gemacht, oder nicht?" Margret brauchte Zeit zum Nachdenken. Er musste für heute verschwinden, möglichst schnell. „Herr Wilhelm, unsere Stunde ist für heute um." Es fiel ihr nichts Besseres ein. „Nicht doch", bettelte er. „Wir werden uns das nächste Mal Gedanken darüber machen, was als nächstes ansteht." Schlag' ihm nur nicht die Tür vor der Nase zu, Margret. „Doch, es ist das Beste so, vertrauen Sie mir. Ich habe nichts vergessen." Sie wurde ungeduldig. Er hing wie eine Klette an ihr. Warum konnte er nicht endlich verschwinden? „Gleich kommt der nächste Patient." Wilhelm funkelte eifersüchtig. „Quatsch, eine Patientin", korrigierte Margret hastig. „Sie müssen jetzt gehen. Ich brauche ein wenig Vorbereitungszeit. Los jetzt." Margret drängelte und sah ihm an, wie er mit letzter Anstrengung einen Schalter in sich umlegte und einlenkte. Nun musste alles zügig vonstatten gehen. Sie sprang zum Ausgang und winkte ihn her. „Bitte." Wilhelm hievte sich unfreiwillig aus dem Sessel und streckte sich, um sein Hemd in die Hose zu stopfen. Dazu machte er den Gürtel auf, als ob das vor einer fremden Frau das normalste von der Welt war, und klemmte den Stoff unter den Gummi seiner Unterhose. Er zog den Reißverschluss nach oben, machte den Knopf zu und zurrte die Gürtelschnalle fest. Das alles erledigte er in einer Seelenruhe, die beängstigend war. Selbst Martin verhielt sich gegenüber Margret nicht so, obwohl die beiden immerhin verheiratet waren.

Margret schaffte es mit Müh' und Not, ihn hinaus zu komplimentieren. Als sie dann erschöpft in die Knie sank, hätte sie für diesen Tag am liebsten Feierabend gemacht. Der Punkt, an dem sie nicht mehr reibungslos funktionierte, war in gefährliche Nähe gerückt. Sie zog die nächsten Stunden durch. Es gab keine andere Möglichkeit, als die Termine durchzustehen, sich dabei zu schonen, so gut es eben ging, die Patienten erzählen zu lassen, ohne großartige Kommentare abzulassen oder Interventionen einzuleiten. Die Sitzungen einfach nur überleben. Irgendwie schaffte sie es.

Als der Letzte gegangen war, setzte sie sich an ihren Schreibtisch und blätterte den Kalender durch. Es war Dienstag. Wilhelm hatte seinen nächsten Termin am Donnerstag. Ihr wurde speiübel. Sie überlegte, wie sie ihn loswerden konnte. Sie hatte Insulin. Und eine weitere Spritze, die vorsichtshalber als Ersatz eingeplant war. Allerdings verwarf sie die Idee, ihn über die Klinge springen zu lassen. Es war zu gefährlich. Denn mindestens sein Hausarzt wusste, dass er bei ihr in Therapie war. Scheiße.

20. Kapitel

Der in sein Alupapier eingewickelte, ausgelutschte Kaugummi landete haarscharf neben dem Papierkorb. Fellner zielte daneben. Lustlos und betont gelangweilt bückte er sich, um das Geschoss an seinen vorgesehenen Platz zu befördern. „Was hat Ihre Spurensicherung herausgefunden?" Martin erwartete von Fellner, dass er ihn endlich über den Stand der Ermittlungen informierte. „Eins muss klar sein: Hier stelle ich die Fragen", erwiderte Fellner unwirsch und ließ sich auf seinen harten Stuhl zurück fallen. Die rote Lampe am Mikrofon signalisierte, dass jedes Wort aufgezeichnet wurde. Martin hatte sich immer noch keinen Anwalt besorgt. Er war ja unschuldig. Es standen von Seiten der Staatsanwaltschaft noch keine offiziellen Vorwürfe im Raum. Martin hatte immer noch den Status eines Zeugen, auch wenn Fellner mit ihm umsprang, wie mit einem, dessen Verurteilung so sicher war wie das Amen in der Kirche.

„Ist das so üblich bei Ihnen, ja?" „Sie sind wohl feinere Umgangsformen gewöhnt, was? Ich empfehle Ihnen, Ihren Erfahrungshorizont schnellstens um ein paar Kategorien zu erweitern. Sonst kann es böse Überraschungen geben." Fellner wickelte einen neuen Kaugummi aus. Schmatzend zermalmte er seine fabrikfrische Streifenform und verarbeitete ihn zu einem nass glänzenden, grauen Klumpen, den er ab und zu so weit nach vorne zwischen die Zähne brachte, dass Martin ihn deutlich erkennen konnte.

Fellner ging ihm total gegen den Strich. Er saß arrogant zurück gelehnt da und wippte mit dem Stuhl, als sei ihm niemals gesellschaftsfähiges Benehmen beigebracht worden. „Wir haben Ihre Spuren überall in der Wohnung gefunden." Allerdings weder an der Plastiktüte noch an der Schnur. Das verschwieg er vorerst, denn wenn Hamann der Mörder war, hatte er sich bestimmt Handschuhe übergezogen. Martin rutschte von einer Pobacke auf die andere. Fellner begann, sich zu wiederholen. „Wir wissen, dass Frau Mainrath an einer Überdosis Insulin gestorben ist. Es wurde ihr injiziert."

Martin versuchte zu schlucken, aber seine Kehle war zu trocken.

„Wie besorgt man sich denn illegal Insulin, Herr Hamann?"

„Ich weiß es nicht!" Nun wurde er heftig.

„Sie werden verstehen, dass wir Ihre gesamten Internetverbindungen überprüfen werden, um abzuchecken, ob und wie Sie das Zeug beschafft haben. Meine Kollegen sind im Augenblick mit den erforderlichen Genehmigungen unterwegs, um die entsprechenden Daten zu sichern." Fellner wippte fortwährend mit seinem Stuhl hin und her.

„In der Firma und bei mir zu Hause?" Martin stützte seinen Kopf auf seine Hände und verbarg sein Gesicht. „Ich dachte, Sie hätten nichts zu befürchten?" Dann er begriff er, dass Fellner seine Reaktion als vorläufiges Eingeständnis wertete, und dass die Untersuchung von Vorteil war, weil sie nichts erbringen würde. „Einverstanden. Nehmen Sie nur alles mit", entgegnete er nüchtern. „Sie brauchen nicht auf die Genehmigungen warten. Ich erteile sie Ihnen hiermit eigenhändig. Sie werden nichts finden. Für die Firma brauchen Sie Ihre Genehmigungen freilich. Die werden sich dort freuen." Er ärgerte sich über Fellner, dass er ihn als so blöd einschätzte, dass, wenn er der Mörder gewesen wäre, tatsächlich seinen Firmencomputer benutzt hätte. Dann stellte er sich das Getuschel in der Nachbarschaft vor, sobald sich das Polizeiaufgebot vor dem Tor einfand und wenig später mit konfiszierten Gegenständen abrückte. Und das Getratsche in der Firma. Die ganze Geschichte war ein einziges Inferno.

„Wusste Ihre Frau von der Affäre?" „Nein!" „Sicher?" „Ja. Wie oft denn noch?" Margret würde dasselbe sagen, da war sich Martin hundertprozentig sicher, vor allem nach ihrem letzten Spaziergang in die Stadt.

„Als Todeszeitpunkt konnten wir den Mittwochabend letzter Woche bestimmen. Wo waren Sie an diesem Mittwochabend, Herr Hamann?" Martin war ausnahmsweise sofort nach der Arbeit nach Hause gefahren, weil sich Iris nach dem Büro von zu Hause aus nicht mehr gemeldet hatte. Er hatte sehnlichst gehofft, dass das ein erstes Anzeichen einer Ablösung von ihm war. „Wer kann das bezeugen?" Fellner beobachtete, wie Martin Hamann gepeinigt den Kopf nach hinten warf, und war mit sich zufrieden. Der Druck wirkte. „Mein Sohn. Er war ebenfalls zu Hause." Moritz war mit drin. Als ob es so, wie es war, nicht gereicht hätte. „Ihre Frau nicht?" „Sie war in ihrer Praxis beschäftigt und kam erst spät zurück. Ich glaube, sie war noch mit einer Freundin verabredet." Fellner legte eine Pause ein. Offensichtlich wusste er nicht mehr weiter. „Nun gut. Wir werden die Auswertungen der Computer abwarten müssen. Herr Hamann, Sie können gehen, aber halten Sie sich bereit. Die Untersuchungen sind noch lange nicht abgeschlossen. Und bevor ich es vergesse: Wir möchten mit Ihrem Sohn und Ihrer Frau sprechen." Er kaute wie ein Verrückter auf seinem Kaugummi, während er Martin aus dem Raum hinaus begleitete. Ihm schien nicht zu passen, was bei dem Interview herauskam. Auf dem Flur ließ er ihn stehen. Martin schlich sich wie ein zum Dorf hinausgejagter Hund durch das Treppenhaus zum Ausgang. Im Büro wurde er nicht erwartet. Er war mit sofortiger Wirkung beurlaubt. So hatte er wenigstens seine Kollegen los.

Derweilen erhielt Fellner Bericht von einem Mitarbeiter. Ein gewisser Kai Wolbert war im Zusammenhang mit einer ähnlichen Tötungsart in die Mahlwerke der Ermittler geraten, konnte aber wegen Mangels an Beweisen nicht verurteilt werden. Er war aus der Untersuchungshaft entlassen worden und befand sich auf freiem Fuß. Fellner nahm mit seiner Kollegin in Tübingen Kontakt auf.

Vom Fenster aus kontrollierte Margret die Straße. Sie war nebenbei mit der Zubereitung von Tee beschäftigt. Das lenkte ein wenig von ihrer inneren Erregung ab. Nein, Wilhelm patrouillierte nicht auf und ab. Es war bloß eine Wahnvorstellung von ihr, dass er anfing, sie zu beobachten, zu verfolgen, unerwünschte Briefe an sie zu schicken, sie mit Blumen zu belästigen, bei ihr zu Hause aufzukreuzen. Sie hatte ihm niemals ihre Privatadresse mitgeteilt. Aber war die nicht super leicht heraus zu bekommen?

Margret hockte sich aufs Sofa, streifte die Schuhe ab und zog die Füße hoch. Sie nahm die Tasse mit dem heißen Tee, nippte unvorsichtig und verbrühte sich sofort die Lippen. Frustriert stellte sie die Tasse zurück und verschüttete dabei einiges. Sie fluchte. Mit der Zunge leckte sie über die verbrannten Stellen und ärgerte sich über ihren Leichtsinn. Zu dumm auch. Beleidigt zog sie ihre angewinkelten Beine weiter an sich heran und tat sich furchtbar leid. Sie war dabei, stimmungsmäßig in einen ausgewachsenen Durchhänger abzurutschen.

Dabei war noch nichts richtig schief gegangen.

Unbegründet war dagegen ihre vermessene Erwartung, dass alles, wirklich alles so über die Bühne ging, wie sie es sich vorgestellte. Ihr Durchhänger war kein gutes Zeichen. Wenn sie daran dachte, wie sie mit Wilhelm weiter umgehen sollte, war ihr Kopf leer wie eine alte, rostige Dose.

Draußen regnete es. Auf dem Gehsteig bildeten sich große Pfützen. Ihr Schirm war im Auto. Margret hatte keine Lust, nass zu werden, auch nicht an den Füssen, und wollte so schnell wie möglich zum Auto. Sie hüpfte in ihren hohen Schuhen auf die noch nicht überfluteten Stellen, ruderte mit den Armen, um das Gleichgewicht nicht zu verlieren, und musste ziemlich aufpassen, auf ihren langen Absätzen nicht umzukippen. Und so nahm sie den Schatten zunächst nur aus dem Augenwinkel wahr, weswegen sie ihr Hüpfen jäh abbrach. Sie fand nicht sofort stabilen Halt, sondern wurde von dem abgebrochenen Bewegungsschwung im Oberkörper nach vorne geworfen. Ihre Arme ruderten noch mehr, bis sie endlich ein sicheres Gleichgewicht im Stehen fand. Inzwischen war die Person weg. Von der Hausecke her, hinter der sie sie vermutete, gähnende Leere. Margret stand konsterniert da. Die Person war wie ein Gespenst verschwunden. Der Regen wurde stärker und kam wie Bindfäden vom Himmel. Die Strickjacke fing an, sich mit Wasser voll zu saugen, und ihre Haare waren bereits nass. Das Wasser fand in kleinen Rinnsalen, die über Gesicht und Nacken liefen, den Weg zum Boden. Sie strich sich das triefende Haar aus dem Gesicht. Wer war das gewesen? Sie hatte die Person nicht erkennen können. Aber wer sollte es gewesen sein, wenn nicht Wilhelm? Die Statur hatte zu ihm gepasst. Und diese Verhalten auch. Margret hielt ihn für gefährlich. Ein Regenschirm näherte sich, unter dem ein Passant hervorlugte, ein gepflegter älterer Herr in einem Anzug. Er lächelte sie freundlich an, schritt an ihr vorüber, ohne Hilfe anzubieten. Idiot, dachte Margret. Das über die Pfützen hüpfen hatte sich erledigt. Es war so wie so nichts mehr zu retten. Die Schuhe waren ruiniert, ihre Frisur und ihr Make-up auch. Als sie endlich bei ihrem Cabrio angelangt war, war sie so durchnässt, dass es quietschte, als sie mit dem Fahrersitz in Berührung kam. Mit kalten, glitschigen Fingern drehte sie den Schlüssel herum, ein ekelhaftes Gefühl.

Zu Hause schlich sie sich schnell unbemerkt nach oben. Im Badezimmer war das Fenster gekippt. Es zog kräftig, denn dem Regen folgte ein kühler, böiger Wind, der durch den Spalt pfiff und Ungemütlichkeit verbreitete. Margret griff an die Klinke und drückte es zu, aber anstatt es mit dem Griff vollends zu verschließen, machte sie es ganz auf. Der feuchte Westwind erfasste ihre Haare, schleuderte sie durcheinander und ließ Margret erschaudern. Sie fror. Ihr Blick wanderte über die Straße und suchte intuitiv an den Hausecken nach der Statur, die Wilhelm so ähnlich sah. Nichts. Sie suchte nochmals und entdeckte zum zweiten Mal keinen Hinweis auf einen Verfolger, Spanner oder ähnliches. Es fiel nur das Pfeifen des Windes unangenehm auf. Ansonsten nichts Besonderes. Verstört machte sie das Fenster wieder zu und drehte den Thermostat am Heizkörper auf, obwohl es für diese Jahreszeit zum Heizen viel zu früh war. Scheiß' drauf'. Ihr war das egal. Der Heizkörper war erst warm, als Margret mit Duschen fertig war. Sie hatte das Wasser so heiß eingestellt, dass sie sich beinahe verbrühte. Das Badezimmer war nun angenehm warm, allerdings vom Duschwasser und nicht von der Heizung. Der Dampf schlug sich auf den Spiegel, die Fließen, das Fenster und die Duschkabine nieder und vernebelte den Raum. Margret trat aus der Duschekabine, trocknete sich ab und begab sich im Bademantel ins Schlafzimmer, um sich frische Kleider zusammen zu suchen. Hinter der Gardine hielt sie inne. Huschte da nicht ein Schatten um die Hecke zu Nachbars Garten? Margret blieb wie angewurzelt stehen, rührte sich nicht vor Schreck, obwohl sie in Sicherheit war. „Ich glaub', ich fange an, Geister zu sehen", murmelte sie und fixierte dabei weiterhin die Ecke draußen an der Hecke. Aber es regte sich nichts.

Mit einem Bündel, bestehend aus Unterwäsche, Strümpfen, einem warmen Pullover und einer bequemen Hose, kehrte sie ins Bad zurück. Der Dampf hatte sich nicht verzogen. Wie denn auch? Margret trat ans Fenster, um zu lüften. Sie war nicht bereit, sich einschüchtern lassen. Schließlich war es unwahrscheinlich, dass Wilhelm ihr bis zu ihrem Privathaus folgen würde. Sie nahm sich vor, nicht so empfindlich zu reagieren, riss voller Energie das Fenster auf und beugte sich zum Beweis ein Stück weit hinaus. Der Wind hatte stark nachgelassen. Weder zu der einen, noch zu der anderen Seite der Straße war irgendetwas Auffälliges zu entdecken. Margret ließ das Fenster offen, legte ihr Kleiderbündel auf den Badteppich und setzte sich hinter dem Fenster auf den Hocker, um sich anzukleiden, immer mit einem Lauscher nach außen.

Der Dampf verzog sich, die Raumtemperatur glich sich der von außen einströmenden Luft an, und Margret hängte den Bademantel an seinen Haken. Deutlich weniger achtsam als vorhin machte sie das Fenster wieder zu und hängte ihre nassen Kleider zum Trocknen auf einen Ständer. Dann begab sie sich in die Küche und fing an, Kartoffeln für einen Salat zu kochen. Im Kühlschrank lagen drei rote Würste. Zu fragen, was Moritz und Martin essen wollten, dazu hatte sie im Augenblick keine Lust. Also gab es zum Abendessen, was im Haus vorrätig war. Basta.

„Moritz?" Margret stand im Treppenhaus. Der Junge kam aus seinem Zimmer und wirkte wie am Boden zerstört. „Mama?" Margret kannte ihn so gar nicht. „Was ist los?" Sie bemühte sich, ihr Missbehagen darüber vor ihm zu verbergen.

„Die Polizei war heute hier. Sie haben alle Computer mitgenommen." Der Laptop in der Praxis musste verschwinden. „Wo ist Papa, Moritz?"

„Ich bin hier." Die Stimme kam aus dem Wohnzimmer. Martin saß im abgedunkelten Raum, hatte kein Bedürfnis verspürt, das Licht einzuschalten. Nachdem sich Margret um Moritz gekümmert, aber nichts Wesentliches herausbekommen hatte, kam sie herein und knipste die Lampe an.

„Martin, was ist?" Sein Gesicht war grau und apathisch. Es gehörte einem Mann, der es sich nie hatte träumen lassen, dass eine nahezu lächerliche, an und für sich bedeutungslose Affäre mit einer Frau, die er nicht einmal liebte, sondern die ihm nur das Gefühl vermittelte, ihm zuzuhören, derart dämonische Kreise zog.

„Ich bin heute Nachmittag der Vorladung nachgekommen", flüsterte er. „Iris wurde durch eine Überdosis Insulin ermordet. Sie wollen überprüfen, ob ich das Zeug beschafft habe." „Das ist ja schrecklich." Margret kniete sich neben ihn nieder. „Sie werden doch nichts finden, oder?"
Martin zögerte mit der Antwort.
Dann schrie er los und warf die Arme nach oben: „Natürlich nicht. Was glaubst du denn?" Er war den Tränen nahe und sackte in sich zusammen. „Es ist gut, dass sie die Computer beschlagnahmt haben. Es wird deine Unschuld beweisen."
„Es beweist gar nichts, verstehst du nicht? Ich bin der Hauptverdächtige. Nach wie vor. Es gibt keine Hinweise auf jemanden anderen. Vielleicht werde ich wegen Mangels an Beweisen freigesprochen. Aber bis es so weit ist, bin ich ruiniert. Die Kollegen schneiden mich, die Firma setzt mich vor die Türe, in der Nachbarschaft und in der Familie werde ich wie ein Aussätziger behandelt. Moritz wird in der Schule dumm angemacht. Es ist doch zum Kotzen." Hättest du mich eben nicht hintergangen, du Idiot! Margret hätte ihm so gerne den Kopf gewaschen.

Als sie hörte, dass Moritz befragt wurde, fiel es ihr wie Schuppen von den Augen, warum er unter Schock in seinem

Zimmer saß und kaum ansprechbar war. Und als sie erfuhr, dass die Polizei auch für sie einen Termin hat ausrichten lassen, stockte ihr der Atem. Am liebsten hätte sie das Licht wieder gelöscht. „Ich mache mir auch Sorgen wegen Moritz. Er braucht uns jetzt dringend, beide."

„Hältst du zu mir?" Martins Stimme klang wie ein Reibeisen. Seine Hand suchte nach der ihren. „Ich weiß, ich habe es nicht verdient. Ich kann es dir nicht verdenken, wenn du mich nun rausschmeißt. Aber überlege es dir bitte, auch um deines Sohnes Willen." Seine Hand zog sich zurück. Moritz bekam das Gespräch zwischen seinen Eltern vom Flur aus mit. Mit geballten Fäusten in den tief sitzenden Hosentaschen und Tränen in den Augenwinkeln drehte er sich unbemerkt um und schlich sich in sein Zimmer zurück. Er war vorhin in der Befragung in die Falle gegangen und bemerkte es erst, als es zu spät war. Er hasste seine Eltern für das, was sie sich gegenseitig und ihm antaten. Seine Eltern blieben den ganzen Abend im Wohnzimmer sitzen und redeten sehr wenig. Erst spät hörte er, dass sie sich schlafen legten oder zumindest so taten. Im Haus wurde es noch stiller.

21. Kapitel

Fellner nutzte die Gelegenheit, Stuttgart für ein paar Stunden den Rücken zu kehren und eine Dienstreise nach Tübingen in Anspruch zu nehmen, eine willkommene Abwechslung in den täglichen Routinen.

Zur Begrüßung stellte Gundel Tenneberg, Hauptkommissarin in der Tübinger Dienstelle, Kaffee und Kuchen bereit. Ihr Mitarbeiter Sven Gruber befand sich im Urlaub. Sie hatten das Büro daher für sich. „Seit wann kaust du Kaugummi?" fragte sie ironisch, und reichte ihm eine volle Tasse. „Ich hoffe, du hast dafür das Rauchen aufgegeben, damit sich die Belastung für deine Mitmenschen lohnt." Sie nahm ihn wenig auf den Arm wegen seiner übertriebenen Art, wie er auf seinem Kaugummi herum schmatzte, und lachte dabei. „Ganz genau. Sehr scharfsinnig beobachtet, Frau Kollegin. Wegen dem Gekauen werde ich in der gesamten Dienststelle krumm angeguckt. Ich gebe mir schon Mühe, meine Umwelt davon zu verschonen, aber wenn du mal so viel geraucht hast, wie ich in meinen besten Zeiten, dann merkst du, was der Nikotinmangel mit deinem Nervenkostüm anstellt. Insofern mache ich das nicht mit Absicht, glaub' mir. Ich will damit niemanden ärgern." „Genehmigt. Benimm' dich einfach ganz wie zu Hause. Hauptsache, du endest nicht als Teerleiche. " Sie schätzte ihren Kollegen sehr und lachte ihn freundlich an. Er sollte ihre Bemerkung als Anspielung auf die Bezeichnung Insulinleiche verstehen, einem inzwischen geflügelten Wort, und als Witz interpretieren. Die beiden kannten sich, seit Fellner einmal in einem anderen sehr verzwickten Fall für sie arbeitete und noch auf einer niedereren Dienststufe rumkrebste.

„Hamann hat kein hieb- und stichfestes Alibi. Der Junge kam erst gegen einundzwanzig Uhr nach Hause. Es fehlen also mindestens eineinhalb Stunden. Und Frau Hamann war offensichtlich glaubhaft in ihrer Praxis beschäftigt, bevor sie sich mit Tanja Berger in einem Biergarten getroffen hat. Ein Student, der in dem Haus wohnt, wo die Praxis ist, bezeugt, dass in der Praxis Licht gebrannt hat, bis sie zu ihrer Verabredung unterwegs war."

„Das ist doch die Gerichtsgutachterin."

„Ja." „Was mich spontan irritiert, ist die Tatsache, dass sie vor nicht allzu langer Zeit ein Gutachten über den jungen Mann verfasst hat, der Hauptverdächtiger in einer Mordsache mit exakt dieser Tötungsart war. Er wurde wegen mangels an Beweisen frei gelassen."

Fellner stutzte. „Das stinkt doch zum Himmel."

Tenneberg wusste sofort, worauf ihr Kollege hinaus wollte. „Nicht ganz. Hamann hat in ihrem Gutachten seine Persönlichkeit als nicht unproblematisch dargestellt. Trotzdem haben die Indizien nicht ausgereicht, ihn zu verurteilen. Es laufen ja viele aggressive und potentiell delinquente Gestalten in der Öffentlichkeit herum. Das eine hat mit dem anderen nicht unbedingt etwas zu tun." „Du meinst, er könnte es gewesen sein?" „Ich weiß nicht. Aber warum sollte er ausgerechnet die Frau in Stuttgart umbringen, mit der Hamanns Ehemann ein Verhältnis pflegte? Schließlich hat sie dazu beigetragen, dass er beinahe eingefahren wäre."

„Dankbarkeit? Vielleicht hat sie ihn ja gerade vor dem Knast bewahrt. Oder ein Auftragsmord?"

Gundel Tenneberg sah ihn an und zog an ihrem unteren Augenlid. „Bitte etwas mehr Ernsthaftigkeit, Herr Kollege. Bitte den Grundsatz der Ermittlungen in alle Richtungen nicht übertreiben." Fellner wusste selber, dass seine Vermutung absurd war. „Es ist allerdings schon sehr komisch, dass ein Mann ein Verhältnis mit einer Frau hatte, die mit einer Methode umgebracht wurde, die ein Verdächtiger verwendet haben soll, über die die Ehefrau des Fremdgängers ein Gerichtsgutachten geschrieben hat."

Gundel Tenneberg trommelte sich mit den Fingern an die Lippen und wiegte ihren Kopf hin und her. „So sehr an den Haaren herbei geholt finde ich das gar nicht, wenn ich es mir genau überlege. Wenn man als Ausgangspunkt dieser Konstruktion einen möglichen Racheakt Wolberts, so heißt der übrigens, über den wir hier reden, an Hamann betrachtet, dann schon"

„Rache? Dann hat er aber wirklich einen an der Waffel. Einer, der gerade eben ganz knapp am Abgrund vorbei geschrubbt ist, versteigt sich doch nicht in so was." „Wenn er normal tickt, nicht. Tut er aber nicht."

„Wenn Wolbert allerdings ein Alibi hat, kannst du deine Vermutung vergessen." Fellner war noch nie an einem so skurrilen Fall beteiligt und wunderte sich wieder darüber, was ihm nach -zig Dienstjahren immer noch alles begegnete.

Das Telefon klingelte. Tenneberg nahm den Hörer ab und legte den Zeigefinger über die gespitzten Lippen. Fellner sollte den Mund halten. Nach einigen kurzen Sätzen legte sie auf. „Die Computer ergeben keine Hinweise darauf, dass sich einer illegal Insulin im Internet besorgt hat." „Schade." „Hast du erwartet, dass es einfach werden würde?"

Fellner blätterte in dem Stapel Berichten, die sie ihm gab. „Was mich stutzig macht, ist der Unterschied in der Dosis." „Was meinst du damit?" Gundel schaltete nicht sofort. „Die Insulinmengen. Der ersten Leiche wurde eine Dosis verpasst, die sie in Bewusstlosigkeit versenkte. Der Blutzuckerspiegel weist darauf hin." „Und die zweite? Iris Mainrath?" „Die Dosis war viel höher. Iris Mainrath ist nicht an Ersticken umgekommen, sondern an dem Insulinschock als solchem." „Du meinst, Wolbert kommt tatsächlich nicht in Frage?" „Die Plastiktüte hatte bei Iris Mainrath keine Funktion", las Fellner vor. „Das war nichts mehr für einen Spanner, der nur im Angesicht des letzten Atemzugs seines Opfers einen hoch kriegt." „Obwohl die Plastiktüte ebenfalls durchsichtig war. Vielleicht ist es nur daneben gegangen." „Vielleicht." Fellner war nicht zufrieden, bis bei seiner Kollegin der Groschen fiel. „Jetzt ist mir klar, auf was du hinaus willst." Sein Kauen wurde langsamer. „Du gehst von einem Nachahmer aus."

„Exakt."

„Für mich passt das immer noch nicht zusammen. Vielleicht ist der Unterschied der Mengen reiner Zufall. Das heißt, der Täter oder die Täterin stammt aus einem medizinunkundigen

Umfeld. Wenigstens eine kleine Einschränkung der Tätergruppe."

Die Schublade unter ihrer Schreibtischplatte klemmte. Gundel stemmte sich mit aller Kraft ihrem Widerstand entgegen, sich aufziehen zu lassen. „Ich sollte nicht so viel rein stopfen", ächzte sie und zog und rüttelte wie wild, bis die Schublade nachgab. Die Scharniere krachten unter der Wucht, die Schublade flog Gundel entgegen. Der Kaffee in den Tassen bildete Ringe. Gundel verzichtete ausnahmsweise auf das allgemein übliche Gejammer über die Raumnot und den Geldmangel im öffentlichen Dienst und auch darüber, dass sie den Kaffee mit ihrer eigenen Maschine aufgebrüht hatte, weil auf ihrem Stockwerk nicht einmal eine vernünftig ausgestattete Teeküche zur Verfügung stand. Sie war das Improvisieren inzwischen gewohnt. Fellner entwickelte heimatliche Gefühle, denn in Stuttgart war es keinen Deut besser. Hastig wühlte sie in der Schublade in einem weitgehend ungeordneten Stoß von allen möglichen Papieren, von denen sie annahm, sie könnten auf die eine oder andere Weise noch von Bedeutung sein. Nach einigen Momenten blies sie sich eine Haarsträhne aus dem Gesicht und hielt eine Seite hoch, die sie aus einer Zeitung ausgerissen hatte. Sie reichte das Ganze Fellner rüber. „Sieh' her." Augenblicklich langte er in die Innentasche seines abgewetzten Jacketts und fummelte ein schmales Etui heraus. Während er die Seite vor sich hielt und taxierte, klappte er mit der freien Hand eine schmale Lesebrille auseinander und setzte sie auf die Nase. „Es war ganz groß in der Lokalpresse. Mit genügend Details. Du könntest richtig liegen mit deiner Annahme, aber nur, wenn der Nachahmer zu feige war, die Tat in allen Einzelheiten zu kopieren. Im letzten Augenblick packte ihn das Muffensausen und er stolperte über seine Hemmungen, Iris Mainrath zu erwürgen. Eine Frau in der Funktion von Margret Hamann hat viele Feinde. Der Täter könnte ein richtiger Stümper sein, einer aus dem Kreis ihres Klientels." Fellner war damit beschäftigt, den Artikel zu lesen. Das stetige Malmen verlangsamte sich. Er schluckte nebenbei die Soße, die der Kaugummi mit dem Speichel in seinem Mund bildete, und grinste. „Vielleicht doch ein Auftragsmord?"

Er zog sein Jackett aus und hängte es über den Stuhl. „Iris Mainrath war Martin Hamanns Geliebte. Das Dumme ist nur, dass die Spurensicherung keinerlei spezifische Hinweise auf einen Täter gefunden hat. Diesbezüglich war die Wohnung klinisch rein. Die Schnur und die Plastiktüte waren sorgfältig präpariert und frei von Fingerabdrücken und sonstigem. Dass überall sonst Hamanns Spuren sind, ist nicht überraschend. Kommt Frau Hamann in Frage?"

Angespannt schenkte sich Gundel eine weitere Tasse ein. „Willst du auch noch eine?" „Danke, ja", gab Fellner nachdenklich zurück und ließ nicht von den Unterlagen ab. Der Kaffee wurde allmählich kalt und schmeckte abscheulich. „Ich mach' uns einen frischen." Sie griff zur Kanne, schüttete ihren Inhalt in dem Handwaschbecken an der Wand aus und stellte sie in die Maschine, die auf einem Regal neben dem Becken thronte. Dann wechselte sie den Filter und füllte frisches Pulver und Wasser nach. „Sie könnte ein Motiv haben und eine Nachahmerin abgeben. Wäre doch eigentlich eine total raffinierte Strategie, eine Tötungsmethode aus einem eigenen Fall anzuwenden. Sie ist so nah an der Sache dran, dass keiner auf die Idee kommt, sie in Betracht zu ziehen. Aber, und nun kommt ein kleiner Schönheitsfehler dieser Theorie..." Die Kaffeemaschine gluckerte und ächzte. Es war dringend nötig, sie zu entkalken. Fellner packte einen neuen Kaugummi aus, während Gundel krampfhaft nachdachte, aber keine sinnvolle Ordnung in die Einzelheiten brachte. „Der Schönheitsfehler lautet: Iris Mainrath muss den Täter oder die Täterin gekannt haben. Martin Hamann behauptet, seine Frau und Iris Mainrath seien sich nie begegnet." „Und sie soll von der Affäre nichts gewusst haben."

„Glaubst du das?"

Die Kaffeemaschine war fertig. Fellner nahm eine letzte Tasse.

„Meinst du, ich bekomme für Hamanns Praxis einen Durchsuchungsbefehl?" Gundel war Fellners Einschätzung wichtig, bevor sie sich beim Staatanwalt blamierte. „Ich denke nicht", antwortete er lakonisch und bediente sich beim Zucker. Während er zwei Löffel in die Tasse schaufelte, erkundigte er sich interessiert nach anderen Fällen, die Gundel derzeit bearbeitete. „Ein junger Mann ist vermisst gemeldet. Ein gewisser Tim Schneider. Er stammt ursprünglich aus Herford." „Und wie ist das in der Mordkommission gelandet?" „Reine Personalknappheit. Die anderen Abteilungen sind überlastet. Für ein Verbrechen gibt es keine direkten Hinweise." Fellner nickte wissend und bediente sich nochmals vom Kuchenteller. „Wir brauchen mehr echte Morde, sonst kürzen sie uns noch zusammen." Ein besonders klebriges Stückchen hatte es ihm angetan. Bereits beim ersten Bissen quoll ihm die Marmelade aus den Mundwinkeln. Es tropfte. Sie landete knapp neben dem Teller als dicker, roter Klecks. „Tut mir leid, wenn ich hier deinen Schreibtisch versaue", entschuldigte er sich mit vollem Mund. Gundel zerrte aus ihrer Handtasche, die neben dem Schreibtisch auf dem Boden stand, ein Päckchen Papiertaschentücher hervor und reichte ihm eines rüber. Die Marmelade zog beim Aufwischen zuckrige Fäden und bildete beim Versuch, sie zu beseitigen, einen feinen, klebrigen Film auf der Schreibtischoberfläche. Gundel räumte herum liegenden Unterlagen auf die Seite und holte vom Waschbecken ein Handtuch, das sie zuvor nass gemacht und mit einem Tropfen Spülmittel beträufelt hatte. „Laß' mich mal machen." Fellner zog den Teller auf die Seite, glotzte betreten auf die Schweinerei, die er angerichtet hatte, und empfand brav Schuldgefühle. Während Gundel den Dreck beseitigte, hielt er den Teller mit den Ringfingern seiner beiden Hände hoch und achtete peinlichst genau darauf, dass er mit den anderen pappigen Fingern nichts berührte. „Schade, dass wir an den Tatorten meist nicht solche eindeutigen Spuren finden." Das süße Kuchenstückchen war noch nicht ganz aufgegessen. Gundel legte ein

Papiertaschentuch aus, auf dem Fellner den Teller abstellte. Inzwischen hatte er den ersten Bissen verdrückt und konnte ohne vollen Mund sprechen. Gundel Tenneberg war froh, dass er durch Iris Mainrath in die Ermittlungen über den Insulinmord mit hinein geriet, in denen sie aus ihrer Sicht kläglich versagt hatte.

22. Kapitel

Auch dieses zermürbende Wochenende ging irgendwie vorüber. Am Montagmorgen verzog sich Margret in die Praxis. Sie hatte sich das alles anders vorgestellt. Den Tag brachte sie mehr schlecht als recht hinter sich und unterband es mit der äußersten Selbstdisziplin, die ihr möglich war, sich ständig und überall umzusehen und zu überprüfen, ob Wilhelm ihr nicht irgendwo auflauerte. Vor Dienstag grauste ihr.

Martin saß zu Hause und drehte Däumchen. Natürlich war Iris Mainraths Wohnung voll von seinen Spuren. Dennoch war es Fellner nicht möglich, anhand dieser Spuren Martin einen Mord anzuhängen. Aber was nützte Martin das? Bis diese Erkenntnis offiziell war, dauerte es Wochen und Monate, und eine Rehabilitation in der Firma wurde immer unwahrscheinlicher. Und so saß er zu Hause und wurde von Tag zu Tag depressiver.

Die Familie war in einem unerträglichen Zustand, was gewöhnlich Margrets Sauberkeitsfimmel reaktivierte. Die Praxis sah unaufgeräumt aus. Margret entdeckte an vielen Stellen Staub, die Küche wurde von alleine auch nicht besser, nur die Toilette, die machte Margret eigenhändig sauber, bevor die erste Patientin da war. Sie zog sich eben rechtzeitig die Gummihandschuhe von den Fingern, als es klingelte. Die Silhouette von Frau Roloff zeichnete sich in den Milchglasscheiben ab. Margret ließ sie eintreten. „Sie wissen ja, wo es lang geht. Ich bin gleich da." Margret vergaß beinahe, in der Küche die Spritze und das restliche Insulin im Schrank zu verstecken. Es bestand jedoch keine unmittelbare Gefahr, denn Frau Roloff hatte weder die Erlaubnis, noch den Mumm, die Küche zu betreten. Die Patienten wussten, dass sie Tabu war, und hielten sich daran. Margret wollte lediglich auf Nummer sicher gehen. Sie versperrte mit ihrem Körper die Sicht in den kleinen Raum und wies freundlich, aber bestimmt auf den für die Patienten üblichen Platz.

Frau Roloff steuert darauf zu und ließ sich nieder. Margret räumte mittlerweile unbehelligt die Sachen weg und war bereit, sich Frau Roloffs ewige Klagen über die Gemeinheiten anzuhören, die ihr tagtäglich von bösen Mitmenschen zugefügt wurden.

Es war immer das gleiche.

Margret saß da und notierte sich alles mit. Das heißt, sie tat so, als ob. In Wirklichkeit war sie mit dem Zeitfenster nach Frau Roloff beschäftigt, mit Wilhelm. Nebenbei lächelte sie ihre Patienten an und nickte ab und zu. „Ich kann Sie voll und ganz verstehen, Frau Roloff. Ich würde das exakt so erleben wie Sie." Margret nahm gar nicht auf, was der keifende Drache von sich gab.

Als die Stunde um war, strahlte Frau Roloff. Margret war es gleichgültig. Sie lächelte weiter. „Das war mal eine gute Therapiestunde, Frau Hamann. Das hat mir richtig gut getan, das können Sie mir glauben." Frau Roloff hatte sich ausgekotzt, Margret konnte ein saftiges Honorar in Rechnung stellen. Alle waren zufrieden. Was wollte sie mehr? Dankbar verabschiedete sie sich, sogar ein paar Minuten vor der Zeit. „Bis zum nächsten Mal, und vielen Dank. So können wir weitermachen."

Margret begleitete Frau Roloff nach draußen. Die Patientin drehte sich auf dem Absatz um, winkte ihrer Therapeutin charmant zu und verschwand.

Was habe ich bloß jahrelang falsch gemacht, stöhnte Margret kaum vernehmbar. Aber sie hielt sich nicht lange mit der Reflexion über ihre Arbeitsweise auf, sondern vergewisserte sich, ob ihre Utensilien noch im Küchenschrank lagen.

Warum eigentlich der Küchenschrank, überlegte Margret.

Dann packte sie das aufgezogene Ding in ihre Schreibtischschublade. Offen hinlegen konnte sie es ja nicht.

Margret war aufgeregt. In einigen Minuten war es soweit. Wilhelm hatte seinen Termin. Sie lief im Zimmer auf und ab, schielte durch die Gardine auf die Strasse, konnte keinen Wilhelm entdecken. Sie setzte sich auf das Sofa, stand wieder auf, sah auf die Uhr. Eine Minute nach zehn. Das war ungewöhnlich. Margret spürte, dass ihre Blase drückte. Sie ging zur Toilette, beeilte sich. Es konnte jeden Augenblick klingeln. Sie betätigte die Wasserspülung. Nichts. Sie ging zur Milchglastür, lauschte, hörte nichts, machte sie einen Spalt auf. Wo blieb er bloß? Wenn er heute nicht kommt. Margret platzte beinahe.

Plötzlich ein Quietschen und Knarren. Die untere Haustür! Margret verschloss eilig die Milchglastür, huschte zum Schreibtisch. Da klingelte es. Als ob nichts gewesen wäre, ganz normal, wie immer, trat sie auf den Flur.

Wilhelm konnte erkennen, wie ihre Konturen hinter dem milchigen Glas näher kamen und sie an die Klinke fasste. Seine geliebte Frau Hamann.

Er hatte Blumen dabei.

Margret blieben beinahe die Worte im Hals stecken. „Kommen Sie herein", wies sie ihn an, betont freundlich, aber absichtlich kühl und reserviert. Wortlos trat er ein, gab ihr die Hand, sah schüchtern auf den Boden, versteckte den Strauß hinter sich. Sie wies ihn an den Platz, den Frau Roloff mit ihrem schicken Röckchen bis vor kurzem anwärmte. Er saß bereits, die Blumen im Schoß, da schritt Margret noch durch den Raum. „Wen wollen Sie denn mit den Blumen überraschen?" fragte sie ihn mit einem halb verärgerten, halb ängstlichen Ton, der ausdrücken sollte, dass es unschicklich war, der Therapeutin Blumen mitzubringen.

Wilhelm sah Margret verschmitzt an und bleckte die Zähne. Die Anzeichen seiner Verwahrlosung waren heute weniger offenkundig. Er wirkte geduscht, hatte sich sauber angezogen, gekämmt. Anders als der Eindruck, den er vor Tagen hinterlassen hatte. Wenn er nicht Jürgen Wilhelm gewesen wäre, hätte sich Margret über einen schwierigen Patienten gefreut, der sich auf dem Weg der Besserung befand. Eine Ironie des Schicksals. Wilhelm hielt die Blumen demonstrativ vor sich hin. Margret wollte sie nicht sehen. Die Blumen stießen sie ab. Gerbera, Rosen, Astern, unerheblich. Sie ließ nicht einmal ihre Farben, selbst nicht in Form eines diffusen Eindrucks, in ihr Bewusstsein dringen.

Wilhelm spürte diese Abwehr nicht. Er rutschte auf dem Sessel vor, um die Distanz zu ihr zu verringern, und hielt ihr den Strauss entgegen. Margret hatte sich noch nicht gesetzt. „Er ist für Sie", stammelte er verlegen, als ob sie ihn nicht schon zurückgewiesen hätte. Das schien ihn nicht zu interessieren. „Für mich? Warum denn das?" „Weil heute vielleicht unser großer Tag ist." Margret bekam eine trockene Kehle. In ihrem Gehirn war der Teufel los.

„Ist unser großer Tag dann, wenn ich ihn annehme? Ich meine, den Strauss?" fragte sie nach einer kurzen Pause vorsichtig. „Vielleicht?" „Wer entscheidet denn, wann unser großer Tag gekommen ist?" Es war unnötig, zu fragen, was er mit dem ‚großen Tag' meinte. Wenn Wilhelm nicht so immens gestört gewesen wäre, hätte sich Margret halb tot gelacht. Wenn der Patient wieder weg gewesen wäre, versteht sich. Entsetzlich. Jetzt stand er auf und kam zu ihr herüber. Margret wich zurück. Er kam näher, aber Margret gelang es, auszuweichen, indem sie ihm den Strauss entriss und sich schwungvoll umdrehte. „Na, dann geben Sie mal her."

Er folgte ihr in die Küche. „Die Küche ist tabu. Das wissen Sie." Sie drehte sich abrupt zu ihm um, um ihn zu stoppen, immer mit dem Strauß als Abwehrwaffe zwischen sich und ihm. Ihre Augen funkelten, ihre Stimme wurde lauter. Sie fauchte ihn buchstäblich an. Er wich beeindruckt hinter die Schwelle zurück und sah ihr von außen zu. Noch ließ er sich in die Schranken weisen. Margret fummelte das größte Glas, das sie finden konnte, aus dem Schrank, ohne den Blick von ihm abzuwenden. Er lehnte unter dem Türrahmen und versuchte, lässig zu wirken. Dabei musterte er sie mit seinen Blicken langsam von oben bis unten, von unten bis oben und grinste.

„Ich habe keine passende Vase. Am besten nehmen Sie die Blumen nachher wieder mit, sonst gehen sie kaputt." Ach, warum konnte nicht einfach Martin anrufen und sie hier rausholen? „Das macht nichts. Sie sind für Sie. Sie können mit ihnen machen, was Sie wollen. Außerdem kann ich frische besorgen."

Wilhelm stand unter dem Türrahmen wie ein Schläger und verstellte den Fluchtweg.

Da blieb er aber nicht.

Margret befand sich genau vor dem Spülbecken, als er sich auf sie zu zu bewegen begann und erst stehen blieb, als er genau neben ihr stand. „Das ist doch ganz einfach", flüsterte er. Margret roch seinen Atem und stellte das Luft holen ein. Wilhelm griff mit der einen Hand an den Strauss. Margret ließ ihn los. Mit der anderen steckte er den Stöpsel in den Ablauf und drehte das kalte Wasser auf. Das Becken lief voll. Während er den steigenden Wasserstand beobachtete, machte Margret einen vorsichtigen Schritt zurück, bis sie die nächste Schublade spürte. Ihre Hände wanderten auf den Rücken und dann zu dem Schubladengriff. Als genügend Wasser im Becken war, drehte Wilhelm wieder zu und legte das untere Ende des Straußes in das Wasserbecken. „Sehen Sie? Wir brauchen hier keine Vase. Ich möchte, dass Sie die Blumen mit nach Hause nehmen. Ihr Mann braucht ein gutes Vorbild, wie Ehemänner mit ihren Ehefrauen umgehen sollten." Margret waren seine Pupillen aufgefallen. Ihr Verdacht fiel sofort auf Drogen, aber aus seinem Verhalten konnte sie nicht auf eine konkrete Substanz schließen. Ihre Finger krallten sich unter dem Schubladengriff fest. Wilhelms Augen blitzten sie an, fixierten ihre Pupillen. Ihr fiel keine Erwiderung ein, nichts, womit sie ihn hätte beeinflussen können. Verdammt, die Spritze war im Schreibtisch. „Freuen Sie sich nicht über die Blumen?" Wilhelm machte ein trauriges Gesicht. „Ich habe mir beim Aussuchen solche Mühe gegeben." Er nahm den Strauss und drehte ihn ein wenig, um Margret die verschiedenen Blumen vorzuführen. Das war die Gelegenheit. Margret schob eine Hand in die Schublade, unhörbar, betastete die länglichen Gegenstände und stieß auf etwas Stumpfes. Da war es um ein Haar zu spät. Wilhelm erkannte im Augenwinkel, dass sie etwas vorhatte. Er ließ die Blumen los und drehte sich verwirrt zu ihr hin. Margret lenkte ihn ab mit einem lauten Schrei. Er kapierte nicht, was jetzt geschah.

Dann fuhr ihm ein seltsamer Gegenstand zwischen die Rippen.

Ein stechender Schmerz breitete sich wellenartig aus. Er reagierte nicht. Er war nicht darauf aus, sich zu wehren. Die Vorstellung, Frau Hamann etwas zu Leide zu tun, lag ihm völlig fern. Nur, dass er sie heute nicht würde lieben können, machte ihn unglücklich. Sein Lächeln erstarb. Er ließ sich zusammen brechen wie ein Opferlamm und blieb liegen.

Endlich fing seine Angebetete an, sich um ihn zu kümmern. Sie stürmte aus der Küche, auf deren Boden er zusammengekauert lag. Sicher holte sie Hilfe. „Frau Hamann, Margret", keuchte er, „Bitte, helfen Sie mir." Der Gegenstand steckte in seiner Seite. Ein zartes Rinnsal Blut bildete auf den Fliesen einen kleinen roten See. Er fühlte sich schuldig. Es tat ihm leid, dass er ihr mit seiner Zuneigung Angst machte. Bestimmt erkannte sie jetzt, dass sie sich vor ihm nicht zu fürchten brauchte. Sie tauchte wieder auf, als Wilhelm schwarz vor Augen wurde. Er hatte Mühe, zu erkennen, was um ihn herum geschah, und kam sich vor, wie ein Autoreifen, dem mehr und mehr die Luft entwich. Das Messer steckte in der Lunge. Schlaff lag er auf der Seite und japste. Frau Hamann beugte sich über ihn. Sie hatte ein weißes Papiertuch in der Hand, in das etwas eingewickelt war. Wilhelm hielt ihrem Blick nicht stand, sah zur Decke, von der eine zweckmäßige Lampe baumelte, die den fensterlosen Raum erleuchtete. Doch plötzlich ging das Licht aus.

Wilhelms Körper erschlaffte vollends. Margret zog die Injektionsnadel aus seinem Fleisch heraus. Sie hatte die Nadel mit großer Wucht durch die Hose in seinen Oberschenkel gerammt und mit aller Kraft abgedrückt. Nach wenigen Sekunden hauchte Wilhelm den letzten Odem aus. Nun lag er mausetot in ihrer Praxis. Das Messer steckte noch. Margret rührte es nicht an, denn ein Herausziehen hätte eine Riesensauerei verursacht. Unterm Strich hatte er ihr nur Schwierigkeiten gemacht. Die letzte große Schwierigkeit war die, ihn still und heimlich loszuwerden. Margret hatte eine irrsinnige Wut auf diesen Idioten, die ihr im Moment nicht viel nützte. Fluchend verschaffte sie sich einen groben

Überblick, um die nächsten Schritte in die Wege zu leiten. Zuerst brauchte sie neue Klamotten. Ein paar Spritzer Blut klebten an ihrem Pullover, vorne, am Bauch. Der Hauptteil war auf der Hose gelandet. Zwei große Flecken hingen jeweils auf den Oberschenkeln, die feucht und widerlich glänzten. Margret wusste nicht, wo zuerst anfangen mit Aufräumen. In ihrem Verstand arbeitete etwas rasend schnell. Die Frage, ob sie das gewollt hatte, war unwesentlich. Wesentlich war, dass ihr all das viel zu schnell über den Kopf gewachsen war, und dass sie zu unglaublich stümperhaften Mitteln gegriffen hatte.

Wilhelms Anblick war nicht mehr zu ertragen. Aus seinem Mund suchte sich ein dünner, roter Bach seinen Weg und wurde von dem schneeweißen Email der Wanne aufgefangen. Von der Küche zum Bad zog sich ein schmaler Streifen über die Fliesen im Flur, der im Kontakt mit Luft nach und nach eine bräunliche Farbe annahm. Sie hatte ihn mit letzter Kraft ins Bad gezerrt und in die Wanne gehievt. Jetzt knipste sie das Licht im Bad aus und verrammelte die Tür. Margret befand sich auf der Flucht nach vorn. Zuerst musste die Leiche verschwinden. In der Garderobe hing ein leichter Mantel, den sie lange Zeit nicht mehr getragen hatte. Er hing für Notfälle an diesem Platz. Dies hier war ein Notfall. Sie verschloss die gekippten Fenster, streifte den Mantel über, stellte sicher, dass er alle Blutflecke abdeckte, und machte sich auf den Weg.

23. Kapitel

Das Cabrio brauste weit hinaus in irgendein x-beliebiges Kaff in der Peripherie des Landkreises. Sie entdeckte, was sie suchte. In dem Baumarkt fragte sie nach einer großen Holzkiste, etwa einen Meter hoch, ebenso breit und genauso tief. Der Verkäufer schüttelte zuerst den Kopf und konnte Margret auch nicht sagen, wo so etwas aufzutreiben war. „Halt, warten Sie", rief er ihr nach, als sie dabei war, den Laden zu verlassen. „Ich hab' da noch was, das könnte was für Sie sein." Er führte sie in einem großen Lager an mehreren Paletten vorbei, auf denen Waschbetonplatten, Dünger, verschiedene Gartenerden aufgeschichtet waren, und blieb an einem großen Haufen weg geworfenen Verpackungsmaterials stehen.

Und da waren sie. Zwei große Kisten, zusammengezimmert aus groben Holzbrettern, in denen etwas angeliefert worden war, was bereits einsortiert in die Regalen lag. Margret war hoch erfreut. „Genau, so etwas suche ich." „Können Sie haben. Bedienen Sie sich. Alles, was Sie mitnehmen, müssen wir schon nicht mehr selbst entsorgen", freute sich der Verkäufer mit ihr. „Es sieht allerdings so aus, als ob die nicht in mein Auto passt", zögerte sie dann und schaute den Verkäufer hilflos und mit vor der Brust verschränkten Armen an, damit der Mantel nicht aufging und die Schweinerei auf ihren Klamotten preisgab. „Mitnehmen müssen Sie sie schon selber", beharrte er und ließ sich zu keiner weiteren Gefälligkeit erweichen.

Es blieb Margret nicht s anderes übrig, als die Kiste vorerst da zu lassen. Martin war nach seinem Verhör heute zu nichts mehr in der Lage. Er überließ Margret sein Auto, ohne nachzufragen, was sie damit vorhatte.

Sie schaffte es, vor Ladenschluss wieder in dem Baumarkt zu sein und die Kiste in Martins Auto zu verstauen. Dabei half ihr der Verkäufer freundlicherweise.

Natürlich fing sie mit der Kiste zu Hause nichts an. Sie brauchte sie in der Praxis. In der Gartenstrasse stellte sich allerdings dasselbe Problem wie im Baumarkt. Sie war zu groß und zu schwer, als dass Margret sie alleine in die Praxis hätte schleppen können. Zwei Studenten, die im selben Haus in einem der oberen Stockwerke wohnten, erledigten den Job gegen ein Trinkgeld. Hilfsbereit beförderten sie die Kiste in die Wohnung, während Wilhelm geduldig in der Badewanne wartete.

Als sie wieder alleine war, ging das Karussell in ihrem Schädel los. Sie wusste nicht, was sie als nächstes tun sollte. Ihr fiel ein, dass in wenigen Tagen die Putzfrau vorbei kommen würde, um sauber zu machen. Bis dahin musste die Kiste samt Inhalt verschwunden sein. Bloß wohin damit? Der Zeitdruck war immens. Sie griff zum Telefonhörer und wählte die Nummer von Frau Schmidt. Es klingelte, einmal, zweimal, dreimal. Endlich wurde abgehoben. Ihr Lebensgefährte meldete sich und knurrte alkoholisiert in den Hörer. Im Hintergrund grölten Kinder. Der Lebensgefährte legte den Hörer ab. Das Grölen schlug in Weinen um. Es wurde heftig gestritten. Ein Knall. Noch ein Knall. Das Weinen verstummte, ein kurzes Luftholen, und plötzlich ein Heulen wie bei Sirenenalarm. Margret wusste, wie dringend Frau Schmidt auf das Geld angewiesen war. „Hallo", keuchte es durch den Hörer. Frau Schmid war außer Atem und hustete in die hohle Hand. Sie klang heiser. Margret suchte nach einer Erklärung, warum sie sich nächste Woche nicht gebrauchen konnte. „Nein, Frau Schmidt, ich bin mit Ihrer Arbeit sehr zufrieden." Im Hintergrund brüllte der Lebensgefährte die Kinder an. „Ich kann doch aber die Woche drauf wieder bei Ihnen arbeiten, oder nicht. Bitte, Frau Hamann." Frau Schmidt flehte. „Ja, machen Sie sich keine Sorgen." Margret merkte, wie unglaubwürdig sie sich anhörte, aber was sollte sie tun? Sie blieb dabei, legte schnell auf, um das Elend im Hintergrund nicht länger ertragen zu müssen. Uff, das wenigstens war geregelt. Bis Ende nächster Woche war die Kiste spätestens weg. Plötzlich wunderte sie sich über die Kaltblütigkeit, die sie an den Tag zu legen begann.

Es gab einiges zu tun. Margret kam sich vor wie Sisyphos persönlich. Es war schrecklich. Alles, was sie tat, schien den

Effekt zu haben, ihr noch mehr und noch mehr aufzuladen. In der kleinen Küche sah es unordentlich aus. Es standen schmutzige Tassen und leere Sprudelflaschen herum, der Biomüll mit Obstabfällen und verbrauchten Teeblättern quoll zwar noch nicht über, aber er verbreitete eine säuerliche Ausdünstung, die ungesund roch. Das Sofa im Hauptraum war zerdrückt. Die Toilette schrie geradezu nach Frau Schmidt, und das Bad wirkte, als hätte ein Schlachtfest stattgefunden. Es ging nicht, dass sie sich um alles kümmerte. Dieser blöde Blumenstrauß lag auch noch auf dem Küchenboden, zerquetscht von seinem sterbenden Überbringer. Margret stopfte ihn zum Restmüll.

In die Kiste. Wilhelm musste in die Kiste, aber schnell. Sie stand im Nachbarraum und bestand auch innen nur aus rohem Holz. Margret benötigte eine große Plane oder ein sehr großes Stück Plastikfolie. Und Füllmaterial. Und frische Anziehsachen. Wenn sie die Kiste schnell loshaben wollte, war Eile angesagt. Heute war es dafür aber zu spät. In der Nacht würde sie kein Auge zutun vor lauter Sorgen. Während sie auf ihren hohen Absätzen vorsichtig die Treppe hinunter stakste, stellte sie penibel sicher, dass ihr Kistentransport keine Spuren hinterlassen hatte. Holzspäne oder Reste vom Inhalt zum Beispiel. Das war nicht der Fall. Vermutlich war der Dreck in Martins Kofferraum gelandet. Margret nahm sich vor, das ja nicht zu vergessen. Auf der Treppe begegnete ihr einer von den Studenten, die die Kiste nach oben getragen hatten. Es war ein hübscher, junger Mann mit einem relativ kindlichen Gesicht. Er sah aus, als ob er Margret ansprechen wollte. Er grüßte und setzte zum nächsten Satz an. Margret beherrschte sich, lächelte und signalisierte Eile. Im Vorbeigehen erfuhr sie, dass er Psychologie studierte und einen Praktikumsplatz suchte. Wenigstens fühlte er sich nicht völlig abgewimmelt, aber einen Praktikanten in ihrer Praxis, das hatte Margret gerade noch gefehlt. Er sah so aus, als ob er demnächst einen zweiten Versuch starten würde.

Zu Hause verzweifelte Martin. Moritz war unterwegs. Ihm ging der Kummer seines Vaters an die Nieren, und deshalb zog er sich in sein Zimmer oder zu irgendwelchen Kumpels zurück, wann immer es ging. Margret wusste gar nicht, dass Moritz so viele Freunde hatte. Für Sorgen um ihn hatte sie keine Zeit, obwohl sie sich hätte dringend um ihn kümmern müssen. Jetzt nicht. Martin beobachtete sie, wie sie nach oben stürmte und im Schlafzimmerschrank wühlte. Er folgte ihr hastig nach oben. „Was ist denn los? Ist irgendetwas Schlimmes passiert?" Er erwartete nur noch Hiobsbotschaften. „Martin, nein, es ist nichts passiert. Ich will mich nur schnell umziehen, weil…." Sie überlegte. Ja, was weil? „….weil sich ein Patient in der Praxis übergeben hat. Ihm ist in der Therapie schlecht geworden." Sie vermied es, ihn anzusehen und konzentrierte sich auf die Suche nach einer Hose und einem Pullover. Im Moment war sie eine viel zu schlechte Lügnerin. Sie hatte den Mantel nicht abgelegt. Es war zu riskant. „Reg' dich nicht auf, Martin. Nichts Dramatisches."

Margret hatte das Gefühl, demnächst völlig überzuschnappen. Der Gedanke, verrückt zu sein, machte es ihr leichter, und komischerweise fing die Wanderung auf dem schmalen Grad an, Spaß zu machen. Die Kunst bestand darin, die Dinge mit Humor zu nehmen. Augen zu und durch. Sie lächelte Martin an, huschte an ihm vorbei und eilte ins Badezimmer. Martin hörte die Dusche. Er kam sich nutzlos und schlecht vor. Seine Frau war mit ihrem Job total ausgelastet und bekam ihre Bestätigung. Bedrückt stand er vor dem Bad und lauschte hinein. Als das Wasser versiegte, klopfte er sachte an. „Was ist denn?" erschallte es von drinnen ungeduldig. „Soll ich mich jetzt um das Abendessen kümmern?" Margret war dabei, sich abzutrocknen. Sie hielt mit den Rubbelbewegungen inne und fragte sich, ob sie richtig gehört hatte. Weil von draußen nichts mehr kam, und sie sich sicher war, dass sie sich nicht getäuscht hatte, rief sie Martin eine zustimmende Antwort zu. Martin brauchte dringend eine sinnvolle Aufgabe, die ihn vom Schnüffeln abhielt.

Daraufhin hörte sie seine Schritte. Er schlurfte die Treppe hinunter. Sie lag mit ihrer Einschätzung richtig. „Notfalls musst du halt schnell noch was einkaufen", rief sie ihm zu, als er den Kühlschrank absuchte. „Überleg' dir was Schönes." Hoffentlich ließ er sie nun in Ruhe.

Margret erinnerte sich an Plastikfolie und Styropor. Die Plastikfolie war von einer Renovierungsaktion übrig, als Moritz vor einem halben Jahr seinem Zimmer einen schwarz-grünen Anstrich verpasste. Die lag im Keller. Das Styropor lag in der Garage. Es war das Verpackungsmaterial der Waschmaschine, die vor etwa einem dreiviertel Jahr angeliefert worden war. Monatelang ärgerte sich Margret, weil es keiner entsorgte. Aus Trotz über die Ignoranz ihrer beiden Männer hatte sie es in der Garage liegen lassen und ebenfalls nicht mehr beachtet, was die zwei zum Anlass nahmen, die Sache als erledigt zu betrachten. Nun war sie heilfroh, dass das Zeug noch da war.

Sie stopfte die dreckigen Kleider im Keller in die Waschmaschine. Auch den teuren Pullover aus Seide, der so gut wie neu war und die Maschinenwäsche unter Garantie nicht unbeschädigt überstand. Der Edeljeans was es egal. Es lagen noch andere Wäschestücke herum, die sie dazu steckte, eine Hose, drei T-Shirts, zwei Sweatshirts von Moritz und Socken von Martin. Hauptwaschgang mit Fleckensonderprogramm. Dazu ein Becher reines Sodapulver. Das Blut war noch nicht ganz angetrocknet. Insofern bestand Hoffnung auf totale Vernichtung. Mit der Plane unterm Arm machte sie sich auf in die Garage. Sie hatte ihr Cabrio geistesgegenwärtig hinein gefahren und belud den Kofferraum ohne großes Aufsehen. In einer Ecke lag ein Stapel Altpapier, die Tageszeitungen der letzten vier Wochen. Die Faulheit von Moritz und Martin in Sachen Haushalt erwiesen sich als Segen. Jedes Dings hatte seine Vor- und Nachteile. Sie nahm sich vor, dies in ihrem Leben künftig vermehrt zu berücksichtigen, falls ihr die Gelegenheit dazu blieb. Dann machte sie den restlichen Stauraum im Heck des Autos mit dem Papier voll. Siedend heiß fiel ihr ein, was sie auch noch dringend brauchte und im Haus vergessen hatte. Sie hastete zu einem schmalen Schrank, der sich in der Nähe der Haustür befand. Martin streckte seinen Kopf aus der Küche: „Ist es dir recht, wenn ich mich vorerst an Spagetti mit Tomatensoße versuche, Margret?" „Ja, selbstverständlich." „Was packst du da zusammen?" „Nur Putzzeug. In der Praxis ist nichts mehr, und ich muss die Kotze ja irgendwie wegkriegen. Frau Schmidt kann diese Woche nicht mehr", rief sie ihm abweisend zu und verschwand mit einem Eimer, einer Flasche Putzmittel, einem Bodenwischtuch und einem Paar Haushaltshandschuhen. „Beeil' dich mit dem Kochen nicht. Ich geh' noch mal in die Praxis und bringe alles in Ordnung, bevor sich da ein unangenehmer Mief einnistet."

Am nächsten Vormittag waren drei Patienten dran. Sie konnte es kaum aushalten, bis die Sitzungen vorüber waren. Es blieb keine Luft für eine Pause. Ab jetzt kam alles auf das richtige Timing an. Margret rief zuerst bei einem privaten Paketdienst an und gab die Kiste in Auftrag. Die Dame am Telefon sagte die Abholung innerhalb der nächsten vier Stunden zu. Die Kiste zu befüllen, war das nächste Problem. Margret legte sie mit der Folie aus und nagelte sie an den Holzteilen fest. Hammer und Nägel hatte sie tags zuvor im letzten Augenblick eingepackt, bevor sie losgefahren war. Sie staunte selbst über den Scharfsinn, den sie in dieser schrecklichen Lage entwickelte. Als sie mit dem Auskleiden fertig war, entriegelte sie die Badezimmertür. Der Anblick Wilhelms war unschön, nichts für zart besaitete Gemüter. Sie schob die Kiste direkt an die Schwelle. Zu dumm. Sie hatte eine Schürze vergessen, um ihre Klamotten zu schonen. Nach kurzem Überlegen streifte sie anstandslos den Pullover ab und legte ihn auf den Patientensessel. Unter dem Pullover trug sie einen luxuriösen BH, weiß, mit vielen Verzierungen. Den behielt sie an.

Wilhelms Augen starrten auf seine Blutlache in der Wanne. Wenn er sie jetzt hätte sehen können, schon halb ausgezogen, der Lustmolch. Er wäre bestimmt über sie hergefallen.

Margret bückte sich und nahm seine Hosenbeine auf. Sie hievte die Beine über den Wannenrand, drehte Wilhelms Körper um seine Achse, bis er Übergewicht bekam, und ließ ihn auf den Boden plumpsen. Nach einer Verschnaufpause nahm sie seine Beine erneut auf und wendete den Körper um 90 Grad. Sein Kopfende zeigte zur Kiste. Margret ließ ihn da liegen, ging in die Küche und schenkte sich ein Glas Sprudel ein. Bisher war es ihr gelungen, den Kontakt mit seinem Blut zu vermeiden. Sie hatte eine Idee, wie sie ihn in die Kiste hineinbrachte. Margret stellte das leere Glas neben die Spüle, um ihr Werk fortzusetzen. Sie stemmte Wilhelms Oberkörper hoch, unter vollem Körpereinsatz, indem sie seinen Rücken mit ihrer Vorderseite abstützte. Sein Rücken lehnte wie eine Dampfwalze auf ihren Brüsten. Sein Kopf war auf die Seite genickt. Margret berührte mit ihrer Nase und ihren Lippen aus Versehen seine Haare. Es roch muffig, süßlich nach Verwesungsprozessen. Im oberen Stockwerk wurde eine Stereoanlage auf- und sofort wieder heruntergedreht. Mit den Armen griff Margret unter Wilhelms Achseln und zerrte ihn keuchend über den Kistenrand. Sein Körper hatte bereits eine gewisse Steife angenommen. Durch die Lage in der Wanne hatte er einen praktischen Knick. Trotzdem hing er wie ein formloser Schlappschwanz über den Brettern. Der Teil seines Rumpfes, in dem das Messer steckte, war schon in der Kiste drin. Um ihn ganz hinein zu bekommen, musste sie erreichen, dass sich sein steifer Körper noch mehr abwinkelte. Sie stöhnte und überwand sich. Es gab beim besten Willen keine andere Möglichkeit, aber die Hebelgesetze waren auf ihrer Seite. Mit ihrem ganzen Körpergewicht lehnte sie sich auf ihn, bis es knarrte und knackste. Knorpel und Verhärtungen brachen auseinander, und vielleicht auch ein paar kleine Knochen. Ohne eine Ahnung, was da anatomisch ablief, schaffte sie es unter Biegen und Brechen, dass er sich Platz sparend in die Kiste krümmte. Obwohl er nicht mehr stark blutete, bekam Margret etwas ab. Sie sah an sich hinunter. Angewidert ging sie sofort zum Waschbecken. Auf der nackten Haut am Bauch klebte etwas von seiner blutigen

Schmiere. Sie zog von der Klopapierrolle eine große Portion ab und wusch sich die Stelle gründlich mit Seife. Die Uhr an der Wand verkündete das baldige Eintreffen des Paketdienstes. Nun war beherztes Vorgehen angesagt. Schnell eilte sie zurück, hob Wilhelms Beine hoch und drehte ihn vollends in die Kiste hinein. Mit seinen Verbiegungen passte er nun perfekt hinein. Margret gönnte sich einen Moment, um ihr Werk zu bestaunen. Ihre Oberarme schmerzten von der ungewohnten Anstrengung. Erst jetzt fiel ihr ein, dass Wilhelm ja Messner gewesen war. Ein paar Sekunden blieben noch. Sie suchte die verwelkten Blumen aus der Restmülltonne zusammen und warf den Strauss mit einem feierlichen Bogen und einem noch feierlicheren ‚Good bye, baby, auf das du zur Hölle fährst' in die Kiste hinein. Zum Abschluss klatschte sie mehrfach mit den Händen, als ob sie alten Dreck abschüttelte, stopfte die Hohlräume in der Kiste mit zerknülltem Altpapier aus und hämmerte mit herzhaften Schlägen den Deckel oben drauf.

Kurz darauf klingelte es. Der Paketdienst. Margret dachte daran, Badezimmer- und Küchentür zuzumachen und den Pullover überzuziehen, bevor sie die Arbeiter herein ließ. Ihr war von der Schufterei so warm geworden, dass sie ihn zunächst nicht vermisste. Die Zusteller waren zu zweit und hatten eine Transportkarre auf Rollen dabei. Sie waren mit dem Verladen der Kiste beschäftigt und bemerkten nicht, dass Margret beim Ausfüllen der Formulare einen falschen Absender einsetzte

Mit den restlichen Blutspuren und deren Beseitigung war Margret zwei geschlagene Stunden beschäftigt. Sie putzte - zig Mal über die gleichen Stellen in dem Bewusstsein, dass eine moderne Spurensicherung jeden kleinsten Rest sichtbar machte. Letztlich kam sie nicht umhin, das ganze Bad und Teile der Küche zu scheuern, eine Aktion, die sich nicht im Geringsten positiv auf ihr Sicherheitsbedürfnis auswirkte. Den Boden im Flur hatte sie bereits am Abend zuvor abgerieben wie eine Blöde. Aber irgendwann war der Punkt gekommen, an dem es keinen Sinn mehr machte, und Margret packte die Putzsachen zusammen. In einer Schublade fand sie eine große Tüte, in die sie den Eimer, das Putztuch, den zerschlissenen Schwamm und die halbleere Flasche mit dem Putzmittel steckte. In der Tüte landete auch Wilhelms dünne Jacke, die noch in der Garberobe hing. Margret durchwühlte alle Taschen ohne einen wirklichen Grund oder eine sinnvolle Absicht. Vielleicht, weil sie Angst hatte, etwas Wichtiges zu übersehen. In einer Innentasche fand sie ein Plastiketui mit Wilhelms Fahrzeug- und Führerschein. Sie überlegte, was sie mit diesen Sachen am besten anfing, aber im Grunde hatte sie keine Ahnung, was sie mit dem Zeug machen sollte, außer es unwiederbringlich verschwinden zu lassen. Ach, da fielen ihr die Spritze und das Insulin ein, für die sie sich auch noch keine Lösung ausgedacht hatte. Es nahm und nahm kein Ende. Ihr war zum Heulen zumute angesichts dieser endlos langen Rattenschwänze, die jede neue Handlung, egal, was sie tat, hinter sich her zog. Tränen rannen ihr still über das Gesicht, als ihr bewusst wurde, dass Wilhelms Auto bestimmt schon eine Weile im Parkverbot stand, weil die Parkzeit abgelaufen war. Ein herzzerreißendes Schluchzen, das nicht mehr zu unterdrücken war, bemächtigte sich ihrer und zwang sie in die Knie. Margret sackte auf dem Teppich vor der Küche zusammen, jammerte und wimmerte, und war unendlich verzweifelt.

Sie wusste nicht, wie lange sie so dagelegen und sich ihrem Jammern hingegeben hatte. Jedenfalls hörte es nach geraumer Zeit auf. Margret lag noch immer am Boden. Sie starrte an die Decke. Ihr Kopf war ein schmerzender Hohlraum, in dem unaufhörlich gehämmert wurde. Aus dem oberen Stockwerk kamen Stimmengewirr, wummernde Bässe, schallendes Gelächter von viel mehr Leuten, als in der Wohnung üblicherweise wohnten. Offensichtlich war Party angesagt. Margret musste einige Minuten ohnmächtig gewesen oder zumindest eingeschlafen sein, denn normalerweise bekam sie es mit, wenn so viele Gäste nach oben stiegen. Draußen war es sicher schon dämmrig. Margret hatte Kopfschmerzen. Ihr Gesicht brannte von dem vielen

Schluchzen, und aus ihrer Nase tropfte Rotz. Der Impuls, der sie zum Weinen gebracht hatte, war verschwunden. Auf dem Teppich sitzend, fischte sie umständlich ihr Handy aus der Hosentasche. Martin hatte mehrfach versucht, sie zu erreichen. Obwohl es am Boden nicht bequem war, fehlte ihr der Antrieb, um sich vom Teppich zu erheben.

Sie raffte sich doch auf und torkelte ins Bad. Zudem war es ihr vom zu schnellen Aufstehen schwindelig geworden. Der Blick in den Spiegel war eine Demütigung. Die geschwollenen Augen waren gerötet. Die Wimperntusche war zu grauen, dunklen Ringen um die Augen verschwommen. Margrets Haare hingen zerrauft und wild durcheinander auf die Schultern, und verliehen ihr zusammen mit ihren heruntergezogenen Mundwinkeln eine grässliche Ausstrahlung. Sie beugte sich über das Waschbecken, blieb an ihrem Anblick im Spiegel hängen und suchte in allen Konturen nach der Bestätigung, wie tief sie gefallen war.
Wie lange sie so stand und starrte, konnte sie nicht sagen. Jedenfalls klingelte ihr Handy.
Martin war dran. „Margret? Wo bist du?" „In der Praxis", antwortete sie in das Telefon mit derselben Niedergeschlagenheit, die sie bei ihm heraushörte. „Ich habe versucht, dich zu erreichen. Du bist nicht rangegangen." Das war vorwurfsvoll gemeint. Margret seufzte. Sie heftete die halbe Aufmerksamkeit an ihr Spiegelbild und versuchte vergeblich, die Haarsträhnen zurechtzurücken. Es funktionierte nicht.
„Ich komme gleich nach Hause. Du, und übrigens, nächste Woche schickt mir die Redaktion eine Kiste." Das nächste Problem bestand darin, Martin aus dem Haus zu komplimentieren, wenn sie angeliefert wurde. „Eine Kiste?" Martin hatte seine Erwartungen an das Gute im Leben über Bord geworfen. „Ja." Margret hatte keine Wahl. „Die haben mich hier angerufen. Du, etwas ganz lustiges." Beiden war nicht zum Witze machen zumute. „Ein heimlicher Verehrer von Frau Dr. Rosenfeld hat ein Präsent geschickt. Nach München natürlich. In der Redaktion sind sie schon richtig

sauer, weil die Kiste so groß und sperrig ist. Wer weiß, was da drinnen ist. Bestimmt irgendein Schrott." Noch ein Punkt, den sie beinahe übersehen hätte. Sie musste dringend herausbekommen, wann die Kiste genau ankommen würde, um Martin exakt in der Zeit aus dem Haus zu haben. Margret versuchte zu kichern, um so etwas wie Leichtigkeit zu verbreiten, verschluckte es noch rechtzeitig. Es passte einfach nicht. „Ich komme gleich nach Hause, so schnell ich kann", versprach sie und legte auf. Der Blick wanderte erneut in den Spiegel. Margrets Tränenspuren hatten sich ein wenig geglättet. Ihr Kopfweh hatte sich abgeschwächt. Das Selbstmitleid war erträglicher geworden. Margret hatte genug von der wehleidigen Nabelschau. Schließlich hatte sie so etwas wie eine Familie zu verteidigen und zusammenzuhalten. Während sie sich beobachtete, verengten sich ihre Augen, die Brauen zogen sich auf der Nasenwurzel angriffslustig zusammen. Ihr Überlebenswille kehrte offensichtlich zurück.

Die Kiste war unterwegs. Über Wilhelms Auto sollte das Schicksal entscheiden. Mit dem Müll in der Tüte inklusive Injektionsnadel und Insulinbehältnis würde sie ja wohl fertig werden. Das Bad, die Küche und der Flur waren geputzt. Über ihr tobte die Party. Dynamische Rhythmen drangen unvermindert und wummernd durch die Decke. Margret kannte die Musik nicht, ließ sich aber von deren Tempo anstecken und räumte fix alles zusammen. Es hielt sie heute nichts mehr an diesem unglückseligen Ort.

24. Kapitel

Im Bett wälzte sie sich endlos hin und her. Es wollte und wollte sich kein Schlaf einstellen, obwohl sie hundemüde war. Der Anblick Wilhelms ging ihr nach. Die gekrümmte Leiche dieses ungepflegten Mannes, in die Kiste gequetscht, das Zeitungspapier zusammengeknüllt in die Zwischenräume gestopft, mit den lächerlichen Blumen oben drauf. Es waren rosafarbene Nelken mit Asparagus und zwei kleinen Alibi-Gerbera dazwischen. Seltsam, dass Iris Mainrath sie nicht auf die gleiche Weise beschäftigte. Ob das daran lag, dass sie eine Frau war? Dass es sich um eine Konkurrentin gehandelt hatte? Nein, es lag ganz einfach daran, dass sie überlegter und vorausschauender handeln konnte. Nun lief sie den Ereignissen hinterher, ein schwerwiegender Unterschied, der sie immens belastete. Wenn sie alles wieder auf der Reihe hatte, Martin seine Stelle in der Firma verlor, wovon auszugehen war, und mit hoher Wahrscheinlichkeit keine vergleichbare, geschweige denn in absehbarer Zeit überhaupt eine neue Stelle in Aussicht hatte, war sie für das gesamte Familieneinkommen zuständig. Martins sattes Gehalt war ein gewaltiger Verlust. Auch das hatte sie in aller Konsequenz nicht mitbedacht. Wie sie es drehte und wendete. Sie war in ernsthaften Schwierigkeiten. Margret grübelte und grübelte. Vor allem darüber, ob Martin unter diesen Vorzeichen noch ein attraktiver Mann war. Sie fragte sich, ob sie ihn noch liebte.

Da war aber noch Moritz, der mit all dem nichts zu tun hatte. Er war ihr wirklich wichtig. Ihm war sie es schuldig, nun nicht aufzugeben, sondern den Karren aus dem Dreck zu holen. Sie beendete die sinnlosen Versuche, einzuschlafen, und schlich in ihr Arbeitszimmer. Lesen. Sie griff sich einen Schmöker aus dem Bücherregal, setzte sich unter die Leselampe und schlug die Zeit tot.

Der Anruf aus der Redaktion wegen der Kiste ließ nicht lange auf sich warten. „Was sollen wir denn mit dem Ding hier, Frau Hamann. Wir haben keinen Platz", dröhnte es aus dem Telefon. „Ach, wissen Sie was, schicken Sie es mir einfach nach Tübingen. Lassen Sie es vom Paketdienst wieder abholen und an meine Adresse liefern. Ich übernehme die Kosten." Der letzte Zusatz war wichtig und löste die Spannungen allmählich auf, die durch die Anlieferung der Kiste entstanden waren. Das Gedröhn im Telefon versiegte und eine erfolgreich befriedete Stimme sicherte versöhnt die sofortige Abwicklung zu. Margret rechnete am nächsten Morgen mit ihr. Martin sollte nicht dabei sein, wenn sie ankam.

Die genaue Uhrzeit erfuhr sie über den Paketdienst. Für Martin schrieb sie einen Einkaufszettel und beauftragte ihn, die Lebensmittel für die nächsten Tage und alles zu besorgen, was im Hause Hamann darüber hinaus benötigt wurde. Er nahm den Auftrag dankbar an. Sein Selbstwert lag am Boden, und er war wie viele Familienväter, die ihre Jobs verloren oder auf dem besten Wege dahin waren, in den Grundfesten seiner Existenzberechtigung erschüttert. „Ich geh' dann mal", meinte er, als er den Zettel einschob. Margret brauchte aber dringend sein Auto. „Kannst du mein Auto nehmen und gleich voll tanken?" fragte sie ihn freundlich. Martin seufzte. „Ich hoffe, dass ich in Zukunft nicht zum Botenjungen verkomme." Margret lächelte und schüttelte den Kopf. In Zukunft, war seine Formulierung gewesen. Als er weg war, ballte sie ihre Hände eigensinnig zu Fäusten. Das, was jetzt folgte, musste einfach funktionieren.

Was klappte, war die Anlieferung der Kiste durch den Paketdienst. Kaum war Martin weg, bog der Kleinlaster um die Ecke. Der Fahrer brachte das Fahrzeug exakt vor dem Garagentor zum Stehen. Sehr praktisch. Margret nutzte die Gunst der Stunde und beschwatzte die Arbeiter, die Kiste in den Kofferraum von Martins Kombi zu verfrachten, was gegen zehn Euro Trinkgeld für jeden von ihnen kein Problem darstellte. Sie hatten es eilig und hielten sich nicht damit auf, sich großartig umzusehen. Schließlich befanden sich im Laderaum ihres Transporters noch etliche Pakete. Freudig angetan, ließen sie das üppige Trinkgeld in ihren Taschen verschwinden, verzichteten darauf, blöde Fragen zu stellen, und machten sich sofort aus dem Staub. Margret wartete, bis sie außer Sichtweite waren, und startete Martins Auto. Nun stand sie vor dem nächsten wichtigen Meilenstein, dem Beseitigen der Kiste. Sie ließ das Auto im Rückwärtsgang auf die Strasse rollen und fuhr los, um die Stadt zu verlassen.

Die Kiste beeinträchtigte die Sicht im Rückspiegel. Margret fuhr besonders vorsichtig. Zudem fühlte sie sich übernächtigt und alles andere als fit. Zu groß war die Gefahr, aus Müdigkeit etwas zu übersehen oder einen Unfall zu verursachen. Sie konzentrierte sich mit aller Kraft. Für die Kiste war ihr glücklicherweise in der Nacht eine Lösung eingefallen, keine besonders gute zwar, aber wenigstens eine Lösung, damit ihr Leben weiterging. Danach hatte sie ein wenig Schlaf gefunden.

Sie setzte den Blinker und bog nach rechts auf die Einbahnstraße um die alten Universitätsgebäude ein. Auf den Strassen war sehr viel los. Fußgänger kreuzten die Fahrbahn, ohne sich recht umzusehen. Fahrräder drängelten sich rechts an den schleichenden Autos vorbei, und die vielen Ampeln stoppten den zähen Verkehrsfluss ständig. Durch das geöffnete Fenster kam Abgasgestank herein. Margret fuhr das Fenster hoch. Sie hatte so oder so das Gefühl zu ersticken. Die Ampel schaltete auf grün, und der träge Blechwurm wälzte sich bis zum nächsten Stopp einige Meter weiter. So ging das bis zum Stadtrand. Sie kämpfte nach außen hin gegen den Verkehr und nach innen gegen einen schlüpfrigen Dämmerzustand, der sich wie ein untoter Schleim an die Ränder ihres Geistes heftete und gewalttätig an ihm zerrte. Es war anstrengend.

An einer Tankstelle kurz vor dem Ortsausgang befüllte sie einen Kanister mit Benzin und setzte ihre Fahrt fort. Es kamen noch zwei Ortschaften. In der dritten kannte sie sich aus und wusste, wo die enger werdende Strasse in einen Wald mündete. Eigentlich war die Benutzung der Strasse nur für Anlieger erlaubt. Wenn sie bei einer Kontrolle erwischt wurde, war sie dran. Sie sah keine andere Möglichkeit, als das Risiko einzugehen. Vielleicht klappte es. Ihr Herz klopfte bis zum Hals, als sie von weitem einen Traktor mit Anhänger auf sich zu tuckern sah. Ein alter Mann steuerte das Gefährt. Eine ebenso alte Frau saß mit auf dem Traktor. Die Alten nahmen stur die gesamte Breite des Wegs für sich in Anspruch. Margret war gezwungen, auf die Wiese auszuweichen. Die Räder auf der rechten Seite klatschen den Straßenrand hinunter. Die Wiese lag etwas tiefer. Margret fluchte und hielt mit ihren Händen, die sie kaum spürte, das Lenkrad fest umklammert. Die Müdigkeit nagte unerbittlich. Die alte Frau starrte sie beim Vorbeifahren vorwurfsvoll an. Margret tat so, als ob sie es nicht bemerkte. Mit aufgedrehtem Motor und einem ziemlich Holperer zwang sie das Auto aus dem Graben und stieß einen erleichterten Seufzer aus, als sie wieder Straßenboden unter den Rädern hatte. Das einzig Gute an der Sache war, dass Margret den Weg kannte, weil die Familie hin und wieder für einen sonntäglichen Spaziergang hier heraus fuhr, als die Kinder noch klein waren. Hinter jeder Ecke erwartete Margret voller Bammel ein Fahrzeug des Forstamtes, das sie anhalten würde. Keiner war unterwegs an diesem Morgen. Was für ein Glück.

Nach einem langen Stück im Wald gelangte sie hinaus auf Felder. Die Gegend war sehr ländlich. Das Getreide und der Mais waren lange abgeerntet. Keine Menschenseele. Die große Fläche Feld wurde rundherum von Wald begrenzt. Margret fuhr noch einige Meter, stellte das Auto ab, riss den Kofferraumdeckel hoch, stieß, zog und zerrte an der Kiste, die sich kaum vom Fleck bewegte. Sie keuchte, stemmte sich vom Rücksitz aus voll gegen sie. Die Kiste verschob sich um ein paar Zentimeter. Margret stieg über die umgeklappte Rückbank, stemmte den Rücken gegen die Kiste und stieß sich mit den Füssen ab. Sie rutschte auf dem groben Holz aus, trieb sich einen Spreißel tief in die Hand. Ihr Pullover blieb in den herausstehenden Holzsplittern hängen. Es ging nicht anders. Die Kiste musste aus dem Auto. Sie biss sich auf die Lippen, verzerrte das Gesicht. Es trieb ihr die Tränen aus den Augen, aber die Kiste bewegte sich langsam, geriet plötzlich an der Kante aus der Balance und krachte in den abgeernteten

Acker. Margret atmete schwer, rang nach Sauerstoff. Es war keine Zeit zum Verschnaufen. Sie strich sich eine Haarsträhne aus dem Schweiß überströmten Gesicht und krabbelte aus dem Auto.

Jetzt stand der letzte Showdown bevor. Wo war der Kanister? Hinter dem Fahrersitz. Margret zerrte ihn eilig hervor, goss das Benzin über die Kiste. Wenn sie nur keiner sah. Deshalb rasch, aber vorsichtig. Sie fuhr das Auto viele Meter von der Kiste weg, rannte zurück und holte eine Streichholzschachtel hervor. Die trillernden Feldlerchen über ihr entgingen ihr gänzlich. Bebend blickte sie sich ein letztes Mal um. Immer noch keine Menschenseele zu sehen. Sie rieb ein Streichholz an der Reibefläche. Es entflammte sich sofort. Jetzt die Nerven ein letztes Mal zusammen nehmen, Margret, beschwor sie sich. Sie brachte das brennende Streichholz mit lang ausgestreckten Arm an die Kiste. Mit einem Wusch entzündete sich das Benzin. Es wurde rasend schnell heiß. Margret zuckte erschrocken zurück. Für den Schmerz in ihrem Gesicht hatte sie keine Zeit, jetzt nicht. Das Feuer ergriff lodernd die ganze Kiste. Margret begann zu rennen, zum Auto, drehte sich ein letztes Mal um. Alles Weitere musste sie dem Schicksal überlassen. Die Kiste brannte lichterloh. Sie stürzte ins Auto und stob mit einem unabsichtlichen Kavaliersstart davon, so schnell sie konnte. Nur weg hier, war ihr einziger Gedanken. Sie drehte den Motor hoch, so weit es ging, und raste wie eine Gestörte weg vom Ort der Verdammnis.

Im Wald drosselte sie die Geschwindigkeit. Sie war außer Sichtweite von dem Feuer und suchte zügig das Weite. Der enge Weg mündete nach zwei, drei Kilometern wieder in eine Landstrasse, das wusste sie. Sobald sie diese erreichte, war unauffälliges Verhalten wichtig. Immer noch war sie niemandem begegnet. Inzwischen glaubte sie sogar an die göttliche Vorsehung für das, was geschah. Sie hoffte, dass die Kiste vollständig verbrannte, bevor jemand auf der Lichtung auftauchte. Ihr fiel das viele Zeitungspapier ein, das sie hinein gestopft hatte, ursprünglich eher als aberwitzige

Schalldämpfung. Es heizte das Feuerchen an. Margrets Selbstvertrauen erlebte einen zaghaften Versuch der Wiederauferstehung.

Martin war von seinen Erledigungen bereits zurückgekehrt. Margret machte einen relativ zerfledderten Eindruck, obwohl sie vorher in ihrer Praxis vorbei gefahren war, um ihr äußeres Erscheinungsbild wenigstens notdürftig zu korrigieren. Das rasch hoch züngelnde Feuer hatte ihre Augenbrauen leicht angekokelt. Ihr Gesicht musste von Ruß befreit werden. Martin sah gleich, dass etwas nicht in Ordnung war.

„Was ist passiert? Wo warst du so lange? Und wofür hast du mein Auto gebraucht?" „Stell' mich nicht zur Rede wie ein kleines Mädchen."

Sie reagierte unwirsch.

„Ich will wissen, was hier vor sich geht." Martin wurde laut. „Gar nichts", brüllte Margret entnervt. „Ich war nur in der Praxis, okay? Es war ein Notfall und ziemlich anstrengend. Jetzt brauche ich meine Ruhe."

Sie wandte sich ab und ließ ihn stehen. Moritz war in der Schule. Sein letztes Jahr hatte begonnen. Margret verzog sich in ihr Arbeitszimmer und sank mit verschlossenen Augen auf ihrem Sessel zusammen. Sie war mit ihren Kräften am Ende.

Martin plagte sein schlechtes Gewissen. Einerseits. Warum hatte er sie derart scharf zur Rede gestellt? Er schlich in die Küche, um seine Einkäufe zu versorgen. Die Einkaufstasche stand unausgepackt auf einem Küchenstuhl. Auf der anderen Seite beschäftigte ihn die Tatsache, dass Margret sein Auto benutzt und ihn nicht darüber informiert hatte. Warum hatte sie ihn mit dem ihrigen zum Tanken geschickt? Er beschwichtigte sich mit dem Notfall, holte die Lebensmittel aus der Stofftasche und legte sie auf den Küchentisch. Bei den frischen Sachen hatte er keine Schwierigkeiten. Die Wurst, das Fleisch, der Käse und die Sahne gehörten in den Kühlschrank. Martin packte sie in ein freies Regal. Aber bei den Kartoffeln, dem Olivenöl und dem Klopapier wurde es schwierig. Er kannte sich in diesem

Haushalt überhaupt nicht aus. Margret war sicher sauer. Sie vergrub sich in ihrem Arbeitszimmer. Wenn er sie jetzt störte, um zu fragen, wo das Zeug hingehörte, konnte er einen Tornado auslösen. Er vertrug aber keine weiteren Belastungen. Lieber ließ er die restlichen Sachen einfach auf dem Tisch liegen. Es war nicht dringend, sie aufzuräumen. Sollte es Margret selbst erledigen, wenn sie sich wie eine Zicke aufführte.

Das Telefon im Hausflur klingelte. Martin ließ alles stehen und liegen und hob ab. „Herr Hamann, ist Ihre Frau zu Hause?" Frau Tenneberg war am Apparat. Schon wieder die Polizei. „Auf ihrem Handy meldet sich ständig die Mailbox, es ist wichtig." „Ich schau' mal nach." Martin rannte die Treppe hoch und verzichtete aufs Anklopfen. Margret schrak von ihrem Sessel hoch. „Du kannst deine aufbrausende Art gleich bleiben lassen, Frau Tenneberg ist am Telefon", verteidigte er sich. Margret sprang auf und nahm ihrem Mann das Telefon ab. Martin ließ sich nicht aus dem Zimmer drängen. Er wollte endlich wissen, was los war. Margret wurde kreidebleich. Damit hatte sie nicht gerechnet. „Frau Hamann, ich habe einen Durchsuchungsbeschluß für Ihre Praxisräume", erfuhr Margret von der Stimme, die unzweifelhaft zu Gundel Tenneberg gehörte. Sie sah zu Martin, sah in seine gespannten, fragenden Züge. „Darf ich erfahren, warum das notwendig ist?" Dann folgte eine längere Erklärung. Margret drückte schwermütig die Augen zu, setzte sich auf den Sessel zurück und stützte mit einer Hand ihre Stirn ab. „Frau Tenneberg, das finde ich ziemlich unverschämt. Dazu haben Sie keinen Grund." Die Einwände waren nutzlos. Margret nahm das Telefon vom Ohr weg. Das Gespräch war beendet.

„Was wollte sie?" Martin wurde penetrant. „Ich will wissen, was hier abgeht!" Margret sah verheerend aus. „Tenneberg hat einen Durchsuchungsbeschluß für meine Praxis. Ich muss umgehend hin, sonst brechen sie die Eingangstüre auf." Sie ging sofort ins Bad, ohne weitere Reaktionen abzuwarten. Hastig bearbeitete sie die abgesenkten Härchen mit Make-up und Augenbrauenstift. Angemalt wie ein Indianer wackelte sie die Treppe hinunter. Sie zog sich, ohne einen weiteren Kommentar zu verlieren, eine Strickjacke über, griff nach ihrer Handtasche und ihrem Autoschlüssel und ließ Martin stehen.

25. Kapitel

Gundel Tenneberg durchstreifte zum vierten oder fünften Mal Margrets Räume, sah sich um, verweilte hier, verweilte dort und setzte ihren Rundgang fort. Zwei Helfer nahmen ihren Computer mit. Martins Laptop hatte sie vor Tagen in der Sammelstelle für Computerschrott abgegeben, mit starken Beschädigungen versteht sich. „So, jetzt haben Sie alles gesehen. Ein weiterer Aufenthalt Ihrerseits in meinen Räumen ist nicht mehr erforderlich. Ich würde gerne wieder nach Hause gehen. Sie halten mich auf", monierte Margret. „Eine Frau, die ein Verhältnis mit Ihrem Ehemann hatte, wird nach einer Methode ermordet, mit der Sie sich im Zusammenhang mit einem Gutachtenfall intensiv auseinandergesetzt haben, im Zusammenhang mit einem Tatverdächtigen, der als Mörder wegen Mangels an Beweisen freigesprochen wurde." Die Kommissarin machte keine Anstalten, das Feld zu räumen. „Finden Sie nicht, dass Sie mir eine Erklärung schuldig sind?" „Anhand welcher konkreten Hinweise versuchen Sie, eine an den Haaren herbei gezogene, suggestive Beweiskette aufzubauen? Warum wollen Sie mir an den Karren fahren, Frau Tenneberg?" Margret regte sich unbändig auf. „Ich vermute, Sie knabbern noch an Ihrer Niederlage im Fall Wolbert."

Frau Tenneberg hörte gut zu. Was sie Margret Hamann anzusehen meinte, war, dass diese nicht frei von Bedrängnis zu sein schien. Ihr Verhalten sprach eine eindeutige Sprache. „Was setzt Sie unter Druck, Frau Hamann?" „Sie, Frau Tenneberg. Ihre Anwesenheit hier, die mich meine wertvolle Zeit kostet, die ich wegen Ihnen verschwenden muss. Aber Sie werden ja, im Unterschied zu mir, nicht nach konkreten Leistungen bezahlt, sondern pauschal versorgt. Das ist sehr ärgerlich." „Nehmen Sie sich gefälligst zusammen und werden Sie nicht unverschämt, ja? Ich kann auch anders, wenn Sie unbedingt wollen." Gundel Tenneberg war nun leise, drohend. Margret schluckte. „Seien Sie froh, dass wir nur mit einer kleinen Mannschaft angerückt sind. Wir hätten diesen Lokaltermin hier ganz anders aufbauschen können."

Die Beamten, die Margrets Sachen weggetragen hatten, kehrten zurück und sahen sich ebenfalls in der Wohnung um. „Wussten Sie vom Verhältnis Ihres Mannes?" „Nein." Margret antwortete prompt. „Dann hängt ja jetzt bestimmt der Haussegen schief, nachdem Sie von dieser Information überrascht worden sind. Haben Sie sich mit ihm deswegen gestritten?" „Was geht Sie das an?" „Frau Hamann, ich versuche, die Umstände des obskuren Todes einer Frau, der gewaltsam herbeigeführt wurde, nachzuvollziehen, und wäre dankbar für Ihre Kooperation. Ansonsten werde ich Ihnen demnächst wirklich einige unangenehme Unterstellungen machen, haben Sie mich verstanden?" Gundel Tenneberg wartete auf die Antwort. „Nun? Beantworten Sie die Fragen zu Ihrer Beziehung zu Ihrem Mann." „Nein." „Warum nicht? Weil Sie vorhin gelogen haben? Weil Sie es lange gewusst haben? Wissen Sie, ich glaube nicht, dass Sie keine Ahnung hatten. Die meisten Frauen bemerken irgendwas", erwiderte die Kommissarin hart und fixierte Margret nun.

„Sie wollen wohl nicht behaupten, dass ich verdächtigt werde", entgegnete sie empört. „Ich behaupte das nicht. Aber ich muss gestehen, dass sich zwischen den wenigen Mosaiksteinchen, die uns zur Verfügung stehen, große Lücken im Gesamtbild befinden mit Ungereimtheiten, für die wir gerne eine Erklärung hätten." „Sie haben nicht den Hauch einer Spur." Das hämische Lachen, das Margret ausstieß, versetzte Gundel Tenneberg einen Stich. Mit einem vernünftigen „Gut. Lassen wir das" schloss Gundel Tenneberg die Hausdurchsuchung ab. Sie pfiff ihre Truppe zusammen und ließ Margret alleine in der Praxis zurück.

Das Licht in der Garage war zu schummrig. Martin fuhr sein Auto auf den Vorplatz vor die Garage. Sofort fiel ihm die Erde an den Rädern auf. Es war zwar nicht viel, aber genügend, um vermuten zu können, dass Margret nicht nur in der Stadt unterwegs gewesen war. Spritzdreck hatte sich am Unterboden und an den unteren Seitenteilen abgesetzt. Martin befühlte die Spuren. Sie waren noch ein klein wenig feucht. Der Schlamm war frisch. Er ging um das Auto herum und öffnete den Kofferraumdeckel. Deutliche Spuren legten die Vermutung nahe, dass etwas Größeres transportiert worden war. Der Innenraum sah nicht mehr so sauber und geputzt aus, wie Martin es gewohnt war. Außerdem war etwas über die Ladefläche aus dem Kofferraum heraus gerutscht oder geschleift worden. Das Etwas musste, wenn man sich die Druckstellen im Teppichboden genauer ansah, sehr groß und sehr schwer gewesen sein und hätte sicher nicht in Margrets Auto hinein gepasst. An der lackierten Kante waren deutliche Kratzer zu erkennen. Bestimmt war für den Transport die Rückbank umgeklappt. Martin sah sich alles genau an und konnte sich keinen Reim darauf bilden. Und warum, um alles in der Welt, durchsuchte die Polizei Margrets Praxisräume? Und was war mit ihrem Gesicht geschehen? Er stellte das Auto in die Garage zurück. Sein Verstand arbeitete.

Margret vertuschtes etwas. Im Nachhinein verhärtete sich in ihm der Eindruck, als habe sie ihn am Vormittag mit Absicht aus dem Haus gelotst. Mit einem Vorwand hatte sie sich die Möglichkeit verschafft, irgendetwas mit seinem Auto anzustellen, von dem er nichts erfahren sollte. Er wusste zu genau, dass er, wenn er sie direkt fragte, anstatt einer anständigen Antwort eine unfreundliche Abfuhr kassieren würde.

Das obskure Geschenk an Frau Dr. Rosenfeld. Eine große Kiste, hatte sie gesagt. Hier in der Garage war nichts. Im Keller auch nicht. Nirgends eine größere Kiste. Er gab die Suche auf. Ohne zu wissen, was er eigentlich wollte, ging er ins Wohnzimmer und schaltete den Fernseher ein. Die Bilder rauschten an ihm vorbei. Sein Blick war nach innen gerichtet. Er suchte nach Erklärungen, versuchte, sich an etwas zu erinnern, von dem er nicht wusste, was es sein sollte. Margret war ihm nicht mehr geheuer. Moritz unterbrach ihn und riss ihn aus seinem quälenden Gedankenstrom.

„Papa, was genau ist los?" Moritz sah ihn an und verlangte eine Antwort. Er stand mit hängenden Schultern da, unsicher, besorgt, ein großer, sehr junger Mann mit ungeschnittenen Haaren, der von einem Fuß auf den anderen trat, ohne es zu merken. „Stör' ich?" Martin suchte nach einer Reaktion, fand keine passenden Worte. „Nein, willst du dich zu mir setzen?" Moritz ließ sich auf einem Kissen nieder. Sein Vater beugte sich zu ihm vor. An seiner fahlen Haut im Gesicht erkannte Moritz, dass er seit Tagen nicht mehr genügend geschlafen hatte. „Wie geht's denn in der Schule?" Martin suchte ungeschickt einen Aufhänger. „Gut", brummte Moritz in einem Tonfall zurück, der genauso gut zur gegenteiligen Antwort gepasst hätte. „Darüber brauchen wir uns nicht zu unterhalten, Papa. Ich kümmere mich schon genügend darum." „Nein, ich meine nicht die Noten. Ich meine, wie gehen die anderen mit dir um?" „Geht so, könnte schlimmer sein", murmelte Moritz und strich sich die zu langen Haare aus dem Gesicht. „Ich komm' schon zurecht." Martin ging es hundeelend. Moritz war bestimmt ständiges Klassenthema. „Moritz, mach' dir keine Sorgen. Vor allem nicht wegen dem verpatzten Alibi. Da kannst du nun wirklich nichts dafür." „Papa, hör' mit dem Scheiß auf. Ich bin kein kleines Kind mehr." Moritz hasste es, wenn er nicht ernst genommen wurde.

Aus dem Fernseher kamen nun laute Geräusche. In einer Nachrichtensendung wurde vom Niedergang der Arktis berichtet. Martin schaltete das Gerät mit der Fernbedienung aus und wandte sich seinem Sohn zu. Er räusperte sich, wippte schweigend mit dem Fuß und sah zu Boden. „Mir geht es nicht gut, Moritz, du weißt ja, warum. Aber es hilft mir momentan nichts, wenn ich mir meine Schwierigkeiten in allen ihren Facetten klar mache. Das zieht mich nur noch mehr runter." Moritz hatte verstanden. Sein Vater wollte mit ihm nicht darüber reden, über das, was wichtig gewesen wäre, so wie nie jemand in diesem Hause reden wollte, wenn es nötig war.

Martin atmete schwer. „Ich weiß auch nicht genau, was los ist. Ich möchte auch nur schnell wieder raus aus dem allem, das kannst du mir glauben. Im Moment geht es für mich nur darum, diesen ungeklärten Zustand auszuhalten, bis sich Neues ergibt." Moritz sah ihn stumm an. „Und ich möchte dich nicht damit belasten, verstehst du?" „Du hast mit Iris Mainrath ein Verhältnis gehabt." „Ja." „Und Mama hat dich nicht sitzen lassen." „Nein." In Martin fing es an zu arbeiten. Sein Gesichtsausdruck wurde wacher. Er richtete seinen Körper auf, rutschte auf dem Polster vor. Margret war noch in der Praxis. Das spontane ‚Was willst du damit sagen', dem ersten Impuls, der sich in ihm regte, gab er nicht nach. Es war eine dumme Idee, Moritz noch mehr in seine Schwierigkeiten mit hinein zu ziehen. Martin brauchte ein Weilchen und fand bessere Worte. Moritz saß ihm gegenüber und verfolgte alle seine Regungen.

„Die Mama wusste es, nicht?"

„Klar, was denkst du denn." Pause.

Martin hätte sich ohrfeigen können, bemühte sich, es vor Moritz zu verbergen, ärgerte sich über seine Blödheit und darüber, dass er sich monatelang alles Mögliche in die Tasche log. Natürlich hatte es Margret mitbekommen. Für wie doof hatte er sie gehalten. Am meisten regte ihn auf, wie sehr er sich selbst belog mit der Annahme, in einer Welt zu leben, die erst seit gestern aus den Fugen geraten war.

Die Frage an Moritz, wie sie es herausbekommen hatte, war ihm unangenehm. Er hätte vor seinem Sohn seine Glaubwürdigkeit vollends verloren. „Und jetzt", fragte er ratlos. „Hast du Mama sitzen lassen wollen?" „Nein, nicht wirklich." „Was soll das heißen, nicht wirklich? Also doch." Martin erstickte ein ‚das verstehst du noch nicht'. Er schüttelte langsam den Kopf und sah weg, weil er den vorwurfsvollen Blick seines Sohnes nicht mehr aushielt. „Nein heißt nein." Moritz stand auf und verließ den Raum. Er sprang mit großen Sätzen die Treppe nach oben und knallte seine Zimmertür zu. Als Margret herein kam, kapierte Martin, warum Moritz abgehauen war. Er hatte das Auto seiner Mutter aus einem Winkel des Wohnzimmerfensters in die Garage rollen sehen.

„Gundel Tenneberg spinnt. Anstatt den Insulinmörder zu suchen und dafür zu sorgen, dass es überhaupt zu einer niet- und nagelfesten Verurteilung kommen kann, stochert sie derart dilettantisch in Nebenkriegsschauplätzen, dass es dem normalen Steuerzahler fast schon weh tut." Während sie in der Küche die Einkäufe auf dem Tisch in Augenschein nahm, erzählte sie, als wäre sie eben von einem Kaffeekränzchen alter Damen zurück gekommen, bei dem zu viel über die Nachbarn hergezogen wurde. „Was soll das heißen? Welcher Insulinmörder?" Von einem Insulinmörder hatte Martin weiß Gott noch nichts gehört. Fellner hatte ihn natürlich nicht informiert. Meinte sie etwa den Burschen, über den vor einigen Wochen großspurig in der Lokalpresse berichtet wurde? Martin stand nun neben Margret. Er wollte seiner Frau ein paar Fragen aufnötigen. Als ob sie den Braten roch, sie machte es Martin so schwer wie möglich, damit bei ihr zu landen. „Hast du Moritz gesehen?" fragte sie und achtete auf einen unbedarften Tonfall. Sie tat so, als ob mit ihrem Gesicht nichts Besonderes passiert wäre, schaute Martin mit großen Augen offen an. Sie versuchte, mit ihrer altbekannten Sturheit zu beeindrucken und die Sachlage zu ihren Gunsten zu definieren.

„Er ist oben", gab Martin hart zurück. Er hatte die Zutaten für einen Rinderbraten eingekauft. Nun warf sie den großen, rohen Batzen Fleisch auf den Tisch und begann, Gemüse zu putzen und klein zu schneiden. „Meine Idee war, dass wir uns heute Abend hier zu Hause mit einem schönen Essen verwöhnen." Sie bestimmte die Spielregeln, gab den Takt vor, wie immer. „Willst du helfen?" Die Bitte war ein Befehl. Margret reichte ihm ein Messer, ein Schneidebrett, Lauchstangen, Karotten, Zwiebeln. Martin setzte sich und begann, das Gemüse zu bearbeiten. Auf einem zweiten Brett schnippelte Margret in der doppelten Geschwindigkeit. Alsdann setzte sie einen voluminösen Topf auf den Herd und gab Fett zum Anbraten hinein. „Welcher Insulinmörder, Margret?" wiederholte Martin. „Ach so, der. Das ist so ein Typ. Die Tenneberg wollte ihm einen Mord anhängen. Mit einer Insulinspritze Frauen bewusstlos machen und dann beim Abnippeln zusehen. Sie hatte zu wenig Beweise, nur Hypothesen. Ich hab' ihr ein Supergutachten geliefert, aber trotzdem war die Indizienlage zu dünn. Jetzt ist sie sauer, frustriert. So einfach. Ballert um sich, weil sie nicht weiß, wohin mit ihrem Ärger. Naiv, die Frau." Martin begriff nicht und sah sie perplex an. Margret konterte. „Ich wollte dir davon erzählen. Erinnerst du dich? Vor ein paar Wochen. Hat dich aber nicht interessiert." Nach diesem Punktsieg konnte sie es sich leisten, sich mehr mit dem heißen Fett im Topf zu beschäftigen als mit ihm.

Das Fleisch im Topf zischte und dampfte und verbreitete bereits jetzt einen herzhaften Geruch. Margret drehte und wendete es, um es von allen Seiten anzubraten. „Beinahe hätte ich's vergessen." Dabei hob sie den Zeigefinger und verließ schnurstracks die Küche, um in den Keller zu laufen. Kurz darauf war sie mit einer Flasche Rotwein zurück, den sie umgehend entkorkte. Sie gab einen Löffel Mehl zu dem gewürzten Fleisch und den angebräunten Zwiebeln, dünstete kurz das restliche Gemüse an, löschte das Ganze mit einem guten Schuss Rotwein ab und ließ es für einen Moment aufkochen. „So, nun kann das mal einige Zeit brodeln." Der Schalter am Herd wurde heruntergedreht, der Deckel auf den Topf gesetzt. In der Küche verbreitete sich Essensduft. Martin saß noch immer an seinem Platz mit dem nun leeren Brett und dem Gemüsemesser. Im Nu brachte Margret zwei Gläser auf den Tisch und verteilte den Rest Rotwein. Martin saß nun vor einem Brett mit einem Gemüsemesser und einem gefüllten Glas. Margret erhob das ihrige und prostete ihm zu. „Kannst du mich bitte nachträglich freundlichst aufklären?" Er wurde ungemütlich.

„Unsere liebe Frau Tenneberg hatte einen Mord aufzuklären. Ich war die Gutachterin bei Gericht. Ich wollte dir vor ein paar Wochen von dem Fall erzählen, weil es mein erstes Gutachten in einer Mordsache war. Aber du warst zu müde. Sonst wärst du bereits informiert, mein Lieber", belehrte sie ihn süffisant, weil sie im Recht war und ihm seine verdeckten Vorwürfe am liebsten um die Ohren gehauen hätte.

„Der Mörder ist wieder auf freiem Fuß, weil unsere liebe Frau Kommissarin   zu   blöd   war,   wasserdichte

Ermittlungsergebnisse vorzulegen. Er wurde frei gesprochen. Ich meine, vielleicht war er es ja gar nicht. Aber das festzustellen, ist nicht mein Job. Tenneberg befürchtet sogar, dass er sich zu einem Serienmörder entwickelt. Für eine derart weitreichende Prognose reicht meine Informationsgrundlage aber nicht aus. Aber vielleicht war Iris Mainrath sein zweites Opfer?" Sie sah ihn an wie die Unschuld vom Lande persönlich. „Und weil sie mit dieser Niederlage nicht leben kann, ich meine damit die Tenneberg, versucht sie uns eins auszuwischen. Als ob du sie umgebracht hättest. Weil sie bei dir nichts findet, sucht sie bei mir. Schließlich sind wir verheiratet." Margret schlürfte überheblich am Glas und stellte es wieder ab.

Martin verstand gar nichts. Was seine Frau da erzählte, enthielt nach seinem Dafürhalten nicht die geringsten Spuren von Logik. Der Braten garte gemächlich vor sich hin. „Es dauert noch eine Weile. Ich hol' noch eine Flasche Wein." Margret begab sich zum zweiten Mal in den Keller und kehrte nun mit einem edleren Tropfen zurück, der unversehens entkorkt war. Sie goss sich nach. „Willst du auch noch was?" Wortlos schob Martin das Glas hin. In vino veritas. Möglicherweise erzählte sie mehr, wenn sie einen kleinen sitzen hat, dachte er.

„Was ist denn mit deinen Augenbrauen passiert?" Margret spülte den Wein hinunter, stellte das Glas ab und streifte Martin mit ihren Blicken flüchtig, um sich dem leise brodelnden Topfinhalt zuzuwenden. „Och, nichts", entgegnete sie, während sie den Topfdeckel anhob. Eine dicke Dampfwolke nebelte ihr Gesicht ein. „Ich habe beim Kochen zu tief in den Topf geguckt", lachte sie und gab sich größte Mühe, die abgesenkten Härchen zu bagatellisieren. „Vielleicht habe ich vorher ein Glas Wein zuviel gehabt." Mit einer Fleischgabel wendete sie den Braten. Wie aus einem Geysir wurden einige Fettspritzer in die Luft geschleudert und landeten in Margrets Gesicht. Sie setzte den Deckel wieder an seinen Platz und wischte sich mit einem Geschirrhandtuch ab. „Nein, im Ernst. Es war eine Kerze, ein

Teelicht von dem Stövchen, das ich manchmal in der Praxis verwende. Ich bin zu nahe dran gekommen, hab' die Gefahr, mich zu verbrennen, unterschätzt", erklärte sie, als ihr Lachen versiegt war. „Die Haare wachsen nach, keine Angst."

Margrets hartnäckige Ausweichmanöver veranlassten Martin, seine Versuche, Substantielles zu erfahren, vorerst einzustellen. Es war zwecklos. Wie überhaupt alles zwecklos erschien. Ein dezentes Telefonklingeln mischte sich in die Unterhaltung ein, die schleppend und gezwungen wurde.

Martin erhob sich unzufrieden und nahm den Anruf entgegen. Wenige Augenblicke später legte er auf und begab sich zurück in die Küche. Margrets Gegenwart war ihm unangenehm. „Und? Wer war's?" Margret tippte auf Gundel Tenneberg, aber Martin enttäuschte sie. „Die Sekretärin meines Vorgesetzten." Seine knappe Auskunft heizte Margrets Aufdringlichkeit an. „Willst du mir nicht sagen, was sie wollte?" Martins Geduld war ausgereizt. Wo nahm sich Margret diese Unverschämtheit her, ihn bis ins Detail auszufragen, und ihn selbst gleichzeitig völlig im Unklaren darüber zu lassen, was ihre Aktivitäten anbelangte. Aber er hielt still und ersäufte den Ärger über ihr Theater in einem kräftigen Schluck Wein.

„Ich soll morgen zu einer Besprechung kommen", antwortete er widerwillig. Margret wollte es genau wissen. „Wann denn? Morgen früh oder am Nachmittag?" „Morgen früh, aber es wird den ganzen Vormittag dauern", antwortete Martin und schaffte sich Platz für ein beträchtliches Zeitfenster, das er für sich brauchte, und das er Margret vorenthielt. Die Sekretärin hatte eben zwar nichts Konkretes verlauten lassen, aber es war Martin klar, dass das morgige Gespräch kein Spaß werden würde. Warum sonst forderte sie ihn auf, das Firmenlaptop mitzubringen, dass jeder Führungskraft ab der mittleren Ebene zur Verfügung gestellt wurde, um sie am Wochenende zum Arbeiten zu nötigen. Aber das alles ging seine Frau in mitten ihrer eigenen Geheimniskrämerei nichts an. Zu allem Überfluss stellte Margret Kerzen auf dem Tisch, als ob es etwas zu feiern gegeben hätte. „Essen wir heute in der Küche?" wollte Martin wissen. Vielleicht bekam er wenigstens auf diese Frage eine Antwort.

„Ja. Ich finde es hier auch gemütlich", bestimmte Margret. Der Wein war ihr inzwischen anzumerken. Ihre Sprache verlangsamte sich, und ihre Augen wurden glasig, untrügliche Anzeichen einer gewissen Beschwipstheit. Leider führte der Alkohol nicht dazu, dass Margrets Selbstbeherrschung in Mitleidenschaft gezogen wurde. Martin erfuhr an diesem Abend keinen Deut mehr, als er nicht schon wusste.

Das Meeting war schrecklich. Wenigstens fasste sich sein Vorgesetzter kurz und brachte die Botschaft ohne Umschweife auf den Punkt.

Martin war gefeuert.

Lediglich die Konditionen gab es noch zu verhandeln. Es bestand ein gewisser Spielraum. Martin entschied sich gegen die fristlose Kündigung und für eine Freistellung mit sofortiger Wirkung. Im Gegenzug dazu wurde er genötigt, das Angebot einer mickrigen Abfindung anzunehmen. Auf den Fluren des Firmengebäudes wurde er kaum noch gegrüßt. Die meisten gingen achtlos, einige sogar mit gesenktem Kopf an ihm vorbei. Martin verspürte unter diesen Umständen auch kein Bedürfnis, mit irgendjemanden zu reden. Anzunehmen, dass viele so genannte lieben Kollegen ihn bereits beerdigt hatten, oder dass sie das Geschacher um die Nachfolge auf seinen Posten zu sehr einnahm, entweder als aussichtsreicher Anwärter und Konkurrent oder als schadenfroher Zuschauer auf der Tribüne der Kampfarena. Eine weitere Möglichkeit bestand darin, dass Kontakt mit ihm inzwischen ein absolutes No-Go war und keiner sich traute, ihn anzusprechen. Wenigstens hatte das Spießrutenlaufen aufgehört, ein bitterer Vorteil dieser Missachtung. Das Namensschild an seinem alten Büro war bereits entfernt. Allerdings fehlte ein Neues, die Bestätigung dafür, dass die Nachfolgeschlacht voll im Gange war. Es war ihm nicht einmal mehr erlaubt, sich ohne Aufsicht darin aufzuhalten. Die Sekretärin seines

Vorgesetzten begleitete ihn, schloss auf und beobachtete ihn dabei, wie er seine persönlichen Dinge zusammen räumte.

Was sich da alles angesammelt hatte. Martin öffnete den Schrank, in dem zwei, drei Bügel hingen, und holte ein paar Ersatzschuhe, einen Schuhlöffel, einen kleinen Karton mit Sektgläsern heraus. Von den Wänden hängte er die Bilder ab, die er sich eigens für dieses Büro gekauft hatte. Es waren zwei überdimensionale, auf alt getrimmte Schwarz-Weiß-Fotographien mit New Yorker Wolkenkratzern. Die kleinen gerahmten Fotos auf seinem Schreibtisch, mit denen er wie jeder andere leitende Mitarbeiter die Existenz einer heilen Familienwelt bewies, die Papi am Wochenende half, sich zu regenerieren, um sich ab Montag in alter Frische von der Firma ausbeuten zu lassen, hatte er ehrlicherweise bereits eingepackt, als sich die Affäre mit Iris Mainrath anbahnte. Martin sah sich nicht dazu veranlasst, mit der Sekretärin dem Anstand geschuldeten Small Talk zu pflegen. Sie stand mit den Händen in den Hüften da und wachte wie eine Bulldogge über alle seine Bewegungen im Raum. Auf dem Besprechungstisch stand eine Blumenvase, die zum Inventar gehörte. Martin war geneigt, sie rein aus Gründen der Provokation einzupacken, um zu testen, ob die Bulldogge anschlug. Sollten doch alle denken, er sei ein Verbrecher, ein Mörder, ein Dieb. Er war wütend, ärgerlich, traurig. Aber das interessierte niemanden. Alle interessierten sich hier nur für das Bussiness.

Klugerweise unterließ er seine Provokation. Die Konditionen seines Ausscheidens waren noch nicht in trockenen Tüchern, seine schriftliche Beurteilung durch den Vorgesetzten stand noch aus. Aber was nützte ihm die unter den gegebenen Umständen? Die Sekretärin sah sofort, dass er zögerte. „Fehlt etwas, Herr Hamann", fragte sie spitz und schürzte schnippisch die Lippen. Früher hatten sie ein gutes Verhältnis, hatte sich Martin eingebildet. Davon war nichts mehr übrig. „Nein." Martin hatte alles und wunderte sich, dass es nicht so viel war, wie er zunächst vermutete. Möglicherweise war er hier doch nicht richtig heimisch geworden. Nicht einmal, wie es bei ihm beruflich nun weitergehen könnte, wollte einer wissen.

Kurz darauf stand er mit einem Karton und einer großen Tüte mit den Bildern vor dem Eingang des Firmengebäudes, geteert, gefedert und hinaus gejagt in die Verbannung, und kehrte ihm für immer den Rücken.

26. Kapitel

Der kurze Prozess, der ihm gemacht wurde, war schlimmer, als er es sich in seinen wildesten Fantasien ausgemalt hatte. Frühere Verdienste für die Firma waren mit einem Schlag bedeutungslos. Es interessierte nicht, ob er unschuldig war. Er wurde ausgetauscht und entsorgt wie ein kaputtes Teil, abgestempelt als mit Fehlern behaftet, und war der Realität wieder ein Stückchen näher. Am meisten verletzte Martin, dass er von der ganzen Firma vorverurteilt wurde, ohne jede Chance, das Gegenteil zu beweisen, nur, damit im täglichen Procedere die reibungslose Rückkehr zur Tagesordnung vollzogen werden konnte.

Nachdem er seine persönlichen Sachen im Kofferraum untergebracht hatte, fuhr er im Schneckentempo die Strasse entlang. Er wollte nicht nach Hause. Eine Ampel schaltete auf rot. Martin sah wie in Trance den wenigen Menschen auf dem Gehweg nach. Er sah eine junge Frau, die einen Kinderwagen mit einem plärrenden Kleinkind schob, voll gepackt mit Einkäufen, und einen alten Mann, der zittrig eine Gehhilfe vor sich her schob, ohne die er wahrscheinlich keinen Meter vorangekommen wäre. Er fragte sich, wie diese Menschen lebten, und ob es in diesem Viertel Wohnungen gab, denn es war vorwiegend auf Big Business ausgerichtet. Plötzlich schreckte er auf. Hinter ihm wurde wie wild gehupt. Jetzt erst beachtete er die Ampel. Sie stand auf grün. Im Rückspiegel sah er einen Mann toben. Schnell gab er Gas und bog nach rechts in eine Seitenstrasse ab.

Hier waren die Cafes im Bistrostil, die an den Angestellten und Geschäftsleuten, die keine Lust hatten, ihre Mittagspause in den Kantinen zu verbringen, etwas verdienen wollten. Martin parkte und stieg aus. Es war inzwischen herbstlich geworden, aber es standen immer noch Tische im Freien. Die großen, weißen Sonnenschirme blieben zusammengefaltet. Ein paar Leute ließen sich die milde Sonne auf die Haut scheinen. Die Mittagspause begann erst in einer dreiviertel Stunde. Ab dann war mit mehr Publikum zu rechnen. Martin hatte sich hier einige wenige Male mit Iris getroffen, bis

Kollegen anfingen zu tratschen, obwohl sie ihr Techtelmechtel nicht offen zur Schau stellten. Nun überlegte er, ob es eine gute Idee war, heute herzukommen. Nichtsdestotrotz, er hatte das Bedürfnis nach einem wie auch immer gearteten Abschiedsritual.

Er setzte sich wahllos in eines der Lokale. Die Bistros reihten sich an der gerade Strasse ohne Übergang aneinander. Eine junge Bedienung stand bereits neben ihm, um die Bestellung aufzunehmen. Unschlüssig blätterte er in der Karte und entschied sich für einen Espresso. Martins Kopf fühlte sich an wie nach einer feucht fröhlichen Zechtour. Die Umgebung war unwirklich weit weg. Seine Bewegungen und Gedankengänge fühlten sich taub an. Die Bedienung brachte fälschlicherweise einen doppelten Espresso, den er durchgehen ließ, ohne zu maulen, und ein Glas Wasser. Mit einem Löffel versenkte er Zucker und rührte langsam um. Margrets Verhalten, auf das er sich keinen Reim machen konnte, fing an, ihn zu beschäftigen. Es passte zu vieles nicht zusammen. Vor allem, dass die Polizei auch Margrets Räume durchsuchte. Wenn jemand ein Motiv hatte, dann sie. Unbeweglich starrte er auf den Gehsteig. Als er endlich aus der Tasse trank, war der Espresso kalt. Er schmeckte grauenhaft. Martin ließ ihn stehen und spülte mit dem Wasser nach. Die Bedienung hatte nun mehr zu tun, denn die Plätze füllten sich. Die erfolgreichen Geschäftsleute um ihn herum bestellten Pasta mit italienischen Soßen, Salat mit gebratenen Putenstreifen oder Suppen mit Ciabatta. Er gehörte nicht mehr dazu, ließ sich aber einen zweiten Espresso bringen.

Während er wartete, begann er, mit seinem Handy im Internet zu surfen. Als der Espresso gebracht wurde, hatte er gefunden, was er suchte, und nützte die Gelegenheit zum Zahlen. Diesmal kippte er sich den Kaffee eine Spur zu heiß in die Kehle. Er zog den Mund zusammen und vernichtete das Getränk mit einem einzigen, tapferen Schluck, denn mit einem Mal hatte er es eilig.

Der Straßenzug lag im Stuttgarter Süden und war ihm vertraut. Es handelte sich eine stark befahrene

Durchgangsverbindung, die er manchmal nutzte, wenn er zu Iris unterwegs war. Die Parkplatzsituation war katastrophal. Nachdem er erfolglos drei Mal um den Block gefahren war, bog er in die nächste Seitenstrasse ab, in der er zufällig eine Parklücke ergatterte. Bei dem Fahrzeug hinter ihm war ebenfalls der Blinker gesetzt. Angesäuert brauste der leer Ausgegangene an ihm vorbei. Nach mehreren Anläufen gelang es ihm, sein Auto in die enge Parklücke zu quetschen und es gerade mal zu schaffen, die anderen parkenden Autos nicht zu touchieren. Nass geschwitzt von dem Geruder mit dem Lenkrad und seinen angestrengten Verbiegungen beim Einparken, zog er heilfroh den Schlüssel ab und stieg aus. Von da an ging er den Rest des Weges, der zurück auf die Durchgangsstrasse führte, zu Fuß. In der Gegend gab es viele Altbauten. Manche waren saniert. Andere sahen aus wie richtige Bruchbuden. Die Hausnummer, die er suchte, hing an einer Bruchbude.

Die Namen an den Klingeln des mehrstöckigen Gebäudes waren bunt gemischt und verrieten etwas über die vielen verschiedenen Nationalitäten unter diesem Dach. Auf allen Stockwerken waren Satellitenschüsseln an der löchrigen Hausfassade angebracht. Der einzige Name, der einheimisch klang, war der von Heribert Schulz, dessen Klingelschild ein kleines Logo aufwies, das einem Wappen nachempfunden zu sein schien, ein Raubvogel mit ausgebreiteten Schwingen in Miniaturformat.

Darunter war zu lesen: Privatdetektiv.

Martin drückte auf die Klingel. Er hörte das laute Bimmeln bis zu sich auf die Straße. Das Büro musste sich gleich im ersten Stock befinden. Im Haus selbst rührte sich nichts. Martin klingelt noch mal, aber in der Wohnung oder genauer gesagt, in den Geschäftsräumen des Heribert Schulz, rührte sich wieder nichts. Jetzt erst fielen ihm die verschlossenen Fensterläden auf, die zu der Wohnung gehörten, aus der er das Klingeln vernahm. Martin wurmte seine Unbedarftheit. Ohne eine rechte Vorstellung von dem, was er nun tun sollte, wandte er sich nach rechts und dann nach links, trat von einem Fuß auf den anderen, und entschied, seinen Versuch abzubrechen. Er war kurz davor, sich davon zu machen, als sich von hinten ein älterer Mann mit einem grauen Trenchcoat näherte, der ihm lose über den Schultern hing. „Darf ich fragen, wen Sie suchen", nuschelte er in einem dezenten, für Stuttgarter Verhältnisse typischen Schwäbisch, während eine stinkende Pfeife zwischen seinen vergilbten Zähnen klemmte. Er wartete keine Antwort ab, sondern fummelte aus seiner Hosentasche einen klirrenden Schlüsselbund hervor und fand den passenden Schlüssel auf Anhieb.

Martin dämmerte es, dass der Mann womöglich Heribert Schulz war. „Schulz mein Name, falls Sie zu mir wollen, aber verständlicherweise auf Diskretion Wert legen." „Ja", gab Martin zu und drehte sich von der Strasse weg, als ob da jemand gewesen wäre, der ihn bei seinem Vorhaben hätte ertappen können. „Big brother is watching you", flüsterte Schulz in einem sonoren Brummton hinter vorgehaltener Hand. Dafür nahm er kurz seine Pfeife aus dem Mund und kniff wissend ein Auge zu. Martin roch den süßlichen Tabak und spürte seine Wärme. „Folgen Sie mir unauffällig." Schulz steckte seine Pfeife zurück an ihren Platz, und weil kein Widerspruch kam, winkte er Martin in das Gebäude.

Das Eintreten in den trüben Flur war wie das Abtauchen in die Unterwelt. So kam sich Martin zumindest vor. Schulz war voraus gegangen. Die Tür fiel ins Schloss. Das Klacken erinnerte ihn an das Zuschnappen einer Falle, aus der es kein Entrinnen kam. Dabei war alles halb so schlimm, auch wenn der Zustand der Briefkästen etwas anderes vermittelte. Ihre rostigen Beulen verrieten, dass es schon eine Weile her war, seit sie aufgebrochen worden waren. Niemand kümmerte sich um ihre Reparatur. Wahrscheinlich war es müßig. An der hohen Decke hingen Spinnweben. Schulz führte Martin durch einen lange nicht gestrichenen Flur, an dessen Wänden sich neben zwei alten Kinderfahrrädern und einem Satz alter Autoreifen etliche Mülltonnen aufreihten, und sich Spuren eines beträchtlichen Wasserschadens abzeichneten. Der

Privatdetektiv sah sich nicht veranlasst, das unseriöse Ambiente zu erklären. Eine abgetretene, breite Treppe führte in die oberen Stockwerke. Es roch nach Moder und Fäulnis. Schulz stoppte vor einem dicken, gepanzerten Eingang. Drinnen wurde Martin von hellen, neu renovierten Räumen überrascht.

„Nehmen Sie Platz", forderte Schulz ihn auf, während er seinen Mantel auf einem Bügel aufhängte und sich selbst niederließ. „Da haben Sie aber Glück gehabt, dass Sie mich erwischt haben. Was kann ich für Sie tun?" Martin hielt nichts von Phänomenen wie Gedanken lesen. Er war mit einer Psychologin verheiratet und hatte es ausreichend häufig erlebt, wie sehr Menschen in ihrem Urteil über andere Menschen daneben liegen konnten. Schulz allerdings brachte ihn beinahe dazu, seine Ansichten zu revidieren.

„Es hat Sie sicher Überwindung gekostet, Kontakt zu mir aufzunehmen?" meinte er und lächelte verstehend. „Woher wissen Sie das?" fragte Martin. „Erfahrung. Nennen wir es Menschenkenntnis." Schulz ließ seinem neuen Klienten Zeit, sich mit der Umgebung vertraut zu machen. „Wenn sich Menschen an mich wenden, ist meistens sehr viel passiert, was für Verwirrung oder Verängstigung gesorgt hat", erklärte er weiter und redete geschickt auf Martin ein, wie einer, der genau wusste, was neue Kunden überzeugte und wie er zu Aufträgen kam. Meistens entschied sich das in den ersten paar Eindrücken, die Schulz bei potentiellen Kunden hinterließ. Und nach dieser Begrüßungszeremonie war er so gut wie engagiert.

„Warum sind Sie hier so verbarrikadiert? Und warum haben Sie mich gleich hereingelassen?" Martin fing an, sich für sein Gegenüber zu interessieren. „Das mit den Schlössern? Reine Vorsichtsmaßnahme. In meiner Branche lebt man unter Umständen gefährlich, je nach Auftraggeber. Und warum ich bei Ihnen keine Bedenken hatte?" Martin zog die Augenbrauen hoch. Schulz erhob sich, um auf einem Tablett Getränke anzubieten. „Was möchten Sie?" Martin deutete auf einen Orangesaft. Schulz öffnete zwei Orangensaftflaschen und schenkte ein. Dann fuhr er fort.

„Ich habe es Ihn angesehen. Ich habe Sie einige Minuten auf der Strasse beobachtet. Sie kommen nicht daher wie einer, der in meine Kanzlei einbrechen und mir schaden will, vor allem nicht zu dieser Tageszeit."

Da sprach der gesunde Menschenverstand.

Er lachte sympathisch, als ob er über sich sagen wollte, dass er selber auch nur mit Wasser kochte, wie alle anderen Menschen auf der Welt. Es war auf Dauer nicht geschäftsfördernd, wenn in den Kunden falsche Vorstellungen über seinen Beruf aufkamen, denn wenn das passierte, konnte es vorkommen, dass sie ihn auch bald für einen Gangster hielten. „Sie sehen aber auch nicht aus, wie einer, der sich täglich an einen wie mich wenden muss."

Wieder lag Schulz richtig. Fasziniert von der lockeren Art, mit der sich Schulz präsentierte, und die sich völlig von der unterschied, mit der sich die Herren der Schöpfung sonst mit ihren Mitmenschen auseinanderzusetzen pflegten – er dachte dabei an seine alte Firma -, entstand in Martin ein Gefühl des Aufgehobenseins. Er bekam Lust, seine Geschichte zu erzählen. Ohne eine einzige störende Unterbrechung ließ Schulz Martin berichten, von Alpha bis Omega, inklusive Fellners absurder Theorie, dass er sich in der Methode, wie er Iris Mainrath umgebracht haben soll, von einem vertrauten Gespräch mit seiner Ehefrau habe inspirieren lassen, dass er dieses Wissen aus einem Fall ihrer Gutachtertätigkeit gezielt missbraucht hätte, um den Verdacht auf sie zu lenken, damit er sein inzwischen lästiges Verhältnis und seine ihm längst überdrüssig gewordene Ehe bequem ablegen konnte wie zwei schäbige Anzüge, die für die Altkleidersammlung bestimmt waren. Fellner hatte ihm fieser Weise vorenthalten, dass er mit dieser Theorie bei der gegebenen Indizienlage beim Staatsanwalt keine Luftsprünge provozierte.

Aufmerksam horchte Schulz zu. Dass er Fellner kannte, war nebensächlich. Das Bauchgefühl, das Hamann in ihm auslöste, sagte ihm, dass der zu keinem Mord fähig war. Er sah nachdenklich zu Boden und wischte mit den Füßen darüber, als ob das seine Gehirntätigkeit verbesserte. „Was genau soll meine Aufgabe sein?" meinte er daraufhin. Soweit war Martin selbst noch nicht, und er kam sich plötzlich total unvorbereitet vor. Dann erschrak er ein wenig, als er blitzartig das Echo seiner Antwort analysierte: „Ich will wissen, ob meine Frau hinter all dem steckt!"

Schulz schwieg gewichtig, atmete ruhig ein und aus. „Was machen Sie, wenn sich Ihr Verdacht bestätigt?" Bei diesem Satz hievte er sich mit einer ruckartigen Bewegung aus dem Stuhl und schritt zum Fensterbrett. Jetzt erst wurde Martin bewusst, was sein Problem war. Sein Schreck kristallisierte eine Gewissheit aus, die er für übereilt hielt. Er antwortete lieber mit einer Gegenfrage. „Was mache ich, wenn er sich nicht bestätigt?" Schulz winkte ab. Diese Frage hielt er für unerheblich, das merkte Martin sofort. Der angeschlagene Eindruck, den er machte, hielt Schulz nicht davon ab, zum nächsten Thema zu springen.

Er war auf der einen Seite Privatdetektiv und kümmerte sich um die Sorgen und Nöte von Menschen. Auf der anderen Seite aber war er Geschäftsmann, dem es auf die Einnahmen ankam. Ab dem Zeitpunkt, ab dem er von der Ernsthaftigkeit einer Anfrage ausging, pflegte er einen frontalen Stil. Martin hatte bereits angebissen. Das spürte Schulz. Martin fühlte sich auf ihn angewiesen, und er erklärte sich dazu bereit, genügend Mittel monetärer Natur einzubringen, die Schulz als angemessene Motivationshilfe betrachtete, um sich mächtig ins Zeug zu legen. „Es ist dringend", stöhnte Martin unglückselig, aber das war nicht mehr notwendig. Bei Schulz war noch etwas anderes angesprungen. Er gierte nach einem spannenden Fall. Seine letzten Aufträge, bei denen es jedes Mal darum ging, Ehepartner in Flagranti zu erwischen, langweilten ihn unendlich. Das, was nun in der Warteschleife hing, befand sich in einer wesentlich fortgeschritteneren Phase und roch für eine Spürnase wie ihn nach einer schönen Abwechslung. Wenn er Glück hatte, war ein Schuss Dramatik dabei, derartig eskaliert, wie das ganze Malheur bereits war.

„O.k.. Wir kommen zusammen. Ich bin Ihr Mann",
verkündete er. Bevor Martin die Gelegenheit zum Aufatmen
fand, klärte er ihn noch über die formale Seite der
Zusammenarbeit auf und seinen Modus der diskreten Pflege
des Geld- und Informationsflusses. Martin erhielt Ware nur
gegen Cash in Bar, und zwar in Schulz´ so genannter Kanzlei.

Der neue Kunde war weg. Schulz rieb sich zufrieden die
Hände und stieß ein lautes, begeistertes „Ja!" aus. Er wollte
sich möglichst schnell an die Arbeit machen und freute sich
mächtig über den verwickelten Auftrag, der gewisse
Potenziale barg, angefangen bei der Möglichkeit, eine
ordentliche Stange Geld einzustreichen. In seinem früheren
Leben war er bei einem privaten Sicherheitsdienst beschäftigt
gewesen. Gebäude- und Personenschutz. Er besaß einen
Waffenschein und trainierte regelmäßig in einem
Schützenverein. Er verließ den Sicherheitsdienst vor einigen
Jahren, weil er als kleiner Selbständiger immer noch mehr
verdiente, als in einem abhängigen Arbeitsverhältnis. Und er
hasste Chefs. Es hatte damals ständig Streitereien gegeben,
Unstimmigkeiten über alles Mögliche, bis Schulz die
Schnauze voll hatte und seinen Rausschmiss provozierte. Mit
einem gewagten Alleingang hatte er beim Sichern eines
Geldtransportes verdächtige Personen gestellt, die sich als
harmlos erwiesen. Sein (absichtlicher) Fehler war, dass er
einen der beiden ohne wirkliche Bedrohungssituation mit
einem Streifschuss verletzte, worauf er nach Beschwerden
des Kunden und nach einer Anzeige nicht mehr tragbar war.
Die beiden vermeintlichen Verdächtigen waren Angestellte
der Bank, die den Transport in Empfang nehmen sollten. Ihm
war schon klar, dass seine Aktion, die zur Kündigung führte,
nicht von sonderlicher Eleganz geprägt war. Aber darauf kam
es ihm letztendlich nicht an. Er war draußen und konnte sein
Leben ganz neu beginnen, weil ihm in dem anschließenden
Gerichtsverfahren nichts nachgewiesen werden konnte. Und
das wiederum fand er äußerst elegant. Bis dahin griff er in der
Firma – clever, wie er war - genügend Know-how für sich ab,
Voraussetzungen dafür, um seine Dienste als Privatdetektiv

erfolgreich auf dem freien Markt anzubieten. Er überlegte bereits jetzt, ob und wie er diesen Fall, falls er ihn lösen sollte, für sich ausschlachten konnte. Ja, so einer war er.

27. Kapitel

Die Nachricht von Martins Kündigung war keine unvorhersehbare Überraschung. Nur Ignoranten oder Berufsoptimisten konnten in den Wahn verfallen, dass er die ganze Angelegenheit lediglich mit ein paar blauen Flecken, ansonsten aber glimpflich überstand. Margret schätzte diesen Aspekt bis jetzt in seiner Bedeutung nicht richtig ein und lullte sich in eine gerade zu obszön anmutende Unverwundbarkeitsfantasie ein.

Ihre Therapien liefen nebenher. Zu sehr nebenher. Am Morgen war sie in ihrer Praxis bei einer Sitzung mit einem jungen Mann gedanklich so abwesend, dass sie nicht bemerkte, dass die Sitzung zu Ende und er gegangen war. Erst das Läuten der nächsten Patientin brachte sie wieder zu sich. Der Mann hatte demonstrativ die Tür offen stehen lassen. Auch das fiel ihr erst auf, als die nächste Patientin im Zimmer stand und sie immer noch wie tot auf ihrem Platz saß. Als sie den Block beiseite räumen wollte, erkannte sie, was er zum Abschied darauf gekritzelt hatte. „Frau Hamann, kann es sein, dass Sie heute nicht ganz fit sind?" Das war mehr als höflich. Er hatte über die Unverschämtheit seiner Therapeutin wenigstens seine eigene gute Kinderstube nicht vergessen. Margret empfand unweigerlich das beklemmende Drücken im Hals. Aus Erfahrung wusste sie nur zu gut, welche Warnsignale Therapieabbrüche ankündigten. Und ausgerechnet jetzt, wo sie sich selbst nicht im Vollbesitz ihrer Kräfte wähnte, berichtete ihre langjährige Patientin Frau Müller heute von einem Rückfall, den sie vorgestern erlitten hatte. Sie war wegen sozialer Ängste in Therapie und arbeitete bei Margret seit drei Jahren zweimal die Woche ihre frühkindlichen Erlebnisse und Traumata auf. Sie stand kurz vor dem alles entscheidenden Durchbruch, der die Bewältigung ihrer Schäden bedeuten sollte. Nun brach sie in Tränen aus ob ihres Versagens und brachte es nicht fertig, den einsetzenden Sturzfluss unter Kontrolle zu bringen. Margret rannte ins Bad, um nach Papiertaschentüchern zu suchen, und als sie beim Suchen auf dem Boden immer noch Holzspäne zu entdecken meinte, stand sie selbst so nahe am Abgrund, dass sie sich überlegte, ob sie sich nicht ins Bad einschließen und ebenfalls eine Runde heulen sollte. Sie ertrug die Verzweiflung von Frau Müller kaum.

„Hören Sie auf, zu heulen", fuhr sie ihre Patientin an. Frau Müller unterband augenblicklich die schlimmsten Auswüchse ihres Anfalls, betrachtete ihre Therapeutin durch einen Tränenschleier und glaubte, falsch verstanden zu haben. „Frau Hamann, das meinen Sie doch nicht im Ernst?" Sie fing wieder an, herzzerreißend zu schluchzen, und wäre am liebsten in Grund und Boden versunken vor Scham im Anbetracht dieser ablehnenden, verurteilenden Haltung ihrer Therapeutin gegenüber ihrem persönlichen Versagen. Hatte sie ihr nicht jahrelang vertraut?

„Doch", entgegnete Margret grob. Sie bekam durch Härte gegen sich selbst ihre eigenen Tränen in den Griff, was ihren Worten eine gewisse unschlagbare Glaubwürdigkeit verlieh. Kleinlaut stellte Frau Müller das Weinen ein. Vor ihr lag ein großer Haufen zerknüllter und nasser Papiertaschentücher. Ihre Augen waren dick angeschwollen. Sie sah erbärmlich aus, wie ein Opfer, das durch seine Hilflosigkeit Margret zu weiteren sadistischen Handlungen einlud, wenn es ihr nicht gelang, sich zu zügeln. Und als Frau Müller sah, dass Margret ebenfalls ein zerknülltes Taschentuch in der Hand knetete, schluckte sie die letzte Verzweiflung. „Es tut mir so leid, dass ich Sie mit meinem Kummer zu sehr belästigt habe", seufzte sie schwer. „Vielleicht haben Sie Recht." „Ist schon gut", hielt Margret ihr entgegen. „Ich denke einfach, dass wir uns nicht immer allen Gefühlen hingeben sollten, auch, wenn wir sie für wichtig halten", erklärte sie daraufhin in ihrer Rolle als Fachfrau, wobei ihr nicht ganz klar war, ob sie diese Worte mehr an Frau Müller oder an sich selbst richtete. Frau Müller jedenfalls schien etwas damit anfangen zu können. Sie pflichtete ihr bei. Dann ließ sich Margret den Rückfall sehr ausführlich und in allen Einzelheiten schildern, die Situation an dem Nachmittag, als sich Frau Müller vorgenommen hatte, zum ersten Mal in ihrem Leben zu einem Frauenkreis in ihrer

Wohngegend zu gehen, um ihre Einsamkeit zu durchbrechen, wie sie ihr schönstes Kleid angezogen und eine passende Halskette umgelegt hatte und daraufhin bei dem Versuch, die Wohnung zu verlassen, anfing heftig zu ventilieren, so heftig, dass die einsetzende Panikattacke sie in die Wohnung zurück zwang und das schöne Vorhaben hinfällig machte. Die detaillierten Schilderungen zogen sich über eine halbe Stunde hin und verschafften Margret eine Verschnaufpause, in der sie ihren eigenen Gedanken nachhängen konnte, denn solche Schilderungen, wie sie Frau Müller vortrug, hatte sie im Laufe ihrer beruflichen Tätigkeit zuhauf angehört. Sie ähnelten sich wie die Fliegenpilze im feuchten Herbstwald. Frau Müller fühlte sich wieder verstanden und war überglücklich, dass Margret ihr zuhörte.

Ob der Schnitzer ausgebügelt war und Frau Müller ihre Unerbittlichkeit verzieh, erfuhr Margret nicht mehr. Aber zumindest brachte sie die Sitzung mit ihr ohne weitere dramatische Zwischenfälle hinter sich. Die Frage, welche Fähigkeit es ihr denn ermöglichte, regelmäßig in die Therapie zu kommen, hatte Margret tunlichst ausgelassen, denn das hätte bedeutet, dass sie mit Frau Müller hätte arbeiten müssen, weil die Antwort vermutlich der Schlüssel zur Lösung war. Dazu war sie zu ausgelaugt, und sie ärgerte sich über ihr momentanes Unvermögen, aber es war nichts zu machen. Sie war einfach nicht in Form. Dass sich Frau Müller am Ende der Sitzung sogar bedankte, nährte in ihr die Illusion, dass sie versöhnt ging. „Ich bin froh, dass ich zu Ihnen in die Therapiesitzungen kommen darf", ließ sie beim Hinausgehen verlautbaren und schaute Margret verbindlich an. Wenn sie aber ehrlich war, wusste sie, dass das gar nichts hieß. Die Quittungen für Schnitzer kamen meist zeitlich verzögert, quasi aus dem Hinterhalt, und dafür mit Wucht. Die meisten Patienten waren einfach Angsthasen, die sich nicht trauten, ihren lieben Mitmenschen direkt ins Gesicht zu knallen, was sie wirklich dachten. Und deswegen waren sie letztendlich in Therapie. Und Margret war das letzte Glied in der Kette. Sie bekam das Fett ab, so oder so.

Als Frau Müller weg war, hätte Margret Feierabend gehabt, wenn da nicht die vielen Briefe an die Krankenkassen gewesen wären, die noch zu erledigen waren. Dringend hätte sie zu Hause Verlängerungsanträge schreiben müssen. Dafür hatte sie aber keinen Kopf. Der blockierte ihre geistigen Kapazitäten mit einem ganz anderen Thema. Es war da etwas, was sie die ganze Zeit über nicht losließ, etwas, das ihren Geist in ein verstopftes Klo verwandelte, in dessen Abflussrohr sich aus schlecht weggespülten Klumpen ein dichter, stinkender Pfropfen gebildet hatte. Dieser unerträgliche Pfropfen musste verschwinden. Und zwar umgehend. Eilig räumte sie die Praxis auf. Zuvor rief sie Frau Schmidt an, die den Auftrag, die Praxis putztechnisch auf den Kopf zu stellen, dankbar annahm und sogar versprach, es unverzüglich zu erledigen und sich dabei um einer überdurchschnittlichen Gründlichkeit willen nicht zu beeilen. Moritz versorgte sie mit einer Ausrede. Darüber hinaus versprach sie, alle Pizzen zu bezahlen, die er und seine Freunde, die zu Besuch waren, beim Pizzaservice bestellen würden, einschließlich derjenigen für Martin, falls er sich bereits zu Hause aufhielt und Hunger hatte. Endlich war Margret soweit. Sie stürmte mit der fliegenden Handtasche zu ihrem Cabrio und schwang sich hinein. Schulz war überrascht von der Eile, ließ sich aber nicht abhängen.

Der Stadtverkehr schob sich, wie gewöhnlich, zäh über den Einbahnstraßenring um den alten Botanischen Garten. Margret brauchte eine geschlagene halbe Stunde, bis sie die Abbiegung in Richtung Rottenburg erreichte. Der graue Kleinwagen, der ihr in einigem Abstand folgte, verschwand gelegentlich aus ihrem Rückspiegel. Sie bemerkte ihn nicht. Schulz war Profi. Er hatte am Boden von Margrets Cabrio vorsichtshalber einen kleinen Sender angebracht, der ein Signal auf sein GPS-System übertrug und die Strecke speicherte.

Am Ortsrand wurde der Verkehr übersichtlicher. Schulz bog in eine Tankstelle ein und ließ Margret davon fahren. Es war nicht viel Betrieb. Von den sechs Zapfsäulen waren zwei

belegt mit Autos, die gerade betankt wurden. Für Schulz
bestand kein Grund zu hetzen. In aller Seelenruhe bestellte er
sich an der Kasse eine Tasse Kaffee und zählte dem Kassierer
den Betrag in kleinen Münzen hin. Nachdem er den Kaffee
pustend in sich hineingeschlürft hatte, trat er ins Freie und
setzte sich wieder ins Auto. Die Route des Cabrios bildete
sich auf seinem umfunktionierten Navigationsgerät ab. Die
rote Strecke fraß sich wie ein Wurm langsam, aber stetig auf
der Karte weiter. Er sah, dass Frau Hamann auf einen
Waldrand zu steuerte, und hängte sich dran.

Am Waldrand kam ihm das Cabrio entgegen. Die Frau am
Steuer wirkte verkrampft und starrte stur auf ihre
Fahrbahnseite. Mit überhöhter Geschwindigkeit preschte sie
an ihm vorbei und zog eine aufgewirbelte Staubwolke hinter
sich her, wie Schulz im Rückspiegel erkennen konnte. Sein
Spürsinn verriet ihm glasklar, dass Hamanns Gattin Dreck am
Stecken hatte. Als er den Wendepunkt der roten Strecke
erreichte, stellte er das Auto ab und stieg aus.

Die Lichtung aus Äckern und Feldern war komplett von
Wald umgeben, deren Ränder jeweils sieben- bis achthundert
Meter von seinem Standpunkt entfernt lagen. Niemand war
unterwegs. Ein rauer Wind pfiff ihm um die Ohren. Es war
stark bewölkt, und es lag Regen in der Luft. Am Himmel
drehten einige Krähen lautstark ihre Kreise über den
umgepflügten Feldern. Während er sich umsah, klappte er
seinen Trenchcoat zu, weil ihm der Wind eine Gänsehaut auf
die Haut blies. Er zog den Kopf in den aufgeschlagenen
Mantelkragen. Alsdann richtete er seinen Blick an den Boden
und fing an, ihn gründlich abzusuchen. Mit dem, was sich ihm
hier bot, konnte er nicht viel anfangen. Ratlos fasste er sich in
den Nacken und strich sich über die kurz geschorenen Haare.
Um wenigstens mit irgendetwas zurück zu kehren, holte er
seine Digitalkamera aus dem Wageninneren und machte
wahllos ein paar Fotos von der Umgegend.

Plötzlich entdeckte er etwas. Schulz trat bis ganz an den
Feldwegrand und begab sich in die Hocke, um dieses Etwas
genauer zu inspizieren. Es waren frische Fußabdrücke im

Acker. Und zwar nicht von einem groben Arbeitsstiefel, wie Schulz ihn bei einem Landwirt vermutet hätte. Diese Fußabdrücke waren zierlicher. Mit großer Wahrscheinlichkeit stammten sie von Frau Hamann. Je gründlicher Schulz hinsah, desto mehr las er in der Erde, dass etwas geschehen war. Das Feld war ganz frisch umgepflügt. Die aufgelockerte Erde zeigte schwarze Schlieren. Schulz nahm etwas davon in die Hand und führte es zur Nase. Es roch erdig und verbrannt und ließ sich leicht zwischen den Fingern zerkrümeln. Die Schlieren zogen sich einige Meter in das Feld hinein. Sie bildeten einen Kreis, dessen Mitte die höchste Konzentration des verkohlten Zeugs aufzuweisen schien. Schulz war sich nicht sicher, ob das etwas zu bedeuten hatte, denn auf dem Land war es durchaus üblich, dass die Bauern vor allem im Herbst Abfall von den Feldern, aus dem Wald oder von Obstwiesen im Freien verbrannten. Dennoch machte ihn die Kombination zwischen den Abdrücken und der vermeintlichen Feuerstelle stutzig. Er stand auf und ging zum Kofferraum. Aus einem schwarzen Koffer holte er sich drei Gläser mit Schraubverschluss und füllte sich mehrere Proben ab. Dann klopfte er sich die Erde von den Mantelzipfeln, die beim Bücken den Boden berührten, und wischte sich die Finger mit einem alten Lappen ab, der im Kofferraum lag. Er hielt es für besser zu verschwinden, bevor jemand vorbei kam. Bevor er sich davonmachte, schoss er hastig noch ein paar Fotos von den Abdrücken. Dummerweise hatte er kein Material dabei, um einen Abdruck vom Abdruck zu machen. Aber so war das halt nun einmal. Improvisation war alles. Seufzend setzte er sich hinters Steuer und warf die Kamera auf den Beifahrersitz.

Die rote Spur auf seinem Display ließ ihn schließen, dass Frau Hamann einige Meter im Rückwärtsgang gefahren war, um zum Umdrehen in einen kreuzenden Feldweg zu stoßen. Er machte es ebenso und fuhr ihr auf der roten Strecke hinterher. Irgendwann hörte sie auf, sich zu verlängern. Frau Hamann war wohl am Ziel, aber sie war nicht zum Ausgangsort zurückgekehrt. Die Strecke endete in der letzten Phase einige

Millimeter oberhalb des Anfangspunktes. Frau Hamann musste nach Hause gefahren sein. Also war sein Job für heute erledigt, bis auf die Proben. Die wollte er in seinem Speziallabor abliefern. Frau Hamanns Ausflug speicherte er auf einem USB-Stick ab.

28. Kapitel

Zu Hause wollte Margret zu allererst unter die Dusche. Sie fühlte sich schmutzig. Moritz und seine Freunde waren, wie verabredet, mit Pizza eingedeckt. Alle quetschten sich nun in sein für eine Person an und für sich geräumiges Zimmer, das nun den Charme eines engen, überfüllten Käfigs ausstrahlte. Auf dem Boden lagen leer gegessene Pappschachteln. Daneben standen angebrochene Literflaschen mit Cola. Zehn oder elf Gesichter, umrandet von viel zu langen Haaren, teilweise mit nicht mehr alterstypischen Pickeln, teilweise übertrieben geschminkt, drehten sich nach ihr um, als sie ‚Guten Tag' sagte, wie es sich gehörte. Es waren drei Mädchen dabei, die sich durch die Schminke und die viel zu aufreizenden T-Shirts verrieten. Margret kannte gerade mal zwei von den Jugendlichen. Keiner vom unbekannten Rest legte es darauf an, die Mutter von Moritz kennen zu lernen. Man wollte in Ruhe gelassen werden und unter sich bleiben. Margret war das recht. Martin hatte sich in den Keller verzogen und räumte irgendetwas um, was immer es auch war. Das entnahm sie dem brennenden Licht im Kelleraufgang und den Geräuschen, die von unten herauf drangen.

Ihr war nach warmem Wasser, nach Entspannung, nach Abschalten, nach Vergessen. Als Frau vom Fach hätte sie natürlich viele gute Hypothesen zur Hand gehabt, um ihr verstärktes Reinigungsbedürfnis zu erklären. Aber ihr war nicht nach Erklärungen. Das Bad war kühl. Sie drehte den Heizkörper auf. Es würde eine gewisse Zeit dauern, bis sich eine akzeptable Temperatur einstellte. Bis es soweit war, legte sich Margret in ihrem Arbeitszimmer hin und machte die Augen zu. Sie war total fertig. Ihre Arme und Beine kribbelten. Eine unglaubliche Anspannung fing an, sich zu lösen.

Der Überfall kam ganz plötzlich. Bilder. Wilhelm, wie er gekrümmt in der Kiste lag und aussah wie ein lächerlicher, trauriger Clown, Wilhelm, wie er sich über sie beugte wegen seiner verdammten Blumen in ihrem Spülbecken, wie er dabei seinen schlechten Atem in ihr Gesicht blies, Iris Mainrath, die Hure, wie sie sie eintreten ließ, weil sie sich aus purer Schadenfreude für Martins Ehefrau interessierte, das umgepflügte Feld, auf dem kaum noch Spuren zu erkennen waren, die Kiste, wie sie in Flammen aufging. Ungeordnet und durcheinander tanzten die Szenen in ihrem Schädel umher und machten ihn so eng, dass er beinahe auseinanderplatzte. Wie Moritz' überfülltes Zimmer nebenan, aus dem verdruckstes Gemurmel zu hören war. Was sie sah, schmerzte stechend, ihr Kopf tat weh. Margret riss die brennenden Lider auf, um den wirren Film zu stoppen. Mit Mühe richtete sie sich auf und setzte ihre Flucht vor ihnen ins Schlafzimmer fort, wo sie sich neue Sachen zum Anziehen zusammensuchte, nur, um etwas zu tun, was den Bildern ihre Aufdringlichkeit raubte.

Ob das Badezimmer warm genug war, war nicht mehr wichtig. Sie schloss sich darin ein. Während sie ihre Kleider vom Körper streifte, entschied sie sich für ein Bad und drehte den Heißwasserhahn auf. Bis sich die Wanne gefüllt hatte, dauerte es ihr nun doch zu lange. Sie stellte sich derweil in die Duschkabine und drehte auf. Das Wasser rann über ihre Haare, über das Gesicht, den ganzen Körper. Margret lehnte selbstvergessen an der gekachelten Seitenwand, versuchte, sich auf das Wasser zu konzentrieren und zu vergessen.

Nach einer Ewigkeit wurde sie von einem Paukenschlag in die Gegenwart geworfen. Ohne darüber nachzudenken, warum, drehte sie intuitiv wie wild den Wasserhahn zu und hüpfte aus der Duschkabine. Das ganze Bad war voll genebelt vom Wasserdampf. Sie hechtete durch die Schwaden in Richtung der Stelle, an der sich der Wasserhahn der Badewanne befinden musste. Die Wanne war bis unter den Rand voll mit Wasser. Das sah sie jetzt unter den dicken Schaumwolken des Badezusatzes an dem Wasser, das bereits heraus schwappte. Der ganze Boden war nass. Ihre hektische Rettungsaktion trug ein Übriges dazu bei. Margret legte den Hebel um, der Wasserstrom versiegte. Bockig, wütend warf sie ein Handtuch in die Ecke. Angesichts des Chaos, das herrschte, war es ihr nicht mehr danach zumute, gemütlich in der Badewanne zu liegen. Ihre nackten Füße standen in einem dünnen Wasserfilm. Obendrein betrug die Temperatur in dem überschwemmten Raum mittlerweile bestimmt mehr als 35 Grad.

Grollend holte Margret einen Eimer und ein Wischtuch aus dem Schrank unter einem der Waschbecken und begann, nackt auf dem Boden herumzukriechen und das Wasser einzufangen. Sie hätte die halbe Menschheit erstechen können, rutschte auf Knien über die harten Bodenfließen, die wenigstens nicht kalt waren, und spürte jeden Knochen. Nach mehreren mittelmäßig erfolgreichen Wischversuchen war der Boden immerhin nicht mehr nass, sondern nur noch feucht, und Margret stellte den Eimer in die Ecke. Die Spiegel waren alle beschlagen, ebenso die Duschkabine, die Fensterscheiben und die Lampenschirme, aber das Chaos hatte sich etwas gelichtet. Obwohl das Wasser in der Wanne eine angenehme Temperatur hatte, zog Margret beleidigt den Stöpsel. Die mitgebrachten Klamotten waren feucht. Sie brauchte noch mal frische. Nachdem sie endlich abgetrocknet und in den Bademantel eingehüllt war, drehte sie die Heizung ab und riss das Fenster auf, das sie umgehend wieder zuschlug, weil eine hässliche Windböe unangenehm in ihre nassen Haare hinein fuhr. Margret konnte nicht anders, als im Bademantel das Bad zu verlassen, und trat auf den Flur.

Den jungen Leuten war es wohl in Moritz' Zimmer zu eng geworden. Zwei von den Mädchen drängten heraus und erkundigten sich in ihren aufreizenden T-Shirts, die nach Margrets Meinung von einem mangelnden Sinn für gesellschaftsfähiges Auftreten zeugten, wo die Toilette sei. Dass die Mutter von Moritz in diesem Aufzug über den Flur huschte, während Besuch da war, fanden sie offensichtlich besonders cool. Sie grinsten ungehörig, als sie ihre Frage stellten, und trollten sich sofort, als sie merkten, wie schlecht Frau Hamann drauf war.

Margret nahm es sich übel, dass sie sich nicht mit den nicht mehr ganz trockenen Kleidern begnügt und einfach ihre

Haare gefönt hatte, während sie das Bad kräftig lüftete. Und sie ärgerte sich, dass sie ausgerechnet heute Moritz erlaubt hatte, für die gesamte Horde, die er eingeladen hatte, auf ihre Kosten Pizza zu bestellen. Als nächstes gestand ihr Martin, dass er tatsächlich gefeuert war, nachdem er endlich wieder aus dem Keller aufgetaucht war.

Sie sagte gar nichts. Martin sagte nur einen Satz. Seinen Satz, den er sich zurechtgelegt und geübt hatte, der ihm die Schamesröte ins Gesicht trieb, weil er mit ihm seine haushohe Niederlage offiziell zugab, und der ihm gleichzeitig wie eine Zeitenwende vorkam, weil er ihn ohne Skrupel über seine Lippen brachte. Damit war das Gespräch beendet, bevor es richtig anfing. Aber zumindest das war ja nichts Neues. „Ich gehe nach oben arbeiten", meinte Margret. Daraufhin ließ er sie kommentarlos gehen und vergrub sich lethargisch im Wohnzimmer. Weder er noch Margret machten Anstalten, Moritz' Freunde nach Hause zu schicken. Moritz machte sich erst gegen halb zehn von sich aus bemerkbar und erklärte kurz angebunden, mit seinen Kumpels noch eine Stunde nach draußen zu gehen, bevor die sich nach Hause aufmachten, wie er behauptete.

Die Feuchtigkeit im Badezimmer hatte sich mittlerweile verzogen. In Margret rumorte das Bedürfnis, den Rest in Ordnung zu bringen, die Dusche und die Badewanne zu säubern, Haare vom Boden aufzuklauben, die Handtücher zu wechseln. Erst als alles erledigt war, konnte sie sich in ihr Arbeitszimmer zurückziehen und den Computer einschalten. Ein Polizist hatte ihn Tags zuvor zurückgebracht, nachdem die Kripo nicht das gefunden hatte, wonach sie fieberhaft suchte. Ein Glück, dass er reibungslos funktionierte. Bei einem gegenteiligen Befund hätte Margret theoretisch einen Aufstand veranstaltet. Auf dem Hintergrund der gegenwärtigen Sachlage ging ihr schlicht die notwendige Frechheit ab. Nun hatte die Kripo einen vollständigen Überblick über ihre offiziellen geschäftlichen Aktivitäten. Allein das regte Margret maßlos auf. Aber was sollte es. Sie konnte zufrieden sein, dass sie bei der ersten Durchsicht der Dateien keine Veränderungen entdeckte.

Es handelte sich um fünf Patienten, für die sie dringend Verlängerungsanträge schreiben musste, eine Arbeit, die gewöhnlich mehrere Stunden vollster Konzentration erforderte. Sie stierte auf den Bildschirm und brachte keinen brauchbaren Satz zustande. Es machte keinen Sinn, zu arbeiten.

Im Haus war Stille eingekehrt. Martin lag vermutlich im Bett. Martin. Er ging ihr nicht mehr aus dem Kopf. Was empfand sie wirklich für ihn? Er hatte ein Verhältnis angefangen, hinter ihrem Rücken. Wo denn auch sonst? Martin mit einer anderen Frau zu teilen war ihr unmöglich. Aber jetzt, da Iris Mainrath aus dem Weg geräumt war und Martins Karriere einen hässlichen Knick bekommen hatte, was empfand sie wirklich für ihn? Wollte sie allen Ernstes die Hauptverdienerin der Familie sein? Ob Martin mit dem Kündigungsgrund im Lebenslauf jemals wieder einen vernünftig bezahlten Job finden würde, war mehr als fraglich. Dazu war die Konkurrenz zu groß.

Martin war eine Flasche.

Er war als Mann nicht ihre Kragenweite, das hatten die letzten Wochen mehr als bewiesen. Eine gewisse Zeit in ihrem Leben war er der richtige gewesen. Aber die Zeiten änderten sich. Das mit Martin hatte sich überlebt, wenn sie ehrlich war. Es schien Margret so, als wäre eine vergangene Phase zum Abschluss gekommen und vom Beginn einer neuen abgelöst worden. Sie überlegte, ob sie nicht ein Verhältnis mit einem anderen Mann anfangen sollte. Attraktiv war sie ja. Sonst wäre Wilhelm nicht auf sie abgefahren. Aber wer kam in Frage? Unter ihren Patienten war keiner, der ihren Ansprüchen genügte. Von dem abgesehen waren die meisten Patienten Frauen. Eine weitere Möglichkeit bestand in einer Kontaktanzeige. Aber wie sie es drehte und wendete, immer stand ihr Martin im Weg. Je länger sie darüber nachdachte, desto klarer wurde, dass sich Martin zum Problem für sie entwickelte. Einfach eine Scheidung durchzuziehen, hätte dazu geführt, dass sie finanziell schlechter dastand, als sie zu akzeptieren bereit war. Das war keine Option.

Martin musste verschwinden.

Der Satz in ihrem Kopf löste eine Gänsehaut aus, einen kleinen Schreck, aber auch eine gewisse Erleichterung. Ihr Blick fiel auf das Voodoo-Püppchen. Es war ganz neu, ganz ohne Narben. Je genauer sie hinschaute, desto mehr wich der Schrecken einer unübersehbaren Einsicht, einem Entschluss mit durchaus angenehmen Gefühlsanteilen. Noch hatte sie es nicht getan. Es war nur ein Gedankenexperiment. Und welche frustrierte Ehefrau hatte nicht schon irgendeinmal ihren ach so geliebten Ehemann in Gedanken ohne Sauerstoff und Proviant auf den Mond geschossen. Das war ja um Himmelswillen nicht verboten. Außerdem war es eine brillante Methode zum Zwecke des Aggressionsabbaus und zur Vermeidung destruktiver Konflikte, eine Methode, die Raum schuf für die wahren Lösungen.

Der Abend war für die Verlängerungsanträge verloren. Aber sie war nicht unzufrieden, im Gegenteil, sondern wie absorbiert von ihrem Spielchen. Sie war auf jeden Fall produktiv, wenn auch nicht so, wie sie es sich ursprünglich vorgenommen hatte. Getrost fuhr sie ihren Computer herunter. Sie sah ein neues Ziel. Es fühlte sich gut an. Aller guten Dingen waren drei. Bis jetzt konnte ihr die Polizei nichts nachweisen. Warum die zwei bisherigen Erfolge nicht durch einen dritten komplettieren?

29. Kapitel

Es dauerte nicht allzu lange, bis Schulz die Ergebnisse aus seinem speziellen Auftragslabor erhielt. Die Ergebnisse stellten ihn vor neue Rätsel. Aber er erwartete nichts anderes, nachdem er beim Sondieren auf Stücke gestoßen war, die er für verbranntes Knochenmaterial hielt. Und er lag richtig. Das Ergebnis bestand tatsächlich in einem neuen Rätsel. In den Augen von Schulz waren neue Rätsel besser als alte Rätsel, denn so kam Bewegung in die Sache. Und vor allem waren die Ergebnisse sensationell. Oder grauenhaft. Je nachdem, wie man sie betrachtete.

Die Knochenteile waren menschlichen Ursprungs.

„Bert, ich frag' ja nicht. Das weißt du", ließ Holzig am Telefon verlauten, als er Schulz über seine Entdeckung informierte. „Du brauchst mir nicht zu sagen, wo du das Zeug her hast. Aber ich nehme nicht an, dass du in einem offiziellen Krematorium gebuddelt oder heimlich ein Urnengrab geplündert hast. Wobei das ja gar nicht sein kann, denn in diesen Zusammenhängen wird auf vollständige Verbrennung geachtet. Davon kann man bei deinen Findlingen nicht ausgehen." Holzig war nicht nur Kooperationspartner, sondern beinahe so etwas wie ein Freund. Schulz schwieg und lutschte nebenbei an seiner glühenden Pfeife. „Nein", knurrte er, während er in seiner Detektei am Schreibtisch saß und ein Blatt Papier hernahm, um sich Notizen zu machen. „Was kannst du noch sagen, außer dass die Teile von einem Menschen stammen? Alter, Geschlecht, Familienstand, Berufsausbildung und so weiter?" Er drückte das Telefon an seine Ohrmuschel und legte die Pfeife in den Aschenbecher. Holzig lachte. „Schön wär's. Das Ergebnis der Zellanalyse deutet darauf hin, dass das Material von einem Mann stammt. Gut wäre es zu wissen, ob irgendwo irgendjemand vermisst wird, aber ich will mich nicht bei dir einmischen." „Hhmmmm", brummte Schulz.

Er gab Holzig Recht. Er mischte sich besser nicht ein. „Gut. Das reicht mir fürs erste." Holzig nannte noch den Preis für seine Dienste. Dann legte Schulz auf. Er hatte zu tun. Als nächstes waren sämtliche Polizeiberichte und Online-Ausgaben von Tageszeitungen für den gesamten süddeutschen Raum dran, die er auf den Bildschirm bringen konnte. Und es waren in der jüngsten Vergangenheit durchaus Personen als spurlos verschwunden oder als vermisst gemeldet.

In drei Stunden intensiver Recherche trieb Schulz einiges auf. Neben einem kleinen Mädchen, das nach dem Spielen nicht nach Hause gekommen war, und einer alten Dame, die aus einem Altenheim ausgebüchst war, fahndete die Tübinger Polizei nach einem Mann Mitte fünfzig aus einem Flecken am Rande des Landkreises, der seit Tagen wie vom Erdboden verschluckt schien. Es handelte sich um einen Angestellten in einer katholischen Pfarrei. Sein Verschwinden wurde bemerkt, weil die Mülleimer der Pfarrei überquollen. Aber was hatte der mit Margret Hamann zu tun? Schulz entschied, Herrn Hamann zu kontaktieren. Immerhin schien der ganze Auftrag Dimensionen anzunehmen, die es erforderten, den finanziellen Rahmen zu thematisieren, damit sein Kunde hinterher nicht vom Stuhl kippte, wenn er den Preis nannte, oder er in die Röhre glotzte.

„Was Ihnen fehlt, ist ein Kundenparkplatz, Herr Schulz", empfahl Martin entnervt. „Ich weiß, aber ich habe selbst nicht mal einen. Mir geht's da so schlecht, wie meinen Kunden. Das kann ich Ihnen versichern." Schulz bot Hamann ein Getränk an. Er wollte sofort auf den Punkt kommen, denn wenn es ihm gelang, Hamann davon zu überzeugen, welche Ausmaße sein Problem womöglich besaß, dann hatte er einen prächtigen Fisch an der Angel.

„Haben Sie die Informationen, die ich brauche?" Martin sah an seinem Gesicht, dass sein Detektiv nicht zum Spaßen aufgelegt war. Schulz lud seine Digitalfotos in den Rechner und drehte den Bildschirm zu ihm hin. Ein abgeernteter, umgepflügter Acker. Was sollte das? Was hatte das mit ihm oder Margret zu tun?

„Kommt Ihnen die Gegend bekannt vor?" „Ja", zauderte Martin nach längerem Überlegen. Er war sich nicht sicher, ob

Schulz ihn ernst nahm. „Das muss in der Nähe von Tübingen sein. Wenn man in Richtung Rottenburg fährt." „Exakt." Schulz schnaufte gewichtig und lehnte sich in seinem Stuhl zurück. „Ich will Sie nicht unnötig auf die Folter spannen, glauben Sie mir. Aber ich muss so vorgehen, wie ich es gerade tue, weil ich glaube, dass Ihre Einfälle zu den Einzelheiten, die ich herausgefunden habe, für mich wichtige Hinweise sind, um den Flickenteppich neu zusammen zu weben und interpretierbar zu machen. Verstehen Sie?" Martin sah ihn ungläubig an, unterbrach ihn aber noch nicht. „Gehen wir weiter", fuhr Schulz fort. Er zeigte ihm die Route, die Margret mit ihrem Cabrio gefahren war, um bei den schwarzen Erdschlieren zu landen. „An dieser Stelle wurde ein menschlicher Körper verbrannt, Herr Hamann", wisperte Schulz, während er den Kopf nach hinten neigte, um durch seine schmale Lesebrille das Foto auf dem Bildschirm genauestens zu inspizieren. Dabei zeichnete er mit einem Kugelschreiber, den er als Zeigestift benutzte, die Konturen der geschwärzten Erdlinien nach. Martin klappte beinahe zusammen. Schulz traf ihn in Mark und Bein. Er war ein Meister der Inszenierung. Das „Wie bitte?" erstarb in Martins Kehle. An seine Stelle drängelte sich ein gewaltiger Hustenanfall. Martin keuchte und röchelte und lief rot an. Geistesgegenwärtig holte Schulz aus und klopfte ihm kräftig zwischen die Schulterblätter, bis sich Martin wieder fing und sich seine Verschluckung löste. „Na, na. Ich verstehe ja, dass das eine große Nummer ist, die ich Ihnen hier präsentiere. Trotzdem lohnt es sich, Ruhe zu bewahren. Wir sind noch nicht fertig." Falls Hamann genügend Kleingeld in der Hinterhand hatte, war ihm ab jetzt der ganze Auftrag sicher. Das wusste er.

„Entschuldigen Sie." Martin holte ein Taschentuch hervor und schnäuzte sich. Langsam wich die Röte aus seinem Gesicht. Er heftete seinen Blick auf den Bildschirm. „Hier." Schulz schob ihm das Glas hin, das er ihm eingeschenkt hatte. „Trinken Sie einen Schluck."

„Ich frage mich, was Ihre Frau an diesem Ort suchte", begann er tiefsinnig, um sich danach selbst die Antwort zu geben. „Ich will mal ganz waghalsig sein. Nehmen Sie es mir bitte nicht übel. Es ist bestimmt keine Vorverurteilung." „Bitte, sagen Sie, was Sie denken. Ohne Umschweife", drängte Martin, der sich auf das Schlimmste gefasst machte. Er hatte ja selbst kein gutes Bild mehr von seiner Frau. „Wenn wir davon ausgehen, dass Täter, - oder sagen wir es mal ganz emanzipiert: Täterinnen - nicht selten zum Tatort zurückkehren, um sich zu vergewissern, auch ja alle Spuren beseitigt zu haben, … dann … „ „Was dann?" Martin hing an seinen Lippen. „… dann hat Ihre Frau etwas mit dem dort verbrannten menschlichen Körper zu tun." Martins Herz blieb stehen, fast.

„Ich muss wissen, was passiert ist. Ich muss es wissen", flüsterte Martin nun leise. „Bitte finden Sie es heraus. Egal, wie." „Ich habe verstanden. Ich werde Ihnen helfen", gab Schulz zufrieden zurück. „Sie können sich auf mich verlassen. Trotzdem sind wir hier noch nicht fertig. Können Sie noch?" fragte er den kreidebleichen Mann neben sich auf dem Stuhl, der ein trockenes Ja von sich gab.

„Gut. Die nächste Frage ist, um wen handelt es sich hier? Meistens verhält sich die Sachlage unkomplizierter als wir zunächst annehmen. Um es einfach auszudrücken: Der Apfel fällt nicht weit vom Stamm." Schulz drehte seinen Bürostuhl vom Schreibtisch weg, um sich Beinfreiheit zu verschaffen und einen Krampf zu lösen. Martin war froh, ihn gefunden zu haben. Die Möglichkeit, die Polizei einzuschalten, war indiskutabel, wenn er sich die Tenneberg oder den Fellner vorstellte. Er steckte offensichtlich so tief in der Scheiße, dass von den beiden bestimmt keine Hilfe zu erwarten war.

„Im jüngsten Polizeibericht des Landkreises Tübingen wird ein geringfügig beschäftigter Angestellter aus einer katholischen Pfarrei erwähnt, der spurlos verschwunden ist. Sagten Sie nicht, dass Ihre Frau eine Psychotherapeutin mit eigener Praxis ist? Im Bericht steht, dass der Mann wohl unter psychischen Problemen gelitten haben soll, wie Zeugen aus der Ortschaft angaben. Kann sein, dass er einfach die Schnauze voll hatte von seinem Job, von seinem Leben, und irgendwo untergetaucht ist. So was gibt es ja häufiger. Es ist aber auch nicht auszuschließen, dass er das Opfer eines Verbrechens wurde, aus welchem Grund auch immer." Martin schwieg. Er hatte das Gefühl, dass sich ein Netz zusammenzog und immer enger wurde. „Und Iris Mainrath?" brachte er endlich heraus. „Das ist eine gute Frage. Beim jetzigen Wissensstand leider nicht zu beantworten. Vielleicht ergibt sich über den Vermissten ein wichtiger Zwischenschritt, falls ich ihn finde, den Zwischenschritt meine ich natürlich." „Über den Vermissten? Was soll dabei heraus kommen? Und wie soll das gehen? Sie meinen, der Vermisste ist der, der auf dem Feld verbrannt wurde?" Schulz zuckte mit den Schultern. „Weiß man's?" Entweder war er verrückt oder ein Genie.

Martin war perplex über die konstruierten Zusammenhänge, die vor ihm lagen wie ein falsch zusammen geschraubtes Werkstück, aber er hatte eine leise Ahnung, dass es noch dicker kam. Schulz setzte seine Erläuterungen fort. „Wir können es herausfinden mit einer Art Ausschlussverfahren, wenn Sie so wollen. Ich habe eine Bodenprobe mitgenommen und Glück gehabt. Es ist ein DNA-Abgleich möglich. Dazu werde ich allerdings auf weniger legale Methoden zurückgreifen müssen, als ich sie bisher angewendet habe." Schulz interpretierte Hamanns Mimik richtig. Er hatte verstanden. Sein Auftraggeber hatte für heute genug gehört. Die nächsten Schritte waren klar. Schulz hing voll mit drin.

„Ach übrigens. Wären Sie so freundlich und würden Sie für mich den Sender sicherstellen, der noch unter dem Auto Ihrer Frau angebracht ist?" Schulz dachte wirklich an alles. Zum Abschied lächelte er Martin vertrauensvoll an und klemmte seine süßlich qualmende Pfeife zwischen seine gelben Zahnreihen.

Auch wenn bei der Beseitigung Wilhelms alles gut gegangen war, Margrets Projekt ging unweigerlich in eine hoffentlich letzte, nächste Runde. Sie hatte die Faxen dicke und das Bedürfnis nach einem langen, unbekümmerten Urlaub, vielleicht in der Karibik. Aber sie war noch nicht fertig. Sie hatte Martin satt. Das ging sogar so weit, dass sich in ihr eine regelrechte Abscheu ihm gegenüber aufbaute. Am liebsten hätte sie mit ihrem Leben ganz neu begonnen, wenn das möglich gewesen wäre. Am liebsten jetzt, ohne die verdammten Altlasten. Mit Moritz und den anderen Kindern, mit dem Haus, das ohne Einschränkungen dann ihr gehörte, und mit dem sie machen konnte, was sie wollte, und mit dem Erlös aus Martins Lebensversicherung in der Hinterhand, der ihr angenehme Freiheiten eingeräumt hätte. Sie träumte vor sich hin und malte sich aus, wie ein neuer Mann, ein richtiger Mann, kein Versager und Betrüger, in ihr Leben treten würde. Die Schmach eines Verhältnisses neben ihrer Ehe her, die Versteckspielchen und die doofen Ausreden, waren kein Weg. Das hatte sie nicht nötig. Und wenn Tabula rasa, dann richtig. Zweimal hatte es bereits funktioniert. Die dumme Tenneberg machte ihr den Weg frei. Für eine zweite Durchsuchung ihres Computers fehlten ihr jegliche Grundlagen.

Margret tippte die Internetadresse in die Tastatur. Die Technik mit dem Insulin war eine saubere Sache, nicht so brutal und dabei sehr wirkungsvoll. Es handelte sich schließlich um Martin. Bei Iris Mainrath hatte sie das Einstechen der Nadel noch Überwindung gekostet. Bei Wilhelm machte sich bereits ein gewisser Übungseffekt bemerkbar. Sie hatte festgestellt, dass sie getrost mit Kraft zustechen konnte, und sich fasziniert gewundert, wie robust menschliches Gewebe den Eingriff aushielt. Die Angst, dass die Nadel zu tief kam, war unbegründet. Hauptsache, das Zeug war drin. Und bei Martin konnte sie gewissermaßen auf Erfahrung und Routine zurückgreifen. Es würde nicht wehtun. Bei dem Wort Routine musste sie lachen, weil es sich verrückt anhörte. Sie füllte den ‚Bestellzettel' im Namen von M. Hamann auf Englisch aus, Lieferadresse Gartenstrasse, und schickte ihn ab.

30. Kapitel

Das alte Haus lag im Halbdunkel da. Es wirkte verlassen, die Fensterläden waren nicht verschlossen. Die Scheiben glotzten wie schwarze, tote Löcher in die kaum beleuchtete Strasse. Das Schicksal war Schulz wohl gesonnen. Die Gemeinde, die wie alle öffentlichen Haushalte, einem enormen finanziellen Druck unterworfen war und sparte, wo sie nur konnte, sorgte dafür, dass er im Schutze der Nacht operieren konnte. Es brannte nur jede dritte Straßenlaterne, beste Bedingung für diskrete Nachforschungen. Es war in den frühen Morgenstunden und Mucksmäuschen still. Das einzige Geräusch war das Rauschen einer entfernten Schnellstraße, auf der zu jeder Tages- und Nachtzeit etwas los war. Schulz parkte am Ortsrand und schlich sich um ein paar Straßenecken. Schon stand er am Grundstück. Dann verschwand er in der Dunkelheit des verwilderten Gartens. Das Grundstück war herrlich eingewachsen. Schulz erreichte das Haus. In seiner Manteltasche fand er etwas Passendes. Das Haus war von der Polizei durchsucht worden. Die Versiegelung zerbarst. Er drang ein. Vorerst ließ er seine Taschenlampe aus. Durch die offenen Fensterläden fiel ausreichend Licht in den Flur. Zuerst fiel ihm der muffige Geruch auf. Es schien lange nicht gelüftet worden zu sein. Seine Neugierde trieb ihn in das altmodisch eingerichtete Wohnzimmer, um sich umzusehen. Nichts Außergewöhnliches. Er schlich auf den Flur zurück und tastete sich vorsichtig die Treppe zum oberen Stockwerk hoch.

Hinter der dritten Tür fand er, was er suchte, und handelte schnell. Alles schien ordnungsgemäß an seinem Platz zu liegen so, als ob Jürgen Wilhelm jeden Moment aus dem Urlaub zurückkommen und sein Leben in seinen gewohnten Bahnen weiter führen würde. Auf einer kleinen Ablage unterhalb eines Spiegels lag eine Bürste. Schulz griff in seinen Handschuhen nach ihr, zupfte einige wenige Haare heraus und verwahrte sie in einer kleinen Plastiktüte. Als er sah, dass das reichte, trat er den Rückzug an. Ohne große

Schwierigkeiten fand er den Weg die Treppe abwärts und stahl sich unbemerkt aus dem Haus. Auf der Straße sah er, wie im Wohnhaus gegenüber Licht anging. In einem kleinen Fenster mit geriffelter Scheibe waren die Umrisse eines Menschen zu erkennen, unschwer zu schließen, dass er sich auf der Toilette Erleichterung verschaffte. Schulz verließ den Ort, ohne dass er von einer einzigen Menschenseele beobachtet worden war.

Nach seinem letzten Besuch bei Schulz ging es Martin richtig schlecht. Der Nachhauseweg fiel ihm schwer. Der Grund war eine dumpfe Beklemmung in der Magengegend, die umso stärker wurde, je näher er sich seiner familiären Heimstatt näherte. Er hatte Margret stets als berechnend und auf ihren Vorteil bedacht eingeschätzt. Das war richtig. Aber der Gedanke, dass sie sogar bereit gewesen sein sollte, diese eine Grenze zu überschreiten, machte sie ihm unheimlich. Margret war unberechenbar.

Dennoch, es war nichts bewiesen. Vielleicht irrte sich Schulz. Vielleicht war er einer, mit dem manchmal die eigene Fantasie durchging, oder der mit seinen Mutmaßungen gerne übers Ziel hinausschoss. Klappern gehört zum Geschäft, wie man so schön zu sagen pflegte. Und je länger er darüber nachdachte, desto mieser kam er sich vor, weil er Margret ohne stichhaltige Beweise zum mordlüsternen Monster hoch stilisierte.

Zermürbt bog er um die Ecke vor die Garageneinfahrt und betätigte die Fernbedingung. Das Garagentor bewegte sich sachte nach oben. Margrets Cabrio stand drin. Er parkte sein Auto daneben und warf rasch einen Blick an die Stelle, wo Schulz den Sender angebracht hatte. Martin nahm das kleine, runde Ding ab, das am Unterboden klebte. Das ging ganz leicht, und es sah weitaus unscheinbarer aus, als er es sich vorgestellt hatte. Aber als er seine Hand zu einer festen Faust formte und das runde Gehäuse in Form einer Muschel fest im Griff hatte, kamen ihm die Behauptungen seines Privatdetektivs gar nicht mehr so weit hergeholt vor. Schnell ließ er das Gerät unter seinem eigenen Fahrersitz verschwinden.

In der Küche schenkte er sich ein Glas Sprudel ein und nahm am Tisch Platz. Mit großen Schlucken sog er die Flüssigkeit in sich hinein. Es wurde nicht besser. Im Wohnzimmer streckte er sich auf die Couch. Vergeblich. Moritz hörte oben im Zimmer eine kalte, aggressive Musik. Margret war bestimmt in ihrem Arbeitszimmer. Er wollte eine Begegnung mit ihr vermeiden. Deshalb sah er nicht nach. Auf der Couch fühlte er sich matt und erschlagen. Dann holte er sich eine Wolldecke, ließ den Rollladen herunter, drehte das Licht aus und döste vor sich hin, bis er ganz einschlief. Das Telefon weckte ihn. Es klang vom Flur her und hörte sich weit weg an. Die aggressive Musik war verstummt. Martin knipste das Licht im Flur an und nahm ab. Ein Freund von Moritz war dran. Vielmehr war an dem Abend nicht mehr los. Unter der Wolldecke dachte er an Iris. Erst jetzt begann ihr Tod ihm unglaublich Leid zu tun. Aber noch mehr tat er sich selbst leid. Auf Margret bekam er eine Stinkwut. Wenn sie nicht so schwierig gewesen wäre, hätte er sie niemals mit einer anderen betrogen. Sie war und blieb eine verwöhnte, anspruchsvolle, launische und kindische Göre. Die Nacht verbrachte er auf der Couch im Wohnzimmer.

Margret bemerkte Martins Eintreffen. Wo er sich herumgetrieben hatte, interessierte sie nicht. Hauptsache, er kam zurück. Und wo sollte er denn hin, seit es seine Anlaufstelle nicht mehr gab. Er hatte keine andere Wahl, als zurück zu kommen. Bis in die nächste Zeit jedenfalls. Bevor er auf die Idee kam, den Absprung zu machen, wollte sie ihm zuvor gekommen sein. Seit sie ihre Bestellung abgeschickt hatte, besaß ihr Geist die Schärfe einer Rasierklinge. Sie war entschlossen, alles zu Ende zu bringen, bevor Martin ihr auf die Schliche kam. Es passte sehr gut, dass er ihr bis dahin aus dem Weg ging. Bestimmt war er mit sich und seinen Problemen beschäftigt, auf die sie keine Lust mehr hatte. Sie musste sich endlich wieder auf ihre Arbeit konzentrieren, denn auf das Geld, das die Praxis abwarf, wollte sie nicht mehr verzichten. Das mit den Verlängerungsanträgen war wirklich dringend. Durch den vielen Stress in der letzten Zeit hatte sie ihre Arbeit zu sehr schleifen lassen.

Sie holte sich die Unterlagen her und blätterte die Notizen über Frau Roloff heraus. Mit ein paar guten Formulierungen war es bei ihr nicht schwer, die Krankenkasse zur Genehmigung von fünfzig weiteren Sitzungen zu bewegen. Margret tippte den Text in die Tastatur. Nach etwa einer Stunde war sie fertig, druckte das Dokument aus und steckte es in einen Briefumschlag. Auf dieselbe Weise schaffte sie an dem Abend drei weitere Anträge und war gottfroh, diese an und für sich lästige Arbeit in einem Rutsch durchzuziehen. Nun war sie beruhigt, denn ihre Einnahmen für die nächsten Monate waren gesichert.

Martin wachte früh auf. Die Couch war zum Übernachten zu unbequem. Zudem weckte ihn die Umtriebigkeit, die in der Küche herrschte. Seine Gattin schlurfte im Morgenmantel zwischen Herd und Kühlschrank hin und her, ohne auf ihren Geräuschpegel zu achten. An Schlafen war nicht mehr zu denken, obwohl er sehr müde war. Moritz stapfte die Treppe herunter am Wohnzimmer vorbei in die Küche. Das Radio wurde eingeschaltet. Vergeblich wälzte sich Martin von einer Seite auf die andere. Noch vor wenigen Tagen wäre er um diese Zeit bereits aus dem Haus gewesen und hätte diese Unruhe nicht mitbekommen. Jetzt ging sie ihm auf die Nerven. Er war gereizt. Genervt grübelte er im Liegen, wie er diesem Tag irgendetwas Gewinnbringendes abringen konnte. Ihm fiel nichts ein, außer, dass er sich bei den zuständigen Behörden arbeitssuchend meldete. Der Gedanke daran baute ihn nicht gerade auf. Am liebsten hätte er seine Sachen gepackt, ohne jemanden um Erlaubnis zu fragen, und wäre für einige Tage verschwunden. Irgendwohin. Vielleicht nach Italien oder in die Berge. Aber er war von Fellner ausdrücklich aufgefordert worden, sich für weitere Untersuchungen zur Verfügung zu halten. Sein Kurzurlaub wäre womöglich als Fluchtversuch verstanden worden. Bei dem Wort Flucht fuhr es ihm in die Knochen. Er nahm sich vor, mit Schulz Kontakt aufzunehmen.

Es dauerte eine Ewigkeit, oder es kam ihm zumindest so vor, bis Margret endlich, lange nach Moritz, das Haus verließ, ohne sich von ihm zu verabschieden. Als sie endlich weg war, hatte er die Küche für sich allein. Auf dem Tisch lag die lokale Tageszeitung, zusammengefaltet. Sie wurde selten gelesen. Keiner hatte dafür morgens Zeit, und abends waren die Nachrichten nicht mehr aktuell. Warum keiner das Abo abbestellte, war eine gute Frage. Es war wohl egal. In der Ecke neben dem Kühlschrank türmten sich die unberührten Ausgaben der vergangenen Tage und warteten darauf, dass jemand sich ihrer erbarmte und sie in die Altpapiertonne in der Garage schmiss. Meistens war das Frau Reinhardt, die mittwochs zum Saubermachen kam, und heute war Mittwoch. Frau Reinhardt putzte dienstags bei Margrets Mutter, die normalerweise am Mittwochvormittag in der Familie ihrer Tochter anwesend war, um Frau Reinhardt dort zu beaufsichtigen. Margret bestand auf diese Regelung, weil sie Frau Reinhardt nicht über den Weg traute, wie sie es grundsätzlich bei keiner Putzhilfe tat. Frau Schmidt war für diese Arbeit nicht in Frage gekommen, denn Margret legte Wert auf ‚entzerrte Verhältnisse', wie sie es nannte. Eigentlich eine Form subtiler Paranoia, dachte Martin. Für heute hatte sich Margrets Mutter abgemeldet, weil Martin nichts zu tun hatte und eh nur nutzlos zu Hause herumsaß. Immerhin hätte man mit viel Wohlwollen daraus schlussfolgern können, dass sie ihn nicht für ein Monster hielt. Oder sie lehnte es strikt ab, in seiner Gegenwart den Vormittag zu verbringen. Diese Sichtweise war für ihn weniger schmeichelhaft, aber wahrscheinlicher, je länger er es drehte und wendete. Er war dazu verdammt, den Vormittag im Haus zu verbringen. Also legte er das Treffen mit Schulz auf den Nachmittag und blätterte danach die Zeitung auf, bis Frau Reinhardt eintraf.

Im Lokalteil waren zwischen den Berichten aus den Vereinen der Umgebung und den Ankündigungen der

Volkshochschule diverse Meldungen der Polizei abgedruckt. Die Suche nach dem verschwundenen Mann nahm einen Artikel mittleren Umfangs ein. In ihm wurde Kriminaloberkommissarin Gundel Tenneberg von der Kripo Tübingen zitiert, die erklärte, dass eine Durchsuchung des Wohnhauses keinerlei Hinweise erbrachte. Der Mann war seit Tagen spurlos verschwunden. Ein Verbrechen wurde nicht ausgeschlossen, allerdings stellte die Polizei dafür keine zweifelsfreien Anhaltspunkte fest. Dringend gesucht wurden daher Zeugen, die den Mann zuletzt gesehen haben. Daneben war ein Foto des Gesuchten abgebildet. Mit einem unguten Gefühl fiel Martin beim Lesen ein, dass Margret vor nicht allzu langer Zeit sein Auto benutzt hatte, und er immer noch nicht darüber im Bilde war, was sie mit ihm angestellt hatte.

Frau Reinhardt klingelte und wollte eingelassen werden. Die kleine, gedrungene Frau mittleren Alters mit der kurzen Lockenwicklerfrisur legte ab, machte sich am Schrank mit dem Putzzeug zu schaffen und band sich eine Schürze um. Freundlich, allerdings ohne große Worte zu verlieren, schritt sie zur Tat und begann mit der Toilette im Erdgeschoß. Martin fand es affig, sich in ihrer Nähe aufzuhalten, und er fühlte sich schlecht dabei, in der Küche Kaffee zu trinken, während sich die arme Frau abmühte. Außerdem war er plötzlich von einem unwiderstehlichen Drang erfasst, der ihn in Margrets Arbeitszimmer hoch trieb.

Obwohl er wusste, dass Margret mit Sicherheit den gesamten Vormittag in ihrer Praxis zubringen würde, legte er einen eigentümlichen Argwohn an den Tag. Wer weiß, was ihr alles einfiel. Vielleicht stand sie plötzlich da, weil sie etwas vergessen oder ein Patient wieder einmal gekotzt hatte. Martin hatte jegliches Vertrauen verloren. Wie ein Räuber auf der Suche nach den Juwelen schlich er durch das Zimmer, leise und bedächtig, nur um nichts zu berühren, nichts zu verschieben, an dem sie gemerkt hätte, dass jemand in ihr Allerheiligstes eingedrungen war. Denn darauf stand die Todesstrafe. Margret hasste es, wenn jemand ohne ihre ausdrückliche Erlaubnis in ihrem Zimmer war. Am

Schreibtisch schaltete er den Computer ein. Die Polizei hatte ihn ja durchsucht und anscheinend nichts Belastendes gefunden. Fehlanzeige. Kein Zugang. Was hatte er denn gedacht? Es wurde ein Passwort abgefragt, das Martin natürlich nicht kannte. Er presste die Lippen zusammen, fuhr den Computer wieder herunter. Der Rest des Zimmers war wenig ergiebig. Sein Laptop, das er ihr ausgeliehen hatte, konnte er nirgends entdecken, in keiner Schublade. Auf den Regalen standen ihre Bücher. Bände mit so reißerischen Titeln wie „How to enjoy Life – The Psychology of Happiness", „Das Geheimnis der Schizophrenie" oder „Das kriminologische Gutachten als Kunstform". Margret besaß ein ganzes Brett von Werken über Kriminologie und Delinquenz. Sie war Expert in Sachen Verbrechen. Aber das bewies gar nichts.

Nach einer halben Stunde wurde ihm mulmig. Je länger er sich auf verbotenem Terrain aufhielt, desto größer wurden seine Bedenken, dass Margret doch dahinter kam. Es war besser, den Rückzug anzutreten. Nach einem kritischen Rundum-Blick glaubte er, dass alles unverändert war. Er schlich sich wieder hinaus.

Frau Reinhardt war eine nette Person. Sie lächelte, als er die Treppe herunter kam, und huschte an ihm vorbei, um sich in der Küche nützlich zu machen. Als Martin ihren Weg kreuzte, hatte er den Wunsch, ihr einen Kaffee anzubieten, auch wenn sie ihre Arbeit für ein paar Minuten unterbrach und eine Pause einlegte. Frau Reinhardt war überwältigt und freute sich riesig über diese Fürsorglichkeit, die sie offenbar nicht gewohnt war. Martin setzte sich zu ihr und erkundigte sich nach ihrer Familie. Und das tat nicht nur ihr gut. Er selbst genoss den menschlichen Umgang in vollen Zügen. Frau Reinhardt war eine pflichtbewusste Persönlichkeit, die dieses Angebot nicht im Geringsten ausnutzte. Nachdem sie ihre Tassen ausgetrunken hatte, bedankte sie sich höflich und setzte ihre Arbeit fort. Martin sah sich in der Küche um. Sie war fast neu, mit Induktionsherd, einem edlen Mikrowellengerät, mit teuren Designerlampen, viel Edelstahl und luxuriösem Schnickschnack. Was hatte er in der Firma für dieses Zeug geschuftet, das ihm heute wie Plunder vorkam, und was hatte er Margret zu Füßen gelegt, die ganz gierig nach solchen Statussymbolen war. Was hatte er davon, wenn er unschuldig ins Gefängnis wanderte und nach Jahren aus der Haft entlassen wurde? Mit einem Mal kam er sich total belämmert vor, dass es einer solchen Krise bedurfte, um ihm den Kopf zu waschen. Der konsternierten Frau Reinhardt erklärte er, dass sie für heute genügend gerackert hatte. Mit der Bemerkung, sie solle sich keine Gedanken machen, sie habe heute mal frei, drückte er ihr zwei Stunden früher als gewöhnlich die volle Bezahlung in die Hand und schickte sie nach Hause. Das sei schon in Ordnung so. Er stieg in sein Auto und konnte es kaum erwarten, von Schulz zu hören.

31. Kapitel

Er war viel zu früh dran. Daran änderte auch die üblich langwierige Parkplatzsuche nichts. Es blieb ihm nichts anderes übrig, als sich die Beine zu vertreten, bis Schulz auftauchte. Eben setzte ein leichter Regen ein. Es machte also keinen Spaß, ausgedehnte Spaziergänge zu unternehmen. Martin nahm den Schirm aus dem Auto mit. Als er an einer Szenekneipe vorbeikam und der Regen etwas stärker wurde, entschied er sich, einzukehren. In der Kneipe war wenig los. Es lief Jazzmusik, die eine coole Atmosphäre verbreitete und Martin unter normalen Umständen gefallen hätte, ein Zustand, den er sich gar nicht mehr richtig vorstellen konnte, seit sein Leben aus den Fugen geraten war. Er suchte sich am Zeitungsständer neben dem langen Tresen eine nichts sagende Illustrierte aus, bestellte und setzte sich an einen Tisch, um zu warten, während er nebenher in der Zeitschrift blätterte. Die meisten Leute waren alleine da, im Durchschnitt zehn bis zwanzig Jahre jünger als er und mit sich selbst oder mit Lesen beschäftigt. Sie tippten etwas in ihre mitgebrachten Laptops oder spielten an ihren Handys. Niemand nahm von ihm Notiz. Durch die Scheiben sah er, dass nur noch aufgespannte Schirme die Straße entlang liefen. Der Regen wurde deutlich stärker. Er wollte endlich Gewissheit. Das Warten strapazierte ihn. Sein Blick wanderte planlos durch den Raum und blieb an einer Tafel hängen, auf der Lasagne angepriesen wurde. Martin fiel ein, dass er heute noch so gut wie nichts gegessen hatte, und er überlegte, ob das nicht das Richtige war. Er winkte dem Kellner und gab die Bestellung auf. Das Essen kam bald, und als er es aufgegessen hatte, setzte sein Hunger erst richtig ein, aber zum Glück war es endlich soweit. Martin brach zielstrebig auf. Der Schirm klemmte überflüssig unter seinem Arm, denn der Regen ließ nach. Er platschte achtlos durch die Pfützen und machte sich Hosenbeine und Socken nass, von den Schuhen ganz zu schweigen. Schulz war tatsächlich vor ihm da.

Er bat ihn herein. Er sah aus, als ob er den Ausbruch des dritten Weltkriegs ankündigen wollte.

„Ich möchte Sie umgehend über meine Ergebnisse aufklären", begann er und wählte seine Formulierungen mit Bedacht, aber mehr wegen seines Prinzips ‚Informationen nur gegen Vorauskasse'. Und Hamann zählte brav die Scheine heraus. Eine zweite Regel besagte, dass sehr brisante Informationen nur gegen ein saftiges Zusatzhonorar zu haben waren. Auch diese Regel war erfüllt. Bei der Einhaltung der dritten Regel war er vollständig auf die gute Zusammenarbeit seiner Kunden angewiesen. Die Regel verlangte hundertprozentige Verschwiegenheit, und von ihrer Einhaltung hing es ab, dass Schulz bei seinem Job nicht selbst unter die Räder geriet. Er musste den Kunden als verlässlich einstufen können. Ansonsten war die Zusammenarbeit beendet. Schulz war an diesem Punkt voll und ganz auf sein Bauchgefühl angewiesen, Menschenkenntnis in Form von reinster Akrobatik, ohne Netz und doppelten Boden.

„Es sind jedoch keine einfach zu verdauende Erkenntnisse zusammengekommen." Martin deutete sein Gebaren als Wohlwollen und merkte, wie Schulz ihn taxierte, offensichtlich, um abzuschätzen, wie viel Gift er vertrug, ohne dass sein Kreislauf sofort kollabierte. Dass es immer noch schlimmer kommen muss, dachte er und atmete schwer, mit der Angst im steifen Nacken vor den Neuigkeiten, mit denen Schulz ihn gleich konfrontierte. „Bitte. Ich muss es wissen", wimmerte er leise.

Schulz räusperte sich. „Ich muss mich auf Sie verlassen können, verstehen Sie? Wenn Sie mit dem, was ich herausgefunden habe, zur Polizei gehen, können wir einpacken. Sie ebenso wie ich. In gewisser Hinsicht jedenfalls." Er fixierte seinen leidenden Kunden, der zu allem bereit war. Martin schüttelte langsam den Kopf. „Gut."

„Ich bin mir nicht sicher, ob Sie sich nicht selbst in höchster Gefahr befinden", knurrte Schulz, indem er die Pfeife aus dem Mund nahm. „Es handelt sich bei den verkohlten Leichenresten eindeutig um Geweberückstände, die haarscharf zu der DNA des verschwundenen Mannes im Polizeibericht passen." „Sie meinen, meine Frau....?" „Das kann man aus den vorliegenden Fakten nicht ohne weiteres ableiten, aber der Zusammenhang drängt sich geradezu auf. Das Problem besteht für uns im Moment darin, die Kripo auf diese Spur zu setzen, so dass die Polizei mit ihren legalen Methoden den Zusammenhang rekonstruiert, falls er besteht, wovon ich, offen gestanden, überzeugt bin. Ich möchte allerdings nicht, dass die Polizei von meinen Ermittlungen Wind bekommt." Schulz sah Martin die ganze Zeit über an und las in seinem Gesicht Geschichten über den schweren inneren Konflikt, den er gerade durchmachte. Immer in dieser Phase seiner Aufträge war er der Therapeut, zwangsläufig, und er hatte Jahre gebraucht, sein Hadern mit dieser menschlichen Seite seines Geschäfts, die ihm eigentlich gegen den Strich ging, abzustellen. Martin entwickelte die dunkle Ahnung, dass er keine Randfigur mehr in der Arbeit von Schulz war, sondern dass womöglich noch ein aktiver Part auf ihn wartete.

„Und wie funktioniert das, die Polizei auf die Spur zu bringen, ohne dass einer von uns dabei in Erscheinung tritt?" Seine Stimme war tonlos, sein Gesicht weiß wie die gekalkte Wand. „Eins nach dem anderen. Wenn Sie meine Anweisungen genauestens befolgen, wird uns nichts passieren. Im Gegenteil. Sie werden Ihr eigenes, wahrhaftes Riesenproblem mit den Bullen los. Und, was mindestens ebenso wichtig ist, Sie werden nicht selbst über kurz oder lang Mordopfer." Martin schlug die Hände vors Gesicht. Schulz hatte bei Hamann ein gutes Gefühl. Er machte einen absolut verlässlichen Eindruck. Nur die Nerven waren etwas mitgenommen. Aber da musste er durch. „Sie werden es schaffen", beruhigte er ihn. „Wie stehen Sie im Moment zu Ihrer Frau?" „Was glauben Sie?" Martin hätte es gerne gehabt, dass Schulz alles für ihn erledigte, dass er seine Ruhe hatte, dass er ….. . Er wusste gar nichts. „Überlegen Sie bitte. Das ist wichtig. Erst mal grundsätzlich. Trauen Sie es Ihrer Frau zu, dass sie jemanden umbringt?" Schulz war gnadenlos. „Das ist wichtig", wiederholte er und beugte sich wie ein Schlangenbeschwörer zum ihm.

„Ich brauche Ihre Einschätzung."

Schulz sah ein, dass Martin eine Pause benötigte. Oder einen Schuss vor den Bug „Wenn Ihre Frau hinter dem Verschwinden dieses Mannes steckt, und ihr Verhalten weist deutlich daraufhin, dann ist sie eine eiskalte, berechnende Mörderin." Martin nickte. Ja, Margret strahlte schon immer eine gewisse Kälte und Berechnung aus, auch wenn sie sich herzlich gab.

„Was ist mit Iris Mainrath? Das waren doch auch nicht Sie? Vermutlich steckt sie ebenso hinter dieser Tat. Und nimmt es in Kauf, SIE in den Knast zu schicken." Die Worte trafen Martin wie Steine. Je länger Schulz argumentierte, desto plausibler, desto ernüchternder klang das, was er sagte. Er hatte sich dieser Wahrheit bisher verweigert. Warum, war ihm ein Rätsel. Moritz fiel ihm ein.

„Was soll ich tun?" stammelte er. Es war weniger eine Frage nach den nächsten Schritten, die konkret zu unternehmen waren, als ein Ausdruck von Ohnmacht, von Hilflosigkeit. Darauf nahm Schulz keine Rücksicht. Sein Auftrag bestand hauptsächlich darin, handfeste Probleme zu lösen, und nicht nur Händchen zu halten oder über das Wesen des Menschen an sich zu philosophieren, Therapeut hin oder her.

„Am liebsten wäre es mir, wenn Sie noch heute ausziehen und einem Kontakt zu Ihrer Frau ganz aus dem Weg gehen. Wie gesagt, das ist nur das, was wünschenswert wäre. Das Wünschenswerte ist aber nicht das Sinnvolle. Das, was ich mir wünsche, ist strategisch unklug und kann als echte Option nicht in Frage kommen. Ihre Frau könnte Verdacht schöpfen und sich jeglichem Zugriff geschickt entziehen. Ich schätze sie als sehr intelligent ein. Immerhin ist es ihr bis jetzt gelungen, sämtliche greifbaren Zusammenhänge für alle beteiligten Ermittler, ich meine, die offiziellen, so zu vertuschen, dass ihr keiner auf die Schliche kommt. Darüber hinaus halte ich sie für fähig, zum letzten Mittel zu greifen, um den eigenen Hals aus der Schlinge zu ziehen." Das mit der Intelligenz war eine Tatsache, der Martin nichts entgegen zu setzen hatte. „Aber was jetzt? Wie soll das Ganze weitergehen?" Martin überwand seinen Anfangsschock. „Das ist eine gute Frage", pflichtete Schulz bei, sichtlich erleichtert, dass Hamann mitdachte. Er selbst hatte keinen blassen Schimmer, wie diese Frage am besten zu beantworten war, und war unschlüssig, ob es gut war, seinen Auftraggeber darüber in Kenntnis zu setzen. Hamann ohne eine Perspektive gehen zu lassen, war ungut. Schulz nutzte die Gunst der Stunde. Die Glut in seiner Pfeife erlosch. Er nahm sie aus dem Mundwinkel, holte sich seinen Aschenbecher und begann, sie mit dem Pfeifenbesteck auszukratzen. Sorgfältig klopfte er den Pfeifenkopf aus und nahm ihn vom Holm ab. Die Pfeifenreiniger lagen in der untersten Schreibtischschublade, zu der er sich hinunter beugte, um in aller Ruhe einen Reiniger aus dem unordentlichen Bündel heraus zu fummeln. Unter Stöhnen und Seufzen begann er mit der Pflege seiner Lieblingspfeife, einem handgearbeiteten, italienischen Stück, das er vor Urzeiten während eines Aufenthalts auf Sizilien erstanden hatte. Hamann beachtete er dabei kaum. Martin saß da und sah ihm zu, wie er mit seinen vom Tabak vergilbten Fingern das Gerät einer ausgiebigen Wartung unterzog. Von Schulz´s Seite aus war die Besprechung offensichtlich nicht beendet. Sonst hätte er ihn bestimmt schon verabschiedet. Als er einen neuen Filter eingesetzt und Kopf und Holm aufeinander gesteckt hatte, legte er sie in einen Ständer. „Man muss sie gut abkühlen lassen", erklärte er und verschwand aus Martins Sichtbereich, weil er sich erneut über die unterste Schublade seines Schreibtisches hermachte. Er tauchte mit einem anderen Modell wieder auf.

„Diese hier habe ich in Schottland gekauft", verkündete er erhaben. „Es ist so eine Art Sherlock-Holms-Pfeife. Ich habe sie mir zugelegt, als ich angefangen habe, als Privatdetektiv zu arbeiten." Er begann, die Pfeife zu stopfen. Als er den Tabak in Brand steckte, füllte sich der Raum mit einem süßlichen Geruch, der an Zimt erinnerte. Schulz paffte einige Kringel in die Luft und richtete sich erneut an Martin. „Wie können wir nun weitermachen", wiederholte er ganz langsam und sah nebenbei seinen schwebenden Kringeln nach, wie sie sich gemächlich in der Luft auflösten.

Endlich hatte er einen Einfall, keinen guten zwar, aber immerhin.

„Vielleicht könnten wir Ihre Frau dazu überlisten, sich selbst zu outen, sozusagen." Martin reckte den Kopf hoch. „Wie soll das gehen?" fragte er skeptisch. „Wir müssen sie in eine Falle locken. Mit einem Köder." Was Schulz da sagte, war völlig unausgegoren. Aber das war im Moment gleichgültig. Ihm war es jetzt wichtig, Hamann bei der Stange zu halten und bestenfalls zum weiteren Mitdenken anzuregen, denn er war bestimmt noch im Besitz nützlicher Informationen, deren Bedeutung er nicht einschätzen konnte.

„Wenn sie Wilhelm auf dem Gewissen hat, wie hat sie ihn um die Ecke gebracht? Was glauben Sie?"

Dass Margret ein Ungeheuer war, wurde für Martin immer unzweifelhafter. „Sagten Sie nicht, Iris Mainrath sei an einer Überdosis Insulin gestorben? Vielleicht hat sie Wilhelm auf dieselbe Weise zu den Engeln im Himmel geschickt?" Schulz merkte selbst, dass seine Wortwahl zu flapsig wurde, und er entschuldigte sich. „Nehmen Sie es mir bitte nicht übel", bedauerte er seinen Ausrutscher aufrichtig.

„Wie soll das aussehen, das mit der Falle", wollte Martin unruhig wissen. „Wie stellen Sie sich das vor?" „Wie wäre es, wenn ich mich als Patient bei ihr einschmuggle?" Martin fiel die Kinnlade herunter. „Was soll das?" „Ich bekomme Zugang zu ihren Räumen, zu ihrem Denken." „Gibt es keinen schnelleren Weg, die Tatsachen aufzuklären? Mann, ich habe ein Problem." Augenblicklich bereute er es, soviel Geld in dieser Bruchbude versenkt zu haben, und er fragte sich, ob das mit dem Privatdetektiv eine gute Idee war. „Ich bin unter Druck. Es kann jeden Moment ein Haftbefehl gegen mich erlassen werden, verstehen Sie, Mann", schrie er und kam ins Röcheln. „Ich habe für Witze keine Nerven mehr." Martin war dabei, aufzustehen und zu gehen. Schulz legte hastig die Pfeife zur Seite und folgte ihm zum Ausgang. Martin hatte bereits alle seine Sachen an sich gerissen, mitsamt

Aktentasche und Schirm. Schulz begriff, dass er ihn nicht abhalten konnte. „Gut, wenn Sie so wollen? Ich kann Sie zu nichts zwingen." Etwas Besseres fiel ihm nicht ein. Martin stürzte verärgert zur Tür hinaus mit dem Vorsatz, Schulz nie wieder zu kontaktieren.

Als Hamann draußen war, begab er sich mit schweren Schritten an seinen Schreibtisch zurück, warf seine Pfeife ärgerlich vor sich hin und legte angesäuert und schlecht gelaunt über seine idiotische Vorgehensweise und den vermasselten Auftrag die Füße auf den Schreibtisch. Während er schmollte, klingelte nicht ein einziges Mal das Telefon. Dabei brauchte er dringend mehr Arbeit. Weil ihm nichts Besseres einfiel, nahm er die Füße wieder auf den Boden und stopfte sich eine neue Pfeife. Der Raum war voller Qualm. Man bekam kaum Luft. Schulz öffnete das Fenster, drehte sich jedoch schnellstens wieder ins Zimmer zurück und drückte sich an der Wand platt, weil er von außen nicht gesehen werden wollte. Er fragte sich, ob ihm eben eine Fata Morgana begegnet war, was selbstverständlich quatsch war, und zwang sich, mit dem kindischen Getue aufzuhören. Er glaubte seinen Augen nicht, aber es war Hamann, der offensichtlich eine Kehrtwende vollzog.

Es klingelte. Schulz hechtete bis an die vorderste Haustür und versuchte, sie nicht aufzureißen, sondern gesittet zu öffnen. Hamann stand vor ihm. „Ich habe es mir anders überlegt", meinte er lapidar. „Darf ich herein kommen?" „Kommen Sie." Ein überhebliches ‚Damit habe ich schon gerechnet' konnte er sich glücklicherweise verkneifen. Hamann setzte sich und wollte gleich zur Sache kommen. „Ich bin einverstanden. Ich finde es gar keine schlechte Idee, wenn Sie sich als Patient bei meiner Frau einschleusen. Ich habe vorhin überreagiert. Aber bitte verstehen Sie meine Lage", entschuldigte er sich geknickt. „Es ist nicht einfach für mich." „Hören Sie, die Idee von vorhin war ein dummer Einfall, glauben Sie mir", begann Schulz sichtlich bußfertig. Martins Zustand ging ihm nahe. „Wenn ich mich recht erinnere, war das Alibi Ihrer Frau genau betrachtet nicht wasserdichter als das Ihrige. Der zweite Punkt, der für mich noch gar keinen Sinn ergibt, ist, warum Ihre Frau Wilhelm aus dem Weg geräumt hat. Die Frage ist womöglich von immenser Bedeutung, höchstens, sie mordet aus Spaß an der Freude, aber ganz so schlimm schätzen wir sie beide nicht ein, oder?" Martin presste die Lippen aufeinander.

„Was für einen Grund könnte sie gehabt haben, ihn zu töten? Bei Iris Mainrath hatte sie meines Erachtens ein klares Motiv." Martin hob den Kopf und starrte ihn an. „Natürlich", entgegnete Schulz wie zur Selbstverteidigung. Als ob es dazu einer Erläuterung bedurfte. „Eifersucht natürlich. Die beiden Frauen waren Rivalinnen." „Sie wusste von meiner Affäre, und ich war so blöd und habe gedacht, das sei nicht der Fall." Schulz schluckte. In was für einer Welt lebte der komische Kauz vor ihm denn? „Ihre Frau hat Ihnen nachspioniert. Warum haben Sie das nicht gleich erwähnt?"

Martin kam sich vor wie ein dummer Junge. Schulz unterließ es, ihn mit entsprechenden Beispielgeschichten aus seinem reichhaltigen Erfahrungsschatz als Privatdetektiv noch mehr zu verstören. Hamann war gebeutelt genug. Die Frage, wann, wo und wie sie dahinter gekommen war, machte Martin fast wahnsinnig. Noch sträflicher fand er seine Ignoranz, mit der er sich genau betrachtet in diese katastrophale Lage gebracht hatte. Margret war laut Schulz eine ausgekochte, berechnende Mörderin, die vor nichts zurückschreckte, absolut skrupellos und niederträchtig, wenn es um ihren Vorteil ging. Martin war inzwischen bereit, Schulz jedes Wort zu glauben. Nur eines traute er ihr nicht zu: Dass sie Moritz etwas antat.

„Und wie passt dieser Wilhelm dazu?", flüsterte Martin aufgekratzt. Schulz war erleichtert, dass Hamann endlich begriff.

„Eine Antwort auf diese Frage führt uns unter Umständen direkt zur Lösung", gab er als Antwort. „Haben Sie eine Idee?" Wieder gab Schulz die Frage an ihn. Martin krümmte sich vor Anstrengung, bis sich eins ins andere fügte. „Insulin, …. unsere Computer waren beschlagnahmt….." In Schulz Gehirn arbeitete es. „Insulin, …. beschlagnahmte Computer

….", wiederholte er gebetsmühlenartig, auf der Suche nach dem Sinn. „Sie hat sich vielleicht das Insulin von ihm illegal besorgen lassen, übers Internet. Die Hausdurchsuchung bei Wilhelm hat auf mich keinen besonders gründlichen Eindruck gemacht." „Die Kripo hat seinen Computer nicht überprüft…" „Weil sie keinen Zusammenhang zwischen seinem Verschwinden und dem Tod von Iris Mainrath sieht. Warum hat Ihre Frau bei Iris Mainrath keine Spuren hinterlassen?" „Weil sie als Gerichtsgutachterin weiß, worauf es ankommt. In gewissem Sinne ist sie keine Anfängerin." Das leuchtete ein. „Was wird sie wohl als nächstes tun?" Diese Frage weckte Martin vollends auf. „Ich weiß es nicht", rief er entsetzt aus. Es half nichts. Schulz vertrat erneut die Ansicht, dass es unklug war, den Kontakt zu ihr zu früh abzubrechen. „Wenn sie es wieder vorhat…", dazu blinzelte er viel sagend, „dann muss sie sich das Insulin von ihrem eigenen Computer aus beschaffen."

„…Oder aber, sie besitzt noch welches." Für Martin nahmen die Konturen dieser Spekulationen stechend scharfe Umrisse an. „Sie meinen, dass sie mich….", brachte er schwer hervor. Schulz brauchte nicht zu antworten. Martin kam selbst drauf, während er diesem erstaunlichen Mann gegenüber saß. „Weil ich für das hinterlistige Stück nichts mehr wert bin, materiell, meine ich. Meine Karriere beendet, vermutlich für immer. Damit pleite für die nächsten Jahre, wenn nicht irgendein Wunder passiert. Margret war immer auf Geld aus. Konnte nie genug davon kriegen. Und das ist jetzt alles für die nächste Zeit weg, mein Beitrag zumindest, kein unerheblicher."
In den letzten Worten klang wehmütiger Stolz mit.
„Das einzige, was sie sich jetzt noch unter den Nagel reißen kann, ist die Lebensversicherung. Das würde sich noch mal richtig lohnen." Martin wurde schlecht, als er sich beim Reden zuhörte. Von Schulz kam keinerlei Widerspruch. Margret Hamann konnte jederzeit zuschlagen, so viel stand fest. „Wenn das ihre Absicht ist, ist sie völlig verrückt. Das ist doch ein Himmelfahrtskommando." „Es sieht so aus, als wäre sie mit ihrer Tour bereits zweimal erfolgreich gewesen,

will sagen, nicht aufgeflogen. Mit dieser Erfahrung wird sie etwaige Restskrupel bedenkenlos überwinden. Sie ist unberechenbar." Martin sah ihn schief an. „Hören Sie bitte auf, mir das wieder und wieder unter die Nase zu reiben", beschwerte er sich böse. Gequält legte er die Hände in den Schoß. „Sie müssen da raus. Sie können da nicht mehr zurück. Vorerst zumindest."

Was blieb, war nicht viel. Schulz konnte Martin auch nicht mehr sagen, als dass er sich vorübergehend in einer Pension oder einem Hotel einmieten sollte. Er bestand darauf, dass Martin ihm die Adresse zukommen ließ. „Und wie geht es dann weiter?" wollte Hamann wissen, niedergeschmettert vom Bewusstsein über sein dahin schmelzendes Bankkonto. Schulz hatte wenigstens seine Pfeifen, an die er sich klammern konnte. Martin stand mit leeren Händen da. Wenigstens kam er sich so vor. „Ehrlich gestanden, ich habe keinen vernünftigen Vorschlag. Ich muss darüber in Ruhe nachdenken. Ihnen bleibt nichts anderes, als ab sofort getrennt zu leben und schnellstens die Scheidung anzugehen. Mehr holen wir im Augenblick nicht raus." Die Sherlock-Holmes-Pfeife war abgekühlt und bereit, neu gestopft zu werden. Schulz kratzte sie feinsäuberlich aus und bereitete sie auf ihren nächsten Einsatz vor. Das Zimmer war von Rauchschlieren durchzogen. Es half wenig, die Fenster aufzureißen. Er schien seine gesamte Sammlung täglich mindestens einmal durchzurauchen. „Wenn mir ein zündender Einfall kommt, melde ich mich sofort", sicherte er zu. „Ich geh' jetzt mal. Haben Sie mir wenigstens noch einen praktischen Tipp für jetzt gleich? Nicht zu teuer, wenn möglich." Martin wollte gehen. Schulz zuckte die Schultern und steckte ihm ein Kärtchen zu.

Die Pension lag der Beschreibung nach drei Straßenecken weiter. Die Polizei brauchte er nur in Kenntnis zu setzen. Eine deftige Ehekrise, die es rechtfertigte, dass er auszog, konnte in seiner Situation ja wohl vorkommen. Trotzdem benötigte er von zu Hause einige Sachen. Es war nicht ausgeschlossen, dass er Margret begegnen würde.

32. Kapitel

Die Sendung traf schneller ein als erwartet. Es klingelte, als sie an diesem Morgen mitten in ihrer dritten Sitzung war. Normalerweise ließ sie sich nicht stören. Heute war eine Ausnahme. „Entschuldigen Sie bitte", unterbrach sie ihre Patientin, die über die Verschnaufpause nicht unglücklich war. Ihre Therapeutin war heute offensiv und ungewöhnlich schonungslos. Die Konfrontationen, die sie einsetzte, waren verletzend und brachten die arme Frau beinahe zum Weinen. Außer sich sprang Margret auf und verschwand für kurze Zeit.

Nachdem sie etwas in der Küche erledigt hatte, kehrte sie zurück, um die Behandlung fortzusetzen. Sie ließ sich auf ihrem Platz nieder, nahm den Block auf den Schoß und wandte sich ganz ihrem Gegenüber zu, das dasaß und nun doch heftig zu weinen begonnen hatte. Schluchzend hielt sie sich ein Taschentuch vor das Gesicht, um alle Körpersäfte aufzufangen, denen sie Tür und Tor öffnete. Margret ließ sie gewähren, und während sie sie eindringlich beobachtete, stieg eine unbeschreibliche Verachtung in ihr empor, wie eine große, leere Röhre, die in eine endlose, schwarze Tiefe hinabführte und alles unwiederbringlich versenkte, wenn es auf dem glatten Rand abschmierte. Margret hörte nicht auf, sie zu betrachten, wie sie heulte und weiter heulte, als ob es darum gegangen wäre, einen Rekord zu brechen und ins Guinnessbuch einzugehen. Sie verabscheute diese Frau, die es sich erlaubte, sich gehen zu lassen und das Leid der Welt zu verkörpern, obwohl sie einen reichen, charmanten Mann und wohlgeratene Kinder besaß, ein tolles Auto und dreimal im Jahr eine schöne Flugreise unternahm. Warum konnten die Leute sich nicht mehr zusammenreißen und einfach froh sein, dass es ihnen so gut ging? Die Tränen der Frau strömten und strömten wie ein unglücklicher Regenschauer, der wie Dünger für die giftigen Pflanzen in Margret war. Noch nie hatte sie ihren Job so satt, hatte es total über, sich von den Leuten die Ohren über ihre lächerlichen Probleme voll heulen zu lassen. Wie mit Samthandschuhen wollten sie angefasst werden, geschont wollten sie werden, die lieben Patienten, nur nicht zu sehr die Wahrheit ans Licht bringen, nur nicht sagen, was wirklich Sache war. Kein Schwein hatte je ihr zugehört. Sie hatte sich einfach durchgebissen und bewiesen, dass es funktionierte. Die Wut hing ihr im Hals und schnürte ihn zu. Vor ihrem geistigen Auge packte sie die Heulsuse am Kragen, schüttelte sie, bis sie aufhörte, und schrie sie an, sie solle sich mit ihrem verdammten Gejammer über diesen und jenen, der vor Jahren mal nicht nett zu ihr gewesen war, davon scheren, und sie nie wieder damit belästigen. Oder sich endlich zusammennehmen.

Die Stunde war um. Margret klappte erbost den Block zu und schmiss ihn auf den Tisch. Die Frau hörte auf. Sie schniefte und schnäuzte sich kräftig. Die Tränen waren augenblicklich versiegt. Wortlos brachte sie die Frau zum Ausgang, schob sie hinaus und schmiss ihr mit einem kräftigen Stoß die Tür hinterher. Ihre geballte Faust flog auf den Türrahmen Die Milchglasscheibe schepperte ungnädig. Konnte nicht jeder einmal seine Klappe halten, wenn sie etwas zu sagen hatte? Zornig stieß sie mit dem Fuß nach und jaulte schmerzerfüllt auf. Ihre Patientin war weg. Wahrscheinlich hat sie gar nichts mitbekommen, die gefühlskalte Kuh, dachte Margret frustriert. Ihr großer Zeh pulsierte schmerzhaft.

Margret humpelte in die Küche. Dort lag die kleine, braune Schachtel. Der Absender war nichts sagend, vermutlich frei erfunden, ein abgekürzter Vorname, ein Allerweltsnachname, ein Mensch wie du und ich aus einem bürgerlichen Viertel in Frankfurt, in einer neutralen Computerschrift. Genauso wie die Anschrift. Der Absender war bestimmt eine Deckadresse, dachte Margret und lächelte. Sie fragte sich, was die Menschen wohl erlebten, wenn sie eine Überdosis Insulin abbekamen, und dachte dabei weniger an Martin. Das Päckchen war federleicht. Nichts rasselte oder klapperte, als sie es in die Luft warf und wieder auffing. Eigentlich hätte sie es aufmachen müssen und nachsehen, ob es den gewünschten Inhalt enthielt. Aber sie wollte das Päckchen, das ihr wie ein Geschenk vorkam, nicht anrühren und das prickelnde

Spannungsgefühl bis zum Auspacken noch ein wenig genießen. Sie hatte gleich nach der Bestellung am PC die gewünschte Summe, ein ordentlicher Batzen für das, was sie geordert hatte, auf das angegebene Konto überwiesen, und würde das Geld sowieso nie wieder sehen, wenn der Inhalt nicht stimmte. Das ganze Geschäft basierte gewissermaßen auf Vertrauen.

Als sie es so in sich versunken von allen Seiten betrachtete und sich glücklich schätzte, dass es wie ein Zauberkästchen die Lösung aller ihrer Probleme verhieß, vergaß sie ihren nächsten Patienten und erschrak heftig ob des einsetzenden Sturmgeläuts. Um ein Haar fiel ihr das Päckchen aus der Hand. Margret blieb das Herz stehen, und es gelang ihr im letzten Moment, sein Fallen zu verhindern und es fest an sich zu pressen. Es dauerte einige Sekunden, bis sie die Umklammerung lösen konnte. Dann beruhigte sie sich aber rasch, indem sie sich gut zuredete, dass nichts Schlimmes geschehen und das Päckchen heil geblieben war. Sie legte es vorsichtig auf die Ablage und schob es ganz an die Wand, wo ihm sicher nichts passierte.

33. Kapitel

An einer Straßenkreuzung entdeckte Martin die Pension, die Schulz ihm genannt hatte. Sie sah nicht so aus, als wären in ein paar Stunden keine Zimmer mehr frei. Pension Gabi pries auf einem von der Sonne ausgeblichenen Schild Übernachtungen mit Frühstück an. „Wird nachher auch noch reichen", murmelte er vor sich hin und legte den Gang ein, als die Ampel auf grün sprang. Später stand sein Wagen neben dem Cabrio in der Garage. Er drehte das Radio aus, dessen Geplärre ihn auf der gesamten Fahrt davor bewahrte, sich in endlosem Gegrübel zu verlieren. Etwas hinderte ihn, auszusteigen. Er saß einfach nur da, ohne Gedanken, Impulse. Er horchte in die Stille, horchte in seine müde Leere, in seinen Körper, in dem das Radiogedudel nachhallte und in dem er eine ungute, aufsteigende Hitze wahrnahm, die unerbittlich weitere Schwächung ankündigte. Er fühlte sich krank. Margrets Auto war die böse Verheißung, dass sie im Haus war, in dem Haus, das auch seines war, aus dem sie ihn zu vertreiben dabei war. Er stieg aus und verließ die Garage.

Im Hausflur lagen überall ihre Sachen herum, Handtaschen, Schuhe, Jacken, Schals. Sie waren gleichmäßig auf den Dieleneingang verteilt. Überall Margret, Duftmarken, Reviergrenzen. Martin ging nach oben, um ein Bad zu nehmen. Im Badezimmer wieder überall Margrets Insignien. Ihre Präsenz machte die Räume eng und erdrückte ihn fast. Er drehte den Wasserhahn an der Wanne auf, zog sich die Kleider vom Leib und ließ sich in die Wanne gleiten. Die Berührung mit dem warmen Wasser erzeugte einen Schauder, den er tapfer ertrug, bis sich eine wohlige, angenehme Entspannung auszubreiten begann. Martin lag da und schloss die Augen. Plötzlich riss er sie auf und starrte auf die Türklinke, die im Dampf kaum zu erkennen war. Schnell stieg er aus der Wanne, sprang klatschnass und triefend zu ihr hinüber und schob den Riegel vor. Vorerst beruhigt tappte er zur Wanne zurück und versenkte seinen Körper im Wasser. Und schielte wie zur Kontrolle zur Tür zurück. Draußen vom Flur her vernahm er Geräusche, die genauso gut von Moritz hätten kommen können. „Moritz?" rief er laut. Nach einer kleinen Pause hörte er ihn antworten. „Ich wollte nur wissen, ob du da bist. Ist alles in Ordnung", rief Martin laut und war froh, dass er mit Margret nicht alleine war. Dann wusste er, dass das Zimmer in der Pension keine Lösung war. Er stellte sich seine Lösung anders vor. Und die Einschätzung von Schulz spielte für ihn dabei keine Rolle.

Durch das Bad wurde sein Fieberanfall im Anflug gestoppt. Martin merkte, wie sich seine Körpertemperatur normalisierte und sich seine unterkühlten Muskeln regenerierten. Sein Hunger begann sich zu melden, was er als gutes Zeichen deutete. Nach dem Bad begab er sich in die Küche. Es war eingekauft, der Kühlschrank war wie immer gut gefühlt. Sogar seinen Lieblingskäse konnte er entdecken. In einer Frischhaltedose lag ein ordentliches Stück Roquefort, den Martin so sehr mochte. Dann will ich mal keinen Verdacht erwecken, dachte er und suchte im Brotschrank, wo er einen frischen Laib entdeckte, der sogar noch etwas warm war. Aus einem Küchenschrank mit Konserven nahm er sich eine Dose schwarze Oliven. Auf Wein verzichtete er lieber, er wollte einen klaren Kopf behalten. Aus dem Rest stellte er sich ein Abendessen zusammen, um es im Wohnzimmer vor dem Fernseher zu sich zu nehmen. Es lief seichtes Zeug, gerade richtig, denn Martin war gedanklich woanders. Als ob nichts gewesen wäre, machte er es sich bequem und zappte durch die Programme.

Margret ließ und ließ sich nicht blicken. Er wusste, dass sie in ihrem Arbeitszimmer war, Moritz hatte mit ihr über den Flur geredet.

Es tat sich was.

Sie kam die Treppe runter, stand neben ihm im Wohnzimmer, seine Gattin, die Mörderin von mindestens zwei Menschen. Irgendwie machte sie einen konfusen Eindruck. Die Haare waren ungekämmt, ihre Augen mit Ringen unterlegt. Ihr Blick, der wie eine Schlappmütze energielos in ihrem Gesicht hing, als habe sie jemand aus Versehen dort hingehängt und vergessen, war seltsam fremd und langsam und gab ihr ein verrücktes Aussehen. Er fragte sich, wie lange sie sich wohl schon in diesem Zustand befand, während er mit ihr zusammenlebte und nichts davon bemerkte. Sie verzog ihren Mund zu einem angestrengten Lächeln.

„Hallo, Martin, schön, dich zu sehen", hauchte sie und deutete an, dass sie vorhatte, sich zu ihm zu setzen. Er hatte keine stichhaltigen Argumente zur Hand, um es zu verhindern, und überlegte, ob sie das Brot oder den Käse vergiftet haben könnte. Er schluckte gequält.

„Gut, dass du alles gefunden hast, Brot und Käse, meine ich." Sie ließ sich ihm gegenüber ins Sofa fallen. Martin biss weiter von dem Käsebrot ab, damit er nicht genötigt war, mit ihr zu reden. Stattdessen nickte er ihr zu, während er langsam kaute und nebenbei mit der Zunge den Geschmack der Nahrungsmittel nach verdächtigen Hinweisen absuchte. Margret bemerkte durchaus, dass Martin ihr Äußeres aufgefallen war. „Ich schlafe in der letzten Zeit sehr schlecht. Aber das ist kein Grund zur Sorge. Das wird bald wieder vorbei sein", erläuterte sie ungefragt. „Und du? Wie geht es dir? Was hast du den ganzen Tag getrieben? Hast du dich um einen neuen Job gekümmert?" Dazu kicherte sie unanständig. Martin nahm mit Erleichterung zur Kenntnis, dass sich Margrets Misstrauen in Grenzen hielt. Oder sie hatte erfolgreich ihre schauspielerischen Kompetenzen perfektioniert.

„Ja, aber es sieht zur Zeit nicht so rosig aus", gab er mit gespielter Souveränität zurück, von der er annahm, dass sie Margret mit ihrem gnadenlosen Leistungs- und Erfolgsdenken mächtig provozierte. Aber sie reagierte nicht darauf. Martin ahnte, dass er es heute war, der kaum ein Auge zutat, wenn er an ihrer Seite in der ehelichen Bettstatt die Nacht zubrachte. Schulz's Vorschlag von der Pension hätte durchaus seine Vorzüge gehabt. Aber nein, er wollte das hier durchziehen. Das Brot und der Käse waren fast aufgegessen. Ihm war nicht schlecht.

„Willst du eigentlich auch was", fragte er sie, weil ihm nichts Besseres einfiel. Sie nahm tatsächlich ein kleines Stück und schob es ohne zu zögern in den Mund. Er wollte sie loshaben. „Ich würde gerne noch ein bisschen alleine fernsehen, Margret, wenn es dir nichts ausmacht." Margret hatte nichts dagegen, im Gegenteil. Diese Konversation mit Martin war für sie sehr mühselig. Sie hatte nichts mehr mit ihm zu bereden. Schließlich war er es, der sie zum äußersten getrieben hatte. Er hatte ihr Leben zerstört, und dafür sollte er bezahlen. Sie erhob sich und zog sich wie zu erwarten in ihr Arbeitszimmer zurück.

Die Bilder im Fernseher flimmerten vor Martins Augen auf und ab, ohne ihn zu erreichen. Er starrte auf die Mattscheibe, aber in seinem Kopf hatte er andere Bilder, Bilder, in denen er sich versuchte vorzustellen, wie Margret gemordet hatte, wie sie mit einer Injektionsnadel Iris und diesen Herrn Wilhelm, der bestimmt ihr Patient gewesen war, überwältigte und zur Strecke brachte, wie sie den Mann in seinem Auto auf einen Acker fuhr, um ihn wie ein Stück Abfall zu verbrennen, unbegreifliche Vorgänge.

Sein Auto stand in der Garage. Ob sie vorhatte, ihn ebenfalls mit ihm abzutransportieren? Gegen halb zwölf betrat er das Schlafzimmer. Die verrückte Margret arbeitete in ihrem Zimmer an etwas, das schloss er aus den ruhelosen Aktivitäten, die geräuschvoll auf den Flur hinaus drangen. Er zog seinen Schlafanzug an, legte sich ins Bett und tat, als ob er schlief. Nach einiger Zeit folgte Margret nach. Sie legte sich in ihre Hälfte, drehte sich um und war weg. Das hörte er an den regelmäßigen Atemzügen, die sich alsbald einstellten.

Am nächsten Morgen fühlte er sich wie gerädert. In der Nacht musste er einige Male eingenickt sein, denn die Stunden verflogen schneller, als befürchtet. Lange würde er diesen Zustand nicht aushalten, so viel war klar. Margrets Bett war leer, der Wecker zeigte sieben Uhr an. Den Morgen verbrachte Martin damit, durch das ganze Haus zu laufen, und sich in allen Zimmern umzusehen. Er saß eine Weile im Wohnzimmer, begab sich danach in die Küche, verbrachte einige Zeit im Schlafzimmer, ohne zu wissen, was er eigentlich wollte. Seine Unausgeschlafenheit hinderte ihn am

Denken, lag wie ein schwerer Block auf seinem Gehirn und sabotierte jede Weiterentwicklung. Martin bekam Angst, selbst verrückt zu werden. Wie ein Tiger im Käfig lief er die wenigen Wege im Haus ab, immer wieder. Das hielt ihn wenigstens wach. Der starke Kaffee, den er sich gebraut und schwarz getrunken hatte, fraß beißend an seiner inneren Magenwand. Er hatte nichts gegessen.

Mit dem Block im Kopf und dem Piranha im Bauch fand er sich unversehens vor Margrets Arbeitszimmer wieder.

Es war tabu. Es war zehn Uhr vormittags. Margret kam gewöhnlich nicht vor halb zwei aus der Praxis. Das Zimmer war abgeschlossen. Er war nicht überrascht, obwohl sie das früher nicht getan hatte. Martin versuchte, sich darüber im Klaren zu werden, was er eigentlich vorhatte. Er fand keine Antwort. Er hatte keine Ahnung, was in Margret vor sich ging, und was in den nächsten Stunden geschehen mochte. Er sah auf die Uhr an der Wand, sah auf das Schleichen der Zeit. Es war fünf nach zehn.

Die vermeintliche Gelegenheit, eine Stunde oder zwei zu schlafen, was theoretisch gut getan hätte, verwarf Martin. Wenn sie ihn tötete, bestimmt nicht, wenn Moritz zu Hause war. Oder doch? Aus der Richtung, in der sich die Garage befand, war durch die Stille des Hauses leises Rumpeln zu vernehmen. Martin verschluckte sich beinahe an seinem angehaltenen Atem. Margret schien tatsächlich zurück zu kehren. Die Müdigkeit war schlagartig weg. Kaum vernehmbare Schritte näherten sich dem Durchgang von der Garage zur Wohnung. Sie wurden schnell deutlicher, aber Margret trug nicht wie gewöhnlich Schuhe mit Absätzen, sondern welche mit Gummisohlen. Schnell huschte er ins Wohnzimmer, warf sich auf die Couch und tat, als ob er döste. Margret war nun im Flur. Sie stellte ihre Handtasche auf die Ablage, warf den Schlüssel hinterher, hängte ihre Jacke auf einen Bügel und streifte sich Hausschuhe über. „Martin, bist du hier?" Sie stand immer noch im Flur und rief in die Küche. Martin war unentschieden, ob er antworten sollte oder sich besser schlafend stellte. Er zog das Letztere vor. Die Tapse von den Hauschuhen wurden lauter, befanden sich neben ihm. Margret schielte über die Rückenlehne des Sofas, auf dem Martin lag, und wähnte ihn tatsächlich schlafend, während sie auf ihn herabsah. Nach einigen unerträglichen Sekunden des Abwartens schlug er die Augen auf und drehte sich nach ihr um. „Hach, da bist du ja schon", tat er überrascht und bemühte sich mit allen Kräften um Arglosigkeit. Margret sah ihm direkt in die Augen, skeptisch, ungläubig, und gab sich hoch erfreut, ihn anzutreffen. Neben einem einfachen „Ja." fiel ihr jedoch nichts mehr ein. Beim Hinausgehen erwähnte sie, dass sie in ihrem Arbeitszimmer zu tun hatte. Martin richtete sich auf.

Nach einer halben Stunde verließ sie ihr Zimmer, begab sich die Treppe hinunter und durch den Durchgang in die Garage. Was hatte sie bloß vor? Martin schlich zwischen Wohnzimmer, Küche und Flur hin und her. Er sah aus dem Fenster. Nichts geschah. Margret musste sich in der Garage aufhalten. Minuten vergingen, eine viertel Stunde, eine halbe Stunde. Es regte sich kein Windhauch. Die Schritte kamen zurück. Margret trat in den Flur, als sei nichts gewesen, unter dem Arm eine Papiertüte, in der sich ein harter Gegenstand befand. „Was hast du in der Garage gemacht", fragte er sie in einem Ton, der beiläufig klingen sollte, aber eine versteckte Panik mitschwingen ließ. Margret drehte sich flüchtig zu ihm um, während sie schon auf dem Weg nach oben zu sein schien, und speiste Martin mit einem lapidaren „Nichts." ab. Sie ließ ihn stehen und machte sich offenbar daran, ihren eigenen Angelegenheiten nachzugehen, ohne sich auch nur im Geringsten veranlasst zu sehen, sich mit ihrem Ehemann eingehender auszutauschen. Sie ließ ihn konsterniert im Flur zurück, unangenehm beeindruckt von ihrer Kaltschnäuzigkeit, eine Fähigkeit, die sie zwar schon immer besessen hatte, aber deren gelungene Optimierung sie eben unter Beweis stellte. Martin ging in die Küche und bediente sich unter Missachtung seines abgestandenen, bitteren Aromas beim Kaffee, der noch übrig war, nur um irgendetwas zu tun, das danach aussah, dass er in diesem Haus noch eine gewisse Existenzberechtigung besaß.

Was sie in der Garage gesucht hatte, interessierte ihn nun doch. Er stellte die halb ausgetrunkene Tasse auf die Arbeitsfläche. Der Kaffee in der Tasse verströmte einen abstoßenden Geruch. Davon angewidert, schüttete Martin die braun-schwarze Brühe kurzerhand in den Ausguss und ließ alles stehen und liegen, wie es war. Leise schlich er zur Durchgangstüre und huschte auf Zehenspitzen in die Garage. Das Licht ließ er aus. Seine Augen gewöhnten sich an das Halbdunkel. Etwas Helligkeit fiel durch ein kleines Fenster neben seinem Auto. Margrets Cabrio stand harmlos daneben. Er ging hinten an den Autos herum, auf die Seite, wo sich das Garagentor befand und suchte den Boden unter den Autos ab. Es war zu dunkel, um etwas zu erkennen. An der seitlichen Wand standen vier Fahrräder. Zwei davon gehörten Moritz. Eines hatte er von ihm und Margret, ein zweites von Margrets Eltern geschenkt bekommen, Fahrräder für alle Lebenslagen. Die beiden anderen waren alt und klapprig, nur noch Schrott. Sie gehörten den beiden anderen Kindern, die sie bei ihrem Auszug dagelassen hatten, und verbauten umständlich den Weg. Und so staubten und rosteten sie vergessen vor sich hin als stumme Zeugen überwundener Kindheiten. Als sich Martin an den vor Schmutz strotzenden Fahrrädern vorbei quetschen wollte und aufpasste, dass er ihnen nicht zu nahe kam, meinte er, ein Geräusch zu vernehmen. Augenblick erstarrte er und stellte das Atmen ein. Das Geräusch war vorbei. Er blickte sich um, um abzuschätzen, aus welcher Richtung es gekommen war, aber er konnte es nicht genau benennen. Es konnte sowohl vom Durchgang, als auch von draußen vor der Garage kommen. Und nun war alles wieder ruhig. Er bewegte sich immer noch nicht.

Als sich eine zeitlang nichts rührte, arbeitete er sich weiter zwischen den Fahrrädern und der Beifahrerseite seines Autos durch. Eben wollte er einen weiteren Schritt gehen, da wurde er jäh zurückgezogen. Er erschrak und wehrte sich panisch gegen das Ziehen. Da folgte ein scharfes, kurzes Getöse. Er spürte einen harten, reibenden Schlag an seinem Schienbein und einen schmerzhaften Stoß in seine Seite. Er gab nach, aber es war zu spät. Ein schmerzverzerrtes Jaulen entfuhr ihm. Er wurde von seinem Pulli unerbittlich nach unten gezogen, bis der unerbittliche Widerstand aufhörte. Es dauerte einen kurzen Moment, bis er im Dunkeln die Sachlage einigermaßen zutreffend analysiert hatte. Er war mit seinem Pulli an der Handbremse eines der alten Räder hängen geblieben und hatte das Fahrrad zu Fall gebracht. Nun hing es verdreht und eingekeilt zwischen der Garagenwand und seinem Auto und hatte gehörig den Lack zerkratzt. Scheiße, dachte er, weniger wegen des beschädigten Lacks, als vielmehr wegen Margret, die sich bestimmt denken konnte, dass er ihr in der Garage hinterher spionierte.

Aber alles blieb ruhig, gespenstisch ruhig. Martin regte sich nicht, fünf Minuten lang, mindestens, und es passierte nichts. Vielleicht hat Margret es gar nicht mitbekommen, dachte er und machte seinen Pulli von dem Fahrrad los. Seine Seite und sein Schienbein taten sehr weh, aber darum konnte er sich im Augenblick nicht kümmern. Er arbeitete sich weiter an den Rädern vorbei, bis er endlich an der hinteren Seite der Garage angekommen war, wo vor den Kühlerhauben die Mülltonnen aufgereiht standen. Hier war mehr Platz, um durchzukommen. Martin entdeckte immer noch nichts Auffälliges. Verdammt, das konnte doch nicht sein. Er war nicht bereit, aufzugeben, und ging um die letzte Ecke herum, bis er die Durchgangstüre wieder im Rücken hatte. Vorsichtig ließ er sich auf die Knie und suchte unter den Autos. Dabei reckte er seinen Hals so weit wie möglich vor. Er konnte nichts entdecken. Bevor er sich wieder aufrichtete, fiel sein Blick zufällig hinter sich. In ihm verhärtete sich alles. Er sah etwas, was zuerst wie zwei undefinierbare, dunkle Knüppel aussah. Hinter ihnen zeichnete sich eine Art helles Dreieck aus hereinfallendem Licht ab. Martin erkannte, dass das Margrets Hausschuhe und ihre beiden Füße waren, die darinnen steckten. Sie befand sich hinter ihm.

Martin entdeckte sie blöderweise zu früh. Margret war ihm in die Garage gefolgt. Selbstverständlich bekam sie mit, dass er dabei war, ihr hinter her zu spionieren. Sie war vorher schon in die Garage gegangen in der Hoffnung, dass er ihr folgen würde. Er hatte es aber nicht getan, der Hundesohn. Selbst in diesem Punkt blieb er hinter den Erwartungen zurück. So hatte sie den finalen Rettungsschuss, den sie für ihn vorbereitet hatte, leider nicht setzen können. Jetzt wollte sie ihn endgültig zur Strecken bringen, bevor Moritz nach Hause kam.

Martin warf sich blitzschnell auf den Bauch und robbte wie ein Wurm weg, der zwischen frisch aufgepflügten Erdschollen Schutz suchte. Er saß in der Patsche. Margret hüpfte ihm hinterher und zückte die Spritze. Martin war grausig entsetzt, suchte zu entkommen. Margret war sehr nahe an ihm dran und holte mit der Spritze aus, um sie ihm in jedes beliebige Körperteil zu rammen, das sie erwischte. Plötzlich merkte sie, wie sie den Boden unter den Füßen verlor, und stürzte. Sie landete auf Martins Füßen, die er blitzschnell angezogen und ausgestreckt hatte, so dass sie darüber stolperte und das Gleichgewicht verlor. Die Spritze kullerte über den Betonboden unter ihr Cabrio. Margret sah sie rollen, holte bäuchlings mit der Hand aus und packte geschwind zu. Die Spritze war gerettet. Martin war allerdings schon einige Meter weiter. Er schaffte es, aufzustehen und sich hinter ihrem Auto in Deckung zu bringen. Sie hörte sein Keuchen und konnte seine Füße unter den Autos hindurch sehen.

Sein Fluchtweg war versperrt. Auf der einen Seite waren die Fahrräder, auf der anderen Seite wartete sie.

Eilig stand sie vom Boden auf, die Spritze sicher in ihrer Hand. Er ließ sie nicht aus den Augen. „So, Margret", begann er hechelnd. „Bin ich an der Reihe? Nach den anderen beiden, zuerst Iris, und danach dein Patient." Margret stutzte und machte eine anerkennende Miene. „Respekt, mein Lieber. Wie hast du das heraus bekommen?" zischte sie schnippisch. „Ja, das würdest du wohl gerne erfahren", bellte Martin zurück. Ihre Impertinenz trieb ihn zur Weißglut. Margret begann, sich langsam auf ihn zu zu bewegen. Die Fahrräder waren im Weg, besonders das, das am Boden lag. Margret war flugs um die Autos herum, während er versuchte, über den Schrotthaufen zu klettern. Er rutschte mit den Beinen zwischen die Lücken, verklemmte sich, zog sie ohne Rücksichtnahme heraus, stolperte weiter und hing mit seinem Fuß fest, zog und zerrte und bekam ihn nicht frei. Margret war fast da, es fehlte vielleicht ein halber Meter. Er erkannte die Spritze in ihrer Hand, zog und rüttelte nochmals an dem verdammten Schrotthaufen und steckte viel zu tief fest. Im Dunkel war seine Frau nur schemenhaft zu erkennen. Sie war gerade dabei, ihn unter die anderen Opfer einzureihen. Ihre hässliche Aura war messerscharf. Gewalttätig erhob sie die Spritze, um zu zustoßen. Martin hätte versuchen können, sich anderweitig zu wehren, zu zappeln und zu strampeln, damit sie vielleicht daneben traf, aber wie hoch war die Wahrscheinlichkeit, in Panik eine letzte Chance zu vertun. Sie brauchte bloß auf sein Bein zu zielen, das in seiner Falle bewegungsunfähig fixiert und wie ein zur Vivisektion vorbereiteter Körper hilflos dalag. Nur ein halber Schritt trennte Margret von ihrem Ziel. Da ließ sie mit einem Schlag ihre Schultern hängen und blickte sich konsterniert um. Martin wagte kaum, zu atmen. Er hörte nur eine männliche Stimme und erkannte im Augenwinkel einen Schatten. „Lassen Sie augenblicklich die Spritze fallen oder ich drücke ab, Frau Hamann." Das Deckenlicht wurde angeknipst. Margret, die überall mit dem Staub des Bodens beschmutzt war, ließ den Arm hängen. Ihre Hand gab die Spritze frei, die mit einem feinen Klirren zu Boden ging, als hätte bloß ein unerfreuliches Missverständnis vorgelegen und sie nichts mit ihr zutun gehabt. Martin verdrehte sich. Was er sah, war wie im Film. Schulz richtete eine Waffe auf Margret. Er bewegte sich um die Autos herum auf sie zu und ließ keine Sekunde von ihr ab. „Heben Sie Ihre Hände hoch!" Margret gehorchte überwältigt. Mit routinierten Handgriffen legte er ihr die Handschellen an.

„Wie kommen Sie denn hierher?" fragte Martin perplex. „Herr Hamann, raten Sie mal. Sie sind in der Pension nicht angekommen."

Moritz blieb nichts erspart. Er traf ein, als die Polizei dabei war, im ganzen Haus etwaige Beweismittel sicherzustellen. Martin war nicht in der Lage, ihm zu vermitteln, was geschehen war. Gundel Tenneberg bot Moritz an, mit auf die Wache zu kommen und dort mit ihr zu sprechen. Martin war froh, dass er das Angebot annahm. Und er war Schulz unendlich dankbar für seine unkonventionellen Methoden. „Sie haben mir das Leben gerettet, Herr Schulz", meinte er und versuchte, etwas von seiner Dankbarkeit auszudrücken. „Herr Hamann, nicht jetzt. Ich glaube, wir müssen alle erst einmal kapieren, was da in den letzten Wochen abgelaufen ist. Glauben Sie mir, das war einer meiner bizarrsten Fälle überhaupt. Das muss ich selber erst Mal verarbeiten", erwiderte er berührt und bemühte sich, Haltung zu bewahren. Als die Polizei Margret abgeführt hatte, ließen sich die beiden im Wohnzimmer auf die Sitzgruppe fallen. Auf dem weißen Bezugsstoff zeichneten sich Flecken ab von dem Dreck, den Martin aus der Garage mit hereinbrachte, Blut, Staub, Spinnweben. Margret wäre ausgerastet, dachte er mit Genugtuung, während sich Schulz eine Beruhigungspfeife stopfte. „Haben Sie eine zweite dabei?", fragte Martin leise. „Ich würde es gerne einmal ausprobieren, wenn Sie nichts dagegen haben." Schulz überließ ihm seine Sherlock-Holms.

34. Kapitel

„Wann sind Sie zum ersten Mal auf die Idee gekommen, jemanden umzubringen?" Der junge Mann stellte sich als ihr Gutachter vor. Ihr Anwalt hatte den Antrag durchgeboxt, denn er wollte auf strafmildernde Umstände aufgrund eingeschränkter psychischer Zurechnungsfähigkeit hinaus. Nun lächelte sie den jungen Mann nur müde an und schwieg. Nach einer Stunde ging er wieder, mit wenigen Notizen auf seinem Block.

„Wenn Sie nicht mitarbeiten, sieht es schlecht für Sie aus, Frau Hamann", sagte ihr Anwalt hinterher und sah sie besorgt an. Margret berührte das nicht. Was machte es für einen Sinn, mit einem jungen Schnösel, einem Greenhorn, zu reden, der ausgerechnet in ihre Fußstapfen treten wollte? Findest du nicht, die Nummer ist ein bisschen zu groß für dich, dachte sie. Sie wusste, dass es nutzlos war, dies ihrem Anwalt zu erklären. Es hätte ihn nur in seiner Meinung bestätigt, dass sie ein unverbesserlicher, unkooperativer Sturkopf war, der meinte, der Mittelpunkt der Welt zu sein.

Aber vielleicht gehörte sie wirklich für den Rest ihres Lebens hinter Gitter. Wenn sie schon hinter Gitter gehörte, dann wenigstens hinter die richtigen und nicht hinter die, hinter denen die Gestörten ihr Dasein fristeten. Aber auch das enthielt sie ihrem Anwalt vor. Sie hatte keine Lust, sich darüber auseinander zu setzen, mit niemandem. Das ging keinen etwas an.

Sie überlegte, an welchem Punkt ihre Strategie gescheitert war, aber sie kam nicht drauf. Martin hatte sie nun los. Bestimmt war es nur eine Frage der Zeit, bis er die Scheidung einreichte. Wenigstens hatte sie ihm einen gehörigen Denkzettel verpasst, der noch lange nachwirkte.

Iris Mainrath war bedauernswert, hatte sie tatsächlich hereingelassen in ihre schicke Wohnung, mit einem mitleidigen, herablassenden Lächeln. Das hatte sie ihr ausgetrieben. I.M. war ins Wohnzimmer vorausgegangen, und sie war ihr gefolgt. Sie hatte keine Zeit zu verlieren. Schließlich wartete Tanja. Bevor sich Iris Mainrath zu ihr umdrehen konnte, steckte die Nadel in ihrem Allerwertesten. Ab dann war es für sie zu spät. Margret hatte sich hinterher wunderbar gefühlt. Vor allem, als sie in ihr Cabrio eingestiegen war, um schnurstracks nach Tübingen zu ihrem nächsten Termin zu kommen. Dass es nicht klappen würde, die Fährte zu Wolbert zu legen, war ihr im Grunde schon vorher klar. Keiner würde so bescheuert sein, auf einen so billigen Trick hereinzufallen. Vielleicht war das der Punkt, an dem der Plan aus dem Ruder lief?

Sie bereute nichts. Martin war der Hurensohn. Ohne ihn wäre alles nicht so gekommen. Aber das interessierte den Richter bestimmt nicht.

In dem Moment, in dem Iris Mainrath den letzten Atemzug tat, hatte sie ihr die Plastiktüte über den Kopf gestülpt und die Schnur zugezogen. Das hatte ihr nicht das Geringste ausgemacht. Sie hätte nicht gedacht, dass ihr das Ganze so leicht fallen würde, auch von der Durchführung her, aber nun ja.

Entsetzt war sie nicht, als sie die Tat vollbracht hatte, sondern Augenblicke vorher, als sie ihr zum ersten Mal gegenüber stand, von Angesicht zu Angesicht. Sie hatte sie sich ganz anders vorgestellt. Martin stand auf ganz anderen Frauentypen. Außerdem war sie nicht mehr ganz taufrisch. Was für eine Verzweiflungstat.

Martin ließ sich nicht blicken. Es sah so aus, als wollte er den Kontakt ganz abbrechen. Die Kinder waren nacheinander zu Besuch da. Kerstin fing zu weinen an, als sie in den Besuchsraum geführt wurde. Ihre Jungs waren beide ganz ruhig. Sie machten ihr stille Vorwürfe. Margret war sich nicht sicher, ob die drei ihr fehlen würden.